风歌且行

渡阳气

风歌且行 著

江苏凤凰文艺出版社
JIANGSU PHOENIX LITERATURE AND ART PUBLISHING

图书在版编目（CIP）数据

渡阳气 / 风歌且行著 . -- 南京 : 江苏凤凰文艺出版社, 2025. 9. -- ISBN 978-7-5594-9601-0

Ⅰ . I247.5

中国国家版本馆 CIP 数据核字第 2025TF9441 号

渡阳气

风歌且行 著

责任编辑　曹　波
责任印制　杨　丹
特约编辑　王泓湉
设计支持　小蘑菇
出版发行　江苏凤凰文艺出版社
　　　　　南京市中央路 165 号，邮编：210009
网　　址　http://www.jswenyi.com
印　　刷　嘉业印刷（天津）有限公司
开　　本　700 毫米 ×980 毫米　1/16
印　　张　20.375
字　　数　353 千字
版　　次　2025 年 9 月第 1 版
印　　次　2025 年 9 月第 1 次印刷
书　　号　ISBN 978-7-5594-9601-0
定　　价　52.80 元

『这无名庙看起来不太吉祥，
你去了指定是要死的。』
『赤霞兄说笑，庙中是佛法重地，
怎会有哪只小鬼不长眼往里闯？』

聂小倩

《聊斋志异·聂小倩》的主角，
长相明艳耀眼，却妖治阴冷，睚眦必报。

薛茗

意外来到聊斋世界的打工人，宁采臣叫她『燕赤霞』。
薛茗只得暂时占据这个身份，实际上，本人手无缚鸡之力。

燕玉鹤

燕玉鹤

荷塘主人，身份神秘，法力高强，鬼怪不敢接近他。养了一只名叫绛星的鹤。

宁采臣

宁采臣

和影视剧中的书生形象不同，宁采臣是一个富家少爷，生活颇为讲究。

渡阳气

风歌且行 著

卷一 诡庙荷塘

第1章

以前上学的那会儿，薛茗有很长一段时间比较自我，嘴边总是挂着一句话：“生命诚可贵，爱情价更高，若为自由故，两者皆可抛。”

直到她被醉驾司机撞飞的那刻，她心想：去你的，老天再借我五百年。

所以说生命果然才是最可贵的，命没了，其他都成了虚无，还要什么自由？连自行车都没有。

薛茗正愤愤不平，就听见耳边有人说话的声音。

“赤霞兄，赤霞兄……”

薛茗猛地睁开眼，就被眼前的人给吓了一跳，脱口而出一声大喊。面前此人也被惊住，忙往后退了两步，慌张道：“赤霞兄，你怎么了？难不成是被梦魇住了？”

她慌张地往身上摸了摸，记忆中的上一秒她刚被飞驰而来的轿跑撞飞，整个人飞出几米远，全身的骨头像都粉碎了一样疼得让人窒息，而下一秒她却完好无损，没有缺胳膊少腿，更没有半点疼痛。薛茗一骨碌从地上爬起来，瞧见自己身上穿着青色长衫，束起的两袖上隐隐有些咒文，是十分怪异的打扮。

她是一个大学毕业之后就钻进公司，每天赶着早上八点打卡，无休无止加班赚取少得可怜的工资的上班族，平时吃一顿好的都要犹豫半天，所以根本没有 cosplay（角色扮演）这种烧钱的爱好。她抬头朝周围张望，只见四处都是高大的树木，生得极其茂盛。

树叶将光芒遮得严实，零零散散的光影落下来才显得没有那么昏暗。

薛茗对着陌生的环境有些心慌，再去看面前的人，就见是个清秀的男子，穿得颇为素雅，但衣袍锦缎看起来相当昂贵，身后还跟着两个小厮似的少年。

她下意识地开口询问："你是谁？"

那男子愣了一下，继而露出个微笑，无奈道："在下是宁采臣呀，赤霞兄睡一觉倒是把在下给忘记了？"

薛茗脑中的警铃猛地响起来，惊道："宁采臣？"

这是一个不太妙的名字，通常跟宁采臣一起出现的，大概都是聂小倩、兰若寺、黑山老妖之类的危险东西。

思及这人方才一口一个赤霞兄，薛茗心里有了强烈的不祥预感，继而开口小心翼翼地求证："我不会……姓燕吧？"

宁采臣讶异道："赤霞兄，你这是怎么了？怎么还把自己的姓给忘了，难不成是觉得在下无趣，拿在下逗乐呢？"

这时候他身后那小厮开口道："燕公子想来是睡迷糊了，还没清醒，不如先用水洗把脸？"

宁采臣当作玩笑话，笑了几声之后拍了拍薛茗的肩膀，说道："时辰不早，赤霞兄若是休息好了咱们就尽快动身吧，应当能在入夜前离开此林。"

薛茗面如土色，唇瓣嚅动几下好似欲言又止，最后还是没有开口，陷入久久的沉默当中。

燕赤霞在《聊斋志异·聂小倩》的故事里，是个相当神秘且可靠的大侠，小时候看电影时，他一出场，就会让人打心底里涌出安全感。

当然，这有一个前提，那就是燕赤霞当真是个非常厉害的人物，而不是她这个只会敲键盘做文件的上班族。

目前好消息是薛茗被撞飞出去几米仍然捡了一条命活了下来，且身体完好，没有伤痛。

坏消息是她到了《聊斋》中，变成那个斩妖除魔的燕赤霞。

于是薛茗现在面临着一个非常尴尬的处境，宁采臣对她优礼有加，他的两个小厮也对她颇为殷勤，频频送水送干粮。

她在路上随口与宁采臣聊了几句，很快就发现她所处的这个世界背景并非影视作品。宁采臣衣着打扮和谈吐举止皆不凡，跟着的两个小厮也是恭恭敬敬一口一个"少爷"，显然与影视作品中的宁采臣完全不一样。

他此行是想去金华办事，从此地经过，在树林中迷路，正原地打转时遇见了在树下休息的燕赤霞，说是能带他们离开林子，于是宁采臣便与燕赤霞结伴。

薛茗也不知道她是怎么占据了这具身体，只是当下可以确认，原本的燕赤霞一定死了，否则现在肯定是一体双魂的情况，定会与她争夺。

而薛茗自然更没有改变人体性别的能力，所以在她得到这副身体之前，这燕赤霞也根本就是个女子，不过是扮作男装罢了。

但《聊斋志异》的原著故事中，也没说燕赤霞是个女扮男装的人物，薛茗一时间搞不明白自己究竟是进了哪个光怪陆离的世界里。

薛茗没有向宁采臣询问那么多，怕破绽太多引起人的怀疑，接下来很长一段时间她都沉默着。

林中的路像没有尽头一般，宁采臣与两个小厮都仰仗薛茗带路，她只得硬着头皮往前走，原本想着等天黑了之后找个树少的地方观察一下天上的北斗七星，却没料到还没等天黑，几人就被一座庙拦住了去路。

这座庙修得极为奢华，隔着老远都能瞧见墙体上斑斓的色彩，往上不知几层，甚至比参天的大树还要高。庙宇的周围没有树木，空出了一片相当广阔的地方。也正因如此，几人才得以走出茂密的叶穹，看见天空。

越走近，则越发觉这庙的庞大雄伟，檐下没挂牌匾，是座无名庙。此时已经是黄昏，西边天际的云彩染上橘红的颜色，金光落在庙宇上，竟衬得像是仙殿一般壮丽。

宁采臣与两个小厮见到此景，对着薛茗就是一顿夸赞，言她果然有本事，将几人带出了林中迷障。薛茗心虚得要死，打瞧见这庙之后心中就隐隐慌了起来。

虽然从外面看上去这座庙与她认知中的那个相差甚远，但在这样的环境下遇见“庙”这个建筑，也着实“不妙”。

薛茗擦一把冷汗，说道：“这庙看起来不太吉祥，要不还是再往前走走吧。”

宁采臣见她面色犹犹豫豫，便开口劝道：“赤霞兄，这林子比想象中的大，且眼下天快黑了，再走下去待入了夜，恐怕又会发生昨夜那样的事。”

“昨夜？”薛茗紧张地问，“昨夜发生了什么事？”

宁采臣与那两个小厮的脸色同时变得难看，像是回想起不太好的记忆。随后宁采臣道：“无甚大事，不过是睡在野外蚊虫众多，比不得屋内，且这庙宇瞧着富丽崭新，想来是有人住在此处，我们去借宿一宿也好问问如何走出林子。”

薛茗见这宁采臣跟鬼迷心窍一样铁了心地要往庙里进，也不再隐瞒，严肃道：“我就实话实说了，这庙里有古怪，你去了指定是要死的。”

原著中宁采臣并没有死，但那全是仰仗燕赤霞相救，然而眼下薛茗这个“燕赤霞”根本没有进庙的打算，她宁愿在野外的地上坐一夜也不进去。没有燕赤霞，宁采臣进庙绝对是死路一条。

宁采臣听了却一笑了之，说道："赤霞兄说笑，庙中是佛法重地，怎会有哪只小鬼不长眼往里闯？"

薛茗见宁采臣不听劝，也言尽于此，与他在庙外道别。宁采臣表现得极为惋惜，随后带着两小厮进了庙内，而薛茗也不再停留，背着身上的小箱子和包袱绕过庙宇继续往前走。

说来也奇怪，这庙从正面瞧着无比庞大、占地广阔的样子，但绕过侧边走了没多久，薛茗再回头一瞧，庙已经在身后很远的地方了。

她压下心中的诡异感，抱紧身上挎着的小箱子继续向前，重新走入林中。茂密的树叶遮了黄昏的光，视野中越来越暗，行了几里地过后整个天都黑下来了。她往包袱里摸了摸，取出一盏巴掌大小的铜罩灯，再摸索着火折子给点亮。灯笼提在手里所照亮的地方也不多，就身前这一小块地方，再往前就瞧不清楚了。

薛茗独自行于这寂静的林中，没见过什么风浪的她自然是相当害怕，只觉得周围阴风阵阵，黑暗中好似藏着什么，窥伺着她的一举一动。

她估摸着现在的时间也就七八点，平常这个时候她都是满身怨气地坐在公司里加班，诅咒老板秃头，没想到这会儿走在林中，竟然开始怀念从前加班的日子，面目可憎的老板也变得和蔼可亲了，想要主动加班努力工作的心情在此刻达到顶峰，要是能回去，她必定成为老板最忠心的头号狗腿子。

灯光将薛茗的影子拉得老长，偶尔有风吹过，卷起地上的落叶，周围尽是哗哗的声响。心里正碎碎念时，她忽然瞥见眼前有月光照在地上，洒下一片皎白。这是林子到了尽头的模样，薛茗大喜，赶忙小跑起来，巴不得下一秒就离开这破地方。

只是没想到她刚踏入皎洁的月光里，就看见面前空旷的地界上有一座富丽壮阔的庙宇，与黄昏时金光满照不同，月色下的庙宇充斥着诡谲和森然的气息，原本华丽的色彩也变得斑斓怪异。薛茗双腿一软，跌坐在地上，吓得走不动了。

走了近三个小时，她只是兜了个圈子，又回到了与宁采臣分别的地方。薛茗不知道她是撞上了鬼打墙，还是这片诡异的林子打定主意要留下她，反正她是没有站起来再走一遍的勇气了，干脆爬到一棵树边坐下来，从包袱里翻出干粮，先填饱肚子再说。

干粮硬得厉害，噎得薛茗直翻白眼，勉强吃了点就再也咽不下去，拿起来往树上敲了敲，咧咧响。她往地上一摔，干脆抱着行囊在树下干坐着，等天亮。

这一坐不要紧，她像是吸了迷药一般，眼皮似千斤重，意识开始模糊不清。薛茗努力打了自己两个大嘴巴，倒是疼得清醒了一会儿，但很快又昏昏欲睡。

最后她不敌朦胧的意识闭上眼睛睡去，歪在树上也不知睡了多久，忽而一阵阴风吹来，简直冷到了骨子里，吹得她身上汗毛奓起，整个人猛地惊醒。

却见月华削减了几分，原本坐落在空旷地正中央的庙宇竟然变大了不少，像是在她闭眼睛的那段时间自己长了腿朝她靠近一般。薛茗吓得赶忙爬起来，往后一看，这才惊觉不是庙宇长了腿，而是她自己在无意识的时候往前走了一段路，走出了林子，如今正在空地上。

而她原本随身携带的小箱子和包袱还在树边。薛茗知道原著中的燕赤霞就靠着箱子里的宝贝斩妖除魔，因此今日走了一天这箱子包袱也从不离手，睡觉的时候都要死死地抱着，眼下却在毫无知觉的情况下丢下，这让薛茗瞬间脊背发凉，惊惶失措起来。

她想也不想地往回跑，只有将箱子拿回这么一个念头，没承想刚迈出两步，脚下一空，紧接着她整个人都跌落进了温热的水池中。这水的触感非常奇怪，当即就将她的五感完全封住，溺水的感觉几乎让她窒息。薛茗在慌张间手脚并用地挣扎，双脚触碰到了地面而后猛地站起，这才重获呼吸。

紧跟着她就看见这哪里是池水，分明是一池子的血！赤红的颜色占据她所有视线，将她的衣袍染透，湿热黏稠地附着在她的皮肤上。

薛茗惊叫一声，在血池里扑腾两下，抬头就瞧见远处的岸边竟密密麻麻站着许多人影，瞧不清模样，但似乎都面朝着她。

薛茗被吓破了胆，惊声尖叫，身体猛地一抖，从梦中惊醒。她低头一看，包袱和箱子还好好地抱在怀里，但她却不在原先的树下，而是靠在庙前檐下的石柱边，身后就是庙宇的大门，已经开了一条缝，像是暗示她进去。待她站起来往周围眺望，就完全看不见周遭的林子了，只隐隐约约瞧见远处有池水一样滚动的波浪，映照着月光不停起伏。

方才的所有经历是梦，但又不完全是梦。

薛茗这下被整得老实了，背上包袱抱着箱子往庙中走，求饶道："我进，我进还不行吗？"

▶第 2 章◀

薛茗平生没有信仰，遇到难事了就"阿弥陀佛""王母娘娘""太上老君"之类的瞎念一通。之前办公室里来了个新同事，老家是南边沿海地区的，拜妈祖拜得勤快，薛茗也没忍住跟着拜了一段时间，主打一个神多不压身。

她推开庙门踏进去的时候，嘴里来回念着各路神仙的尊称，探头进去一看，就见院中比想象中更为宽广，四周的塔殿也如在外所见一样雄伟富丽，只是院中的蓬蒿长得很高，根本不像是有人居住的样子，月光清明寂寥，好似荒废多年。

东西两边的房舍排列整齐，当中有两间房点着灯，光亮从门缝和窗子露出来，照出长长的光影。薛茗仔细观察，见屋中有人影走动，想来应该是宁采臣。这地方打表面上看起来并没有那么邪门，不过是奢华一些的庙宇罢了，但落在薛茗的眼睛里，处处都透着诡异。

她正想着，就见亮着光的屋子被人拉开门，宁采臣的小厮端了水出来，往地上泼时余光瞥见了薛茗，便露出高兴的神色，扬声道："燕公子，你又回来了？"

这话惊动了屋里的人，紧接着宁采臣也走了出来。他换了衣衫，像是要歇息的模样，看见薛茗去而复返也十分惊讶，朝他走来，询问："赤霞兄，何事让你回心转意，来此地留宿？"

薛茗先前走得斩钉截铁，现在回来确实有点尴尬，她佯装大大方方地走进来，说道："外面果真如宁兄所言，蚊虫众多，我被叮咬了几口，疼痒难耐，只得进屋中暂避。"

宁采臣一听就大笑起来，同时揽上了她的肩膀，带着她往里走，说道："庙中无人居住，空房颇多，我让春夜、秋生给你收拾。"

说着他使唤两个小厮，让他们在隔壁给薛茗收拾出一间房来休息。宁采臣则拉着她在殿廊下聊闲话，支了张桌子，上面还摆了一壶酒和两碟子肉，以及花生米一样的东西。

薛茗见了不由咋舌，心道这宁采臣当真是富家少爷的做派，出门还随身带着这些东西，难怪两个小厮都背着鼓囊囊的包袱。

宁采臣听不到她的腹诽，只说白日赶路这些东西拿出来麻烦，所以才吃的干粮，而后又倒了一杯酒推到薛茗面前，欲与她喝几杯。

然而薛茗不会喝酒，以前公司团建时，她面前摆着的永远都是饮料，平时也没什么社交，就更遑论有酒肉朋友了。她看着面前满满当当的酒杯犯难，又见宁采臣性子豪爽，说不了两句就抬手敬酒，不喝怕是要惹得他生气。

他手底下两个小厮还在忙里忙外地给她收拾屋子，这会儿拂了宁采臣的面子终归不好，薛茗暗自思量后，端起酒杯与他应和，一咬牙就喝了半杯。

这酒难喝得薛茗当场想吐，沿着舌头一路烧到喉咙，跟刀子刮一样。她赶紧用筷子夹了几块肉往嘴里塞。好在卤肉是香的，味道也浓郁，几口下去嘴里的痛苦也少了许多。

宁采臣见她的脸被这一口酒烧得通红，不由大笑起来，旋即问起她的年龄。薛茗上哪知道这身体的年龄，更没有在镜中看过这张脸，一时回答不上来，就佯装开玩笑道："宁兄觉得我多大？"

宁采臣闻言将她的脸细细打量："不过也才十七八的模样，少说也要比我小上个五岁。"

薛茗打着哈哈，顺势道："贤兄。"

宁采臣听了高兴，直言将她当作弟弟，还说了他家住金陵，邀她去金陵游玩，恨不能当场拉着薛茗结拜，同生共死。

她端着笑脸应付，勉强喝了两杯酒，感觉整个人都要烧起来，再强撑不下去，捧着水囊又吃又喝，才堪堪将肠胃里的难受缓解些许。酒意很快上头，薛茗觉得有些晕，瞧着两个小厮将她的房间收拾好，于是不再与宁采臣闲聊，起身拱手告辞。

进屋前宁采臣让那个名唤秋生的小厮送来一面镜子，巴掌大小的手柄铜镜，背面雕刻着细腻精致的蛇形花纹，还镶嵌了两颗指甲大小的红宝石，瞧着就是稀罕玩意儿。薛茗接下，大着舌头道谢，其后嘴里嘀咕着"喝车不开酒，开酒不喝车"之类的话，推门进了屋子。

房间被收拾得很干净，与院中荒无人烟的模样形成鲜明对比，桌子上摆了烛台，散发出的光芒将房间染上一层暖色。

门一关上，周围就安静下来，自古以来人类就是喜欢建造堡垒将自己保护起来，这仿佛是天性，所以即便薛茗知道这地方并不安全，也仍旧有片刻的放松。

她走到桌前坐下，箱子和包袱摆在左手边，铜镜摆在右手边。方才的两杯酒让她意识有些模糊，撑着脑袋坐了好一会儿才缓过劲儿来。薛茗先是打开一直随身携带的小箱子，在里面翻找。

这小箱子装的东西并不多，拢共不过一个手掌心大小的黑葫芦，一串铜钱，一条明黄色的帆布。除此之外，还一个七八厘米的东西，被灰色的布包裹得结结实实，布上有一道赤色的咒文。

薛茗想了想，动手将布给解开，就见里面是一把莹白如玉的小剑。她一下子觉得安心起来，因为原著中的燕赤霞就是凭借着这一把厉害的宝剑击退了庙中的妖怪。

她将小剑重新用布包上，继而把箱子放在窗边。

春夜和秋生二人送了两大桶水进来让她洗漱，她将门从里面锁好，检查了窗子，确认安全之后才打开包袱取出换洗的衣服。

今日走出了一身的汗，又在地上摸爬滚打，晚上那会儿还跌进血池中，虽然知道是幻觉，但她还是觉得皮肤上黏着什么东西，难受又硌硬。

薛茗用镜子照了一下，发现这身体长了一张与自己八分相似的脸，只是与她以前相比更漂亮，也更年轻，正如宁采臣所说，瞧着不过十七八的模样。

不一样的是这张脸的鼻梁处有一颗小痣点缀，当即将五官变得精致，比起从前木讷呆板的自己，现在的模样更为灵动，与她认知中的燕赤霞更是截然不同。

她放下镜子解开衣袍，发现原身为了扮作男子缠了好几层的裹胸，难怪今日赶路的时候一直觉得胸闷气短，还以为是自己没适应这副身体。

薛茗解开裹胸，顿时觉得呼吸通畅许多。前途未卜，这庙也是百分之百有问题，但她这时候已经懒得思考那么多了，酒意上头之后浑身发热，晕晕乎乎间，她干脆把自己脱个精光，蹲在木桶边洗漱，洗完将干净的衣裳往自己身上一裹，倒在硬邦邦的床上，立马睡着。

这一觉也不知睡了多久，薛茗只觉得获得了短暂的休息，然后被尿憋醒。睡前喝了太多的水，意识清醒的瞬间她觉得膀胱要爆炸，立马手忙脚乱地翻身下床。

房中的灯不知何时灭了，月光照不进来，周遭黑黢黢的。薛茗用脚寻找了一下，穿上自己的鞋子后，摇摇晃晃来到门边。

许是酒意没有完全散去，情急之下也没考虑那么多，薛茗一把将门闩打开，踏出房门。

院中有皎洁明亮的月光，照得满地银白，薛茗并未察觉出异样，快步往茅房走去。

先前与宁采臣喝酒时她去过一趟茅房，虽说是旱厕，但还算干净私密，且距离并不远。好在一路顺利，薛茗跑去茅房解决了要紧事，整个人都清醒不少。

她后知后觉这地方不安全，便飞快要回房间去。谁知走了好一会儿也没回到原先的殿廊，这才隐隐察觉不对，想着来时好像也没走那么长的路。

正当她心中开始不安时，突然响起有人说话的声音。

那声音来得微弱模糊，听得不清楚，似乎在北面那堵墙后。薛茗瞬间出了一身冷汗，抬眼往前一瞧，就看见前方几步远的距离，北墙上有一面雕花石窗。

她两次上茅房都走得急，已经不记得这墙上原先有没有石窗了。可这窗子看起来也没什么特别之处，薛茗在原地停了一停，那说话的声音却越来越大，像是在靠近一样。

换作任何一个正常人在这种时候都不经吓，更何况薛茗还胆小，于是她马上就动身，寻思着一路跑回去算了。才刚跑两步，到了石窗前，也不知是她没管住自己的眼睛，还是受了什么蛊惑，竟转头朝石窗看了一眼。

这一看，她的脚步就停住了，马上就被钉死在地上，半分挪动不得。

同时，那原本模糊不清的说话声也变得清晰起来。

“小倩那丫头怎么还不来？”

“应当快了。”

借着明亮的月光，薛茗看见石窗后站着两个妇人。一人穿得雍容华贵，头戴珠钗身披锦帛，妆容精致，饶是瞧着有三四十的年纪，也风韵犹存。另一人则是上了年纪的老妪，发上插着梳形银篦，衣着朴素，生了满脸的褶子，端的一副邻家老奶奶的模样。

那妇人抬手，好整以暇地看着自己血红的蔻丹，说：“近日来她办事总是不太上心，瞧着不太对劲，是不是对姥姥生了怨？”

“倒是没听她抱怨。”那老妪道。

“姥姥手底下的这些个姑娘里，数小倩最有本事。”妇人道，“但她生了双有野心的眼睛，不是什么好掌控的人，姥姥要当心了。”

薛茗听着这两人对话，哪里还不明白她们的身份？

她在心里大喊糟糕，想让眼前这两个演场景剧似的人停下来。

撞见这样场景的人应该是宁采臣才对，怎么会落到她的头上？

薛茗想偷偷摸摸地弯腰逃走，只是这时候她的身子压根不听使唤，双脚更是半点知觉都没有。她低头一看，双脚竟然在她毫无察觉的时候化成了石头。

这下可把她吓惨了，但因为忌惮面前这两个，她愣是没敢发出声音，急得额头都出了汗。忽而一阵阴风扑面而来，将她一身的冷汗吹得冰凉，紧接着就看见一个十七八的姑娘走着莲花一样的步子出现。

老妪笑道：“这才刚说到你，你就来了。”

那女子走到近处，一袭红色的衣裙，面容白得异常，眼睛眉毛若秋水远山，极其貌美。

薛茗的心疯狂跳动，头皮发麻。这个姑娘，毫无疑问，就是聂小倩。

她的美极具攻击性，明艳耀眼，眼睛好似能勾人心魄，媚气横生的同时又带着一股妖冶阴冷，绝不是影视中那楚楚可怜的模样。让人看了第一眼就明白，此人绝不寻常，凡人是绝对生不出这样容貌的。

薛茗也是在看见聂小倩的这一刻恢复了身体的知觉，先前双脚化石也好似幻觉。她不敢再停留，只捂住自己的嘴慢慢俯身，弯下腰贴着墙面往前行了一段路，直到交谈的声音完全消失，她才撒开腿一路狂奔。

许是过了诡异的地段，这次她没走多久就回到了原先的房间，一口气进门上闩，甩掉鞋子钻进薄被里，将身子蜷缩成一团，连同脑袋也蒙了起来。

缩了片刻，她仍觉得不安心，又爬下床来到窗边，将小箱子抱在怀中再回床上，紧紧地给抱住，这下才彻底让她觉得安全了。

薛茗缩在床角，被子裹在身上，捂出了一身的汗也不敢掀开。

她向来没有睡觉方面的烦恼，基本都是一闭眼到天亮，这会儿就在心里默默祈祷赶紧入睡。反正聂小倩会去找宁采臣，跟她没关系，只要睡着就安生了。

却不知是不是因为方才被吓得完全清醒了，她现在半点睡意都没有，闭眼了很长时间意识依旧清晰，周围有点风吹草动都能惊动她。也正因如此，当她的房间出现一个很轻很轻的脚步声时，她立马就听见了。

薛茗抱紧怀中的箱子，不敢睁眼，料想有这厉害宝贝在，那些邪恶的东西都不得近身。心里正盘算着呢，忽而脸上吹来一口气，阴冷无比，还带着一股子花香。

薛茗吓得浑身发软，虽然闭着眼睛，但她肯定有人就在她的脸边，凑得很近。她不敢睁眼，怕看见一张凶残无比的脸，于是硬着头皮装睡。

片刻后，轻柔的声音在耳畔响起："公子，你既然醒着，为何不睁眼看看妾身？"

薛茗上一刻还想着"我死都不会睁开这双眼睛"，下一刻那传来的话语像是言咒一般往耳朵里一钻，她的眼睛不受控制地瞪得溜圆。就见屋中一片漆黑，什么都看不见。

薛茗大松一口气，心想要是这样的话，那也能接受。

谁知身旁的人忽然"呼"地吹了一口，而后桌上的灯盏就自己燃起来，光亮填满了屋子，视线变得清晰，薛茗也与身边的人对上视线。

是聂小倩。她换了身雪白的衣裙，绾着精致的发髻，脸上的妆容相当浓艳，红唇夺目。如此近的距离，薛茗得以将她的脸看了个清楚，比先前隔着石窗看着更为美丽，施了脂粉的脸也有了红润之色，不再是过分苍白的模样。

聂小倩含着笑望着薛茗，像是在等待她的赞美。

到了这份儿上，害不害怕都成了次要的，脑子再不转，小命都要保不住。

薛茗心说：贤兄，对不住了。

然后她伸出一根手指头指了指隔壁贤兄的房间，小声道："姑娘，你找错人了，宁采臣在隔壁呢。"

▶第 3 章◀

聂小倩抿着唇笑，将脑袋轻轻靠在薛茗的肩头，轻声细语道："妾身不认识什么宁采臣，只喜欢公子你。"

虽然现在气氛不太好，薛茗也明确地感知到自己处在危险之中，但她还是有一句话想说：这聂小倩是不是瞎啊？

她解了裹胸之后也不算一马平川，怎么还能给她认成男人？都变成这鬼样了还耽误用眼睛吗？

当然，这话薛茗是万万不敢说出口的。她努力地往床角缩，被聂小倩完全挤到墙边实在没地方躲了，只好壮起胆子尝试与她对话："这位姑娘，你是不是认错人了？"

聂小倩的手指从薛茗的脖子处滑过，惊得她打了个哆嗦。聂小倩道："你我是平生头一回见，怎会有认错一说？"

"不是……"薛茗微微倾身，将领口扒开给她瞧了一眼，弱弱道，"我是个女的啊，不是什么公子。"

说完，薛茗又飞快缩回去，把领口严严实实地掩住，戒备地盯着聂小倩，以防她突然发疯。

不料聂小倩只是愣了一下，继而笑起来，道："不是你自己要扮作男儿郎的吗？"

薛茗随口回答："那是因为出门在外以男人的样子更方便行事，不过姑娘你当真不去隔壁吗？按理来说这时候你应该出现在宁采臣的屋子里。"

"按谁的理？"聂小倩问。

薛茗没想到她会这样问，犹豫片刻后试探道："……蒲松龄？"

聂小倩的眸光一转，在她脸上扫了几个来回，约莫是头一回意识到话不投机半句多，于是干脆直说："你放心，我不是来杀你的，只是取你几口阳气。"

薛茗浑身的汗毛一立："什么东西？！"

"阳气。"聂小倩道，"活人都有的东西，只取几口，最多让你精神萎靡半日，睡一觉就养回来了。"

薛茗看着她的脸，特别想把桌上的镜子拿来让她自个儿照照。

她现在的表情简直跟黑心老板骗人加班、黑车司机拐人上车、景区商贩宰人消费的时候一模一样，两眼散发着"我就是要害你"的精光。

这哪有半点好人的样子？谁会信啊！

薛茗不知道这个世界的“阳气”是什么样的设定，但她现在是绝对不信任聂小倩的。聂小倩在遇到宁采臣之前，不管被迫也好，主动也好，是实打实地害了很多人，根本就是只邪祟，被她的皮囊蛊惑而丧生的人太多，绝不可掉以轻心。

她记得原著中，是宁采臣严词拒绝了聂小倩且当晚并没发生什么，或许她也该如此才对。

“不可能。”薛茗佯装硬气，将手搭在了怀里的箱子边上，暗暗威胁，“我不会与你交易，你别看我脾气好就当我好拿捏，我这箱子里可有不少宝贝，足够对付你。但我只不过是在此地借宿一夜，不想与你交恶，若是你现在离开，我可当作什么都没发生。”

聂小倩的视线落在她怀中的箱子，似乎当真有几分忌惮，不敢再冒进，但也没有放弃，又道：“妾身没有恶意，不过是想借你几口阳气。”

薛茗道：“隔壁人的阳气更多，你何不去找他试试？”

聂小倩却忽然靠近，像品尝某种事物一样先闻了一口，长长地舒一口气：“你的阳气更纯，更让人舒坦。”

鸡皮疙瘩瞬间起了全身，薛茗脊背发凉，她隐约从这句话中察觉到了什么信息，恍然间意识到聂小倩没去找宁采臣反而进了她的屋子可能不是什么偶然的意外。

她不再与聂小倩纠缠，手指将箱子的锁扣挑开，作势要往里拿东西。聂小倩见状便轻飘飘地下了榻，烛灯落在她身上，地上拉出长长的影子，薛茗才知原来凭借着影子来分辨人与邪祟是完全无用的。

聂小倩赤着脚，脚步落在地上几乎没有声音，走到门边的时候突然转头，风情万种地瞟了她一眼：“今夜怕是不太平，你可要保护好自己。”

薛茗都还没来得及细想，就看见聂小倩身影一晃，化成了缥缈的烟雾消散，简直像变魔术一样。她飞快将箱子打开，把小剑攥在手心里，仔细回忆着《聊斋》的原著剧情。她记得分明，在宁采臣入住的头一晚，聂小倩就进了房中试图魅惑他，但没有成功。

此时隔壁房一点动静都没有，聂小倩反而来了她的屋中，而且箱子里的宝贝也没有发挥出作用，薛茗不明白究竟是哪里出了问题。

天一亮就马上离开。薛茗暗暗下定决心，后半夜也不打算睡觉了，想睁着眼睛守到太阳露头。

只是接下来的事情并不顺利，聂小倩的出现仿佛只能算一个开始。

起先薛茗是听到一些窸窸窣窣的声响，像是有谁拿指甲在墙壁上来回地刮，声音细微，但因为夜里太过寂静，所以听得清楚，她警惕地寻找声音来源。

那声音一阵一阵的，若有若无，虽然不大但让人心烦，尤其是这样状态下的薛茗，越听越难受，心里像是有十几个爪子在挠。

她攥着小剑缓慢地下床，弯着腰动作十分缓慢地朝着窗子摸去，直到贴上窗边细听，才觉得这声音更像是某种东西触碰窗子发出的。

薛茗耐心等了许久，仍旧无事发生，她便慢慢站起来将窗子推开，随后发现那其实是探入檐下的树枝被风吹了之后，刮在窗子上发出的声音。

果真在这样的情况下，自己就能把自己吓死，一个小树枝就让她紧张了大半天。

薛茗无奈地勾了下嘴角，有点嘲笑自己的胆小。接着她伸手，打算将探来的树枝给掰断。不料这手刚伸出去，忽而一个丑陋的东西打窗子上方倒吊下来，同时发出尖厉刺耳的叫喊。

"啊——！"薛茗的心脏都要被吓停，猛一哆嗦，尖叫声脱口而出。下一刻，就见这丑陋的怪物极快地伸手抓来，那黑黑的指甲跟筷子似的，长得夸张。

她下意识地将握着小剑的手抬起来抵挡，但这被寄予厚望的宝贝却是半点用都没有。薛茗只觉得肩膀一痛，被狠狠抓了一爪子，整个人也因为强大的力道往后摔去。

薛茗的反应也快，马上就从地上爬起，看见那东西沿着窗子爬进来，一只接着一只，体形约莫是小型狗的大小，只有爪子特别长。

她此刻也顾不得什么箱子里的宝贝了，往门上狠狠一撞，也不知是门闩太脆还是她此刻爆发的力量太大，竟生生撞碎了门闩，跑出房间。

"救命啊——！"薛茗发出嘹亮的声音。

她本能地想往人多的地方去，却不料出了门一转头，就见宁采臣的房屋外面围了不少这种小怪物，窗子上檐廊下都爬满了，密密麻麻的。

薛茗没有任何停顿地掉头，朝着另一个方向跑去。这种小怪物步子迈得飞快，但劣势在于它们腿短，因此薛茗奋力地奔跑起来，当真拉开了一段距离。

她在心中大骂不止，心说《聊斋》原著里，在这个篇章的燕赤霞杀这些玩意儿跟喝水一样简单，到了她这儿不会使那些厉害的法术也就罢了，怎么连箱子里的那些宝贝也没了用处？

肯定不是原著，指定是穿到哪个傻瓜作者写的同人小说里了。

身后不断传来嘶声高喊，尖锐刺耳，且还在不断靠近。薛茗简直是使出吃奶的力气逃命，完全顾不上前方是什么路，瞧见哪里宽敞就往哪儿跑，一刻也不敢停下。

无云的夜空中只悬挂着一轮圆月，天穹之下整座华丽的殿宇都沐浴在月色中，清风过境，茂密的树冠喧哗起来，织就精美的画卷。

檐上两人并肩而立，一人穿着雪白长裙，一人身着杏色衣裙。裙摆飘摇间显出二人妙曼的身姿，面容都生得相当美丽，正同时盯着地面上奋力奔跑的人。

无比宽阔的长道上，薛茗踩着满地月光大步狂奔，姿势算不上好看，发带也不知什么时候被身后的爪子钩去，满头青丝飞舞着。

杏色衣裙的女子问："小倩姐姐，当真不救她吗？"

聂小倩盯着薛茗看了一会儿，忽而转头朝着更远处望去，夜色朦胧间，有一座若隐若现的大殿。

"倒是会挑地方逃。"聂小倩哼笑一声，又道，"她已经跑入荷塘地界，是生是死全看她自己的造化，我们可管不了。"

薛茗发现人的潜力确实会被无限激发。

有时候你觉得这已经是极限了，但是再逼一逼，你还是能有所提升。

薛茗刚工作的时候租了个比较便宜的地段，要回家必须经过别人家门口的小巷子，偏偏巷子里有个死老头养了条攻击性极强的大狗，还不拴绳。也不知道那大狗怎么就看薛茗不顺眼了，每回她上下班经过，那条死狗都能精准地认出她的脚步，然后冲出来一顿狂咬狂追。

薛茗上门协商几次未果，开启了很长一段时间的冲刺上下班生活，也正因如此，她跑步的速度和耐力都算上等。

后来她咬牙斥巨资买了电瓶车，回家的时候手里拿着一根棍，那条死狗一来追，她就一边拧油门一边拿棍子敲它的狗头，连敲了好几天，狗就老实了。薛茗懈怠了一段时间，所以这会儿，她有好几次都差点被追上，那锋利的爪子从她脖颈处擦过，仿佛再往里几寸就能割开她的脖子。

薛茗心里清楚，这不是老头家门口的那条狗，要是被追上了那就是一个"死"字，说不定还会被开膛破肚。

一想到这儿，她快要枯竭的力气又生出不少。

也不知跑到了哪里，周围的景色已经完全陌生，跑着跑着两边出现了宽阔的荷塘，水面上密集的荷花荷叶都随风摇曳着，清香在空中弥漫，迎面而来的风终于有了夏日里的温度，不再是阴冷刺骨。

路只剩下一条，尽头有一座房子，隐在夜色里看得不分明。此刻薛茗已经没有退路，只能硬着头皮往前跑，一路踩着满塘荷花中间的道路，往屋子飞奔。

这屋子建在荷塘中央也够奇怪的，没有门，薛茗一头撞进去，摔进了正堂。

她这么一摔，就彻底爬不起来了，这个时候已经是难受到了极致，心肺要爆炸一样疼得厉害，连呼吸都相当困难。薛茗发泄一般在喘息时发出叫喊，大脑充血导致意识变得模糊，整个人瘫倒在地，连手指头都抬不起来。

薛茗本绝望地以为要被那些蜂拥而至的小怪物分尸，却没想到周围竟然安静下来，那些尖厉刺耳的叫声也全然消失不见，除却满塘荷叶摇曳的声响之外，什么都没有。

薛茗半死不活地躺在地上，熬过了最难受的那一阵，呼吸渐渐趋于顺畅，心肺也不再那么疼痛，被风一吹才察觉自己浑身是汗，衣衫尽数湿透，明白自己已经死里逃生。

左肩处传来隐隐疼痛，她扭头看了一眼，才知最开始的那一爪子果然抓破了她的肩膀，留下了三道长长的痕迹，但伤口并未流血，而是不断冒出丝丝缕缕的黑气，疼痛也不明显，像是打了什么轻微的麻醉一样。

好过被开膛破肚。薛茗安慰自己。

正当她大脑放空，盯着天花板发呆时，忽而有一声极轻的声响落在脑袋边上，接着余光中就飘过了布料似的东西，像是有人站在她头顶前方。

又来？！

薛茗用刚恢复的力气惊慌坐起，转过半个身子去看，就见身后果然站着一个人，是个十分年轻的男子。

他穿着宽松的黑色长袍，长发半绾散落在肩上，以一种很是随意懒散的姿态站着，居高临下地看着薛茗。最引人注目的是他生了一张非常漂亮的脸，眼睛好似浸了墨的玉映着皎洁月光，与眉间的英气相衬，淡漠如冰雪，没有丝毫情绪。

薛茗在与他对上视线的瞬间，感觉心头被狠狠击了一下，剧烈地颤抖起来。

面前这个人，简直与先前看见聂小倩时给她的感觉一模一样，下意识让人觉得不是凡人。

细看之下，他的皮肤白得没有血色，双手的指甲也是黑黢黢的，赤着脚踩在地上，影子被月光映出一小截。

聂小倩是娇媚柔情的，而眼前这个却充斥着冷漠的锐气，使人在面对时难以抑制地萌生退意——看起来就不好惹。

▶第 4 章◀

忽而有一股强风从薛茗的背后涌进来，霎时间屋内的纱帘都飘荡起来。

这个漂亮的男人身量很高，宽敞的衣袍翻飞时勾勒出他精壮的身体，青丝缭乱间，薛茗看见他的侧颈处好像有什么图案，还没看个清楚就被墨发遮挡。

她只走神了一瞬，很快又对上男人的眼睛。他似乎对有人闯入自己的领地不悦，表情隐隐有些冰冷。

薛茗刚才要死要活跑了那么久，现在双腿的骨头软得像棉花，连站起来的力气都没有了，再跑是不可能了。

而且面前这男人浑身上下都散发着危险的气息，怕是一个比聂小倩还凶猛的怪物，薛茗自然是识时务者为俊杰，缓缓举起了自己的双手，努力表现出无害的模样："这位大哥，我是误入此地并非有意打扰您，外面有东西在追我，我只想在这里借几寸地方歇歇脚，您大人有大量，别跟我计较。"

薛茗的语气和表情都非常诚恳，做出投降的姿势，眼眸紧紧盯着他，生怕他突然暴走。

然而男人听了她的话后却没有什么太大反应，只是眼眸微动，像是将她上下打量。

半晌，他的面上流露出一丝疑惑，却仍没有开口。

薛茗的思绪飞快翻滚，心想着难不成这人是个哑巴？但若是真哑巴也无妨，只要不聋就好。

最重要的是这男人看起来情绪似乎很稳定，应该是能够交涉的样子，薛茗赶忙加把劲："我一个人占不了多少地方，明日一早我就会走，绝不会发出任何声音惊扰您，您当我不存在就好。"

男人面无表情地看着她，随后开口，声音如佩环轻撞，清朗悦耳："出去。"

薛茗怔住。好消息是这男人既不聋也不哑；坏消息是刚才她说的那些显然毫无用处，白费口舌。

"大人！俗话说救人一命胜造七级浮屠，就算是您，也可以积德，只要您让我在这躲一夜，他日出去后我必定给您立像，让我后世的子子孙孙都供您香火！"

薛茗在这门道上懂得不多，能说出这些话也是小时候看电视学的，只求这人能受香火的诱惑，网开一面准许她留下来。

这要是被赶出去了，外面的那些小怪物定然会将她生吞活剥，后果不堪设想。

若怎么都是死，薛茗或许还会表现得有点骨气，但只要有一线生机，再窝囊的方法她也会毫不犹豫地选择。

谁料这该死的男人油盐不进，面上的神色更是一点变化都没有，语气比方才更冷了几分：“出去。”

话音一落，穿堂风变得猛烈而凌厉，直往薛茗的面上扑，隐隐蕴含着一股将她吹出屋子的力量。

薛茗没有任何地方可以抓着借力，感觉自己的身体被风吹得往后倒，也是病急乱投医，高喊道：“等等！就算你不想积德，不要香火，那阳气你总要吧！你让我留下来，我供你几口阳气！”

男人不为所动，反问：“我为何要你的阳气？”

薛茗急得满头大汗，你们要阳气还不是跟妖怪要吃唐僧肉一样，是天经地义之事吗？这还要问为什么？

她避而不答，只将聂小倩的话搬过来用：“我的阳气比寻常人要纯，吸我的一口顶上吸别人十口，方才还有个怪物想吸都被我赶走了呢！”

男人没有应声，风也没停，薛茗急声道：“大人，你吸过阳气吗？”

男人像是终于被挑起了一丝兴致，慢腾腾地回答：“无。”

薛茗心中大喜，心说没吸过就好，容易骗。

她语速飞快地极力自荐：“你没吸过就体会不到其中滋味，你尝一口就知道了，爽翻天。”

风势依旧迅猛，薛茗说了这几句话就被灌了满嘴的阴风，肺里都是冰凉一片，再想说话已是开不了口，要了命地咳嗽起来。

男人在风中屹然不动，站得稳当。他的目光轻飘飘落在眼前这人的身上，若有若无地打量起来。

屋中没有点灯，但月光足够明亮，大片的银光落在她的身上。

她只穿了一件长衣，左肩胛处被抓破，露出大片嫩白的肤色，黑色的爪印在上面极为醒目。领口也被揉得很皱，敞开一大片，隐约能看见里面雪白的肌肤和姣好的身姿。也不知是方才经历了什么恶战，她形容狼狈，青丝凌乱地散下来，却遮不住面容。

她的眉眼浓黑，有着墨笔精心勾勒般的美，因着连续咳了许多下太过难受，无辜的杏眼沁出了水液，显得极为晶莹剔透，央求地看着他。

面前这人呈现出了一种让人完全陌生的神情和姿态，浑身上下的每一处都像是白皙柔软的，因为求生意志出奇地强烈，所以即便是弱者的姿态也并不显得懦弱。

眼睛里的蛊惑比她所说的那些直白的话要浓郁百倍，能够轻而易举地勾人心魂。

他的视线若无其事地掠过很多地方，最后只集中在一点，落在她鼻尖的那颗痣上。

继而风势迅速减小，不消片刻就停息，周围再次变得寂静，薛茗整个人松懈下来，全身力竭，险些瘫在地上。

接下来就是很长时间的沉默，久到薛茗以为男人不会再回应时，堂中才响起他平静无波的声音：“好。”

薛茗累得一句话都不想再说，只能呼哧呼哧地喘气，思考都变得费力，只余下一个念头：太好了，又活下来了。

薛茗从前上班的时候，总是盼着日子过得快一点。周一早上醒来的时候怨气比鬼都浓郁，恨不得一眨眼马上就到周五下班。她似乎除了上班也没有别的事情要忙，即便如此，工作也就是她生命的全部，挤不出多余的时间去社交。

对于没有交过任何男朋友的薛茗来说，渡阳气绝对是一个巨大的挑战。

“唉……”薛茗长长地叹了一口气，整个身体泡在温暖的泉水中，泡得头昏脑涨。

方才那男人嫌弃她身上太脏，指了个地方让她洗干净。薛茗沿着方向寻来，才发现这座建在荷塘中央的房子远远没有表面看上去那么简单。

这里面竟然有一汪活水温泉，温度适宜，泡在里面浑身舒坦，消弭了骨头里的疲倦。

今晚发生的事太多了，薛茗屡次踩在生死线的边沿，好几个瞬间都以为自己死定了，没想到摸爬滚打一圈，还能活下来在这里泡温泉。

能活着就是最大的好事了。薛茗在心中安慰自己，不就是阳气吗，既然可以养回来，那就算是被吸几口也无所谓。

这男的也不知是什么来头，至少到目前为止还没表现出穷凶极恶的模样，从方才可以交流的情况来看，至少他不是滥杀无辜之辈。他甚至十分慷慨地借了一件黑色衣袍给她。

薛茗裹着宽大的衣袍离开温泉屋，正疑惑去哪儿找人时，就看见廊中的窗台处有一个蜻蜓大小的纸鹤。许是专门在这里等她，见到她出来后，那纸鹤竟然展了展翅膀，轻飘飘地飞起来，往一个方向而去。

虽然知道这是蒲松龄所构造的光怪陆离的世界，但瞧见这神奇的法术时，她还是会感到惊奇。

薛茗迈着步子去追纸鹤，被引着穿过长长的走廊，拐了四五个弯，最后来到一个屋子前。还不等她上前推门，紧闭的房门就自己打开，纸鹤飞进去，落在男人手边。

他坐在矮榻上，半个身子倚着桌子，屈起一条腿，长发和衣袍随意地散着。

薛茗走进去，发现他其实在看书，竟然还挺有文化。屋内寂静无比，月影婆娑，桌上点着油灯照明，光芒映得他俊美的面容明暗交错，肤色更加雪白，指甲像被墨水涂了一样，既漂亮又诡异。

“大人。”薛茗轻轻开口。

男人放下书，抬起眼皮看她一眼。

薛茗穿的衣裳大了不止一星半点，即便将衣扣系到最上面仍敞了一大片脖颈，歪歪扭扭地挂在肩膀上。方才在温泉里泡了许久，白皙的皮肤染上嫩红色，眼眸还是湿淋淋的，映了烛光进去就显得又黑又亮。鼻尖那颗痣成为最好的点缀，将这张略显软弱的脸衬得明艳夺目。

男人看了她几眼，问：“你要如何给我渡阳气？”

这下把薛茗给问住了，她哪里知道如何渡阳气？但影视剧里演的差不多都是一个样，或许只要她的嘴贴上去，对方自己就会吸了。

不过在渡阳气之前，薛茗有一件很重要的事要说。

她露出一个很勉强的笑容，打算先套套近乎：“我叫燕赤霞，这位大人，您怎么称呼？”

这时候薛茗注意到这男人的眼神有一瞬的变化。他的神色起先是不大在意，但听到这个名字的时候眉尾轻轻一扬，倏尔变得更加耐人寻味。

这是一个让薛茗看不懂的表情，她小心翼翼地观察着，揣摩他是不是从前与燕赤霞结过旧仇。

但是担心的事情并没有发生，沉默好半晌后，男人才开口：“玉鹤。”

交换名字，在人际交往中是非常重要的一件事，这往往意味着一段良好关系的开端。

薛茗诚恳道：“玉鹤大人，是这么回事，你等会儿吸阳气的时候不要吸太多，等我将阳气养回来后，你还可以再吸，如果一下吸得太多把我吸死，就什么都没了。”

薛茗将这话说得半真半假，毕竟她早就盘算好天一亮就离开，绝不会在此停留，只要安然度过今夜就好。

玉鹤显得相当好说话，轻易应允。

话说到这儿，两人口头上的交流也算是结束了。薛茗并不担心这男人骗她，毕竟渡阳气是她自己请求的，若是想要杀她，不过是动动手指头的事，男人用不着这样大费周章。

他的视线一直落在她身上，虽没有蕴含太多情绪，却也没有移开过。

薛茗壮着胆子上前，慢慢爬上矮榻，扯着宽大的衣袍朝玉鹤靠近。

她或许也不需要做什么，只要嘴贴着嘴吹气就行了，而且这男的这么好看，大大减少了她心理上的障碍。

玉鹤坐着不动，目光追随着她的动作，看着她朝自己靠近，直到两人的肢体触碰到一起，距离只有几寸，近到呼吸声都变得清晰可闻。

▶第 5 章◀

活了二十多年还没亲过男人，到底还是有些害羞，但她心里清楚面前的是个什么角色，而且是为了活命渡阳气，与情欲不沾半分，眼睛一闭，就当亲一块生肉。

薛茗暗暗咬牙，干脆快刀斩乱麻，跪直了身体撑着他的手臂，将上半身抬高，往他的唇边凑去。

玉鹤毫无动作，一副任人为所欲为的模样，垂眸看着她靠近。

薛茗下定决心后动作很快，精准地寻到他的唇然后贴上去，刹那间柔软的触感骤然传来，她的心在这一瞬疯狂抽动起来。

心理准备建设得再好，在双唇触碰的一瞬还是完全崩塌。这完全不是亲一块生肉的感觉，他的唇虽然没有温度，但却软得不像话。

薛茗紧张的手臂微微颤抖，仅仅在贴上他的唇后就不敢有其他行动，只微微将唇瓣张开，等他来吸自己的阳气。却不料玉鹤没有半点反应，唇瓣闭合，像是没有主动的想法。

怎么不吸啊？薛茗要急死了。

她尝试往玉鹤的口中吹气，但他表现得拒不配合，闭着嘴没有动静。薛茗心一横，干脆撬开了他的唇瓣，往里吹气。

阳气阳气，顾名思义就是活人的气息呗。薛茗以为这就算是渡阳气了。

她用力吹了几口，而后赶忙往后撤离。这时候她的脸已经红得像煮熟的虾，冒着腾腾热气，眼睛里也沁出些许水液，衬得一双眼睛晶莹明亮。她努力睁大眼睛去观察玉鹤，透着一股小心翼翼，像是用眼神询问这位大人满不满意。

玉鹤的神情却十分淡漠，一抬手就将她的下颌骨整个掐在掌中。

“这就是你所谓的渡阳气？”他的手指很长，皮肤是异常的白，漆黑的指头微微用力，陷在她脸上的软肉中。

冰冷无比的触感包裹了薛茗的下半张脸，对上玉鹤充满不悦的眼神，她心里登时生出惧意。

这阳气渡得显然让他很不满意，他似乎露出了一种被戏耍之后的隐怒，眼眸充满侵略性，脸色阴沉，有了凶恶的模样。

薛茗吓得浑身一颤，下意识往后躲闪，却因为脸颊被牢牢抓住而动弹不得半分。

“不、不是的……”薛茗打着磕巴道，“我方才给你吹气了呀。”

玉鹤嘴角轻勾，嘲讽一笑：“你以为你吹的是仙气不成？”

薛茗讷讷道：“难道不是这样？”

渡阳气不就是这么渡的吗？电视剧都这么演，嘴巴一贴，就给吸走了呀！

薛茗觉得这是玉鹤的错，想要的阳气都被她喂到嘴边还不吸，反倒来怪罪她，哪有这样的道理？

玉鹤问：“你就是这么给别人渡阳气？”

“我、我、我不知道，我没给别人渡过，这是第一次。”薛茗惊慌失措，有些语无伦次，小声道，“或许是我刚刚吹得力气太小，可是我的肺活量也没有很大……”

玉鹤眼眸微微一弯，突然露出个笑来，给本就俊美的面容添上几分昳丽。他的另一只手按住她的后脑勺，将她往前一拽，紧跟着他的唇就不由分说地覆了上来，几乎是咬住了她的唇瓣。

他一改方才的被动，带着几分霸道地开始逞凶。薛茗受到惊吓，本能地往后躲藏，却被他抓住，攻势凶猛，不给一丝喘息的机会。

夜色浓重，外面只有风吹荷花发出的翻叶声，坐落在荷塘中央的屋子不受任何外界打扰，被笼罩在安宁的环境中。

屋中只点着一盏灯，光芒往外扩散，落在矮榻上紧紧交缠的两人身上，隐隐传出微弱的声响。

漂亮的男子将柔弱的少女桎梏在怀中，俯着头往下压，宛如咬住了猎物就不再松口的野兽。少女招架不住节节败退，满头青丝铺在榻上，完全是投降的姿态。

玉鹤的手触碰到薛茗脆弱的肌肤，冷冰冰的温度让她猛地打了个战，赶忙攥住他的胳膊制止。只是这点力道在玉鹤看来也是毛毛雨，根本阻止不了他作乱。薛茗感觉自己的阳气被掏空了一样，呼吸不上来，力气也完全流失，身子软成了掺水的泥巴。这阳气要是再给他吸下去就死了。

“呜呜……”薛茗发出了到极限的声音，求生的意志让她奋力挣扎起来。

玉鹤倒也守信用，很快就松开了她，唇上被揉出了红色，让他的脸看起来更为漂亮，有了几分鲜活的模样。

薛茗大口地喘息着，腰上桎梏的力道消失之后，她半趴在矮榻上，面色潮红，眼睫微颤。这阳气居然是这样的渡法，薛茗脑袋发蒙。

这男人简直不守信用，连吃带拿，吸阳气就算了，怎么手还不老实？

薛茗敢怒不敢言，手脚并用地往旁边爬了爬，用衣袖擦了擦嘴。

这一擦就感觉唇上传来了隐隐刺痛，用指腹一摸痛处，竟摸出些许殷红的血液。

她大惊失色，从前听公司同事讨论吻技烂的时候她还不以为然，认为不就是两张嘴亲在一起，能烂到哪儿去？如今摸着刺痛的唇，她心里大骂，这吻技真是够烂的。

薛茗也不敢与他计较，只想赶快离开，于是问道：“玉鹤大人，这阳气你也吸了，今晚我睡哪儿？”

玉鹤大概是吸得很满足，听到她这话，竟露出一抹轻笑，继而他道：“隔壁有闲房。”

薛茗没有停留，道了谢后飞快下床，脚踩在地上时差点摔一跤，腿软得使不上力。现在想来仍有后怕，也不知阳气是被吸了多少，竟然腿都软得走不了路，若不是方才她阻止得及时，肯定要被吸个半死不活。

终究是一笔危险的交易，薛茗心想，幸好到这里就结束了，过了今晚就赶紧离开，绝不能耽搁。

▶第 6 章◀

房间干净又宽敞，里间和外间用墨金的纱帘遮挡。墙上的灯点着，光芒从高处落下来，整个房间都是敞亮的。

薛茗此时没有心情去欣赏这房间的摆件和构造，关上门反锁后，软着腿爬上了床榻。

躺了好久心跳才平复，颤抖的手也安静下来，疲乏像是钻进了每一根骨头里，让她感觉累极。

这就是阳气被吸走的感觉？

薛茗慢慢地感受着自己此时的状态，感觉有点像失血过多，又像是经历了一场剧烈的运动，但身上并无疼痛之处，除了嘴唇上还顽强地残留着伤口的刺痛，引得她下意识舔了一遍又一遍之外，其他似乎没那么难以接受。

聂小倩说睡一觉就能恢复，且夜晚的时间没剩多少了，薛茗也不敢再耽搁，闭上眼睛开始酝酿睡意。

本以为今夜九死一生，心情会难以平息，却不料许是逃命的时候累得太厉害，后又被抽了几口阳气，她一闭上眼睛就死死地睡去了。

这一觉连个梦都没有，一觉到天明，直到窗外传来鸟啼的声音，忽高忽低，最后落在薛茗的窗外叫着，才把她从睡梦中唤醒。

薛茗迷迷瞪瞪地醒来，睁眼一看，发现此刻居然在自己的屋中。

身下的床硬得硌骨头，身上只搭了一层薄薄的被子，昨夜被她死死抱在怀中的小箱子在床的另一角，而那把被她单独拿出来的小剑则掉在地上。门窗严严实实地闭着，昨夜的一切好像是薛茗做的噩梦，什么聂小倩，长爪子的怪物，住在荷塘中央的玉鹤大人，仿佛都不存在。

她迷茫地揉了几下眼睛，慢慢地从床上坐起身，忽而瞥见自己身上穿着一件极其宽松的黑色衣袍，上面隐隐绣着金丝纹。睡觉时被揉得很皱，领口完全敞开了，隐隐看见胸口和左肩上冒着黑气的伤痕。

薛茗一个激灵从尾巴骨打到脑门，整个人清醒了过来。

原来昨夜发生的一切都不是梦！她真的死里逃生。

薛茗尝试着爬起来，果然剧烈运动过后的双腿疼得要命，肌肉的酸痛差点让她站不起来，走两步腿肚子就要抽筋。

她龇牙咧嘴地缓和了一会儿，继而从包裹里拿出干净的衣物，自己琢磨了好半晌，缠上裹胸穿好衣裳，用发带随意绑了个马尾。最后再将小箱子的东西给收拾好，往身上一挎，推门而出。

外头阳光明媚，已是将近正午。宁采臣坐在檐下不知是正在欣赏风景还是什么，手中摇着一把折扇，抬头往天上看。他的两个小厮则在院中忙活着除草，将原本长得很高的蓬蒿全给拔掉，已经清理了一大片。

三人听见薛茗出门的动静，同时将视线投来。

“贤弟，你这一觉睡得还挺久。”宁采臣站起身，一身织锦蓝衣，白纸扇一摇一晃，端的是一派风流的模样。

“嗯嗯。”薛茗含糊应了两声，问道，“昨夜你有没有听到这庙中有奇怪的动静？”

昨晚上薛茗跑出来的时候看见宁采臣的窗户上趴满了那种小怪物，原本以为他要死定了，却不料宁采臣竟然好好的。

不知道是那些小怪物本就没有袭击他，还是因为他被聂小倩看中而保护了下来，但她昨晚逃命时鬼吼鬼叫，正常人怎么也能听见这些动静。

宁采臣却露出疑惑的表情，摇了摇头道：“没有啊，难不成你是被什么东西惊扰了？仔细一瞧你这嘴上好似也多了个伤口……”

薛茗下意识地用舌尖舔了舔唇瓣，传来刺痛感，脑子中一下闪回玉鹤的脸，耳朵腾地红起来，就赶忙转移话题，转头去问春夜和秋生两个小厮：“你们也没听见？”

两个小厮也茫然地摇头，回答是一觉睡到天亮。

薛茗心里多少有点数，想来这三人昨晚也被什么东西捂了耳朵，于是不再多问，只对宁采臣拱了拱手道别。

“贤弟这就要走？”宁采臣颇为惊讶。

薛茗随便找了个借口：“家中老母亲病重，我此行本就是去求医，耽搁不得。”

宁采臣道：“好歹洗漱完，吃一口再上路。”

这话怎么听怎么不吉利，薛茗正是心灵脆弱的时候，最听不得“上路”“死”之类的话，于是连连摆手。

命都要没了，还洗漱个屁呢。薛茗不由分说地推拒，十万火急往外走，待行出十来步，最终还是从贪生怕死的心脏里抠出了那么一丁点的良心，转头对宁采臣道：“贤兄，这庙中有鬼怪，你听我一句劝快些走吧，莫要在此地停留。”

宁采臣听了便哈哈一笑，说道：“贤弟说笑，这世间哪有什么鬼怪。”

薛茗心说好言难劝该死的鬼，她说到这儿也就够了，于是不再多言。忽而庙门外传来人说话的声音，紧接着门被推开，头前进来两个衣着朴素的人，左右各持着一门。随后便有一个书生打扮的男子走了进来。

他年龄在三十上下，中等身高，相貌平平。他身后还跟着两个下人，带了许多行李。

薛茗见人多，便暂时往后退了几步避让，想等这些人进来之后再出去。那书生走进来后先是用有些挑剔的目光在周围瞧了瞧，最后视线落在薛茗的身上，看了一眼又一眼，笑道："小郎君生得好生俊俏。"

薛茗敷衍地笑了笑，对他拱拱手算作回应。

那书生又道："鄙人姓赵，自兰溪而来，不知小郎君家居何地？"

薛茗没有心思结交，但听到这人的自我介绍，忽而想起在原著故事中，的确有一个从兰溪而来的书生，只不过此人死得非常快，白天入住，晚上就死了。想到此，薛茗落在这赵生身上的目光就多了一丝怜悯，因而也多说了一句："入夜前多吃点好的。"

她这话说得没头没脑，让那赵生满脸疑问，但她也没解释，跨出了庙门大步离去。

薛茗是铁了心的要走，因此离开那座无名庙之后她几乎就没停下过，尽管两条腿走到后来已经没什么知觉了，却还是在强大的求生意志下坚持了许久。最后饿得头晕眼花，不得已坐下来摸出包袱里硬邦邦的几块干粮，就着水囊里的水勉强咽了下去。

这简直不是人过的日子。薛茗仰天长叹，短暂地休息过后，她再次出发。

幸运的是，这次没有在原地兜圈子了，走了大约两个时辰，薛茗累得双腿打战，才终于走出了茂密的林子。出了林子再往前走个十来分钟，就隐约看到了一些人家。烈日当头，没人在外面晒，薛茗摇了摇空了的水囊，厚着脸皮去敲了一户人家的门。

门开之后是一个年纪不大的孩子，扎着一个冲天辫，隔着门缝戒备地看着薛茗："你找谁？"

"小孩儿，你家大人在吗？"薛茗问。

这小孩气道："你说谁是小孩！"

薛茗惊讶，没想到这小孩气性还不小，于是连忙改口："这位小孩哥，我赶路至此累得口渴，想跟你讨一口水喝。"

这小孩将她上下打量，最后探出一只嫩生生的手："水囊给我。"

薛茗递出去，门就关上了。她在心里嘀咕了一句怪小孩，在门口等了一会儿，那小孩去而复返，将门打开一条缝把灌满水的水囊递了出来。

薛茗道谢接过，又问："你可知道往前再走多远会有城镇？"

小孩只有一只眼睛露在门缝处，隐隐约约半张脸，问："你是从那座庙出来的？"

薛茗道："确实路过那座庙，在里面住了一晚才出来。"

小孩沉默一瞬，而后道："你只需接着往前走，用不了多久就能到镇上了。"

薛茗又道了一声"多谢"，见小孩实在是防备便也没有多说话，挎着水囊继续上路了。

果真如小孩所言，往前走了没多久就隐隐约约看见前头出现了密集的人烟，周边的屋舍也跟着多了起来，泥草地变成了石砖铺成的路，一直延伸到镇子上。

至此，薛茗才总算是松了一口气，有一种逃出生天、劫后余生的喜悦。虽说她现在还难以捉摸这到底是个什么样的世界，但终归逃出来了，也是值得庆祝的事。

她先前收拾行李的时候，发现包袱里还有些碎银子，于是进镇的头一件事就是先找一家客栈，吃上一顿好的再说。

进镇子的时候夜幕隐隐降临，但街头还是出奇地热闹，来往的人群密密麻麻，买卖吆喝声不绝于耳，尽卖一些古老到薛茗从未见过也从未听说的东西。她进了一个三层高的酒楼，这里看起来装潢得很豪华。

店小二站在桌前报菜名，薛茗听了一会儿也没听明白，干脆荤素各点了两道。

饭菜上得很快，色香味俱全，薛茗走了一整天的路就吃了几口干巴巴的干粮，这会儿见了新鲜的热菜也顾不得其他，馋得食指大动，闷头吃了个干净。

这古代的饭菜竟然比现代的差不到哪儿去，甚至比一些外卖店要好吃得多，薛茗一不小心就吃撑了，扶着圆滚滚的肚子结了账，又开了一间房。

上楼梯的时候险些没上去，这两条腿走了一整天简直跟废了没什么两样，很像是那时候公司团建去爬黄山后那几天的状态。好在酒楼的服务周到，店小二送来了木桶和热水，薛茗锁好门窗泡进去，热水浸润着每一个毛孔，这才让她感觉身上的疲惫缓解了不少。

明日的事就留给明日再想，薛茗现在累得只想睡觉。

她擦净身上的水裹上衣袍，把今日换下的脏衣裳扔进水桶里，连洗的力气都没有了，迷迷糊糊地爬上了床铺，用被子把身子一卷，眼睛一闭就沉入梦乡。

薛茗睡着的时候是感知不到时间流逝的，而在这里也没有时钟，所以她总是不知道自己睡了多久。直到一声娇媚的低吟传入耳朵，将她的意识迅速唤醒。

薛茗的眼珠子动了动，却并没有睁眼，而是带着些许被吵醒的不耐翻了个身，把脑袋往被子里埋了埋，企图将那声音隔绝在外。

可事与愿违，那低吟接着响起，且比方才更响了几分，带着婉转的颤音，似痛苦，又似畅快，有节奏似的传来，当中还伴随了几下男人的粗喘和一些其他奇怪的声响。

薛茗这下清醒了，睁开迷茫的睡眼，心里大骂：这酒楼的隔音效果这么差？隔壁男女办事的声音都挡不住？

但是很快，她就意识到了不对劲，发现事情并没有那么简单。

▶第 7 章◀

最先感觉到的是她翻身时，身上的骨头磕在硬邦邦的床板上传来的隐痛。

伴着那一声声异常的声音入耳，薛茗忽然意识到一个事情。她要的是酒楼的上房，床上铺了两层软和的被褥，睡上去是非常柔软的，照理说不该有这样的硬度才对。只有那座庙里的床才会这样硌骨头。

庙？！

薛茗猛地一睁眼，就见月光透过敞开的门照进来，落了满地皎白，将屋内的景象照出模糊的轮廓。

空荡的房间，老旧的桌子，以及桌上那熟悉的灯台，无一不昭示着她此时身处的环境。

薛茗当即冒了一身的冷汗，噌地坐起来，往周围张望。就见原本放在床头的行李还在，身上盖的被子也变成了被她早上脱下来的黑色衣袍，这房间没有任何变化，就连门都保持着她早上离开时的模样。

薛茗用力揉了揉眼睛，还以为自己在做梦，抬手就想抽自己大耳刮子，但手抬得老高却舍不得落下，最后掐了两下大腿。

疼痛传来，她倒抽一口凉气，几乎要崩溃。

为了逃离这鬼地方，她今日赶路了一整天，只有累极才会停下来休息一会儿，原本以为真的能离开，却没想到就睡了一觉竟然又回来了。恐惧在心口蔓延，像是一口口把她吞噬一般，薛茗陷入了一种绝望的情绪当中，浑身冰凉。好像不论她如何努力，都无法逃离。

隔壁传来的声音越来越响，几乎到了嘶喊尖叫的地步。薛茗爬下床，匆匆将衣服穿在身上，探头探脑地走出房间。

昨夜发生的一切都还历历在目，夜晚的庙宇简直就是沉浸式生存游戏现场，若是继续留在这破房间中，保不齐又会被那些小怪物给围个水泄不通。薛茗自当将生死安危放在第一位，不论处在什么环境，最先考虑的就是生路。

她出了房间后就见院子十分安静，堆放了很多那个兰溪的赵生带来的行李，原本长得很高的蓬蒿也被全部清理干净，看起来更加空旷宽敞。

她发现那声音并不是在隔壁，而是从斜对面的东厢房传来的，也只有那一个房间亮着微弱的灯，将两个交叠的影子映在窗子上。

薛茗左右看看，见四下无人，不管这两人发出的动静多大，其他房间都是暗着的，除了她好像没人听到这动静。

她弯下腰，悄悄走过去，见窗子没合严实，当间开了一条细缝。

薛茗倒不是想欣赏一下活春宫，而是想确认一下里面的是不是聂小倩。

倘若是聂小倩，那薛茗就会告诉她，自己现在愿意接受先前那个交易，给她几口阳气，然后让她告诉自己这究竟是怎么回事。否则再这么下去，她还没被吃掉，就可能先累死在逃跑的路上了。

薛茗贴着窗子，沿着窗缝往里偷瞄。就见屋中明亮，二人纠缠得极紧。男子皮肤粗糙又黝黑，与女子毫无血色的白皮肤形成极为鲜明的对比。

长发遮了女子的脸，一时间看不清楚面容。男子就是白日里进庙的赵生，这会儿显然已经体力不支，场面极为不堪。

女子的声音越来越大，婉转得拐出十八个弯，听得薛茗起了满身鸡皮疙瘩。

这画面不是一般的辣眼睛，薛茗硬着头皮看了一会儿，就见那女子仰起脖子，发丝散落露出了完整的一张脸。这时候薛茗才发现，这个女子并不是聂小倩，她长得极致妖媚，生了一双狐狸眼，更加勾魂夺魄。

片刻，她的长发猛地动起来，像是活了一样将男子的脸死死地裹缠住，蒙了一层又一层。赵生当即疯狂挣扎起来，双手奋力地往脸上抓去，想把面上厚厚的头发扯掉，但一切都是徒劳无功。

长发越收越紧，不过一会儿的工夫，赵生挣扎的力度就弱了，无力地倒在床榻上，肢体微微抽搐，俨然死到临头。

薛茗将这些看在眼中，吓得手脚僵硬，正想悄悄离去，却在这时候猛然看见那女子转过头来，一双妖冶的眼睛直直地对上她的视线，锁定在她的脸上。

薛茗登时头皮发麻，猛地往后退了一大步，反应比那些在超市里抢免费鸡蛋的老人都快，撒开步子狂奔。

几秒钟后，就听身后传来“砰”的一声巨响，在寂静的夜中尤为刺耳，风声也在同时变得尖厉，仿佛有什么东西从后面迅速追上来。

薛茗回头看了一眼，顿时吓破了胆，此时也无法再顾及酸痛无比的双腿，顿时化身短跑健将，两条腿恨不得迈得飞起，开始了新的一夜，新的逃命之旅。

就见身后的女子飘在半空中，披着素白的外衣，黑发在空中飞舞着。她肤色铁青，眼睛甚至没了黑色的瞳孔，全剩下芒白，神色狰狞扭曲，尖利的爪子直直地伸着，摆出了一副索命的姿态朝薛茗追来。

只看一眼就吓得薛茗腿软。

不过有了昨日的逃生经验，也算是一回生二回熟，薛茗知道该往什么地方跑。不妙的是，这女子的速度比昨夜的那些快多了，不过一会儿的工夫，那些狂飞乱舞的长发就缠上了薛茗的胳膊，迅速绕了一圈又一圈。

薛茗立即被强大的力道拽倒在地，后背往地上蹭了一段路，她惊得吱哇乱叫。正当她快要被那女子拽回去时，忽而余光闪过一道白，紧接着系在她胳膊上的头发就被猛地切断，所有力道消失。

薛茗飞快地爬起来把胳膊上残留的碎发扯掉，抬头一看，就见方才闪过来的白色是一条长长的绸布，正被房顶上的人收回。

依旧是皓月当空，照出房顶上站着的一身白衣的聂小倩，她身旁还跟了个瞧着才十六七岁的姑娘，生得娇俏可爱。二人并肩而立，较之底下站着的那位，至少打面容上看要好上百倍。

底下这女子怨毒地看着聂小倩，恨声道："聂小倩，你我井水不犯河水，何故来坏我好事？！"

聂小倩勾唇一笑，柔声道："柳蔓姐姐，这是我先看中的猎物，你可不能从别人嘴里抢东西吃啊。"

薛茗一听，心知这她们是把她当作食物来抢了，眼看着她们之间有矛盾，她自然要抓住这个机会，热闹是一眼都不会多看，马上爬起来就跑。

柳蔓见到手的鸭子要飞，此刻也顾不得与聂小倩争口舌，立即上前追赶。却不料聂小倩此刻是存心与她作对，白绫在空中一飘，整个人飞下来拦在柳蔓身前。

她们在庙中抢过不少人，梁子早就结下了，当下大打出手，白绫与黑发不断绞在一起，激起飞沙走石无数，烟尘四起。这两人实力不相上下，一时间打得难舍难分。聂小倩似乎也没有存心要与她斗个你死我活，打了一会儿后抽身飘回房顶上："不打了，姥姥不准内斗，若是让她知道，怕是又要责罚我们。"

柳蔓气得面容扭曲，甩下一句威胁："回头再跟你算账！"

聂小倩见她又往前追，便扬声道："柳蔓姐姐，别怪我没有提醒你，你往前走深了可就进了荷花地界，千万别惊扰里面那位……"

话还没说完，柳蔓就不见了踪影。

她追得非常快，没多久就搜寻到了薛茗奔跑的背影，将速度再提一成，纷乱的头发化作千百只手，同时往她身上缠去。

薛茗争分夺秒，这会儿已经跑在荷塘栈道上，眼看着屋子的大门就在面前了，手脚却同时被千丝万缕的黑发缠住，仅仅是几秒钟的工夫，她就像被几十公斤的东西压在身上一样，光是站着就耗尽了力气。

紧接着身后传来一声尖锐的叫喊，后背被一股巨大的力道冲撞，薛茗整个人摔倒在地。

柳蔓压在她的身上，似乎念了一句什么，但剧烈的疼痛让她意识恍惚，没听清楚，只隐约听见了“罕见”二字。

她奋力地挣扎，用手掌推搡，像搁浅的鱼一样甩动着。柳蔓却俯身，张开大口，露出尖利的牙齿和丑陋的长舌头，一口咬在她的侧颈。

刺痛猛地传来，就在薛茗以为她这下真的要死时，忽而头顶生风，一股凉飕飕的气吹来，原本闭着的门不知何时突然开了。

薛茗狼狈不堪，本能地转头去看，瞧见门内正站着玉鹤。

他换了一身月白的衣裳，青色的竹叶点缀在袍摆，长发仍旧半绾，戴着一根云纹木簪，无端生出几分文人的俊俏风流。

“玉鹤大人，救我……”薛茗努力朝他伸出一只手，纤细的手指抠在地上，水润的黑眸显得极为可怜，彰显了浓烈的求生意志。

玉鹤的神情十分淡漠，仿佛事不关己一般，只低眸瞧了她一眼。

紧接着就见屋前的地面突然闪过一抹亮，继而许多奇异瑰丽的图案像是过了一道光照似的，接连闪出短暂的金光，迅速朝薛茗的位置逼近。

就听一声凄厉无比的叫喊，薛茗感觉身上一轻，转头去瞧时，方才还趴在她身上的柳蔓此刻已经摔在一丈之外。她的半个头颅像被烧红了的烙铁烫过，竟变得溃烂模糊，半边身子也扭曲得不成形状，烂得白骨尽露。

柳蔓满脸的惊惧，捂着脸上半边溃烂的地方吓得浑身发抖，竟是一句话也不敢多说，夹着尾巴立即灰溜溜地逃了。

薛茗见状，也像烂泥一样瘫在地上，喘着粗气，连爬起来的力气都没有了。

玉鹤却好似并未打算丢她在这里，反倒是弯腰抓住了她的手腕，轻易将她从地上拽起来。

薛茗吓得浑身一僵，只觉得手腕处传来的触感刺骨冰凉，激得她浑身一颤。见识过玉鹤的能力，薛茗自然也不敢挣扎半分，任由玉鹤将她拉进了屋中。他步子平稳，不徐不疾，却不知为何速度很快，薛茗被拽得踉踉跄跄。

很快就到了一个薛茗比较熟悉的地方——温泉室。

玉鹤抓着她来到泉水边，没有任何停顿地将她丢了进去。温暖的泉水将她完全裹住，窒息的感觉猛然传来，刚经过剧烈运动的薛茗自然无法适应，手脚并用地挣扎起来。

幸好这温泉并不深，她的双脚很快就踩上了实地，从泉水中站直。泉水到她的胸膛处，身上的衣袍吸满了水变得极其沉，薛茗只得解开了腰带将外衣给脱掉，身体这才慢慢轻松起来。

她朝岸上看了一眼，却已不见玉鹤的身影。

正当她以为玉鹤已经离开，要松一口气时，身后却出现了冰凉的触感，贴上了她已经湿透的脊背，呈现出一个笼罩的姿势。

薛茗惊了一跳，本能地转头，下巴却忽而托上来一只手，卡在她的脖子和下颌骨处，将她脆弱的命脉完全掌控。从这凉如冰块的温度上，薛茗知道这是玉鹤的手。

这些东西神出鬼没的，薛茗倒也可以理解。只是他靠得实在太近，让薛茗浑身汗毛爹起。

薛茗的身体经过剧烈运动后无比炽热，比温泉的温度要高得多，也因如此，玉鹤这冰冷的身体更能感受到少女身上散发的热度。

他将薛茗的脖子轻抬，大拇指顶着她的下颌骨往旁边撇了一下，露出细嫩的脖颈，以及上面鲜红刺目的牙印。

柳蔓的牙齿还没来得及刺破她的皮肤，但留下了一个比较明显的牙印，玉鹤的指腹在上面摩挲着，像是轻柔的抚摸。

薛茗不知道他想做什么，只觉得脖子那地方又疼又痒，却又僵直了身体不敢乱动。身后这人虽然没有明显的情绪起伏，但给她的感觉却并不温和，尤其是一些细小的动作在她身上作弄时，让薛茗有一种被人宰割的错觉。

长久的安静过后，薛茗有些忍不住，率先打破了沉默，轻声道："玉鹤大人……"

话还没说完，玉鹤手上的力道突然变重，温泉水一股脑地涌上她的脖颈，凉凉的指尖在一块地方反复揉搓，像是搓洗。

薛茗感受到痛意，正想躲闪，玉鹤就忽而一低头，高挑的身体也跟着俯下来，侧头咬在了她的脖子上。

▶第 8 章◀

白气缭绕的温泉之中，站着贴在一起的两人。雾气将二人的身影隐隐遮住，高的那个弯着腰低着头，是一个将脑袋埋在矮个子的颈窝里的姿势。

周围静得只剩下水浪轻晃的声音，热气往薛茗的脸上浮，像是架在了蒸笼的上方一样，瞬间就把她的面容给热得通红，连带着脖子耳朵红成一片。

玉鹤下嘴咬了，但是力道并不重，他像是把这当成一种玩乐的方式，咬了几下后又用舌头舔一舔，像是品尝食物。

由于他力道很有分寸，轻轻慢慢地在她脖子上移动，平添了许多暧昧在里面，给薛茗一种亲吻和调情的错觉。只是他身上没有半点温度，落在哪处，哪里就是冰凉的，触感很像是冷藏过后的海绵。

薛茗浑身僵硬无比，除却心中的恐惧之外，她还感觉到强烈的不适应。

虽说这男人生得确实好看，可他们的交易只是渡阳气，不涉及其他，却没想到他自己还拓展起来，这种过分的亲昵让她心里踩不到实底，总是觉得害怕。

玉鹤倒不在意她身体硬邦邦，折腾了好一会儿之后再一看，原本印着一圈牙印的皮肤上已经布满了红痕，那些牙印错落地交叠在一起，在白嫩的皮肤上尤为显眼，很轻易就盖住了之前的痕迹。

他这才像是有些满意的样子，而后结实的手臂一用力，轻而易举地将她抱了起来。

薛茗被突如其来的这一下给吓到，本能地发出一声低呼，继而就觉得心口一紧，低头看去才发现自己身上横亘着一条精壮的手臂。

玉鹤穿上衣袍的时候只能看出身量高挑修长，其他倒看不出什么。此刻宽大的袖子滑落，露出半条手臂，才发现他并不纤细，手臂是成年男子的模样，苍白如雪的手落在她的锁骨处，浓黑的指甲十分醒目。

这是常年习武修行之人才有的肌理，没有过分显眼的肌肉，却蕴含着极为蓬勃的力量，与健身房里练出来的不同。

薛茗并不懂得这些，只是盯着压在她心口上的那只手咽了咽口水，而后像小鸡崽似的被玉鹤轻松翻了个身。

总算是能瞧见玉鹤的脸了，他的身量比薛茗高很多，现在倒也屈尊降贵一般低着头，墨黑的眼眸像被炽热的雾气洗了一遍似的，显得更加清明漂亮。

只是他眼中带着赏玩一样的情绪，冷冰冰的手指顺着她的脸颊往下滑落，指腹从她的唇上碾过，瞧见了她唇瓣上的伤口，还要使坏心眼用力摁一摁。

不过这些疼痛对于薛茗来说都是小痛，她下意识抿唇。

玉鹤这才开口，说了今晚见到她之后的第一句话：“今日吸几口？”

他虽然话少，但声音却是很好听，单听声音的话会给人一种“这绝对是个好人”的错觉。

薛茗心想这男的有这么好心，竟然还跟她有商有量的。她抬眼，做出一副娇弱的样子，轻声细语道："要不，就吸一口吧，我昨日被你吸走的阳气好像还没恢复……"

玉鹤眉尾轻挑："恢复得这么慢？"

薛茗就信口胡诌："我身体原本就不大好，这地方阴气又重，我难免受些影响。"

玉鹤淡声问："若是今日吸完了，你身体里的阳气枯竭，明日还恢复不了，那你再逃到我的门前，我救还是不救？"

"当然要救！"薛茗有些着急道，"玉鹤大人，你放心好了，我的阳气绝不会枯竭的。你知道我小名不？我小名叫栓子，就是特好养活的那种，只要我睡一觉再吃一顿饱饭，阳气马上就回来了！"

玉鹤饶有兴趣道："燕赤霞何时有这种小名了？"

薛茗一愣："你先前就认识我？"

玉鹤道："听说过名讳。"

薛茗心说这下尴尬了，原来燕赤霞在这个世界的名声还不算小，眼前这么厉害的人物都听说过他的名声，只是她还不知道那些关于燕赤霞的传闻都是些什么。如此看来还不能随口瞎编了，万一露了馅儿让人察觉到不对，那可就糟了。

薛茗的眼神有些躲闪，转头在温泉的水面上来回看了看，玉鹤倒也不急着催，视线落在她的脸上，将她心虚的小样子尽收眼底。

她在心中想好了说辞，便转眼与玉鹤对上视线，一下就被攥住了似的，说出的话磕磕巴巴："小、小名自然没那么多人知道，而且、而且我现在是遇到了难处才会如此，若是在平日，我自然不会用阳气来交易……"

越说到后面越觉得自己这话不对劲，听起来像是放狠话一样，于是声音就越来越小。

湿热的雾气在她蝶翼般的睫毛上凝了水珠，晶莹饱满地挂着，随着睫毛的轻颤要掉不掉，往下就是一张染了红霞的脸，像傍晚时的火烧云，十分瑰丽。她的情绪总是起伏很大，因此心跳得剧烈，呼吸都很深，胸口起伏明显。

玉鹤的手臂束住她的后腰，由于力气悬殊，他轻而易举地掌控薛茗的身体，在她身上汲取着源源不断的温暖，感受着她鲜活的身体。

薛茗似乎还说了一句什么来找补，但玉鹤已经没打算继续听，带着她在泉水里晃了一下，就将她的脊背按在水池边上，低头吻住了她。

蒸腾的雾气始终在屋内弥漫，将两人紧贴的身影笼罩其中，模糊间流淌了满室旖旎。直到薛茗开始窒息，开始害怕玉鹤吸了她太多阳气，嗓子里发出“呜呜呜”的抗议声。

好在玉鹤也没有继续为难她，很快就松开她的唇。她的眼睛染上了湿漉漉的水液，因此看起来像晶石一样剔透，还隐隐含着不敢表现出来的怨气，看起来是一副被欺负惨了的可怜模样。

薛茗呼吸急促，惊喘不止，心更是像刚跑完几百米一样发疯地跳动着，害怕得不行。

薛茗不断舔舐着嘴唇，缓解不适，唇瓣被舔得殷红如血，衬得鼻尖上的痣更加明艳。

当然她也不敢说什么，余光瞥见玉鹤踩着阶梯上了岸。

水声稀里哗啦地响，玉鹤的衣袍抖落的水顺着岸边滚进温泉池中，就见他摆了摆衣袖，随意抖了两下外衣，其后他浑身上下的水分开始急速蒸发，很快衣裳头发就都恢复成干燥的模样。

薛茗看得目瞪口呆，睁圆了杏眼发愣。

若不是在这鬼地方，而是在外面任何一个地方遇见他，薛茗指定当场跪拜喊神仙大老爷。

这副做派哪有半点刚才的样子？

罗刹海市

◆卷二◆

▶第 9 章◀

薛茗以前就经常把幸运挂在嘴边。

有一回跟同事聊天，她就说我真的很幸运，虽然我从出生起就没有父母，但是福利院收留了我，还把我养大；虽然我物质不富裕，但我好歹上了一本大学还用奖学金抵了大部分学费；虽然毕业之后没找到特别好的工作，但也是坐办公室不用风吹日晒；虽然我经常被黑心老板强迫加班，但我有加班费啊！所以我还是很幸运的，生活还是很美好的。

同事听完之后叹为观止，说："你可真会哄自己啊。"

薛茗听了后心里就很不是滋味，这怎么能叫哄呢？这叫乐观面对生活吧？她的生命里总是充满各种不幸，若是整日惦记着那些事，那她还活不活了？

人类这种生物，仿佛生来就是要跟别人比较的，薛茗有一个优秀的品质，就是从来只跟差的比，不跟好的比。

凡事都有两面性，薛茗觉得自己被醉驾司机撞确实是倒霉，但她在另一个世界活了下来，尽管随时都有丧命的危险，却也用几口阳气暂时保住了小命，比那些被撞了就死透的，或者是被怪物吃掉的人，要好得多。

至少比那个赵生好，这会儿他直溜溜地挺在床上，应该已经硬邦邦的了。

总结来说，这就是幸运！

哄完自己，薛茗的心情顿时又好很多，开始往岸上爬。

但她在水中折腾了这么一番早就耗尽了力气，挣扎了几次都从岸边滑下来，于是泄气地泡在水中，觉得是玉鹤吸了她太多阳气，以至于现在身上一点力气都没有。

她一边在心中咒骂，一边将裹胸慢慢往身上缠，休息了许久总算有了点恢复，这才爬上了岸，动作吃力地拧着衣袍上的水。

昨夜入睡前她特地看过，包袱里的换洗衣物总共才三套。被那些怪物一爪子抓烂的一套已经丢了，今日穿的又被她泡在酒楼的木桶里，现在身上穿的已经是最后一套了，这要是再破，她就得裸奔了。

薛茗对这最后一套衣裳很是爱惜，拧干水之后又认真抚平褶皱，在地上坐了许久才慢慢爬起来。

她的双腿传来剧烈的酸痛，俨然亮起红灯，只怕明日一早起来更要遭罪。

薛茗披着湿淋淋的衣裳出了温泉房，这回没有小纸鹤在前面引路了，她按照上次的记忆往前走，在长长的走廊里七拐八拐，最后总算找到了一间房。

推门进去，里面却并没有玉鹤，而是上次薛茗睡的那间房。她恍然意识到这屋子的构造是活的，似乎随时都在变换，她记路线完全没用。

薛茗猜测这屋子只有在夜间的时候才会出现，或许到了白天就自己消失了，所以上次她才会一睡醒就回到了原本的房间。

她将门闩插上，脱了湿透的衣裳挂在屏风上，胡乱将湿发绾起来，最后像一条死鱼一样瘫在床上，躺得四仰八叉，懒得再动了。

这床铺极其柔软，比酒楼的上房都要好得多，且被子不知是用什么东西织就，躺上去只觉得柔顺丝滑，温度很适宜，简直就像是薛茗的良药，一身的疲累瞬间被缓解，心情也跟着变得宁静。

她转头看了看左肩胛骨上的伤口。爪痕依旧在，细长的伤口往外冒着黑气，与昨夜看起来没什么变化。

这伤口十分奇特，即便是摸上去也没有任何痛觉，所以薛茗总是忘记她肩膀上有这么一处伤。不过目前看来伤口对她并没造成什么影响，也不知该如何治疗，或许再等个两日自己就愈合了。

薛茗沉默地胡思乱想，很快就困意缠身，闭上了眼陷入沉睡。

这只是在庙里入睡的第二晚，薛茗却已经被折腾得精疲力竭，一点多余的力气都挤不出来了。

然而身处旋涡，想要安宁哪有那么简单？当薛茗站在一个烟雾缭绕的院子里时，深深意识到这一点。

她感觉身体的疲惫消失了，双腿也不再酸痛，只感觉身体轻飘飘的，好像身在月球上一样，浑身充盈着一种一蹦就能弹三尺高的轻松。

这应该是个梦了。薛茗心想。

她左右观察，发现周围的环境陌生又熟悉，应该是在庙中的某一个她没去过的地方。院中有两棵并根而生的槐树，生长得非常茂密，树冠隐在雾气中，看不完全。

薛茗伸手挥了挥身边的雾气，视线可见度高了些许，隐隐约约看见前方不远处有一间房。她慢步走过去，就见房门虚掩着，一股子阴冷的风从门缝溜出来，迎面扑在脸上。薛茗打了个冷战，抬手将门缓缓推开，瞧见屋中坐着一个身着青色衣裳的人，从背影上看似乎是个男子。他一动不动，不知在做什么。

薛茗心生疑惑，出声问道："你是谁？"

那男子听到声音后身体微微一动，似乎要转头过来，这时候薛茗的眼睛突然被雾气遮了个严严实实，视线中只有茫白，继而她双腿一蹬，猛然惊醒过来。

这一脚蹬得太厉害，她双腿立即抽筋起来，要了命地痛。薛茗惊呼一声，翻身爬起来抱着两条腿在石板似的床上滚起来。

继而她看见屋外天光大亮，阳光从门缝探进来，落在地上拉出一道长长的金光。屋内的景象也看了个清楚，薛茗睡了一觉，做了个莫名其妙的梦，醒来时又回到了自己的小屋子。

她揉着腿肚子缓解了抽筋之后就慢吞吞地穿衣下床，双腿传来的剧痛让她面容扭曲，龇牙咧嘴，就这么一会儿的工夫，方才梦到了什么就忘了个一干二净。

原本挂在屏风上的衣服被随意地搭在桌子上，已经干了，劣质的布料硬得没法穿，她只得穿了先前玉鹤借她的那件衣袍。衣服不合身，薛茗就坐在床上稍微改了改，在领口上穿了几个小孔，用细丝带串上之后就收束了许多，之后再绑上腰带，袖子挽起，倒也像模像样。

玉鹤的衣袍料子极好，穿在身上轻飘又柔软，还凉丝丝的，正适合暑气重的夏季穿。

忙活完之后她像残疾多年偶然康复一样，都不知道怎么使用双腿了，费了老大的劲儿才推开门走了出去。

外面日头高照，正是阳光灿烂的时候。春夜、秋生两个小厮正在晾晒衣物，同时看见了薛茗，当下露出惊奇的表情："燕公子，你何时又回来了？"

薛茗顿时觉得有点尴尬。昨天早上走的时候还信誓旦旦，潇洒地留下一句道别，结果一整天白忙活，今天又半死不活地从这个屋子爬出来。她不知道怎么解释，就挑了个位置将凳子放下，随口说："在林中迷失了方向，就回来了。"

春夜说："那我给公子打水洗漱去。"秋生则欢喜道："若是少爷知道燕公子又回来，定会高兴。"于是跑去喊宁采臣。

薛茗坐在阳光底下，以懒散的姿势瘫着，长长地叹了一口气。

她就觉得特别奇怪，怎么这两个小厮和宁采臣好像什么事儿都没有，反而她“燕赤霞”一到了夜里就要死要活，难道是主角光环不成?

且有件事让她百思不得其解。原著中燕赤霞手里那把小剑分明可以自己飞出去斩妖除魔，一个剑袋就让庙里的老妖怪不敢靠近，为何现在一点用没有了？莫说是它自己去斩杀，那寥寥几寸的长度，像个小玩具一样，连防身都做不到。

堂堂燕赤霞竟沦落到如此境地，这上哪儿说理去?

薛茗双手合十，闭上眼睛神神道道地开始拜起来，想着如今拜玉皇大帝还是妈祖都没了用，干脆拜起了蒲松龄。

嘴里正念着时，宁采臣的声音悠悠传来：“贤弟，你何时回来的？怎么也不说一声？这般神出鬼没。”

这话也没说错，薛茗的确神出鬼没，只是非她自愿罢了。薛茗睁开眼睛望去，见宁采臣换了身绛色衣袍，手里摇着玉骨扇，依旧风流倜傥，十分潇洒。

同住庙中，她都被折腾成什么样了，宁采臣还是生龙活虎的。薛茗眼不见心不烦，又将眼睛闭上，敷衍道：“昨日回来时已是深夜，就没敢打扰贤兄。”

宁采臣让小厮搬了椅子在薛茗身边坐下，调笑道：“你这是去哪里风流快活了？”

薛茗身子一僵，睁眼看他：“什么？”

宁采臣指了指脖子：“昨天早上分明只有嘴上有，今日连脖子上都有了。”

薛茗用手摸了摸，朝宁采臣借了面镜子。小厮很快就送上来一面比脸还大的铜镜，她对着一照，就看见自己侧颈上是一大片红痕，在白净的皮肤上显得极为暧昧。

薛茗大为崩溃，用手指搓了搓，见丝毫没有作用，又很快放弃，怒火只持续了一秒就化成满腔幽怨，长叹了一口气。

宁采臣笑道：“贤弟看起来烦心事不少啊。”

薛茗心说等聂小倩摸进你的房里，你跟我也差不多了。她对着镜子左看右看，夸赞道：“这镜子倒是打磨得好，照人很清楚。”

宁采臣不甚在意：“不是稀罕物，多花些钱就能买到。”

薛茗对着镜子细看了一会儿，忽而发现一个不对劲的事。

镜中照出了她的模样，是很秀丽的一张脸。皮肤白皙而细腻，眉毛规整有形，鼻尖点了一颗黑痣，唇上因为有伤口显得比寻常要红，整体看上去十分标致。

这完全不是男子的模样，她的眉眼没有英气，就算是男生女相也说不通，是实打实的女生的脸。

可为何宁采臣与两个小厮都好像瞎了眼似的看不出来她的性别，还以“贤弟”和“公子”相称？还是说他们其实都已经看出来了，只是假装不知道而已？

这时候宁采臣笑话她：“被自己迷住了？怎么拿着镜子还不撒手了？”

薛茗哈哈一笑，将镜子还给了小厮，冲宁采臣道了声谢。好在宁采臣倒也有交际分寸，随口问了两句，见她答得敷衍，便没再追问，两人并肩坐了一会儿，东厢房忽而传来惊叫声。

宁采臣道了声“怎么回事”，就立即动身，带着两个小厮前去看热闹。

薛茗懒得动弹，心里清楚指定是昨夜死在床榻上的赵生被他家下人发现了，这会儿喊得跟见了鬼一样，比薛茗夜里被追时喊得都难听。

这个赵生一看就是色字刻在了骨头上，昨日进门的时候那直勾勾的眼神就让薛茗感觉不适，死了也是活该。

院子很快就变得闹哄哄的，赵生被抬出来时薛茗伸脖子看了一眼，见他身上草草裹了一件外袍，皮肤惨白，脸上的表情更是狰狞无比。他的两个脚底板都被钻了个洞，还有血正细细地往下滴着。

赵生整个人瞧着比昨日瘦了很多，身体里的血像是被吸干了，皮肤很像是真空的塑料纸，皱巴巴地缩成一团。

薛茗看了一眼就收回视线，心有余悸。幸好她前两夜跑得够快，不然肯定也会变成这副模样，死都死得不体面。

宁采臣看够了热闹回来，刚坐下就叹道：“风气日下，人心不古啊。”

薛茗听着，觉得有些不对劲，问他：“贤兄何出此言？”

“这赵生虽眼窄鼻宽，看上去不是个心胸豁达之人，但瞧着他下人的衣料想来对下人并不赖，没想到这四人竟为了钱财害主子性命。”宁采臣扼腕道，“可惜此处荒郊野外，无法报官抓了他们。”

“你觉得此人是被自己手下的人害死的？”薛茗颇为惊奇，没想到他会得出这样的结论，“可那赵生死状诡异，非常人所能为啊。”

“谁知道他们用了什么民间邪术。”宁采臣摇头道，“也罢，终归与你我无关，不提了。”

薛茗惊诧无比，没想到这样的情况宁采臣都能自圆其说，就是死活不相信这庙中有别的东西。

她并没有开口劝说，反正还会有人死，如今她这个“燕赤霞”废物成这样，说不定到最后大家一起死在这里，到底这朗朗乾坤下有没有蹊跷，宁采臣很快就会知道。

那边的下人还在给主子哭丧，这边宁采臣已经开始张罗小厮准备早饭。

一整日都不得安宁，四个下人轮流哭，中间歇半个小时换班，薛茗被吵得都没脾气了。她在院中坐了一整天，就算是正午日头最强烈的时候也没进屋，扛着大太阳硬晒。宁采臣劝了几次都被她拒绝，说晒晒太阳对身体好。

薛茗觉得这样阳气恢复得快，多吸收点太阳的能量，或许夜里危险之物就不敢靠近她了，热了一身汗也觉得酣畅淋漓。

吃食都是宁采臣的小厮准备的，秋生见她上厕所的时候行走吃力，还热心地捡了根棍打磨了一下，给她当拐杖使。

薛茗感动得很，若不是泥菩萨过江自身难保，她定然当场撂下豪言壮语，保护这俩勤快的小厮安然离开这破庙。

转眼太阳开始往西走，天际染上金色的余晖，薛茗回屋把那把小剑揣在身上，开始往庙的深处走。

宁采臣站在后面问："贤弟，天快黑了，你这是去哪儿？"

"我去庙中随便逛逛。"薛茗回头应了一声。

"提着灯去吧。"宁采臣对春夜摆了下手，很快一盏灯笼就被送到了薛茗的手上，他叮嘱道，"早些回来，这庙看着不小，当心迷了路。"

薛茗拱手道谢，一手提着灯笼一手拄着木棍，慢吞吞地往里走。

距离太阳落山还有段时间，薛茗的腿酸痛得厉害，走一段路就停一段坐下来歇歇，直到她再次走到荷塘处。

天穹红霞满天，像绚烂的大染缸，赤黄青蓝的颜色杂糅在一起，变成一幅令人惊叹的画卷。天穹之下的池塘开满了荷花，随着风慢慢摇曳着，摇出了漫天的清香，令人心旷神怡。

薛茗看见栈道的尽头有一座小房屋，涌出十分安心的感觉，于是也不急着进去，慢慢地坐在了地上。

太阳一点一点落下去，金光完全消失了，只余下赤红的云彩，半边天空接上了夜幕，月亮很淡。

"姑娘，是在等我吗？"身后传来俏声。

薛茗扭头，看见聂小倩撑着漆黑的伞，身着雪白长裙站在不远处，长发随风轻舞，看起来仙气飘飘，当真美极了。

薛茗在心里赞叹了句真漂亮，笑眯眯地点了点头，说道："是啊，我们坐下来谈一谈如何？"

▶第10章◀

薛茗在今天晒太阳的时候思考了整整一天，脑子没停下来过。

虽然她算不上绝顶聪明的人，但至少她发现了自己的处境非常不对劲。逃不出去的寺庙，无法使用的宝贝，没有按原著剧情发展的状况，以及原著中没有提及的那位住在荷塘中央的男子，这里存在太多谜题。

这才在庙里睡了两晚她的双腿就快折腾废了，若是再这样持续下去，先死的恐怕是她。

薛茗当然不会坐以待毙，所以她决定与聂小倩聊一聊。

满天的红霞铺在人的脸上，染出了非常温暖的色彩。薛茗席地而坐，身上穿着的黑色织金长袍将皮肤衬托得非常洁白，长发松松散散地半绾着，垂下来的发丝遮住了些许脖子上的红痕。

她有一双非常澄澈明亮的眼睛，黑得纯粹，蕴含着能够映出任何光明的干净，这一身的打扮显得很狼狈，却又有种肆意的漂亮，将身后满塘绽放的荷花都压了下去。

薛茗的眉眼很和善，是长时间在社会摸爬滚打打磨出来的那种温和，笑起来时让人可以轻易放下戒备："我想了很久，决定跟你谈一笔交易。"

聂小倩眼波流转，偏头朝荷塘中的屋子看了一眼，说："此地不宜谈话，何不随我去屋中坐着谈？"

虽然她的表情并没有什么变化，但薛茗还是观察到，她在看到那座屋子的时候有一些忌惮，这恰恰说明薛茗选的地方是对的。

薛茗轻轻摇头："只能在这里，我的安全需要得到绝对保证，才可与你交易。"

聂小倩双眉一撇，风情万种的眼睛藏了蛊惑，楚楚可怜道："我来此处找你已是冒险而为，倘若惊动了里面那位，我可就惨了，先前第一夜我找你时就已经说过，我不会取你性命，为何不信我？"

薛茗默念一句"我心如铁，坚不可摧"，而后面无表情道："所以我觉得咱们也别浪费时间了，我现在只想活着，所以我愿意在不影响性命的情况下给你几口阳气，但你需要解答我一些疑问。"

"不过是几口阳气，我也不是非要不可。"聂小倩轻哼一声。

薛茗心想聂小倩要真是不在乎，就不会连续三个晚上都跑来找她，于是利诱道："我今天晒了一整天的太阳，现在身上阳气很足，你若不要就算了，我进去让里面的那个吸去。”

聂小倩见她当真起身要走，马上阻止：“且慢。”

“你想好了？”薛茗心中暗笑，精准拿捏了聂小倩。

“那你先给我吸两口，我再回答你的问题。”

薛茗不容置喙道：“先回答。”

聂小倩听后便是有些生气的样子，面上邪气顿现，眉眼缠绕着一股黑气：“那我若是说了，你藏进去了不给我吸怎么办？”

“我会舍不得这几口阳气？”薛茗道，“给谁吸不是吸？我是诚心来与你交易，绝不会出尔反尔。”

聂小倩沉默不语，像是在认真考虑。

若是换在庙里的其他地方，聂小倩定然要与她周旋很久，细细思考，可薛茗在贪生怕死的脑子里还藏了一丝狡猾，选的这个地方实在巧妙，聂小倩因太过忌惮而束手束脚。

“你想好了吗？”薛茗催促，“天黑了我就要进屋，若是去晚了里面的那位发起火来，我就说是你耽搁了我的时间。”

聂小倩只得松口：“你问吧。”

“好，以下我所有的问题你都可以选择答或不答，但说出口的必须是真话，不能骗我。”薛茗说。

聂小倩点头。

薛茗马上问出她最疑惑的问题：“我为什么逃不出这座庙？昨日我分明走出了林子，还进了镇子，但一觉醒来就又回到了这里，是什么原因导致的？”

聂小倩听了这话，脸上也浮现疑惑的神色，反问道：“你是装不知道还是真不知道？说来也奇怪，你不就是专门寻来此地的？为何这几日却一直往外跑？”

薛茗想发火，心说：我要是知道还用问你？她压着脾气道：“你回答我就可以了，不要反问。”

聂小倩端详她的脸色，片刻后道：“你根本就没走出这片诡域，至于夜晚为何会回到那间屋子里，你回去后在房子的东南角找一找，就知道原因了。”

薛茗满心迷茫：“诡域？什么诡域？难道从林子到前面的镇子，全在诡域之中？”

她可是走了整整一天啊，结果聂小倩告诉她根本没有走出去？

聂小倩道：“这片诡域是盛筵的入口，只有在盛筵结束后，诡域才会消失，在此之前进入诡域者，不论生死都无法离开。”

“那为何这诡域当中还有普通人生活？”

聂小倩讶然道：“怎么可能？虽说会有生人误入，但并不多，像昨日来的那个就死得很快，原本生活在附近的人，也早就死干净了。”

薛茗一惊，当即冒出一身的冷汗。如此细细一想，那她昨日前去的镇子上，那些热热闹闹来往的行人，是什么东西都难说。原来是她被困在了此处，难怪怎么逃都逃不脱。

“还有问题吗？”聂小倩也催促她。

薛茗只好先放下思绪，继而往荷塘中央指了指，声音略微小了些许：“里面的那位，是什么人物？”

聂小倩就摇头：“这我可就不清楚了，只记得他是突然出现在这儿的，姥姥叮嘱我们不要靠近这里，但之前有几个人没听话，被里面的那位撕碎了本体，魂飞魄散了。”

“这人竟然如此厉害……”薛茗下意识摸上自己的脖子。

玉鹤看起来攻击性并不强，只是非常重视自己的领地，聂小倩显然也发现了这点，所以她与薛茗隔了十来步的距离，站在栈道之外。

薛茗将领口解开了一些，露出左肩膀上的伤，问：“这伤我如何处理？”

聂小倩看了一眼，说：“夜叉抓出的伤不算什么，你多晒晒太阳就好了。”

薛茗这下终于把心放回了肚子里，把衣裳穿好，最后问：“那我什么时候能离开这里呢？”

“等诡域消失后你自然就能离开了，在此之前你走不了。”聂小倩已经答得不耐烦，表情满是烦躁，说，“你已经问得够多了。”

“好吧。”薛茗也不贪心，拄着木棍慢慢爬起来，拍了拍身上的灰尘朝聂小倩走了几步，又有些不放心地叮嘱，“你只能吸几口，不可以伤及我的身体。”

聂小倩迫不及待地招手：“知道了知道了，你快走出来。”

薛茗慢吞吞走到她面前，闭上眼睛把嘴巴噘了起来，并在心理建设：不就是亲个几口，都一样，没什么分别，就像是被狗亲了一口呗。

然而下一秒又想，不行，跟狗接吻更让她难以接受，这样的类比实在太糟糕，恶心得让她想给自己一个大耳刮子。

却不料聂小倩只是疑惑地看了她一眼，而后往前走了半步，张开一口尖牙侧过头，就要往她的脖子上啃。

就在她尖利的牙齿要靠近时，薛茗脖子上的红痕猛地闪烁出一道不起眼的金光，聂小倩被整个打飞了出去，摔在一丈之外，原本举着的伞也滚落在一旁。

薛茗被聂小倩的惨叫吓了一大跳，身体猛地抖了一下，睁眼就看见她已经躺在地上了。

“你、你怎么了？”薛茗茫然地问。

聂小倩支起上半身，露出了一张被打伤的脸，从嘴角沿着下颌骨到脖颈处有一道狰狞的红痕，正嗞嗞冒着白气。她神色扭曲，看起来痛苦万分，怨恨地瞪着薛茗：“你竟敢骗我？！”

“我没有。”薛茗为自己辩解，“我不知道这是怎么回事！”

“狡诈的人！我定会让你付出代价！”聂小倩撂下恶狠狠的威胁，一旋身就化作青烟消失不见。

薛茗一脸无辜，眼看着聂小倩消失在眼前，她都还没闹明白究竟出了什么事，早知道刚刚就不闭眼了，这都是什么事啊！

眼看着夜幕渐渐将天穹吞噬，薛茗也不再逗留，拄着木棍行过荷花栈道，往荷塘中间的小屋走。也是走近了才瞧清楚，那房子的东侧不知何时出现了一扇窗子，正大开着，而玉鹤则侧身坐在窗框上。

他今日将长发用玉冠束成了高马尾，穿着鹅黄色的衣裳，如此鲜亮的颜色显得他容貌更为昳丽明艳，毫无血色的雪白皮肤几乎能反光一样，即便是天光全暗，他仍旧夺目。

玉鹤的穿着不像前两日那样随意，薛茗猜测他今日应当是出去过了。他面无表情，淡然的视线毫不遮掩地落在她身上，也不知在窗框这里看了多久，有没有听到她与聂小倩的对话。

薛茗站在那里，有点尴尬地挠了挠后脑勺，主动打招呼：“玉鹤大人，赏风景呢？”

玉鹤没回应，只是微微将头一偏，视线不知道落在哪里，下一刻，薛茗面前的门就自己打开了。

她讪笑两声往里走，忽而瞥见玉鹤侧颈上的图案。

之前也隐隐约约看见过，但每次都被散下来的头发遮住，只有这次头发束上去才看清楚。他脖子上的图案似乎是一只鹤，但并不完整，有一半的身体如烟雾般缥缈，似飞翔于云间，是随时都会随风散去的恣意模样。这图案使得玉鹤皎皎若仙。

薛茗走进门，面前只有一条走廊，路的尽头是一个房间。她对这房间随时都能改构造的奇特景象习以为常，慢步走过去推开房门，就看见屋内玉鹤坐在窗边，正望着外面的风景。

她前两次来这里，第一件事就是泡温泉把自己给洗干净，虽然玉鹤没有明说，但薛茗感觉他应该是有些洁癖的。

但这次进来只有这么一条路，薛茗一时间也不知道该怎么办，就站在门边询问："我要先去温泉里洗一洗吗？"

在从前的世界当上班族，给老板打工，来了这里还要当奴隶，不仅上赶着送给别人吃，还要主动清洗自己，果然，在黑心老板没给她颁发年度最佳员工奖时她就应该匿名在群里骂他才对。

玉鹤缓缓起身，转眼就走到薛茗的面前站定。他的神色有些沉，没有先前那种无所事事的放松姿态，一股无形的郁气在空中扩散。

薛茗之前看老板的脸色看惯了，敏锐察觉玉鹤的情绪有些不对，又主动说了一句："我今日晒了一整天的太阳，阳气应该恢复了很多，可以让大人多吸两口。"

玉鹤抬手卡在她下颌骨的位置，指尖捏在脸上，将她的头往上抬，低眸看她："你很喜欢给别人渡阳气？"

薛茗一听，就知道玉鹤这是把她跟聂小倩说的话听了个遍，在心里长叹。

她想过会有这个风险，但是也没办法，薛茗只有在这个事上才能拿捏聂小倩，没想到还是让玉鹤给逮了个正着。

她佯装镇定地反问："所以是你在我身上下了什么东西，让聂小倩不得靠近？"

玉鹤的视线落在她脖颈上的红痕，指腹在上面轻轻摩挲，淡无波澜道："我不与别人吃同一碗饭。"

薛茗听到这样的回答，竟然觉得非常符合玉鹤的性格。他对自己的领地有着非常强的私人意识，谁靠近谁死，那么当他把薛茗看作私有物时，自然也不允许任何人染指。这对于薛茗来说，说不定是件好事。

薛茗道："那你也应该提前告诉我。"

玉鹤漠然地看着她，那眼神似乎在说：食物有什么资格提条件？

确实也是这样没错，她是来这屋子避难的，小命掌控在别人手中，本身也没有平等的交易地位。从前在公司里她就经常被上级使唤，如今在这个让她变成了"一碗饭"的世界里，就更没有"平等"一词可言。

幸好薛茗伏低做小惯了，生死当前浑身上下没有一根硬骨头，马上安抚这位脾气很大的"大人"："我之前不知道，既然玉鹤大人介意，那我日后绝不给别人吸一口阳气，我保证！"

一番话说得信誓旦旦，恨不得指天立誓，玉鹤的神色仍没有变化。薛茗见状，便心一横踮起脚尖，主动勾住了玉鹤的脖子努力往上凑，低声说："玉鹤大人，该吸今日的阳气了吧？”

这句话比方才那些发誓的壮语都有用，玉鹤低下头含住她的唇，同时手臂往她后腰一横，直接将人抱起来往床榻处走。

薛茗双脚腾空，被一只手臂抱着，几乎是完全与玉鹤贴在一起。他的肩胛骨很宽，手臂在发力的时候也硬邦邦的，勒得薛茗喘不过气来。

她被扔在了柔软的床铺上，本能想要坐起来，只是还没来得及起身，玉鹤就压下来，将她桎梏在凉丝丝的被子上。

他的头低下来，想继续方才的吻，却被薛茗一个侧头躲了过去。

玉鹤眼眸一沉，捏住她的下巴，语气阴郁：“躲什么？”

薛茗舔着疼痛的唇瓣，这时候也只能软着骨头讨饶：“你、你……要不还是先起来？我喘不过气了。”

说完她就吭哧吭哧，装出呼吸困难的样子。虽然之前这男人在渡阳气的时候总喜欢动手动脚，多少让薛茗察觉到了一点，但当真直面时，薛茗还是本能地害怕起来。

然而玉鹤没有半点怜惜的样子，将手非常快地顺着她的衣襟钻进去。

薛茗立即抓住他的手腕，急赤白脸地开始挣扎：“你干什么！我只卖阳气，不卖身！快松手！”

玉鹤倒也没有强迫，眸色平静沉着：“你肩上的伤势在恶化，若不处理，不出三日你就会无法行走在太阳下。”

薛茗一下就吓傻了：“聂小倩不是说多晒晒太阳就会没事吗？”

玉鹤将她的衣襟扒开，露出左肩上的爪痕，指尖拂过上面冒出的黑气。这样的伤口在原本洁白的皮肤上实在是显眼又丑陋，很碍美观，玉鹤说：“等伤口完全溃烂，就只能砍掉这个肩膀才能阻隔阴气侵蚀。”

薛茗吓得浑身冒冷汗，心脏狂跳，疯狂地开始分析他与聂小倩究竟谁在说谎。

聂小倩方才的模样根本不像说谎，但玉鹤的脸上也没有骗人的样子，一时还真分不清楚，肩膀上的伤给她的压力太大，加上她在这方面完全无知，根本无法冷静思考。

▶第 11 章◀

玉鹤原本应当生在富贵人家，他对物质的要求很高，且不论他房中的其他摆件和家具，单说这一张床，薛茗也只有在刷短视频的时候见过，昂贵得夸张。

这种床被称作拔步床，是体形非常大的一种床，结构十分完整，躺在里面时有一种被完全囚住的错觉。床架粗壮，上面雕满了仙鹤与云纹，里面两层阶梯往上才是床榻。古人都喜欢将床榻做得很窄，以此聚气，所以薛茗的手能轻而易举地扒在床边。

这床架如此坚固，薛茗先前还想这样的床睡起来应该没有那些咯咯吱吱的声响，但事实证明只要是榫卯结构的木制家具，都会发出这样的声音。

拔步床的外层架子挂了黑白交织的烟色纱帐，全部放下来后能将里面的景象遮个七七八八，内置了放烛台的地方，微小的火苗点着，将里面的影子投映在纱帐上，时不时会有一些微小的动静传出。

薛茗最开始时心里满是惧怕，挣扎得厉害，玉鹤的身体太凉了，这股凉意总是让薛茗不适应，每次碰到的时候都会下意识奓起汗毛，这样的温度似乎时时刻刻都在提醒身边的异常。

“你方才点头了，是不是？”玉鹤的声音在耳畔响起，像低低的呢喃。

薛茗扭着脑袋看他，虽然嘴被捂住了发不出声音，但眼睛好像会说话，一些求饶的、害怕的情绪藏在眸子里，希望玉鹤能够感受到。

她的确是在聂小倩和玉鹤之中选择了玉鹤，想让他给自己治疗肩膀上的伤，所以才点头答应。

一来是薛茗本就没有完全信任聂小倩，她是会致命的，这一点毋庸置疑。二来是玉鹤虽然看起来话少并且神神道道的，但至少是真的救过她的命，渡阳气这桩交易让薛茗在庙中安然度过了三个夜晚。

玉鹤的神色依旧很淡，垂眸与她对视了片刻，随后松开了捂着她嘴的手，将头低下去，缓慢地向她凑近。

皎月当空，夜幕之下荷花摇曳的池塘依旧清静安宁，偶尔夜风过境，掀起一阵花浪，荷叶相互拍打，发出窸窸窣窣的微响。

屋内门窗紧闭，微弱的灯火以供照明，室内所有东西都染上暧昧的光芒。

等一切都结束后，玉鹤起身下榻，似乎在屋中走动，薛茗却被很重的疲倦纠缠住，困意袭上眼皮，努力了两下也没能睁开。

薛茗觉得是阳气被死色鬼吸了太多太多，导致她现在累到意识模糊，最后翻了个身毫无征兆地睡去。

她实在太累了，好像从到这里开始，她就没有好好休息过，比熬夜加班一周都要累，倒头就想睡个三天三夜。

这一觉睡得很沉，薛茗眼睛一睁，醒来时又回到了自己的小屋。

似乎是睡饱了才醒，她的精神很足，立即坐起来，此时她发现自己身上的衣服被换过，现在身上穿的是雪白的衣衫，仍旧大了许多，但只有肩膀处松垮，长长的衣袖挽起来后，也勉强能穿。

她觉得自己被清洗过，浑身上下都十分干爽，皮肤并没有出汗之后的黏腻感觉，但她解开衣襟后检查一番，发现里衣和裹胸依旧是她自己穿戴时的样子，不知道这股被清洗过的感觉从何而来。

而且她注意到自己的左肩上不知道用什么红色的东西画了一个图案，原本的爪痕竟然淡了很多，也不再冒黑气，隐隐有愈合的趋势，想来是玉鹤守了诺，给她肩膀上的伤口处理了。

薛茗爬下床，踩着鞋子刚走一步，就差点整个人跪在地上。

这双腿本来就酸痛得难以行走，现在像是废了一样，一步都走不了，稍稍用力马上就开始抽筋。

薛茗爬上床给自己的腿揉揉捏捏，好好按摩了一番，这才有了下地走的力气。她实在又饿又渴，蹬上鞋子后就出了门，厚着脸皮找宁采臣要吃的去了。

出了门才发现院子里正热闹，宁采臣带着两个小厮站在对门，也不知在跟人说些什么。紧接着就看见赵生的两个下人从屋里抬出了具惨白的尸体，依旧是脚底板被掏了个洞，血还未流尽。

薛茗并未觉得意外，她早就猜想到还会有人死。

紧接着两个下人又进屋去，很快就又抬了一具尸体出来，死状是一模一样的，并排搁在檐廊。

这时候宁采臣带着两个小厮回来，脸色不怎么好看，手中的扇子也不摇了，像是体虚腿软，走到了檐廊前才像是突然看见薛茗一样，惊吓地一抬头。见是薛茗，他勉强挤出个笑，有气无力地打招呼："贤弟，你睡醒了？"

薛茗还指望吃他的东西，就关心了两句："贤兄的脸色看起来不大好，是没休息好吗？"

宁采臣拧着眉毛，偷窥似的朝对面的檐廊瞥了一眼，压低声音对薛茗道："你先前对我说庙中有蹊跷，难道不是在说笑？"

"自然不是。"薛茗说，"实不相瞒，这庙中的蹊跷多着呢，我前几夜险些丧命。"

宁采臣紧张地追问："那你离开之后又回来是为何？"

薛茗实话实说："此地异常古怪，不管我走出多远，只要一闭眼就会回到这里，根本无法离开。"

宁采臣听后便面如土色，双腿一软瘫坐在椅子上，两个小厮赶忙一左一右去搀扶他。

“去，给我拿壶酒来。”宁采臣颤颤巍巍道。

“都这个时候了还喝呢？贤兄不害怕吗？”

宁采臣窝窝囊囊道：“不怕贤弟笑话，我这腿抖得厉害，先喝两口壮壮胆子。”

“放心，白日里那些怪物是出不来的，且前几夜你都安然无恙地度过了，想来是身上正气阳刚，那些玩意儿不敢靠近你。”薛茗拍了拍他的肩膀，宽慰了两句，随后引出下文，“我这肚子都要饿瘪了，贤兄还有吃的吗？”

“有有有。”宁采臣转头招呼小厮：“备些吃食来。”

薛茗的双腿几乎等于废的，劳烦了秋生打了水来洗漱，坐在檐下一边晒太阳一边吃东西。宁采臣与她坐在一起，这会儿也不嫌太阳晒了，喝着酒与她闲聊：“贤弟是见过这庙中的怪物了？都是什么模样？”

薛茗正在啃一个卤鸡腿，手和嘴巴都糊得油腻腻的，经太阳一照反射着油光。她道：“美得跟天仙一样，一看就不是凡人，但你千万不可掉以轻心，一旦她们用美色诱惑你，那就说明你离黄泉路不远了。”

宁采臣诧异地问：“那你是如何在她们手中全身而退的？”

薛茗想了想，觉得这时候不能打肿脸充胖子，就道：“我逃得快啊，所以我这腿都快跑废了。”

宁采臣朝她的腿上看了一眼，像是这时候才发现她身上的衣服有些古怪，疑惑地问：“你这衣裳瞧着不合身啊，大了这么多，不像是你的。”

薛茗随口瞎说：“我的衣裳都破了，就在庙里闲逛的时候从空房随便捡了一件来穿。”

宁采臣很好糊弄，并没有追问，喝了几口酒后突然提议：“既然这庙中有古怪，不如你我夜晚同睡一屋，还能相互照应。”

薛茗的腮帮子塞得鼓囊囊的，差点噎住，赶紧嚼吧嚼吧咽下去，说：“我已经被缠上了，贤兄与我睡在一处才是惹火上身，你这几夜安然度过，那些东西不敢招惹你，你只当无事发生。”

宁采臣捏紧酒壶，义愤填膺道：“那怎么行！若是那些玩意儿畏惧于我，那我更要与你同睡，你性命被威胁我不能坐视不管。”

薛茗听得一愣，没想到宁采臣还是这般好心肠。旋即她又想，主角确实是这样的，心怀大义，善良正直，要不怎么在原著里将聂小倩感化得弃暗投明呢？

她摆了摆手，拒绝了宁采臣的好意：“多谢贤兄的好意，不过不用了，我有自保的办法。”

聂小倩昨日在她这里受了伤气个半死，晚上指定要找她报仇的，宁采臣一个手无缚鸡之力的少爷，哪有能力保护她？万一聂小倩发起狂，把他俩当成手撕鸡了咋整？

宁采臣不肯放弃，喋喋不休地劝着，仿佛铁了心要跟她住一起。薛茗就往嘴里塞东西，佯装吃饭没时间说话来应对。

两人正贤兄贤弟地博弈着，庙门忽而被推开，又有人进来了。

薛茗抬眼一瞧，竟觉得十分眼熟！

▶第 12 章◀

庙门开了后，走进来的是个年轻高大的男人，看起来二十多岁的样子，一袭灰色长袍，眼睛蒙着漆黑的锦布，但这似乎并不影响他视物，因为他很是从容地跨过门槛走进来。

男人怀里抱着一个六七岁的女孩。这女孩生得粉雕玉琢，穿得也相当奢华，发髻上绑着金丝带，颈子戴着各色宝石的璎珞，一身赤黄交织的衣裙，打扮得像是皇室的公主。她用小手环抱着男人的肩膀，好奇地打量庙里的景色。

薛茗倍感惊奇，往女孩的脸上端详，觉得她眼熟。

而且这样打扮的人来庙里，本身就是件很奇怪的事情，毕竟在原著故事中，除了燕赤霞、宁采臣和兰溪而来的书生之外，没有提及其他凡人出现在庙里。薛茗不知这两人的来历，一边假装低头扒饭，一边悄咪咪抬眼偷看两人。

宁采臣一贯热情好客，见到这两人之后马上起身迎上去，手里还提着一壶酒，说道：“这位兄台你来得正好，我这弟弟不能喝酒，让我一人独饮实在无趣，能在如此荒僻之地相遇也是你我缘分，可要来共饮一杯？”

薛茗心想这宁采臣也够豁达的，方才还在说庙中有蹊跷，现在又拉着新来的人喝酒，这莫名其妙的属于主角的钝感力，果然在什么故事里都有。

那蒙眼的男人没有回应，倒是他怀里抱着的小女孩先开了口，声音稚嫩：“哪来的酒鬼，走开。”

宁采臣倒也不生气，颇为好脾气地想去捏女孩的脸：“小娃娃脾气倒是不小。”

“别用你的脏手碰我！”女孩露出嫌恶的表情，往后一躲的同时用小手拍了拍男人的肩膀，男人就往前走了几步。待走到薛茗的面前，女孩突然“哎”了一声，让男人停下来。

薛茗抬头与女孩对视，走近了瞧就更觉得熟悉，尤其是眼睛，她肯定自己在哪儿见过，只是无论如何都想不起来。她便主动开口："小姑娘，你认识我？"

小孩一听，又生气了，尖声道："你叫谁小姑娘！"

就这么一句，薛茗突然想起来在哪里见过这小孩了！这不是那天隔着门缝看人，给她水囊里装水的小孩吗？当时那语气跟现在这句一模一样。

当时只有一条门缝看不清楚小孩的全貌，听声音还以为是个男孩，现在看又像是个女孩。薛茗讶异地睁大眼睛："你怎么来这里了？"

小孩却没有回答，反问她："先前给你装的水，你没喝吗？"

薛茗这时候才想起水囊里的水，说："当时走了没多久就进了镇子，我买了东西吃，所以就忘记水囊里的水了。"后来回了庙中她大受打击，再加上一直蹭宁采臣的吃食和水，所以这两天都没碰那个水囊。

小孩说道："你邪祟缠身，阴气太重，若是再与这里的东西纠缠下去，用不了多久就会体衰而亡，好自为之。"

这一番话将薛茗吓得顿时觉得手里的卤肉都不香了，急忙问："阴气太重是何意？"

"阴盛而阳衰，这都不懂？人没了阳气，就等死吧。"小孩瞥了她一眼，说话十分老成，与外貌的稚嫩极其违和。

薛茗肃然起敬，觉得这小孩来头不小，此时也顾不得腿痛了，勉强站起来凑近了说话，压低声音："实不相瞒，我最近的确是为了活命进行了一些交易。"

小孩的目光往下一落，在她脖子处停留片刻，似乎一眼就看穿她所说的交易，轻哼一声道："阳气乃人之根本，你这是在自寻死路。"

薛茗心虚得不行，知道自己的脖子上全是玉鹤留下的牙印，一边在心里痛骂死色鬼长了一口狗牙，一边把领子往上拽了拽将脖子遮严实。她又厚着脸皮道："小神仙，有没有什么办法救救我，让我补足了阳气？"

那小孩似乎对这一句"小神仙"相当受用，瓷白的小脸蛋上立即浮现笑容，带着几分得意："你找我算是找对人了，换作别人才懒得管这闲事呢。"

薛茗一听，马上对症下药，连续吹捧了几句，将小孩哄得心花怒放，而后就见这小孩往怀里摸了摸，掏出一根草苗似的东西："这个给你。入夜之后你找一个面朝东的墙，撞墙而入进罗刹海市，找到一个名为'天上人间'的店铺，用这东西跟东家换聚阳符，戴在身上可为你聚拢阳气。"

薛茗其实感觉自己身体还好，除了双腿疼得厉害之外，精神还是挺足的，但她还是将那小草苗给接了过来放在掌心，又细又长，比一根韭菜还要小，看不出究竟是什么东西。她将草苗小心翼翼地揣起来，抱拳道："今日你救我性命，恩重如山，还望你将姓名告知我，他日我报恩时好歹能找到门路。"

这小孩顿时骄傲起来，下巴微扬，说道："小爷我叫游音。不过爷不需要你的报恩，活路给你指了，能不能活下来是你自己的造化。"

说完就拍了拍男人的肩膀，这一直沉默着的男人立即动身，抱着小孩往庙中走去。

薛茗更是觉得这小孩莫名其妙，听到这自称后，她竟然连小孩的性别也看不透了，转念一想这个世界本就充满古怪，还在乎一个小孩的性别干什么？于是她坐回了椅子上，看着两人走到庙宇深处去。

宁采臣在她身边坐下："贤弟，你方才跟那坏脾气的小孩说什么呢？你们是旧相识？"

薛茗道："前天我走出林子时见过一面，谈不上旧相识。"

她将碗里的最后一口饭扒完，把碗筷递给边上站着的秋生，对宁采臣拱了拱手说要回房休息，而后撑着木棍起身颤颤巍巍地走回房间。不过十来步路的距离，她走得异常艰难，若不是木棍撑着，估计早就摔得爬不起来。

头前第一晚她冲出房间的时候撞断了门闩，用椅子堵着门才能关严实，这一来一回的动作折腾薛茗不少力气，出了一身汗。她来到床头翻包袱，从里面找出水囊打开闻了闻。

里面的水装了两天，但闻起来却格外清新，有一种类似青草的味道，很淡，薛茗分辨不出来。她犹豫了片刻，想到那臭屁的小孩虽然脾气不大好，但看起来心肠不坏，也没有算计人的阴险模样，于是决定相信一回，捧着水囊喝了一大口。

入口清甜冰凉，很像是老冰棍吸出来的汁水。薛茗咂咂嘴："还怪好喝。"

她没敢喝多，将水囊拧好之后，又想起聂小倩昨晚让她回房间的东南角找一找，她又爬下床寻找。屋子的东南角摆着一个置放木盆木桶的架子，她费了老大劲儿将东西移开，就看见最角落的地方竟然有一只非常小的纸鹤。

薛茗将它捡起来，认出这是那天出了温泉之后在前面引路的小纸鹤。这下她总算明白了，难怪每次在玉鹤那里睡着之后一睁眼就回到了此处，虽然不知道是怎么回来的，但应该都是玉鹤所为。

薛茗气得哼一声，捏着小纸鹤骂道："就你那破屋子，我还不稀罕睡呢，要不是为了躲庙中的那些怪物，你以为我会跑过去？"

反正玉鹤也听不到，过过嘴瘾又不犯法。薛茗骂骂咧咧地往床榻上爬："死色鬼，生了一嘴狗牙，就知道咬人，吸了我那么多阳气让我睡一晚上怎么了？整那么大个破屋子自己守着有什么劲？建议把房子转让给我……"

也不知道是不是因为刚吃饱，薛茗开始犯困，左右眼下没有其他的事，天还大亮着，她干脆躺下来睡个回笼觉。

薛茗原本想着这一觉最多也就睡个两三小时，没想到当房门被强风撞开发出巨响将她吵醒时，她惊恐地发现，窗外的天竟然暗下来了！

原本堵着房门的椅子被撞飞在墙壁上，摔得四分五裂，碎了一地，木门也被撞出极长的裂缝，像是从中间劈开。紧接着无休无止的阴风疯狂涌入房中，屋内东西被吹得叮咣作响，薛茗吓得翻身坐起，房内已是一片昏暗。

她这一闭眼，竟从大白天睡到了太阳落山，仅剩的一点天光勉强能让她看清楚屋内的情形。就见聂小倩站在门口，脸上那道狰狞的红痕还没消失，十指长出了又黑又长的利爪，若隐若现的黑气在她周身缠绕。

聂小倩虽然生得貌美，但染上戾气之后那模样阴森恐怖，单是看一眼就让人吓得腿软。她恶狠狠地盯着薛茗，嘶声道："我还怕你入夜前去了荷花地界，没想到你胆子倒不小，敢在这里等我。"

薛茗吓得手忙脚乱地爬起来，欲哭无泪，心想这下真的要死。她早就想到聂小倩肯定会在入夜来找她寻仇，本打算眯一觉就去找玉鹤，却不料这一觉睡到天黑。眼下也来不及思考是什么原因，眼看着聂小倩尖叫一声扑上来，双袖刺出白绫分左右两边朝薛茗极速飞来。

她本能地躲闪，竟一个跟头翻到床下去，听见背后一声巨响，转头一看床榻被白绫打得稀巴烂。

薛茗一身冷汗，这东西要是抽在身上，能把她骨头抽成棉花。她找准空隙爬起来就跑，还真就让她从聂小倩的手下脱身，夺门而出。

此时外面的天际只剩下一丝余晖，大半天幕染上了夜色，视线能见度也变低。薛茗根本来不及穿鞋，光着脚在檐廊下狂奔，阴风朝她的后背袭来，是聂小倩在后面追赶。

薛茗突然意识到，她的双腿恢复了正常状态！不再是早上那会儿抖得跟得了重病一样，走路都困难，这一觉醒来后浑身充满了力气，精神抖擞，又成短跑健将附体，跑得飞快，一时还真没让聂小倩给追上来。

这路线薛茗跑了好几回已经熟悉了，只不过聂小倩比先前追她的怪物都要凶猛，起先因为抢到了时间甩开的那段距离也被她很快追上，宛如飞蛇的白绫在空中狂舞，朝薛茗的身体刺去。

薛茗感觉到后脑生风，隐约知道有什么东西在极速靠近，余光看见天际的最后一丝霞晖消失，夜幕彻底笼罩了苍穹，她心一横，猛然朝身边的墙撞去，还不忘双手抱头护住自己的脑袋。

游音那小孩说，入夜之后往面朝东的墙上撞，就能进入罗刹海市。薛茗起先抱有怀疑态度，但她发现自己喝了水囊里的水之后身体完全恢复，再加上眼下事态紧急，根本无法从聂小倩的手底下逃去玉鹤那里，所以她只能咬着牙放手一搏。

只听一阵呼啸的风从耳边擦过，薛茗感觉眼前骤然一黑，好像扑进了一个虚无的地方。下一秒，风声带来了许多嘈杂的声音，各种叫卖声此起彼伏，她将眼睛睁开，就看见面前灯火通明，两边出现了密集的小摊，一眼望不到尽头，道路上更是人头攒动，热闹非凡。

就在她身前几步远的地方有一座比她还高的玉碑，上面刻着龙飞凤舞的四个大字："罗刹海市"。

还没等她反应过来，身后又传来吃惊的声音，她以为是聂小倩，慌张地转头看去，发现竟是宁采臣也跟着进来了。

他满脸震惊地看着面前的景象，匆匆跑到薛茗身边，急声道："贤弟，还真是你！方才我看见你夺门而出，在后面追着喊也不见你搭理，怕你出什么事就跟来看看……此处是什么地方啊？"

▶第 13 章◀

据宁采臣所言，白日里他敲了三次薛茗的房门，分别是在午饭时间、午饭后以及黄昏的时候。

宁采臣让小厮准备好午饭之后见薛茗一直在房中不出来，就自己去敲门，尝试推了一下却并未推开，在门外喊了几声也没人应。他以为是薛茗太累了，便没有继续打扰。

待吃完了午饭后，他又喊了一次，仍旧无人理会。此时正逢赵生手底下仅存的两个下人收拾包袱准备逃走，宁采臣追上去劝了两句，将薛茗先前告诉他的话转述给两个下人，本意是想让他们别乱走，结果反而把两人吓得屁滚尿流，跑得比谁都快。

黄昏时，宁采臣又去敲薛茗的门，这次倒是将门敲开了。薛茗将房门打开后只对宁采臣说了一句出去一下，并未解释自己在房中睡了一天的事。其后她转身就走，宁采臣想着她早上那会儿走路时双腿还打摆子，没有木棍撑着就难以站立，这时看脚步竟然十分利索，不由得心生疑惑，在后面追了半条檐廊，一转角就不见她的踪影，并不知她去了什么地方。

薛茗听到这儿已经浑身发凉，汗毛竖起。她的记忆中根本没有这些事，她只记得自己喝了水之后就睡着了，一睁眼就到天黑，根本不记得途中醒来出去过。

事情的发展突然变得诡异起来，薛茗接着追问后来如何。

宁采臣说薛茗离开了约莫一刻钟的时间，回来时看起来没什么变化，他将薛茗拉住询问，薛茗只说："贤兄，夜晚时我会离开一趟，若是在鸡鸣三声之后我没回来，你就在我门前点一把火，呼唤我的名字。"

宁采臣说到这儿的时候，薛茗已经吓得冒冷汗，心里也并不十分相信，毕竟这些都没出现在她的记忆里，谁知道是不是宁采臣的一面之词，说来骗人的呢？

然而接下来宁采臣所讲的事，更让她头皮发麻。

他说他当时询问了薛茗要去什么地方，薛茗说那是一个凡人去不得的地方，宁采臣听到这话自然拽着人追问不休，问她如何能去那种地方，薛茗大约是被追问烦了，就回答说她脖子上戴着的东西可以让她去。

薛茗听到这里，立马抬手往脖子上摸索。这一摸还真让她摸到了一根细绳，她吓得浑身一震，赶忙用手指钩住细绳扯出来，就见是一根红色的绳子，胸前的位置挂着只有掌心一半大小的黄色锦袋，很轻薄，入手几乎没有重量。

她没想到自己身上还真戴着东西，方才被聂小倩找上门的时候吓得太厉害了，滚下床就夺路狂奔，根本没留心到脖子上戴着东西。

薛茗惊恐地捏了捏，摸出这小小的锦袋中似乎装了个珠子似的东西，圆圆的，有些硬。这事儿也太诡异了，薛茗惊出一身冷汗，瞪着眼睛不知道该说什么。

接下来就是宁采臣自己的情况。他是觉得薛茗白日里表现得太奇怪，又想到庙中不干净因此害怕得辗转难眠，直到隔壁薛茗的房间传出巨响，他才慌张地爬起来查看。一出门就看见薛茗狂奔的背影，连鞋子都没穿，健步如飞，像是逃命一样。

不是像，那就是逃命啊！薛茗做了个手势，将宁采臣的话打断，问道："你只看见我？没看见其他东西吗？我身后跟着的你没看见？"

宁采臣迷茫地摇头："只有你啊，我担心你出事便一路跟过来，瞧见你撞墙而入，就也跟着撞了进来，幸好没跟丢你！"

薛茗大为震惊，此时已经被这一连串的事搞蒙了。原来宁采臣根本看不见聂小倩吗？难怪进庙之后这几日聂小倩就一直缠着她，不去找宁采臣，合着这两人可能都不在同一个次元，互不相见，所以才相安无事。

宁采臣四处张望，见薛茗沉默良久，面上也隐隐有了畏惧的神色，问道："贤弟，咱们如何回去？"

薛茗稍稍回神，转头看了一眼，见身后并无撞进来时的那堵墙，而是一片缠绕着黑雾的旷野，往回走定然是不可能回去的。她心道：眼下也顾不得想那么多了，还是先拿到聚阳符要紧。于是转头问道："既然我先前叮嘱过你在鸡鸣三声之后不见我回去就在我的门前点火，那你跟着进来了，谁给我烧火？"

宁采臣道："贤弟放心，我已将此事吩咐给春夜和秋生。"

还算他思虑周到。薛茗点点头，说道："那你跟紧我，我们进去瞧瞧吧。"

罗刹海市是一个海市蜃楼一样的地方。在进来前薛茗还以为这里阴气缭绕，阴森诡谲，谁知站在这里时才发现，此处十分热闹，色彩斑斓的灯笼挂得密密麻麻，照亮了熙熙攘攘的街道。街道上行走的也大多都是常人模样，有人花团锦簇、珠光宝气，有人形销骨立、素衣蔽体。耳畔时而是小贩声嘶力竭的叫卖，时而是街上争执吵闹的口角，表面上看起来与俗世没什么两样。

薛茗对罗刹海市并不了解，单单是听这个名字也知道这对一般人来说不是什么好地方。她小心翼翼地走入街道，发现身边往来的人都会不约而同地绕过她，并没有发生什么碰撞，甚至没有任何异样的目光投来。就好像她也融入了这街市之中，成为其中一员。

她隐约觉得是自己脖子上戴着的东西起了作用，只是不知道这玩意儿究竟从何而来，在她记忆丢失的那段时间她去了哪里。

"天上人间"这个地方并不难找，薛茗随便拉住两个行人问一问，就很顺利地来到店铺前。那是一栋很不起眼的屋子，大约一间门面的大小，檐下挂着一盏灯笼，门前竖着块牌子，上面则写了"天上人间"四个字。

原本还想着取了个这样的名字，商铺得奢华成什么样啊，结果竟然是这样的地方，当猪圈，猪都嫌小。薛茗提着衣摆上了阶梯，刚抬起手还没敲，门就自己开了，探出来一张慈祥的脸，笑着对薛茗道："贵客，进来说话吧。"

薛茗心中讶异，但经历了许多奇怪的事后，她已经学会稳住神色。只是宁采臣还是不大适应的样子，惊讶道："这店家怎么知道门口有人？"

薛茗轻轻摇头，没有回应，抬步进了屋中。屋内看起来也不大，两边摆了高架顶着房顶，当间一张桌子，行走的通道很窄，仅能通一人。宁采臣道："老人家，此处是做什么的？"

那老头看起来脾气好，笑呵呵道："什么我都卖，你想买的东西，只要出得起价，我就有。"

"哦？"宁采臣来了兴致，问，"那我若是想买九五之尊之位，你也能卖？"

那老头站到桌子后，听闻便抬头瞪了宁采臣一眼："你是真敢要，便是我卖给你，你也没那个命享受。"

薛茗将宁采臣往后拉了一步，自己上前，伏在桌子上道："老先生，你这里可有聚阳符？"

老头抬起眼皮看她："有是有，这东西可贵着呢。"

"我得高人指点，说只要带了此物来，就能从您手中买到聚阳符。"薛茗说着，从怀里摸出了游音给她的那根草苗，在老头面前晃了晃，"您看看。"

谁知那老头看见草苗之后眼睛猛地一亮："哟，是个宝贝！"

他赶忙摆出一个"请"的姿势，打后面开了一道门，引着薛茗和宁采臣二人继续往里走。

走进去才知道，原来里面别有洞天。薛茗踏进门后行了一段长廊，继而视线猛然开阔，面前出现了一座七层高的环形楼宇，金光闪闪，十分壮丽。每一层都站满了忙碌的人，不知在搬运什么东西，喧哗热闹，阵仗惊人。

"老先生，你这楼铺深藏不露啊！"薛茗惊叹。难怪方才口气那么大，说什么都能卖，如此看来恐怕也没夸大多少。

正说着，忽而旁边传来一声瓷器破碎的声音，紧接着一阵吵闹。薛茗转头看去，看见边上排列着一辆辆整齐的车，上面摆放着硕大的酒坛子，一个就有半人高。方才摔碎的就是其中一个酒坛，酒液淌了一地，空中弥漫起酒的香气。

宁采臣闻了闻，称赞："好酒啊。"

老头飞奔过去将那些搬酒的伙计骂了个狗血喷头，气红了一张脸回来，搓了搓手对薛茗笑道："这酒是盛筵上所用，少一坛都不能，所以要尽快安排处理，耽搁了你的时间，见谅。"

薛茗一听，赶忙顺着他的话问："老先生，这盛筵是什么情况？"

"稀奇，你这凡人还打听起这事来了。"老头领着薛茗上楼，回道，"前些日子魁皇突然殒命，也不知是出了什么状况，其后四位大王齐聚此地召开盛筵，应当是为了选举出新的魁皇。"

搞这么正式？薛茗在心里吃惊，还以为他们都是随便飘来飘去的，没想到内部竟然还有体系的存在。

薛茗不关心这些，只惦记着诡域何时能解开："那这宴席要开到何时何日？"

“谁知道呢。”老头道，“四位大王明争暗斗许久，原本魁皇还在时，尚能维持和平假象，而今群龙无首正是纷乱的时候，最后少不得要斗个你死我活。”

随后他随口道：“快则一年半载，慢则五年十年，都是有可能的。”

薛茗一阵绝望，一场宴席要是开个十年五年，她也不用考虑出去了，自学盖房子技能在这荒野求生得了。这些坏东西，死了都不安生，祸害好人！

老头带着二人上了三楼，从一个狭小的房间中取出个木盒，与薛茗完成了交易，其后领着人重新回到前面的小屋子。

站在门口的时候，老头叮嘱道：“这聚阳符你千万要等到出去之后再打开盒子，在此处不可开启。你沿着来时的路回去便可，罗刹海市虽然繁华迷人眼，但你万不可贪恋此处，古往今来误入此地的凡人不少，能安然走出去的却寥寥无几，切记，一定要在鸡鸣之前离开，否则就算最后你走出去，也不是一个完整的人了。”

薛茗一阵感动，再三道谢，心想着还是有好心人的。她把盒子捧在怀里，刚要喊着宁采臣离开时，忽而前方传来一阵躁动。

宁采臣伸长了脖子想看热闹，薛茗却反应很快，知道这种地方的热闹没那么简单，拽着宁采臣就要跑。却不料刚跑出两步，身边就猛然出现数十个身着甲胄的人，动作快得像一阵风，瞬间就将薛茗二人围在中间。

“跑什么？！”头前一个男人大步上前来，一手掐住了薛茗的下巴抬起来看了两眼，喝道，“带走！”

“哎！等等，等等！是不是有什么误会！我是第一次来这里，也没招惹谁，抓我干什么！”薛茗立马喊起来，觉得自己很像是刚从银行取了几十万，一出门就撞上了蹲伏许久的歹徒的倒霉蛋。

她死死地抱住怀里的盒子，心想，这些人要是奔着她盒子里的宝贝来的，那她也只能含泪将东西拱手相送了。

谁知这些人根本不在意她抱着什么，只是一左一右将她的手臂押住，不由分说地将她拉走。

宁采臣也吓得不轻，这时候也不敢挣扎，说道：“几位老爷，有什么话好好说，我与贤弟不过是从此处路过，抓我们是为何？”

显然他的待遇不算好，刚说完就被人踹了个跟头，其后被拎起来就学乖了，不再说话。

一群人押着两人往前走，路过天上人间的时候老头还站在门口看热闹，这时候他手一伸，竟直接将薛茗怀里的盒子给勾走了。

薛茗怒喊："喂！"

老头叹道："这位贵客，你来得不巧，今日是玉面和百鸦两位大王小聚。他们最爱吃人的脑袋，你这被抓了定然是死路一条。与其让这宝贝被别人捡走了，倒不如还给我，还能卖个好价钱。"

这死老头，奸商一个。薛茗在心中破口大骂，还没来得及表达自己的愤怒，就被押进一片迷雾之中，继而眼前一晃，方才热闹的街景消失，面前变成了一间牢狱。

她与宁采臣被分开关押了。薛茗所在的牢中全是女子，应该都是突然被抓来的，每个人都是惊慌的模样。

薛茗缩在角落里偷偷观察，从她们交谈的话中隐约听到了"玉面大王""百鸦大王"之类的，其后发现这里其实凡人并不多，不过所有人都有一个共同点，就是年轻貌美。

薛茗心急如焚，想着今夜走了一趟什么都没捞着不说，还被抓到了这个地方，倘若耗到天亮那就糟了！可她此刻也没有别的办法，不敢随意闹腾，只得坐在角落里等候。

之后牢中又陆续进了几个姑娘，合起来有十七八个，几个身着甲胄的男人，飘到跟前来用手里的棍敲了敲铁笼，将门锁打开后道："都出来，安生点，若是再闹事就让你们魂飞魄散！"

所有姑娘都安静下来，排着队出了牢门，薛茗没办法，也只得混在队伍中跟着，路上偷偷地左右张望，盼着能找到逃生的办法。

出了牢房之后，周围的守卫就增加了不少，前前后后将姑娘们围得结实，薛茗还因为乱看被呵斥了一句。她心里慌张，有些绝望地跟着人走，却见这路越走越亮，竟来到了一座金碧辉煌的大殿之前。

殿门打开后，飘出来一个穿着相当华丽的女人，对护卫摆了摆手让他们在殿外候着，继而领着姑娘们往大殿里走。这殿宇建得像皇宫一样华丽，刚踏进去就听到了丝竹管弦的乐声，无数盏琉璃灯挂在墙壁上，折射出的光芒将金灿灿的柱子照得极亮，晃得薛茗眼睛疼。

绕过几重烟红色的纱帐过后，薛茗就看见广阔的大殿中正办着宴会。

身着五颜六色衣裙的舞姬在空中翩翩起舞，各种乐器交织发出动听悦耳的声响，殿中的人分坐两边，矮桌上摆着琳琅满目的佳肴，正觥筹交错，谈笑风生。而最前方设了两个高座，位于几层阶梯之上，南北分别坐着人。

一人生了满头赤色长发，面容生得粗犷，脸上有一道很长的疤从左眼角划到右边下颌骨，几乎贯穿了整张脸，显得十分狰狞恐怖。他赤着上身，肩膀处站着一只黑色的乌鸦，头顶的鸟羽也生了一抹红。

而另一人，让薛茗在视线扫过去的时候立即停住，露出震惊之色。因为坐在北边高座上的男子生得极其俊美，眉眼淡无波澜，似乎对眼前的宴会感到索然无味。然而此人并不陌生，正是玉鹤。

他白衣若雪，浓黑的发一半绾起一半披在身上，正姿势懒散地坐着。左、右各坐着一个貌美女子，一人倒酒，一人剥着葡萄，身后也站着两个女子，缓慢地摆着手中硕大的扇子，使他看起来像是沉溺温柔乡的纨绔子弟，十足风流。

距离隔得远，薛茗抬头好几次来确认。

此时却听那刀疤脸说："玉面郎，先前的美人不合你心意，我就让人去搜罗了新的来，你瞧瞧，可有看得上眼的？"

▶第 14 章◀

薛茗与其他女子被押着上前，跪在了两排席位的中央。

头上是翩翩起舞的女子，两侧则是举杯共饮的男子，欢笑伴着乐声入耳，热闹和奢靡与俗世的宴席旗鼓相当，甚至比薛茗见过的聚会都要精彩，却让她脊背发凉，努力抑制心中的恐惧，将脑袋垂得极低，企图在人群中隐藏自己。

据方才听到的那些言论，薛茗推断出前面高座上那两人的身份。

显然肩膀上站着一只乌鸦的就是百鸦大王，而玉鹤则是玉面大王，两人在此饮酒小聚，为了助兴，百鸦大王让人抓来了貌美的女子。别的薛茗并不了解，但玉鹤的确是色鬼一个，百鸦大王此举也算是对症下药，正中玉鹤下怀。

若真是如此，对薛茗来说还有一条活路，色诱玉鹤就可以了，这事儿她比较熟练。

"兄弟，那小金仙不知好歹背叛于你，何必再对她念念不忘？貌美的女子多的是，若是这些也不喜欢，我再叫人抓就是，今日你就在我这里玩个尽兴。"百鸦拍了拍手，恶声恶气道："都把头抬起来！倘若入不了玉面郎的眼，就散了你们的魂魄。"

魂飞魄散，对这些女子来说就是最大的威胁。

正想着，跪在薛茗前面的女子猛地站起来，拔腿就往后跑，哭喊道："不要！让我回去，我是误入此地，绝非有心打扰，放我出去！"

这女子穿戴整齐，慌不择路从人群中奔逃，这一嗓子喊得所有人都看向她。

薛茗见她面色通红，泪水流了满脸，似是普通人的模样，顿时心觉不妙。果然，下一刻就听百鸦玩味的声音传来：“哦？怎么还抓了个凡人进来？”

他抬手一指，那女子浑身僵住，整个人被定格在薛茗的边上。这时候她似乎意识到了什么，乞求的目光落在薛茗脸上，泪珠滚滚而落，凄声道：“救救我——”

薛茗都还来不及反应，只听“砰”的一声闷响，女子的身体整个在她面前炸开。她本能地闭眼扭头闪躲，紧接着那女子的头就飞到百鸦的面前，被他一口吞下。

这场景比恐怖片要吓人一百倍，薛茗整个人吓傻，抖着手用袖子擦脸上的血。擦不干净，糊了一片，她在心中大骂不止，难道这个世界就没有道士神仙之类的吗？就让这群玩意儿在这里作恶？

乐声依旧继续，身旁都是欢声笑语，似乎无人在意这样的场景。这里与现实世界终究不同，薛茗吓个半死，其他人却习以为常。

百鸦吃了脑袋后心情似乎变好了，笑道：“素闻玉面郎喜爱舞姿曼妙的姑娘，小金仙也曾一舞名动天下，你们会跳舞的先来，若是跳得好看，也可不杀。”

此话一出，马上就有几个飘出去，朝座上人盈盈一拜，而后婆娑起舞，展现自己美丽的身姿。同时一股香气在空气中蔓延开，旁边两座的男子也开始拍手赞美予以助兴，活脱脱像是选美现场。

眼看着身边跪着的女子越来越少，薛茗心道不好，这个时代的女子似乎都会跳那么一两下，扭得还怪好看，可若论起跳舞，她实在没有天分。

短视频兴起的时候，听说当“摇子”挣钱快，薛茗穷得厉害，就起了歪心思加入了一个叫“牌牌狼”的家族，跟人学了一个星期，唱词都倒背如流了，结果因为摇得太难看，被当时的带头大姐给了二百块钱，让她回去好好念书。

往事不堪回首，薛茗在心里叹了一声，抬头偷瞄玉鹤。

他仍旧一副事不关己的模样，表情很淡，任由百鸦唱独角戏，不说话不回应，像一尊精美的瓷人。薛茗本想与他对上视线后使一些求救的眼神，却不料他的目光根本不往这儿来，像不认识她一样。

薛茗心里慌得厉害，觉得这些东西并没有察觉她也是凡人，极有可能是她脖子上戴着的东西起了作用，一旦被发现，绝对没有活路。眼下色诱玉鹤这一条路或许走得通，显然大家都知道他是色鬼，喜好美色。可薛茗身边貌美的女子太多了，如果玉鹤选中了别的人，她还不知道要面临什么。

玉鹤看着座下群女乱舞，目光扫来扫去，似乎觉得淡然无味。他完全不给百鸦面子，看了两眼就低下头，摘了颗葡萄扔嘴里。

百鸦见状，似对玉鹤非常不满，转头把气撒在座下的女子身上，冷声道："没用的东西，全都拖下去！"

话音一落，身着甲胄的男人立即飘上来一大片，抓着女子就往下拽，一时间凄凄惨惨的叫声充斥着大殿。

薛茗心中已经有了计量，当务之急就是活到鸡鸣声响起，等春夜、秋生将她唤回去就好。正逢有男人来抓她，薛茗爬起来就跑，在人群中奔跑穿梭，穿越半个大殿来到玉鹤的桌前。

百鸦瞧见了，夸张地"啊"了一声，笑道："又一个凡人，今夜罗刹海市倒是热闹，竟一连抓了两个……"

这话听得薛茗头皮发麻，一下扑到玉鹤的桌前，边上剥葡萄的女子也颇有眼力见，马上给她让出了位置来。薛茗甚至将坐垫拉到玉鹤的身边，坐下去后半个身子向他贴近，小声道："玉鹤大人，你得救我啊，我身上有宝物。"

薛茗提心吊胆，原本还担心玉鹤翻脸不认人，但没想到他并未表现出躲闪的模样，而是淡声问："什么宝物？"

薛茗心中一喜，用手拢在嘴边，附在他耳旁小声道："聚阳符，这东西能够凝聚阳气，若是玉鹤大人救我，我就把宝贝送给大人。"

玉鹤问："你来这里，就是为了寻它？"

薛茗赶忙点头，这个时候也顾不得面子，略显谄媚道："寻来献给大人。"说着她拿起盘中的一个葡萄，讨好似的送到玉鹤嘴边。

玉鹤却将头一偏，躲开了她的手，不吃。薛茗心里咯噔一下，马上开始乱猜，寻思他这一躲是什么意思，却听玉鹤说："救你可以，但那东西我不要。"

薛茗愣道："那你要什么？"

正说着，一旁坐着的百鸦似听不见二人的交谈，扬声插话："玉面兄弟，你若是不喜欢这个人可以让给我，我喜欢。"他一边说话一边盯着薛茗的脑袋，就差流口水了，好像只要玉鹤一点头，他就会马上冲过来张开血盆大口咬掉薛茗的脑袋。

薛茗一想到自己的头被他在嘴里嚼吧嚼吧，就吓得魂飞魄散，赶紧小声说："玉鹤大人，只要你救我，咱们什么都好商量。"

玉鹤这才转头看她。满堂光照下，薛茗的白衣上全是血，浑身上下透着一股浓重的血腥味。脸上被她用力擦过，晕开的血迹干在侧脸处，给原本就白皙的皮肤添上几分艳丽。薛茗与殿中满座的宾客不同，她有着鲜活的红润肤色，害怕或是羞赧的时候红霞般的颜色就染上她的耳朵和脸颊，格外好看。尤其是她有一双浓黑如墨的眼睛，求人时覆上一层水色，可怜兮兮的，十分漂亮。

他抬手抓住薛茗的手腕，将她手里捏着的葡萄往上一送，自己张嘴咬住。百鸦见状便大笑起来，调侃道："看来玉面郎还是喜欢这样的啊。"

玉鹤这时候才终于给了回应，说道："凡人终究有温度。"

"而且很美味。"百鸦补充了一句，随后摆了摆手，吩咐道："带下去收拾干净。"

薛茗抿着唇，见玉鹤并未阻止，就起身跟着两个侍女离开了大殿。出去后被夜风一吹，薛茗才察觉自己被吓出一身的汗，胸前后背都凉飕飕的。想到方才大殿里的场景，虽然歌舞不断，气氛看起来很欢乐，实则差点就死在里面，命悬一线。

好在现在得救，薛茗默不作声，跟在侍女后面进了另一座宫殿里，来到一汪温泉前。随后就来了六个侍女，动作利索地将她衣服扒了，扔进泉水中，拎起她的胳膊搓搓洗洗。薛茗以前也时不时去大澡堂，花个几块钱让阿姨给她搓澡，因此对别人给自己洗澡也不算难以适应，更何况泉水舒缓了她紧绷的神经和疲倦的身体，有几分享受。

几个侍女也闲不住，在边上聊起天来。

"听说燕赤霞到这儿来了，不知道是不是真的呢？"

薛茗耳朵一竖，立马精神起来，心说：谁的消息那么灵通？她进罗刹海市后也没有告诉旁人自己的姓名，怎么就有这种传闻流出？

"是真的，百晓生那儿放出的消息，据说燕赤霞还受伤了，所以才一直没露面。"

薛茗下意识捂住自己左肩上的爪痕，顿时对"百晓生"起了敬意，没想到连她受伤的消息都被人摸去了，这些人的本事倒也不小。她转头搭话："各位姐姐，你们说的燕赤霞，是个什么人物？"

几个侍女倒也不见外，回道："我们也未曾见过，早些年就听说过他的传闻，据说是杀了不少邪祟，前段时间魁皇之死，听说就是他所为。"

"这么厉害？！"薛茗大惊，自我感觉没有那么大的能耐，进了庙还被那些玩意儿追得半死不活，难道她现在能力使不出来，宝贝用不了，与之前的事有关？

她仔细思考起来，倘若这身体的原主不死，她自然也就无法取而代之，或许燕赤霞这一身的本事已经随着原主的死去而消失了，现在存活的只有她薛茗，没有什么斩妖除魔的燕赤霞了。

薛茗神思恍惚，东想西想地走神许久，等回过神来时，侍女们的话题已经转到了玉面的身上。

从她们的交谈中可得知，越是能耐大的邪祟反而越不会用真面目、真名字示人。四位大王的称呼皆是绰号，玉面大王因每一个皮囊都俊美，且酷爱美色，风流事迹传遍诡界，因此得名“玉面”。

薛茗还了解到百鸦先前提到的小金仙。她先前是魁皇的宠姬，后来背叛魁皇去了玉面的身边，不过有一就有二，在玉面身边跟了一段时间后，也给他戴了绿帽子然后跑了。

今日这场宴会，便是百鸦为了宽慰玉面而办的，抓了许多貌美的女子给他。薛茗是来得不赶巧，正被撞上了，才有了这么一出糟心事儿，换个日子，她拿了东西便走了，也不会被抓。

薛茗全身上下都被清洗得干干净净，连脚指头缝都洗刷了好几遍，几乎脱层皮。侍女将她扶上了岸，往她身上扑了好几层不知道是什么东西的粉末，带着清甜的香气，极为好闻。随后她们拿了一套轻薄的衣裙，给薛茗穿上了来到这个世界之后的第一个肚兜。

最后又往她的右脚踝上系了一根红绳，绳上挂着个小铃铛，薛茗扭着脚腕看，问：“这是干吗的？”

侍女掩着唇，笑得一脸暧昧：“玉面大王喜欢，他的宠姬脚上都挂铃铛，据说是行动起来好听。”

薛茗觉得自己不该多嘴一问。

这一番清洗也不知道费了多少时间，薛茗被侍女带进了寝殿里，随后所有人退出去，只留下了她。

接下来很长一段时间薛茗都自己在殿中，从心急如焚等到百无聊赖，最后困意浓郁，扑在床榻上睡着。

直到脚上一阵冰凉，隐约传来触感，像是被谁捏在手里摆弄，她才猛然惊醒，慌张地坐起来，转头就看见玉鹤不知什么时候进来，此时正坐在床边，手里攥着她那只系了红绳铃铛的脚。

玉鹤的手白无血色，与他的肤色相比，薛茗则是白里透着红，嫩生生的脚也被手掌衬得小巧。

薛茗睡着了一段时间，脚的温度很高，因此玉鹤手掌的冰凉就更为明显，让她忍不住缩腿躲避，但玉鹤握得很紧，一时间没让她抽出。

与此同时，薛茗听见从东方天际处传来三声鸡鸣，十分嘹亮，她心头一喜，想着这下可以真的脱困了。

没想到玉鹤拽着她的脚一拉，把她猛地拉向自己。他像是猜出薛茗心中所想，微微俯低身，漂亮的眼睛盯着她，轻声问：“你觉得自己能走？你以为你脚上这红绳是做什么的？”

▶第 15 章◀

薛茗挣扎着坐起来，道：“我听说是因为玉鹤大人喜欢。”

玉鹤没有否认，只是欺身过去朝她靠近，低声问：“既听说我喜欢，没听说我为何喜欢？”

薛茗偏头往后躲，想起先前侍女所说的话，佯装镇定道：“我与大人相识不过几日，自然无法了解那么多，不清楚你的喜好。”

玉鹤的面上似乎有一抹笑，很轻淡：“现下就让你知道。”

薛茗感觉有冰凉的触感落下，像是玉鹤轻轻地啄吻，他惯常不会这样温柔，这一般都是啃咬的前兆。她赶忙发出一连串的叫声：“等等等等等！玉鹤大人，你也知道我是个凡人，不能在此地久留，我来到这里铤而走险也都是为了你，方才鸡鸣三声，时间已经到了，你先将我送回去，有什么事咱们再商量不成吗？”

玉鹤听后果然将头微微抬起，眸光垂下来落在她的脸上：“为了我？”

薛茗急忙说：“对啊对啊，我不是供阳气给你吸吗？为了让你吸到更纯更旺盛的阳气，我就得高人指点来这里寻找聚阳符，若非如此我也不会来这鬼地方。”

仿佛是劝说起了作用，玉鹤虽然没有回应，但也没有进一步动作，目光从她的脸上往下滑，落在脖子上的某个地方。薛茗以为他被自己说动，赶忙再接再厉：“且这鬼地方阴气太重，对我影响很大，我现在就浑身无力，头晕眼花，再不走怕是身体要撑不住了，我死了你可就吸不到我的阳气了！”

这一番话说得真情实感，发自肺腑，薛茗料想玉鹤合该动摇，却不料他慢声开口：“好香的味道。”

薛茗茫然：“啊？”

“身上擦了什么粉？”玉鹤碰了碰她的脖颈。

冰凉的触感传来，薛茗这才惊觉自己说了一堆，玉鹤其实根本没有听进去！她双臂仍坚强地撑在床榻上，将自己的身体支起些许，表现出了抗争的愤懑心理，但不到一秒就倒了下去。

阻拦未果，薛茗耳朵红得要滴血，惊叫道：“大人，你不是有很多宠姬吗？

随便挑一个都比我美上百倍，干吗揪着我不放？”

她感觉那只冷冰冰的手像一条阴湿的蛇附着在皮肤上，缓慢地移动着。

玉鹤直起身，居高临下地看着她，语气很轻：“她们没有这般炙热的温度。”

薛茗反驳的话还没出口，就见他已经开始抬手解自己的衣扣。

玉鹤今日赴宴，穿着比较正式，里三层外三层让他看起来倒是人模人样，顶着一张漂亮的脸尽说些混话。

薛茗见状，抓准了这个时机飞快地翻身爬起挣脱束缚，谁知还没爬下床榻，腰间就横来一条手臂，将她整个人捞了回去，薛茗努力地扭着腰挣扎。

玉鹤见人都已经气喘吁吁了还挣扎得厉害，沿着她后颈闻了闻，而后道：“聚阳符还想不想要了？”

薛茗身体一顿，惊诧地扭头看他。

玉鹤似乎看懂她眼中的疑问，又道：“你身上没有，不是还没找到，就是被抢走了。你阴气太重，在此地逗留许久已被侵蚀，聚阳符于你来说确实有很大益处。”

“确实被抢走了！那个该死的老头，本来我都已经跟他完成交易了，结果他落井下石！”薛茗一提到那个死老头就满腔愤怒，抓着玉鹤的手臂道，“你能帮我抢回来？”

玉鹤看着她，眼眸显得浑浊。

贪生怕死，胆小好骗，却偏偏生了一张讨人喜欢的脸，勾人心魄的眼睛。玉鹤低声应道：“嗯。”

一旦关联到性命大事，薛茗整个人都变得顺从了许多，动作软下来，但口中还在做最后的反抗，弱弱道：“大人，咱们可不可以再商量一下？”

寂静的大殿点着香炉，轻烟缭绕，殿内恢复安静，隐入长夜，变得沉寂安宁。

薛茗还在想，为何鸡鸣之后她并没有被唤回去，难道是春夜、秋生没有在她门前烧火吗？

身体隐隐发抖，她一边在心中唾弃自己“富贵立即淫，贫贱马上移，威武必须屈”的小人品质，一边宽慰自己，这都是为了活命，那能咋办嘛？

肠子都悔青，早知道惹上的是这么个色鬼，她当初就不该闯进去。

可转念一想，若是那夜没进入玉鹤的地界，被夜叉撕得开膛破肚也不是很好的结局。

玉鹤虽然色欲熏心，但好歹比那个吃人脑袋的大王好多了。如若那晚遇见的是百鸦，她脑袋早就被嚼烂了。

薛茗趴了一会儿才将脑袋从被子里抬起，转头看见玉鹤已经下了床榻，除却脱了层外衣之外，他的衣着很整齐。

她坐起来飞快合上衣襟。脚一动，铃铛就响，薛茗努力拽了几下，没能拽断脚上的红绳。正忙活的时候，大殿门开了，几个侍女飘进来，抬着装了水的白玉桶和一些新的衣裳。

薛茗没想到还有这种服务，心中一喜，马上下了床榻指挥着几人将玉桶抬到巨大的屏风后。她站在后面用水擦洗身体，洗得认真，搓了很久，最后给自己洗累了，这才罢手。

等她穿上新衣裳晃出来后，发现玉鹤姿态懒散地坐在软椅上，面前的桌子摆了许多丰盛的佳肴，食物的香气在空气中弥漫。

薛茗只要一闻，肚子立马疯狂地叫起来，这时她才明白，原来她头晕眼花手脚无力并非阴气侵蚀，而是她今日只吃了一顿饭，还是早上吃的。

她是活生生的人，不吃东西是会饿死的。

薛茗走过去在桌边盘腿坐下来，一边拿筷子一边问："我可以吃吗？"

还不等回答，她就已经塞了一筷子进嘴里。玉鹤此时像餍足的状态，看起来温顺而无害，并没有阻止她。

"聚阳符被谁抢走了？"玉鹤问。

薛茗大口扒着饭，腮帮子满满当当，却仍旧挡不住愤怒，气道："是一个死老头，在罗刹海市开了个叫'天上人间'的店铺。大人，我找聚阳符完全是为了给你吸更纯的阳气，却没想到被那个奸诈的鬼老头算计，害我就是害你，你可得好好教训他！"

▶第 16 章◀

薛茗这一顿饭吃了很久，在吃掉最后一口肉的时候，突然发现了不对劲。她竟然将桌上的食物全部吃完了！

到这里之后薛茗只在前两天跑去镇子上时吃了一顿饭，其他大部分时间都是在啃干粮或者吃宁采臣的卤肉，所以碰上这么一桌丰盛的菜肴她吃得多点也无可厚非，但薛茗向来都是自己吃饭，因此对自己的食量非常清楚，就算她再怎么饿，也不可能吃了满满一桌。眼下桌上的盘子全空了，尽数进了她的肚子，她却没有吃撑的饱胀感，放下筷子时只觉得刚刚吃饱。

薛茗知道自己不可能吃那么多，所以马上开始怀疑这些菜："玉鹤大人，这些菜都是什么做的？为何我能吃那么多？"

玉鹤正斜靠在软椅上闭着眼休息，不知道是不是睡着了，没有回应。薛茗摸了摸圆滚滚的肚子，不死心地绕过桌子走到他边上，壮着胆子推了推他的手臂："玉鹤大人。"

玉鹤本就没睡着，缓缓将眼睛睁开，回道："这是阴气做的饭。"

薛茗脸色忽地一白，胃里翻江倒海起来，方才还觉得香得要命的饭这会儿又恶心得不行，立即用指头去抠嗓子眼，想全给吐出来。奈何那些饭很诡异，像是进了肠胃后立即被消化了一般，她干哕了几下，并没有吐出什么东西。

薛茗在心中大骂不止，恨不得把肚子里的东西全吐在玉鹤身上。

这个死色鬼心眼坏透了，她吃的时候不说，吃完了才说，存心害她。虽不敢对此人加以责骂，但薛茗难免有抱怨，撇嘴道："为何我方才吃的时候玉鹤大人不提醒我一声？你都说我身上阴气重了，若是吃这些玩意儿，再吃出了毛病怎么办？"

玉鹤支着脑袋，一副满不在乎的样子："你先前也吃过一回，可有吃出毛病？"

"我什么时候……"薛茗扬声要反驳，话说到一半时忽而意识到他说的可能是真的。因为上次她走了一整天进了个小镇子，那里仍是诡域地界，那么她在那里所吃的饭一定不对劲。

回想起上一次吃了之后的确没有出现什么不适，这饭似乎对身体的影响不大。

薛茗挠了挠头，也不再闹腾，换上一副笑脸对玉鹤道："玉鹤大人你看，这都什么时辰了，我也该回去了，不如你现在就帮我将聚阳符抢回来，再送我回去吧。"

玉鹤并未应声，而是慢悠悠地站起来，一边往外走一边道："天上人间？"

薛茗赶紧跟上去，应道："对对对。"

他来到殿门处，一抬手将门给拉开，下一刻无数喧哗的声音如潮水般涌进来，买卖吆喝，争执对骂，吵闹得像是站在菜市场门口。

薛茗好奇地探出脑袋去看，就见门外是一条窄窄的巷子，漫天的灯光从巷口落进来，外面影影绰绰，正是热闹集市的模样。薛茗倍感惊奇，意识到这并非原本殿门外的景象，应该是玉鹤用了某种法术将两个地方拼接在了一起。

她率先抬脚走出去，行到巷口处往外一瞧，见街道上人来人往，色彩斑斓的灯笼悬挂于高低各处，琳琅满目的小摊紧挨着排列。在那些让人眼花缭乱的小摊中，正有一个不大起眼的破旧小铺子，门口搭了个"天上人间"的牌子。

这里正是她与宁采臣被抓走的地方。薛茗一看见这破牌子就气不打一处来，走过去往牌子上踹了一脚，而后上前捶门："人呢？给我出来！"

随后老头打开了门，瞧见是薛茗，也露出极为惊讶的表情："小丫头，你本事倒是不小，竟能活着从百鸦大王的手里脱身。"他往里走，让薛茗进了铺子中，眼珠子一转，发现她后面还跟着个人。

那人雪色衣袍，仙姿玉容，神色平静而淡漠，虽模样生得好，但气息很内敛，存在感微弱，进了门后也没说话，似乎没什么大来头。老头在心中计较了一番，转头对薛茗发表评价："你这次带来的这个，瞧着还不如先前那位。"

薛茗心中冷笑，心说你个死老头最好再多说两句，让玉鹤弄死你。她不给好脸色："你少跟我废话，聚阳符呢？快还给我。"

"小丫头，银货两讫，童叟无欺。你拿着货物出了天上人间，是被偷还是被抢都与天上人间无关了，作何还回来找我？"老头转回柜子后，拿出了一个账本翻起来，而后指着一处道，"你的账在这儿，聚阳符我给出去了，白纸黑字记得清清楚楚，可别想赖账。"

薛茗工作的时候见过数不清的厚脸皮之人，不要脸的程度各有不同，面前这死老头仍然能排前三。她气得浑身发抖，知道这人存心搅和这一桩买卖，便也不废话，指着他鼻子道："我是出来给我们老大办事的，这聚阳符你敢私吞，老大绝对饶不了你。"

这老头倒是不怕，笑问："那敢问你家老大是何方神圣？"

薛茗身子一侧，指了指站在后方正拿着几炷香研究的玉鹤道："就是这位，鼎鼎有名的玉面大王。"

老头听闻面色猛然一变，惊疑的目光又落在玉鹤身上，并不敢明目张胆地看，只将目光遮遮掩掩地打量。玉面鲜少以真面目示人，这老头一时也拿不准玉鹤的身份，正迟疑时，却见玉鹤拿着香转头，声音平静地问："这香如何卖？"

老头满心疑问，迟疑地伸出两个指头："二两。"

玉鹤不知从哪里摸出的银子，往柜台上一扔。老头拿出一杆小秤称了称，不偏不倚正是二两，喜笑颜开地对薛茗道："你说他是，那就是吧。"

这一举动把薛茗气个半死，什么叫她说是就是，这人本来就是！她是看不懂这死色鬼在干什么，分明是来抢回她的东西，还没开口要就先给出二两，脑子好像让这个死老头派出的僵尸给吃了。

薛茗在心里骂翻天，嘴里是一个字都不往外吐，闷声不响地站在边上，嘴角耷拉着，幽怨地看了玉鹤一眼。

窄小破旧的小店铺中，玉鹤一副纤尘不染的模样站在当中，淡无波澜的神色让人猜不透他到底在想什么。没有情绪的点缀，他更像是一尊漂亮的木偶，也难怪老头会对薛茗说他不如宁采臣。

若真是上门找事，带宁采臣或许还好些，至少他会假装发怒，要不就是跟人勾肩搭背装出哥俩好的样子，将东西哄骗回来也是好的。

薛茗正胡思乱想着，就见玉鹤抬手，忽而往他刚买的那炷香上弹了一下，继而一簇小火苗燃起，冒出细细的轻烟。玉鹤将香随手插在桌上的香炉中，这样的举动让薛茗和老头同时露出茫然的神色，看不明白他做什么。

不到半分钟的时间，忽而有喧闹声传来，一串惶急的脚步由远及近，只听"砰"的一声，后院的门被整个撞开，一个小厮连滚带爬地摔进来，滚到薛茗的脚边。

她吓一大跳，往后退了两步，就见这小厮爬起来惊声大喊："掌柜的，大事不好！货仓着火了！"

"什么？！"老头吓得拔声尖叫，慌张地窜进后门，很快就没了踪影。

薛茗转头看了看燃着的香，再看看站在一旁不动声色的玉鹤，忽然明白是怎么回事。她双手合十，默默庆幸方才那些骂人的话没说出口，继而扬起个笑脸对玉鹤道："玉鹤大人真厉害，我就知道你肯定能惩治这个奸商。"

玉鹤看她一眼，懒得计较她方才幽怨的小眼神。

薛茗瞧着这小破地方摆满了东西，眼下那老头也不在，于是四处摸索起来，看起来有用的好看的就揣起来。反正这老头一看就不是什么正经商人，指定没少玩黑吃黑，还抢了她的东西不认账，她拿起来也没有任何心理负担。

没多久那老头就满头大汗地跑回来了，头上的帽子都歪着，脚边的衣袍像是被烧毁了，看起来非常狼狈。他先是对玉鹤大拜特拜，嘴里一连串的"有眼不识泰山"之类的话恳求原谅，接着又从袖子摸出一个盒子用双手奉上。

这正是装着聚阳符的盒子。薛茗一个大步上前夺回来，将盒子打开后掏出来检查，后知后觉自己分辨不出来聚阳符的真假，就去问玉鹤："你看看这是真的不？"

老头连声道："如假包换，如假包换！"

玉鹤也看了一眼，没什么表示，薛茗这才放下心来，把盒子死死地抱在怀里。

紧接着老头又开始求饶，捧出水晶圆罐，玲珑剔透，里面装了满满一罐的红色丹药，说道："此物献给玉面殿下聊表心意。小人只是一个掌柜，若是东西都烧毁了实在没法向琉璃殿下交代，还望玉面殿下给条生路。"

玉鹤并不接，问道："这是何物？"

老头道："素闻玉面殿下风流，此药乃是敦伦助兴之物，只要行事前吃上小小一颗，便可登顶极乐。此药罕见难得，小人将'天上人间'内所有存货送出，还望殿下饶过小人一命。"

薛茗好歹也是上过学的文化人，知道"敦伦"泛指夫妻之间行房事，心说这老头鬼精鬼精的，拿这玩意儿讨好玉鹤这个色鬼，算是他找对了门路。

果不其然，玉鹤伸手将水晶罐接下，随后抬手将香掐了一段，道："燃尽自然就灭了。"

老头不敢再多言，擦了把汗道："多谢玉面殿下高抬贵手。"

▶第17章◀

薛茗没那么轻易放过这死老头，揣了不少东西在怀里，看得那老头眼皮直抽抽，最后实在没忍住，说道："姑奶奶，我这店里的东西都不是常物，有些您就算是拿走了也不知怎么用呀。"

薛茗一听，马上揪着他说："那你告诉我这些都怎么用。"

"这、这……"老头面色为难，支支吾吾不肯回答。

薛茗有招治他，转头往那半截香上呼呼吹了两口，眼看着原本快要熄灭的火星又隐隐有燃起来的趋势，老头吓得魂飞魄散，赶忙上前用手捂住香，急声道："哎哟姑奶奶！我都告诉你还不行吗！千万别再吹了，再烧我这小店就烧没了！"

薛茗道："别浪费我时间，快点。"

老头这下老实许多，将薛茗拿的东西一一看过，简单说了用处。薛茗听后还暗自庆幸这老头多说了一嘴，否则这些东西拿回去还真不知道怎么用。

她拿的都是零碎的东西，体积较小，有香烛、纸钱、铜钱、朱砂等物，还有些巴掌大的纸人和红绳之类的，都是阴阳两界所用之物。

其中有一个东西听起来像个宝贝，老头在介绍的时候露出了心痛的表情。那是一个枣子大小的圆铃铛，外壳有镂空花纹，看起来很旧的样子，摇起来声音闷闷的，一点没有铃铛的清脆，但老头说，这个铃铛在很久以前是个厉害灵器，损坏之后就大不如从前，过了许多年仍旧保留些效用，可以用来收服他物，涵养灵气。

照理说这东西给薛茗是没有用处的，但她见这老头很是舍不得，就偏偏要拿走，还问道："要如何收服他物？"

老头说：“以这罗刹海市中人打比，只需将骨灰撒进铃铛里，再唤其姓名便可。”

薛茗看着铃铛思索了一番，转而问他：“你叫什么名？”

老头眼睛一瞪，似要与她翻脸，又忽然瞥到站在一旁的玉鹤，最终生生忍住，憋红了脸低声道：“小祖宗，姓名是我们的命脉，不可随意告知他人。”

薛茗顺着他的话追问，这才明白诡域中人唯一的致命弱点便是骨灰，倘若让人掘了埋骨之地便是被拿捏了命脉，若施以法术便可任意差遣，若挫骨扬灰，再有能耐也只得魂飞魄散。

因此他们都会隐藏自己的姓名和来历，更加不会轻易说出自己的埋骨地。

薛茗见他啰唆一大堆，话中隐隐有求饶之意，觉得这教训也给得差不多了，就不再为难他，揣着东西与玉鹤一同离开了“天上人间”。

出门后发现街上的摊贩已经撤了大半，原本热闹的街道也变得人流稀疏，罗刹海市正在渐渐消失。从东方很远的地方传来狗叫的声音，似乎正在靠近，越来越响。

鸡啼夜半，狗叫天明。是天要亮了。

玉鹤对她道：“你该回去了。”

薛茗心中一喜，还没说话，忽而猛地听见耳边传来嘹亮的狗叫声，下一秒，眼前的景象尽数散去，她一个激灵睁开双眼，像是从梦中惊醒一样。

映入眼帘的就是她暂住的小屋的横梁，继而感觉自己躺在十分坚硬的地方，身上各处的骨头和后脑勺都疼起来。她赶忙坐起，就看见自己回到了先前的小屋中，屋内的床榻和桌子都被聂小倩砸得稀巴烂，包袱里的东西也滚落一地，一片狼藉。

她差点以为昨夜是被聂小倩一袖子抽晕从而睡到现在，那些什么罗刹海市、聚阳符还有跟玉鹤的厮混都是一场梦，结果一低头就看到手边放了一堆东西。

除却装着聚阳符的小盒子之外，还有一些从“天上人间”顺出来的玩意儿，而且她身上的衣服的确是从玉面宫殿里穿出来的，脚上绑了铃铛的红绳仍在。薛茗往脸上揉了揉，意识清楚许多，明白在罗刹海市的一夜都是切切实实发生的。

折腾了一晚上，她现在精神还算好，爬起来将散落一地的东西简单收拾了一下，继而推门而出。

外面的天幕已有亮光，东方天际飘着的云朵都被染上金边，朝阳初升。清晨的风有一丝凉爽，拂面而过时带来一阵清新，薛茗深深地吸一口气，看见这样的景象时才感觉到了疲惫。她这一夜险象环生，也是差点没回来，幸好那只色鬼还是一如既往地好色。

薛茗伸了个大大的懒腰拉伸筋骨，就听见旁边房间的门推开，有人道："燕公子，你回来了？！"

她转头见是春夜，终于想起被她遗忘的宁采臣，就赶忙问："你家少爷回来了吗？"

春夜手里端着盆水，反手将门关上，说道："昨夜我与秋生按照少爷的吩咐，在鸡鸣之后分别于你和少爷的房门外点了火，只是少爷回来了，却不见燕公子你回来，我和秋生正担心你呢。"

薛茗往地上一看，果然看见自己屋前有一团烧过的灰烬，心里顿感奇怪。若是宁采臣被唤回来了，就表明这个方法是有用的，为何到她身上就没用了？

是其他未知的原因，还是她的魂魄并非这个身体的原装，所以喊这个身体的姓名无法将她唤回来？

"那宁公子现在如何？"薛茗问。

"少爷从回来睡到现在，仍没有苏醒的迹象。"春夜忧愁地叹道，"也不知是不是让脏东西冲撞了身体，若是少爷出事，我们可怎么办啊……"

薛茗也想安慰他两句，但她也实在不知道宁采臣是不是遭遇了危险，因此只拍了拍春夜的肩，什么话都没说。正逢秋生挑着水回来，见了薛茗后也是非常高兴，不仅把水给她洗漱，还殷勤地去收拾新的房间给她住。

薛茗都有些不好意思了，但本身也没有那么强的自强自立的良好品质，于是厚着脸皮接受了。

洗漱完又吃了点东西，朝阳探出了云层照在她身上，一股暖洋洋的感觉将她包围，薛茗开始觉得疲惫。她提心吊胆一整夜，这会儿精神慢慢放松之后就抵挡不住困意，与春夜、秋生简单说了几句话，并叮嘱他们在天黑之前把自己叫醒，随后就进了新的厢房里，爬上床榻睡觉。

原本想着这下怎么也能好好睡一觉了，没想到刚入睡她就走进了一个被浓雾包围的小院中。

周围除却白茫茫的雾之外，还有两棵并根而生的槐树，生长得十分茂密，树下盘根错节，隐隐露出地面，像蜿蜒的老蛇。薛茗站在原地张望了一下，发现这个地方她并不陌生，上次曾出现在她的梦中。

面前依旧只有一间屋子，与上次不同的是上回门只开着一条缝，这次却敞开了一人宽的距离。薛茗也不知怎的，好像是因为在梦中，所以感知力没有那么敏锐。她明知这场景不大正常，却偏偏往前走去，伸手将门缝推得更大些，探身进去看。

与上次相同，房中略显空旷破旧，一股阴风迎面吹来，她抬手遮掩了一下眼睛，再看去时就见屋中坐着一个青色衣裳的男子，正背对着她。

薛茗尝试喊了一声："喂。"

那青衣男子没有动静。薛茗就往前走了几步，彻底进了屋中，朝男子靠近了些，问道："你是何人？"

这时男子才有了反应，身子微微晃了晃，继而转身朝她看过来。就见是一张青灰色的脸，面容消瘦得颧骨凸出，眼角往下流着血，双眼含着十足的怨恨，正死死地盯着薛茗。

薛茗只看了一眼，就吓得头皮发麻，整个人本能地往后退，脚下不知绊了什么猛地跌下去。下一刻她大喊一声从床上坐起，从噩梦中清醒，往脑门上一摸，吓出了汗。

她连声骂了几句脏话，稍微缓解了一下心中的恐惧，马上察觉出不对劲。这是她第二次做这样的梦了，显然梦里那个青衣男子有问题，不知是因为什么缠上了她。本身她已经与聂小倩结仇，同时又要被玉鹤吸阳气，现在还被那个青衣男子缠上，简直是雪上加霜，保不齐哪天她睡着睡着突然就被杀了。

薛茗想想就觉得害怕，赶紧从床头的包袱中取出小盒子，打开后就见里面是八卦形状的挂件，边上镶了一圈金丝，里面装着折起来的黄色符箓，有些重量，但只有大拇指的指甲盖大小。这便是聚阳符。

她将原本戴着的锦袋取下来，红绳穿在聚阳符上戴回脖子上。将聚阳符戴在身上，她才安心许多。

薛茗下床推开窗子，见外面已是黄昏，天际只剩一些余晖。她心说坏了，睡觉之前分明叮嘱过春夜、秋生要在太阳落山之前将她叫醒，没想到这两人答应了却没有照做。

现在聂小倩似乎是吃了人之后变得厉害了，能够在天黑前出现，逮到她必然会将她四分五裂。

薛茗不敢耽搁时间，匆匆穿上鞋子往外跑。院中没有动静，所有房门紧闭，周围一片寂静，气氛有些诡异。

但薛茗此时已经没工夫顾及其他，慌张地往荷塘跑，谁知跑了一段后，打檐廊的尽头一拐角，突然看见一个白色的身影站在前方。

那背影薛茗再熟悉不过了，墨发飘摆，弱柳扶风，正是聂小倩。她的脚边躺着两人，赤红的血流了一地，极其刺目。薛茗吓得停住脚步，定睛一看，发现聂小倩脚边躺着的两人竟然是春夜和秋生。

两个小厮这会儿好像是死透了，肚子上被掏了个大洞，一动不动。

聂小倩听到动静转头，面容仍旧是美丽的，只是脸上先前受的伤几近溃烂，完全没有见好的趋势。她看见薛茗后便勾唇笑了一下，模样十分阴毒，伸出血红的舌尖舔了舔手上的血，说道："这下我看你还怎么逃。"

卷三 燕赤霞

▶第18章◀

太阳落下山头，最后一丝光芒在天际消失，淡淡的月亮悬挂于高空，云朵在昼夜交替间慢悠悠地飘着。

“砰！”一声巨响在寂静的庙中炸开，烟尘四起，白绫在烟雾中乱舞，卷得碎石纷飞。

薛茗被巨大的冲力撞得摔倒在地，翻了好几个滚后爬起来，只感觉身上关节各处都传来剧痛，但她却不敢有丝毫停留，恨不得再长出两条腿狂奔。聂小倩对她的恨意又翻了几倍，那张几乎要烂掉的脸使她看起来极其狰狞恐怖，是回头看一眼就会做噩梦的程度。

在这庙中偷生就好比卸载电脑上的各种杀毒软件，只要稍微不留神，就会从卸载变成下载一堆能够弹窗的流氓软件。她现在只要稍微放松一下警惕，就有一些莫名其妙的玩意儿从各种犄角旮旯里钻出来，不是在梦里吓她，就是在屁股后面追杀她。

要命的是她唯一能够躲避藏身的地方，其主人对自己的领地又太过霸道，每次都非常固执地将她送回来，并不愿意薛茗在他的屋中留宿。除非去主动上供阳气，薛茗也不敢在别的时间乱闯进去，否则面临什么后果还未知。

上回是进罗刹海市才躲过了一劫，这次在睡觉前千叮咛万嘱咐，让春夜、秋生帮忙在傍晚前叫她，却没想到聂小倩直接大开杀戒，把两个小厮给杀了。若不是她方才反应快只看了一眼就撒腿逃跑，现在估计也已被一爪子穿肠破肚。

聂小倩发了狂，追得很紧，嘶吼的声音贴着她后脑勺，仿佛下一刻那利长的爪子就要从后面刺穿她的天灵盖。偏偏尖锐凄厉的声音越来越响，给她的心理造成了巨大压力，尽管薛茗已经使出全力在狂奔，却仍旧能感觉到聂小倩在迅速逼近，恐惧在心中蔓延，稍一分心，她的脚就不知被什么东西绊住，摔了个大跟头。

就在她摔倒的刹那，聂小倩的手从她的头顶抓过，带起凌厉的风声，削断了她几缕长发。

薛茗这一跤摔得厉害，一时间疼得没力气爬起来，抬眼就看见聂小倩站在几步远的地方。她眼仁全黑，神色十分怨毒，阴恻恻地盯着薛茗，黑色手指足有半根筷子那么长。薛茗觉得这一爪子下来，指定能把她的脑仁给抓得稀巴烂。

聂小倩用手指轻轻触碰了一下脸上溃烂的伤口，冷笑一声道："你放心，我不会让你死得那么痛快，定要将你的脸皮一点一点撕下来，方可解恨。"

薛茗大口地喘着气，心说她可真冤枉，她要真是存心害聂小倩，被追杀至此也情有可原，可她本来是要好好地与聂小倩做一桩交易，结果阴差阳错结仇。她举起双手做了个象征和平的姿势，诚恳道："你听我说，上次真的是个误会，我并不知道身上被下了法术，当时是诚心要给你阳气的。"

不提还好，一提之前的事聂小倩身上直冒黑气，面容越来越狰狞，厉声道："不管你是不是骗我，你这张脸先吃我两爪子，再来与我论真假！"

她话音一落，便整个人飞扑过来，薛茗吓得惊叫一声，本能地抬手挡住脸。不料就在这刹那间，一声鹤鸣腾空而起，清脆而悠扬的声音传入耳中，震得薛茗心头一颤。

与此同时，聂小倩也猛地停住了动作，顿时露出戒备的神色，极快地用目光往左右两边搜寻，寻找鹤鸣的来处。

第二声鹤鸣紧随而来，聂小倩锐利如刀的目光猛地刺过来，薛茗也在此时发现，那鹤鸣竟是从她身上传来的。

确切地说是从她的胸膛处，就好像她的胸腔里藏了一只鹤一样。聂小倩以为是她用了什么诡计发出的声音，恼怒道："你胆敢耍我？！"

"我的天，我是真冤枉！"薛茗高举双手投降。

下一刻，一个玩意儿从她的衣襟里钻出，摇摇晃晃地在空中飘起来。薛茗定睛一看，发现这竟然是先前她在房中找到的那只小纸鹤。当时她困得不行，顺手将小纸鹤揣在了怀里，后来去罗刹海市换过衣裳，但身上带着的东西并没有丢，因此小纸鹤一直被她带在身上。

就见这小纸鹤跟活了似的，扇动纸片翅膀在空中飘了一段，随后落在地上，伸出牙签似的腿走了两步，忽而双翅展开抖了几下。恰逢一阵清风袭来，薛茗就这么眼睁睁看着小纸鹤猛然拔高，变成了一只半人高的白鹤。

它生着雪白的翅羽，翅膀底下和尾巴如浸了墨，头顶的羽毛稍微长一些，是耀眼的赤红，颜色纯粹美丽，伸展着身姿时好似仙鹤下凡。

薛茗目瞪口呆，睁圆杏眼愣愣地看着面前这只突然出现的白鹤。

就见这只鹤细长的双腿一蹬，同时一展翅便冲向聂小倩，利长的喙就朝她的眼睛啄去。聂小倩极为忌惮，惊恐的神色在脸上闪过，连退了十来步最后长袖一挥，化作青烟消失在空中。

白鹤将双翅完全伸开，像是颇为得意地扑棱了两下，继而转身迈着长腿来了薛茗的身边。薛茗看着它又细又长的喙，害怕得下意识抬手挡住自己的眼睛。谁知这白鹤颇通人性，见薛茗这举动后竟像是生起气来，扑棱着翅膀短促地叫了两声，表达愤怒。

薛茗赶紧道歉："对不住，鹤老爷，我刚刚被吓到了，给你赔个不是，你别生气，谢谢你救我一命。"

白鹤果真不再挥舞翅膀，而是绕到她的身后，一口将她的后领子叼起来，只听风声在耳边呼啸，薛茗的视野猛然开阔起来，整个人迅速往天上飞去。

薛茗虽然没有恐高症，但这一下子来得太突然，她吓得吱哇乱叫，心里产生了浓浓的恐惧，想着此时这白鹤要是松嘴她定然会摔成一摊肉泥，因此也不敢乱动。却不想这白鹤叼得很稳当，应该不是头一次做这事了，它轻松飞过庙中的建筑，薛茗只觉得清风扑在脸上，努力睁眼，远远就看见了前方荷花摇曳的池塘。

薛茗忽而想到这纸鹤是在她的房中找到的，想来前几次玉鹤都是派遣这只鹤将睡着之后的她叼回那间小屋子。至于她为什么睡得那么死，被叼在空中飞来飞去都没醒，应该也是被玉鹤下了法术。

薛茗正思考着，眼看着就要飞到荷塘上空，却没想到面前突然出现了屏障似的东西，一人一鹤皆没有防备，就这么一头撞了上去。不过由于白鹤的脖子长，率先撞上屏障，缓冲了大部分力道，所以薛茗撞上去的时候没那么严重，只觉得脑门一痛，脑瓜子嗡嗡的。

好在白鹤十分有职业操守，撞成这样了也没松嘴，硬是叼着薛茗落在地上才放开，自己撞得头晕眼花在地上转了几个圈，最后一头栽下去。薛茗转头去看，隐隐瞧见半空中出现一些泛着淡淡光芒的图案，似乎就是这些东西形成了那道无形的屏障。

玉鹤果然对自己的领地设下了保护罩，而且好像不分敌我，所以这白鹤叼着薛茗飞过来时撞得人仰鹤翻。

薛茗并不觉得意外，揉了揉脑门转头去看倒在地上的白鹤，从刚才撞上去时听到的声音来判断，它应该是撞得不轻，但就算如此它还是稳稳地把薛茗放在地上，单凭这一个举动，薛茗对这只白鹤产生了百分之百的信任。可怜它摊上玉鹤这么个黑心老板，连自家员工都拦在外面。

她蹲在白鹤身边轻唤："鹤老爷，你没事吧？"

白鹤的喙正好插在地上，薛茗上手帮它拔出来，就见它甩了甩脑袋慢吞吞从地上站起来，继而扬高了长长的脖子，冲天上叫了几声，似含着幽怨。随后就见空中飘浮着的图案陆续消失，白鹤走过去，用长喙谨慎地试探了一下，见果真没有了屏障便转头冲薛茗叫，喊她过去。

薛茗跟在它后面，看见这只鹤摆着翅膀迈着大长腿，开心地在栈道上奔跑。她觉得很奇妙，这白鹤通人性的地步好像已经超越了寻常动物，它情绪非常丰富，显然有自己的思维，像一个很聪明但年纪并不大的孩子。没想到玉鹤的手底下还有这般有灵性的生物。

她跟随白鹤进了屋子，却发现玉鹤并不在其中，应当是还在罗刹海市没有回来，叫薛茗大松了一口气。她身上的阳气本就不多，踏入这房子一次，就要上供一次，她还是希望能不给就不给的。

玉鹤不在，这屋子就变得很奇怪，许多之前从来没见过的走廊出现，像迷宫一样，薛茗无法辨别方向。她走到白鹤的边上，伸手摸了摸它脑袋上火红的羽毛，哄道："鹤宝宝，你那么聪明，一定能带我找到温泉池对不对？"

白鹤对这话极其受用，立即挺胸仰头在前面给薛茗带路。它的爪子落在地上，发出"嗒嗒"声响，有时候跑得快了还要停下来回头等一等薛茗，顺利将她带去了温泉池。

薛茗泡在泉水里，紧绷的身体得到了放松。她简单检查了一下身上的伤口，发现膝盖和手肘摔破皮了，渗出来的血被泉水冲洗干净，隐隐有些痛。薛茗此时已经没有精力去在乎这些小伤口，虽然她经过一天的睡眠后体力有所恢复，但精神上已经是几近枯竭。

自从她到这个世界，没有一天是安宁的，她几乎每天都在为了活命奔逃，而眼前又像是蒙了厚厚的雾，无数谜题将她笼罩其中，让她无知又彷徨。

以前在公司上班为了奖金她连续加班一个月，那时候她觉得那是她生命的极限，而她现在只来了一周的时间，就已经远远突破了从前的极限。

她仰着头闭着眼睛泡在泉水里，心想，活着那么辛苦，不如死了算了。

片刻后她给自己两个大巴掌，怒声道："什么邪恶的思想侵蚀了我？速速从我大脑里滚出去。”

春夜、秋生的死让她的情绪陷入了消极，这不是件好事。薛茗现在是泥菩萨过河，自身都难保，更遑论去在意别人的生死，要想在庙里暂时安宁，必须先解决聂小倩才行。

她在泉水里吐了好几个泡泡，泡够了之后爬出来，裹上湿漉漉的外衣出了温泉室，就见白鹤卧在门外等候。它见薛茗出来了，便又兴冲冲地在前面带路，领着她去了玉鹤的寝房。

薛茗来过几回，但对这地方仍旧陌生，此时才有机会认真观察。房间非常宽敞，虽然站在门口时一眼看过去感觉并没有多大，但实际上只要往里走，就会发现空间越来越广阔。东面有一个庞大的书架占了半面墙，架子上摆满书籍。玉鹤似乎有看书的爱好，先前也见过他拿着书看，当时薛茗还以为他在装模作样想显得有文化。

书架边上有个长桌子，摆着文房四宝和一些零散书，旁边则是半人高的大香炉。对面有山水飞鹤的玉屏风，房间各处都挂着壁灯，垂着长长的黄色流苏，瓷瓶与玉摆件繁多，再往里就是那张看起来十分奢华的拔步床。

房间布置得很有韵味，各种颜色交织让整体看起来充满温度，不似玉鹤本人那般冷冰冰。

薛茗现在也毫无困意，在房间里转了一会儿，走到书桌边时看见上面有一本书摆放得很随意，像是玉鹤看完之后随手撂在上面一样。她很好奇玉鹤平日会看什么书，想着反正他现在人也没回来，于是按捺不住将那本书拿起来翻看。

一翻开，内容简直不堪入目。她还没来得及将书放回去，门口突然传来微响。薛茗像受惊一般转头望去，就见玉鹤正推门走进来。他仍是先前在罗刹海市时的打扮，那张脸又漂亮得过分，平静的眼眸从她涨红的面容上掠过，继而落在她手里捏着的书上。

薛茗惊了一跳，赶紧将手里不正经的书像烫手山芋一样扔回桌上，讪笑道：“玉鹤大人，你回来了？”

玉鹤没有应声，而是进屋后反手将门给关上，神色淡淡地反问她：“好看吗？”

▶第 19 章◀

薛茗没想到玉鹤会在这么巧的时间回来，她立即处于十分尴尬的境地，无异于青春期的少女偷偷躲在房间里看言情小说然后被突然闯进来的人发现，一时吓得手不知怎么放。

薛茗嘴硬道："我还没看呢。"

玉鹤倒是没什么反应，进来之后那只白鹤就飞奔到他的身边，绕着他的腿转圈，而后又贴着玉鹤的胳膊轻蹭，表现出一副亲昵依赖的模样。

他随意摆了下手，白鹤就变回小纸鹤，从门缝飞出去。玉鹤徐徐走到她的面前，抬手将那本书拿起来。

玉鹤的手也生得好看，就算是皮肤瓷白指甲浓黑，也没有掩盖其指节的修长匀称，翻书的时候竟然显出几分优雅。

他神色很平静，气度也与寻常书生瞧着不同，翻着书一页一页地看着，那模样根本不像是在看那种书，反倒像在看高数课本一样正经。

薛茗有些紧张，悄悄往后退了两步拉开与他的距离，正想说些什么缓和一下尴尬的气氛，却见玉鹤将书一合随手放在桌上，转而走向软椅处。

他开始抬手解衣袍，将外袍中衣一件件脱下来扔在软椅上，很快上衣就脱了个干净。薛茗站在后方呆呆地看着，头一回看见玉鹤脱下衣服的样子。

他的脊背很宽阔，有着极为紧实的肌肉，那些肌理并不是过分的壮，但看起来充满着磅礴力量。他的皮肤实在太白，像是窑中烧好的白瓷，丝丝缕缕的墨发披上去，在暖光的照耀下呈现出柔滑的光泽。

可这样漂亮的瓷白脊背上，却有着三道狰狞的爪痕，位于他的脊椎左边，从背部的中间往下，堪堪停在左肋处。这爪痕泛着浓郁的黑气，看起来很深，但分辨不出来是新伤还是旧伤。

薛茗大吃一惊，没想到玉鹤竟然受伤了？！从他的状态上看与之前没什么不同，且薛茗这是第一次见他脱了衣裳，所以无法确认这伤口是之前就有还是昨日去了罗刹海市与百鸦打起来而留下的。

只是这样的伤痕仿佛对玉鹤来说并无大碍，他动作没有停顿，继续脱衣裳。薛茗不敢再看，慌张地将身子背过去，心里觉得纳闷，怎么好像玉鹤完全当她不存在一样。转念一想罗刹海市里都传闻玉面大王宠姬无数，说不定是这色鬼早就习惯了在别人面前脱衣裳。

正当她胡思乱想，身后传来门开的声音，她扭头看去，就见玉鹤披着一件墨色的外袍出了房间。

薛茗追了几步，伸头一看，玉鹤已经在房门口消失，不知去了哪里。她顿时觉得稀奇，玉鹤竟然没有追究她擅自闯进来，也没有对她动手动脚，难不成真是伤得太重，没心思好色了？

这是好事还是坏事？薛茗在软椅上坐下来思考。如若玉鹤真的因为这伤势而萎靡，那他会不会对阳气的需求更大，万一一下就把她吸成人干怎么办？但换个角度想，若是他没力气吸阳气了呢？

薛茗在脑子里乱猜，最终也没得出个结论，反而把自己的思绪搅得一塌糊涂。

她叹了口气，回想起《聊斋》的原著。在那本充满光怪陆离的故事中，人好像可以轻易死，也能够轻易活。书中的神仙好像也并没有绝对的善恶黑白，这些玩意儿聚集在这里不知害了多少人，也没见有什么神仙来管。

薛茗闭上眼睛，此时竟然感觉很平静，能够心平气和地静下心来思考。

她想起初见那两个小厮的情景。当时从混沌中睁眼，上一刻心中还残留着被车撞飞的恐惧和愕然，几乎来不及有其他反应，下一刻睁开眼，就看见了宁采臣站在身边，后面便是春夜、秋生那两个人在冲她笑。两个小厮的模样很年轻，看起来都才十七八岁的样子。春夜有一张圆脸，笑起来时脸上还隐隐有酒窝，秋生则眼睛生得机灵，总是十分有眼色，不声不响地就往她面前送上需要用的东西。

两个人在伺候宁采臣的时候十分尽力，这是应当的，毕竟是宁采臣的仆人，但不同的是两个人对她也十分殷勤。

一开始薛茗还觉得有些疑惑，认为人便是再好客也不会到如此地步，从他们进入庙中的每一顿饭，每一次洗漱，都是两个小厮在忙前忙后，将她奉为座上宾，白日里醒来出门，也总能看见两人站在院中笑着冲她打招呼。后来她渐渐打消了疑心，觉得这两人确实是实心眼的好人。

薛茗先前只知道宁采臣作为故事的主角，一定死不了，于是对他颇为放心，但从未想过这两个小厮会被聂小倩杀死，就这样十分突然地丢了性命。薛茗知道自己这种情况和状态，已经无暇再去管别人，只是她仍无法做到对身边人的生死漠视。

倘若在这个世界里，人的生死可以随意掌控，那是不是表示春夜、秋生二人，也有得救的可能？

纷杂的思绪在薛茗脑中打转，她瘫倒在软椅上，突然想变成一坨没有思想的橡皮泥，或者变成超市购物袋也可以。

正躺着，又传来门被推开的声响。薛茗翻身坐起来，就见玉鹤走进来。他身上披着墨黑的外袍，原本戴着的玉冠取了下来，长发被红色的头绳束成马尾，湿漉漉的发尾搭在身上，还往下滴着水珠，侧颈上的鹤纹像用墨水勾了一遍，相当醒目。

他像是去泡了个澡，身上各处都有潮湿的痕迹，赤着脚朝薛茗走来。

薛茗见他靠近就想站起来，结果屁股刚抬起来，肩膀就被他的手一按，又坐了回去。

玉鹤俯身向下，另一只手臂按在她的头侧，与软椅形成桎梏，将薛茗困在其中。他身形比薛茗大许多，这个动作可以将她完全笼罩，黑黑的眼眸往下落，盯着薛茗时，会散发出无形的压迫。

“你知道上一个擅自闯入这里的人是什么下场吗？”玉鹤的语气很轻松，像是在跟薛茗闲聊一样，但薛茗意识到并不是这样，这个男人对自己的领地重视到了小心眼的地步，或许他并没有表面上看起来那么平和。

薛茗不着痕迹地咽了咽口水，心说果然还是要找她算这笔账的，她道：“其实我是被你的鹤叼过来的。”

玉鹤问：“这么说来，你也想被我做成纸人？”

“不不，当然不是。”薛茗赶忙否认，改口道，“这不是要天黑了嘛，我是来给大人你上供阳气的，我今日戴上了聚阳符，不知有没有效用。”

玉鹤的视线往下落，看见她脖子上戴着的红绳。她仰着头，露出嫩生生的脖颈，血红的线成为鲜亮的点缀，极为艳丽。圆溜溜的眼睛又像葡萄一样，看着他时故意带着些许讨好的意味，企图与他更进一步拉近距离。

也算是对症下药，偏偏玉鹤就喜欢酸甜口的水果，如葡萄、橘子一类的。

随后玉鹤就毫无征兆地动手，卡着薛茗的双腋将她整个给抱了起来，而后转了个身，自己坐上软椅时让薛茗落在他的身上，很轻松地将两人的位置对调。

这个时候薛茗突然意识到，这个色鬼的身材出奇地好，搁在现代甚至比一些男模的都要出挑，也不知道从前到底是做什么的，又是什么身份。

薛茗还有事相求，所以这次比较积极，但被吸了几下就感觉力气在快速流失，双臂逐渐撑不住，往玉鹤身上倒，嘴里还不停地念叨着：“我的阳气，我的阳气……”

玉鹤支着她的腰：“阳气怎么了？”

薛茗控诉道：“你吸太多了。”

玉鹤没有回应，松开了手，让她爬了下去坐在边上。

“玉鹤大人，我有一事想跟你商量。”薛茗跟玉鹤说起正事，“与我一起进庙的两个普通人，今日在庙中遇害，大人你本事那么厉害，有没有办法救救这两人？”

“死了的人如何救？”玉鹤慢悠悠地反问。

薛茗并不死心，央求道：“你就看在我每日都来给你上供阳气，没有功劳也有苦劳的分上，行行好，给指条明路吧。”

玉鹤不为所动：“几口阳气，还不足以让我从阎王手里抢人。”

薛茗一听，就知道此路有门道，马上凑过去哄道：“玉鹤大人想要什么？”

这话属于明知故问了，玉鹤也并不拆穿，淡声反问：“你说呢？”

薛茗发现他的眼神有了微妙的变化，沉沉的，深不见底。

她心头一颤，咬了咬牙，想起经常在院子里打转，没事也要找事忙活的两个小厮，还有那些从他们手里接过的吃的喝的，这一笔账终究是要还的。

薛茗壮着胆子上前，抓住了玉鹤的手，指头钻进他的掌心里，望着他道：“我另有一个请求，希望玉鹤大人能答应。”

玉鹤：“说。”

薛茗便道：“先前我不是从‘天上人间’拿了许多东西吗，当中有一个铃铛，当时那老头告诉我这铃铛以前是灵器，若是将骨灰撒进去，就有法子收其为己用。实不相瞒，我在庙中与一个女子结了仇，这两日她恨我恨得要死，一直在追杀我，我知道她的名字和埋骨之处，你能不能教我用那个铃铛？”

从前薛茗并不知道骨灰和姓名是聂小倩他们的致命软肋，她来到庙中被追得可怜，处处逃生，几乎没有安宁之夜。

不过现在不同了，旁人的不知道，但聂小倩的尸骨埋在何处是原著中写明了的，那她就有办法收拾聂小倩，只是还不太清楚铃铛究竟如何用。

玉鹤望着她，并没有第一时间答应。

薛茗再接再厉，与他讲道理：“我与聂小倩结仇，归根结底还是因为玉鹤大人在我身上下的那个法术，本来我与她还是可以和平交流的，自从那次她被伤了之后就开始发疯地追杀我。我知道玉鹤大人收留我在此已经是仁慈，至于聂小倩，你只要教给我方法，让我自己去解决就好。”

玉鹤欺身靠近，将她拉向自己，应道：“好，栓子。”

薛茗一愣：“什么？”

玉鹤道：“不是你的小名吗？”

薛茗猛然想起之前胡说八道的时候提了一嘴，顿时有些后悔，因为这个名字不大好听。玉鹤好像从未喊过她的名字，平日里话就很少，就算跟她说话也一般不喊名字，连“喂”之类的开头语都没有。

薛茗不想被叫作栓子，也不想说出真实姓名，于是道：“你可以叫我茗茗。”

“这又是什么？”

“我的小名。”

玉鹤忽而很轻地一勾唇角，眉眼荡开笑意，像是取笑她："燕赤霞究竟有几个小名？"

薛茗心说：我哪知道，反正我就这一个小名。

玉鹤往后一靠，满不在乎道："人在刚死的三个时辰内，魂体会留于尸体附近，时间一长就到处飘散，凝聚成形之前可能飘去各个地方，你想一点一点地去找？"

薛茗知道玉鹤这是催促她快点行动，但是听到寻魂这么麻烦，心里也清楚不能浪费时间。

玉鹤倒表现得有些耐心，安静地看着她，并不催促。

仍旧是安宁的长夜，荷塘在夜风下摇曳，卷着清香送入屋中。灯火明亮的房间里，光芒照在两人身上，投下亲昵的影子。交织错落的呼吸声打破了夜的宁静。

按照两人先前的约定，玉鹤会告诉她怎么将那两个小厮救回来。

等她洗完澡穿好衣裳跑回房间的时候，就看见玉鹤站在窗边。窗子大开，带着清香的风卷进来，月亮落在他身上，为他的轮廓披上一层美轮美奂的银光。

玉鹤缓缓转身，手里拿着一炷香，偏头看她："躺上去。"

薛茗走进去，爬上了拔步床躺着。

玉鹤拎着一个碧玉香炉走来，摆在床边的矮柜上，继而拿出一张纸折了几下，又撕掉一部分，不知撕成个什么东西，往她手里一塞。

他捻着香，缓声道："不管路上看见什么人都不要停下，不需理会，更不准回头瞧，只要去那二人身亡之地就能找到魂体，但切记，不可强迫他们回来，倘若他们执意离去，你就往回走，在香燃尽之前，任何东西都伤不到你。"

虽然简明扼要，但这也算是玉鹤说得比较长的一句话了，薛茗将这些铭记于心，认真地点了点头。

玉鹤问了最后一句："你的身体会被阴气侵蚀，想好了，当真要去？"

薛茗又点头，摸了摸自己脖子上的聚阳符，问道："这东西要摘下来吗？"

"不必。"玉鹤应了一声，随后用指尖往香上捻了一下，火苗便腾地燃起来，又很快熄灭，白烟缓缓飘出。

薛茗闻到了香火的味道，虽然表面上看去她倒是很镇定，没有露出什么害怕的神色，但实际心里还是很紧张的。从前也听说过不少关于这方面的怪事，尤其是越偏远的地方这种玄乎的传说就越多，但凡沾上了也没有几个能讨得好处的。

想到这儿，薛茗到底还是有一丝害怕了，忽而睁开圆溜溜的眼睛，朝玉鹤看了看。

玉鹤立于床榻前，披着一身黑袍衬得面容瓷白，漂亮的眸低垂着，轻轻淡淡的目光落在她身上："说。"

薛茗磕磕巴巴道："我、我要是这么去走了一趟，除了被阴气侵蚀之外，我的魂魄什么的，不会受损吧？或者有没有被什么东西缠上的风险？"

玉鹤倒没有嫌麻烦，只是慢声回道："若你离开的时间不长，最多也就折损个几日阳寿，而阴气侵体不过就是气虚几日，以阳气相补便可恢复，你身上戴有聚阳符，不会被不干净的东西缠上，只要过程中不做停留一直往前，就没有大碍。"

玉鹤说了很长的一段话，顿时让薛茗把心放回了肚子里，同时还有一些感动，毕竟这个人平日里惜字如金，这会儿为了解答她的问题能说出那么多，是不是说明了她渡了这几次阳气，多少让她在玉鹤心里有那么一点地位了？

薛茗闭上眼睛躺好："我准备好了，来吧。"

玉鹤没再言语，将香插在香炉上，再一转眼，薛茗已经闭上眼睛。

她睡觉时，姿势摆得很端正规矩，双手交叠于腹部，老老实实的。长发散落在床榻间，发尾还滴着水珠，玉鹤钩起一缕在指尖摩挲片刻，随后出了拔步床。

薛茗再睁眼时，站在荷塘地界之外，周遭一片雾蒙蒙的，前路并不清晰。她谨记着玉鹤点香前那句不可回头看的叮嘱，大步往前走。忽而有光影在地上一晃，薛茗低头看去，发现自己手上竟然提着一盏灯笼。

这灯笼极是好看，玲珑剔透的灯罩和黑白相间的流苏，中间插着一根蜡烛，火苗经过折射在地上照出明亮的光彩，浓郁的雾气也退让，让光芒照出了前路。

薛茗攥紧灯笼，一刻也不敢耽搁。

这条路她走过几次，对此已经熟悉，待走了五六分钟出了荷塘地界之后，周围突然出现了一些人影。薛茗不敢胡乱扭头，只用余光去看，隐约分辨出那些人影有男有女，都站得远远的。

又快步走了一段，周围的人影就近了许多，也变得比方才多了不少，几乎在檐廊、墙边、房舍各处都有，离得最近的在薛茗身侧几步远处。

薛茗只觉得脊背发寒，不敢慢下脚步。她意识到这些都不是人，全是庙中藏着的东西，因为她走这条路才得以看见。只不过他们好像畏惧薛茗手里提着的这盏灯，所以不敢靠得太近。

然而灯中的蜡烛一直在燃烧，应该就是玉鹤点燃的那炷香，她需要在蜡烛烧得见底之前回去。

“你在找人吗？”

身后突然传来一声疑问。从声音上听是十分年轻的，而且有几分耳熟。薛茗并未理会，只佯装听不见，继续往前走。

很快身后的少女就绕到了她的前方，跟着她行走，又道：“你为什么不理我？”

薛茗看了她一眼，发现这女孩她之前还真见过，就是上回她被柳蔓追杀，而聂小倩中途跑出来阻挡的那次，当时站在聂小倩身边的姑娘就是眼前这个。

她生得也好看，但五官并不明艳，反倒有一种温和的美丽，一双略圆的眼睛看起来清澈又活泼。

薛茗没有说话，那小姑娘就扬起惊喜的笑容，一对虎牙露出来，笑道：“我就知道你能看见我们，那你怎么不理我呢？这灯笼散发的光好刺眼，你可以把它遮住吗？”

饶是薛茗没打算理会她，这个时候也忍不住了，骂道：“你当我傻啊，走开。”

小姑娘笑嘻嘻道：“姐姐，你莫生气，我知道你要找谁，我带你去好不好？”

薛茗心说别的都不敢靠近，就你敢站着我边上说话，说不定年纪赶得上我从未见过的太奶，还管我叫姐姐？

她想加快脚步甩掉这人，却没想到小姑娘也跟着加快脚步，继续道：“我知道你，每回你在这下面跑的时候，我都坐在房顶上看呢。小倩姐姐最近恨上你了，还叮嘱我若是看见你了就通知她，但我不想与你结仇。我觉得你本事很大，荷花地界里住着的那位人物，连姥姥都不敢招惹，不管谁去了都会死，只有你活着出来了，还去了好几次呢。你还记得柳蔓吗？就是上次追着你，头发长长的那个，她上次追你进了荷花地界受了伤出来，姥姥救治了许久，最后还是魂飞魄散了。”

这小姑娘一张嘴嘚嘚个没完，就算薛茗不理会也丝毫消减不了她的热情，绕在薛茗左右说了许久。

最后薛茗实在嫌她吵闹分心，便道：“你说你不想与我结仇，那为了表示诚心，你将名字告诉我。”

小姑娘愣了愣，像是认真考虑了一番，而后道：“我姓鹿，单字一个蛮，‘清歌低唱，小蛮犹在’的蛮。”

薛茗严肃道：“好，鹿蛮，你现在保持安静，我在找人，别打扰我。”

鹿蛮果真不再说话，只在她身边飘来飘去，时不时多余地指一下路。

薛茗记得春夜、秋生死在什么地方，用不着她指路，只是为了避免不必要的事情浪费时间，她没再理会鹿蛮，一直走到了两个小厮丧生之地。

原本以为此行冒险又艰难，薛茗是为了两个小厮给她喂的那些吃的喝的，还有平日里的殷勤才做好了思想准备来的，却没想到情况比想象中的要好得多。她走到檐廊的时候，就听见两个人在吵架。

“若不是你慢了一步，我回头救你，岂能被那东西杀死？”

“如今倒是埋怨我了，还不是你先叫了一声，将她引来。”

“她要去燕公子的房间，我不叫她，难道眼睁睁看着她去伤害燕公子？”

“那你又凭何来责怪我？！”

薛茗走过去的时候两个人吵得正凶，互相点着对方的鼻子，喊得面红耳赤。她本以为会见到一坨散魂，没想到这两个小厮的魂魄不仅完整，还站在这里吵架，她没忍住笑了，唤道：“春夜，秋生！”

二人一听是薛茗的声音，立即停下争吵欢欢喜喜地迎到她身边：“燕大侠，你怎么来了？”

“我托了高人帮忙，来接你们二人还阳。”薛茗道。

春夜、秋生二人立马感动得热泪盈眶，逮着薛茗一顿吹捧赞誉，夸成在世活神仙。薛茗看着灯笼里的蜡烛要燃尽，也没有多说废话，只让他们二人的手拉在一起，而后搭在自己的肩膀上，随后提着灯笼转身，往回走。

鹿蛮在后面喊：“姐姐，我还会继续在房顶看着你的——”

走了有十来步，两个小厮的声音就渐渐消失了，周围的景象化作虚幻，薛茗一睁眼，已经回到了自己的小屋子。

她坐起来，感觉手心里捏着东西，摊开掌心一看，是灯笼形状的纸。

薛茗转头看窗子，天光已然大亮，阳光照在窗子上，金光隐隐透进来。

在庙里住了几天，薛茗现在特别喜欢阳光，她赶紧下床蹬上鞋子，推门出去一瞧，正看见春夜站在院中晾晒衣裳，而秋生挑了水回来。他先看见了薛茗，笑着道：“燕大侠醒了？正好我挑了水给少爷洗漱，分你一些吧。”

薛茗看见这活生生的二人，当即松了一大口气，问道：“宁兄也醒了？”

春夜点头，道：“醒了，瞧着一切都好，我还以为少爷被什么冲撞了，吓得我晚上都没睡好，还做了噩梦。”

秋生接话：“我也睡得不安宁，梦见被个白衣女子掏了肚子，后来还梦见燕大侠来寻我。”

“巧了不是？”春夜将衣裳搭上竹架，哼哼道，“跟我做的梦一个样。”

秋生哈哈一笑，并未较真，转头找盆给薛茗匀水。薛茗却是擦了一把虚惊的汗，笑呵呵道："不过是个噩梦，不必挂心，晚上睡觉前喝一碗热水压压惊就好。"

春夜、秋生二人纷纷又谢起薛茗，正说笑时，宁采臣推开房门打着哈欠出来，像是睡了十分安稳的一觉，精气十足。

他瞧见薛茗，便笑着上前来，跟往常一样与她打招呼闲聊，像是忘记了罗刹海市发生的事，只字不提。

薛茗问他："贤兄可觉得身体有何不适之处？"

宁采臣神采奕奕道："没有，就觉着这一觉睡了很长时间，现在浑身是劲儿！"

"那太好了。"薛茗一拊掌，说道，"正好我有一难事，劳烦贤兄帮我。"

宁采臣慷慨道："既是贤弟开口，上刀山下火海我也去。"

薛茗转头去洗漱，与他坐下来一同吃了早饭。填饱肚子后薛茗站在院中，仰头看着万里晴空，叹道："真是个好天气。"

随后她去东厢房找出了先前那几个下人埋赵生的铁锹，扛过来给了宁采臣一把。

宁采臣不明所以地接过，问道："这是准备去做什么？"

薛茗道："随我去掘坟。"

宁采臣大惊失色："谁的坟？"

"你未来老婆。"薛茗说，"聂小倩的坟。"

▶第 20 章◀

薛茗拎着铁锹走在前面，低声喃喃道："泥人尚有三分性子，都来欺负我是吧，等我找到了你的骨头……"

"贤弟，你在念什么呢？"宁采臣从身后追上来，凑近了她问。

薛茗回道："没什么，不过是自说自话罢了。"

宁采臣"哦"了一声，没有追问，接着道："咱们当真要去挖别人的坟吗？"

薛茗已经劝累了，早上吃过饭之后她就提出了挖坟一事，宁采臣当即否决，连连说这是有悖伦理纲常之事，大不敬之举。薛茗当然也不想自己一个人去挖，安不安全先另说，让她去做这种体力活，怕是要挖上好几天，于是对着宁采臣劝说了很久。

最后薛茗再三保证挖的是十恶不赦之辈的坟，且此举是为了保护大家的安全，宁采臣才勉强答应，结果出了庙之后还扭扭捏捏的，反复向薛茗确认。

薛茗一想也来气了，拍了拍他的肩膀，说：“贤兄，我也不瞒你了，先前在庙中我所说的‘老婆’一词你也听不懂，大意就是如若你不跟我一同去挖坟，日后她就会先害死你妻子，再害死你老母，然后嫁你为妻，最后给你生个怪物儿子，母子二人一起祸害你，吸你的阳气，吃你的心肝，把你弄死。”

宁采臣瞠目结舌，被吓得脸色发白，追着薛茗的脚步问：“当真？”

薛茗只道：“信不信全由贤兄自己定夺。”

接下来的路程，宁采臣果然安静许多。薛茗领着人出了庙往北，走了差不多半个小时，到了一处树木稀疏之地。这里的树没有那么茂盛，视野相对开阔，遍地是一座座荒坟。

薛茗记得很清楚，聂小倩的尸骨就埋在一棵白杨树下，树枝上还有一个乌鸦巢。她用手遮了遮太阳放眼望去，在荒坟中寻找，隐约看见远处有几只乌鸦站在枝头。

薛茗指着那地方道：“就在那儿了。”

二人穿过错落的坟包走过去，果然就看见一片叶冠茂密的林中有一棵白杨树极为显眼，直愣愣地立在那儿。薛茗确定了目的地，还没开始动手，春夜、秋生两人就追赶而至。

这两个小厮非常勤快，把庙里的活儿做完了才出来的。本来薛茗的计划是她与宁采臣先去，待挖累了正好由这两人来接手，没想到她与宁采臣的脚程太慢，这才刚到两个小厮就追了过来。

春夜接过宁采臣的铁锹，秋生便上前来拿薛茗手中的，请他们二人去树下坐着休息。

时至正午，太阳正是强烈的时候，晒得人头皮都发痛，薛茗没有拒绝，只道：“我们轮换，等你累了我再来挖。”

她只知道聂小倩的尸骨埋在白杨树下，却并不知具体方位，埋得多深，如果一铲子下去挖歪了地方，在这里耗到黄昏，也不是件好事。

春夜、秋生二人如同老牛，马上卷起袖子埋头苦干，合力挖起来，薛茗与宁采臣则坐在两丈之外的树下。

宁采臣一看就是享惯了福的少爷，就走了这么一段路已是累得满头大汗，汗水泡得脸色发白，看起来特像个俊秀的小白脸。尽管如此热，他的领子仍旧扣得严严实实，往地上坐时还先用锦帕铺了一层，相当讲究。

“贤弟，这尸骨挖出来后，你准备怎么做？”

薛茗随意地往地上一躺，枕着自己的双臂仰头往天上看。树荫遮了她一半的身体，让她舒服地眯起眼睛。天空蓝得很像蜡笔画，厚厚的云朵非常缓慢地飘着，薛茗深吸一口气，此时心绪觉得很宁静。

她慢悠悠道："当然是好好收拾她，叫她日后别再作恶。"

宁采臣问："如若她不听你的话呢？"

薛茗说："要是听我的话，我至于来掘她的尸骨吗？"

宁采臣又道："那贤弟打算用什么法子制住她？"

薛茗不太好说她这个方法其实是从玉鹤的口中得知的，并且还为此付出了不小的代价，这都过一上午了，被咬过的地方仍有一些不适感觉残留。她含糊道："山人自有妙计，贤兄你就别多问。"

宁采臣便适当地转移了话题，与薛茗闲聊起来。

春夜和秋生办事效率高，半个小时就挖了个大洞，薛茗怕他们累坏了身体晒得中暑，便上前去接班。谁知道这几人当中她似乎是身体最差的，才挥着铁锹挖了一会儿的工夫，整个人就开始头晕眼花，虚汗浸湿了衣裳，双手双腿齐齐颤抖起来。

薛茗挖一会儿歇一会儿，最后因为脸色极差而被小厮扶回树下坐着，她喝了两口自己带的水，呼吸才顺畅了一点。

薛茗知道她那水囊里的水是非常厉害的东西，上回只喝了两口就让原本快废了的双腿恢复如常，这次薛茗将它带来也是打算累得坚持不住时再喝的，没想到刚下两铲子她就不行了。

她想起昨夜玉鹤曾说去救春夜、秋生会让她被阴气入侵，今日她身体的亏空可能是与昨夜的事相关。薛茗感觉自己的身体像是被穿得千疮百孔，又是要给玉鹤上供阳气，又是被阴气侵蚀，似乎连聚阳符起到的作用也不敌她阳气所消耗的大。

薛茗一连喝了好几口水，精神极快地得到恢复，脸色也好了许多。宁采臣不敢让她再劳作，便让春夜、秋生轮番挖地。

好在两个人干活利索，围着白杨树挖了一圈，总算是挖出了尸骨。薛茗爬起来去查看，见那尸骨是用草席卷着，埋葬得很随意，也不知死了多少年，只剩下一具干巴巴的骨头。

薛茗按照玉鹤所言，找到脊骨，在最中央的地方敲下了一截骨头，用绢布包起来。她起身后对宁采臣三人道谢，转头看见太阳开始往西边落，便也没有于郊外逗留，喊着几人一同回了庙中。春夜脱下外袍，连着草席一起将尸骨给卷起来背回了庙，而后将尸骨放在薛茗房里的角落。

薛茗洗净了手，向春夜借了平日里捣磨作料的器具，回到房中将门关上，开始磨那块脊骨。尸骨埋在土中很久，所以这骨头磨起来并不费劲，很快就化成了灰白的粉末。薛茗将藏在包袱里的铃铛拿出来，把灰白的粉末沿着铃铛上镂空的花纹倒进去。

本以为粉末会漏出来，却没想到这些骨粉进了铃铛便像消失了一样，直到薛茗将最后一点粉末倒尽，而后从怀里摸出一张刀形状的纸。

昨夜与玉鹤提前说好了，除了将春夜、秋生二人救回来之外，他还要教她如何使用这铃铛。玉鹤让她取尸体的脊骨最中央的那一截，磨碎倒入铃铛中，再割破中指往铃铛上滴血，唤尸骨主人的名字便可。

薛茗考虑得很周全，首先她身上并没有刀刃一类的利器，其次就是这个时代没有酒精消毒，她很怕随便一个刀刃将她割出破伤风，但要像影视剧那样咬一口就能咬破手指，对她来说也是根本不可能的事。

于是她开口向玉鹤要了把干净的刀，很搞笑的是他拿了张纸撕成刀的模样递给她，说可以当作刀使用。

薛茗瞪着摆在面前的铃铛，又抬头往窗外看了一眼，就见黄昏已近，便将信将疑地将纸往中指上划了一下。

只觉得指头传来微微痛楚，随后一条细细的血线出现，眨眼的工夫豆大的血珠子涌出来，顺着指腹往下滴。薛茗赶忙挤压指头的血落在铃铛上，赤红的液体顺着繁复的纹理流下去，隐入铃铛的内部。

薛茗陡然感到一阵眩晕，好像被什么东西打了一闷棍，视线里的东西变得模糊。她身子摇晃了一下，赶忙用手撑在桌子上，咬着牙没让自己倒下去。

仪式还没有完成，还差最后一步。薛茗拿着铃铛，唤道："聂小倩。"

此时一直沉寂的铃铛倏尔有了微小的震动，在她的掌心里发颤，薛茗又喊了一声。

铃铛发出轻微的声响，震动更为明显，薛茗扬高声音，大声道："聂小倩——"

太阳落下地平线，余晖悬挂于天际，昼夜开始更替。原本只会发出闷闷声音的铃铛忽而一震，清脆的声音响起，如鸣佩环。风猛烈地袭来，窗子撞在墙上发出巨大声音，屋中的东西被风吹得东倒西歪，薛茗本就站不稳，被这么凶猛的风一吹，差点栽了个跟头。

"你做了什么？"身后凭空响起聂小倩的声音。

薛茗匆忙转头，就见聂小倩悄无声息地站在她身后，一袭雪白的衣裙飘摆着，绾着秀美的发髻，脸上戴了黑纱，遮住了狰狞的伤痕。她冷冷地看着薛茗，并不像之前那般用怨毒的眼神瞪薛茗，也没有冲上来攻击她。

薛茗撑着桌子站稳，看见她双腕间隐隐有暗红色的花纹，便笑了一下：“你不是要杀我吗？来试试。”

聂小倩并未动身：“你怎么会知道我的尸骨埋在哪里？”

薛茗头痛欲裂，身上的力气急速流失，但眼下这种情况，正是要酷和敲打聂小倩的好时候，她若是双腿一蹬晕在地上，实在是丢面子。

她强忍着不适，语速极慢，压着力竭般的呼吸，轻声道：“跪下。”

聂小倩双腕处的花纹骤然变得殷红无比，像是烙铁落在肉上，她的腕间发出嗞嗞声音，升腾起白烟。她痛苦得面色扭曲，惊声尖叫着，继而一股无形的力量替她履行薛茗的命令，将她整个人按跪在地上，姿态狼狈不堪。

薛茗望着她道：“聂小倩，我早就说过我不想与你交恶，是你一再相逼，企图置我于死地，我才会如此。即日起，你的魂魄便供我差遣，倘若有违背之意，我就将你挫骨扬灰，让你魂飞魄散，在这世间彻底消失，可明白了？”

聂小倩双腕的痛苦仍在持续，被压得只能伏在地上，抖着身子，颤声应答：“小倩明白了！”

薛茗还想说话，却感觉温热的液体从鼻子流下，继而她眼前一黑，彻底失去了知觉，摔倒在地。

这一下也不知道晕了多久，醒来的时候还是夜晚，门窗紧闭着，房中点了一盏灯，昏暗的光芒幽幽。薛茗感觉浑身的骨头像被抽走了一样，乏力得连坐起来都困难，胸口极闷，深呼吸好几下才有所缓解。她感觉自己的身体在走向枯竭。

薛茗转了转眼珠子，发现桌边坐着聂小倩。

某种程度上来说，聂小倩与薛茗还挺像，两人都不是什么硬骨头。她显然对薛茗对她的所作所为接受良好，大概是因为先前她也是被迫给庙里的姥姥打工，现在只是换到了薛茗的手底下而已，没什么太大的区别。

“醒了？”聂小倩凉凉道，“你昏了一个时辰。”

一个时辰就是两个小时。薛茗默默在心中计算了一下，慢吞吞坐起来，先摸了摸鼻子，没摸到血。就这么简单的一个动作，她就微微喘起了气，靠着墙，目光落在聂小倩的身上。

聂小倩如此心平气和地坐在她对面，让她松了一大口气。

因为薛茗意识到，她不用每个夜晚都跑到玉鹤那里寻求庇护了，聂小倩完全可以保护她。再者就是，她的生命暂时没有了威胁，可以安稳睡个好觉。

正想着，聂小倩突然道：“你要死了。”

薛茗愣了一下，有点没反应过来，“什么？”

“你身体里几乎没有了阳气。”聂小倩将桌上的镜子捞过来，扔到薛茗的床上，道，“仅剩的阳气正支撑着你说话、呼吸，一旦耗尽，你就会死。”

薛茗伸手去拿镜子，发现自己的手竟然在不受控制地颤抖着，而之前能够轻而易举拿起来的镜子也变得很沉重，她需要双手举着才行。往脸上一照，薛茗看见镜中的自己面色青灰，唇色苍白，鼻子下面糊满了黑乎乎的血迹，显得整张脸都很怪异，很像大病缠身马上就要归西的样子。薛茗如坠冰窟，仿佛看见她的脑门上写着一个“死”字。

“怎么会这样，你不是说人的阳气只要睡一觉就能补回来吗？”薛茗有气无力地质问她。

“这话没错啊，的确是这样。”

“我还有聚阳符。”薛茗匆忙摸出脖子上戴着的东西，“不可能没用啊，我费了那么大劲儿才得到的。”

聂小倩说：“我见识短，不知道这是什么宝物，只知道你从入了这庙开始，阳气每日都在减少，这两日更是严重，所以你方才说话时才晕了过去。”

薛茗知道怎么回事，她先是去了罗刹海市，又走了阴间路找回春夜、秋生，因此被阴气侵蚀得严重。她本以为有聚阳符在身上，再好好休息几日就能恢复，没想到她身体里的阳气一直都处于亏损状态。

还有玉鹤。定然是这只色鬼吸了她太多阳气，难怪每次从他那里出来后她都感觉身体疲惫，怎么休息也恢复不好。

“我还能活多久？”薛茗问她。

“就这两日了吧。”聂小倩反问，“你自己感觉不到吗？阳气衰竭时，你的身体会很痛苦。”

薛茗现在就非常痛苦，她头痛欲裂，双眼火热，四肢却感觉极是冰冷，乏力充斥着她的每一块骨头，仅仅是坐着都让她觉得费劲。她在下午的时候还没有这么严重，猜测是使用铃铛也消耗了不少身上的阳气，所以才会如此。

薛茗问她：“那我究竟要用什么方法才能补充阳气？”

聂小倩想也不想，回答说：“自然是阴阳结合，从男人身上吸取阳气来填补自身。”

薛茗听到这话，眼神有一瞬的变化：“给我正经的方法。”

聂小倩嗤笑一声，继而道：“你听说过采阴补阳吗？是极为助于修行的术法，对女子也有效用。这就是最最正经的方法。”

薛茗面露难色。

首先是这个方法她一时间不是很能接受，其次是因为，如今这庙中只有三个活着的男人——宁采臣和他那两个小厮。

▶第 21 章◀

这是薛茗第三次站在这个种有并根槐树的院子里。

她翻了个白眼，又是这个梦。

薛茗像先前两次一样推开房门，看见里面坐着的男人。之前被他吓过一次，知道他眼睛会流血，这次薛茗有了心理准备，她进房中对那男人道：“你究竟是什么人啊？”

不知道是不是身体里阴气太重的缘故，这次的梦境要清晰许多，她看见男人缓缓转过身来，露出一张凄惨的脸，眼角滑下两行血泪。他坐着不动，死死地瞪着薛茗。

“你是不是有什么话想对我说？”薛茗自顾自地问起来，“有冤屈，还是死得太惨了，想拖我做个伴？我与你无冤无仇，你干吗总是抓着我不放？”

那男人看起来也是年轻的样子，衣着打扮上虽不富贵，但瞧着也不算穷酸，更不是庙中僧人的扮相，让薛茗根本无从猜起。正逢薛茗心情烦闷，长叹一口气在旁边拉了个板凳坐下来，与他说话：“俗话说一回生二回熟，咱们这都是第三次见了，就不要那么生分。你也不说话，都不告诉我你是谁，这么一次两次地吓我也没用啊，我在这庙里被吓得已经习惯了，你这算不上什么，要我做什么，好歹给个提示。”

男人仍旧是瞪着她，一言不发，场面有点尴尬。

薛茗想了想，觉得这男人缠上她无非就是想让她帮忙报仇，或者是给他收敛尸骨之类，瞧他这幽怨又窝囊的模样，无冤无仇的，不至于害到她身上来。

“这样吧，你告诉我是谁杀了你，我去给你主持公道，行不？”薛茗试探地问道。

就见面前这男人目光骤然一变，似乎蕴含了恨意，尖锐刺目，随后他做了一个让薛茗吓一跳的动作。

他抬手，指着薛茗。

薛茗惊得腾地站起来，后背发寒：“你指我干什么？我问是谁杀了你。”

男人的表情越发狰狞，变得阴毒，这时候薛茗才猛然看清楚，他的上下嘴唇被线缝在了一起。

薛茗吓得头皮发麻，双脚用力一蹬，整个人从梦中惊醒，脚后跟踹在墙上，要命地疼起来，她翻起身抱着脚揉了揉。

已经是天亮，外面似乎灰蒙蒙的，像是个阴天。薛茗出了一身汗，她随意擦了擦额头的汗珠，感觉身体无比沉重，费力地爬下床往桌边走，就这么几步路已经耗尽她的力气，脑袋晕得好像随时都会倒在地上。

她摸到水囊灌了几口，温凉的液体滑过喉咙进入身体，带来了一阵舒适，仿佛修补她快要枯死的经脉。薛茗昨夜与聂小倩说了没多久体力就撑不住了，闭眼睡了一晚上，结果醒来后状态丝毫没有缓解，而且越发严重。

昨晚上聂小倩提出让她采阴补阳，薛茗一时没能接受，从她嘴里问出了第二个方法。

聂小倩说，凡人的血液中也含着阳气，直接饮用倒也能填补，只是薛茗现在身体里亏空得太多，若想将身体补到可以续命的状态，至少要喝一人身体里一半的血。

这第二个方法就更扯了，且不说这一行为实在变态，踩着她人性的底线，就是她真的克服了心理去喝了，一半的血也足以杀死一个人，这根本是不可能做到的事。

聂小倩说风凉话："那就等死呗。"

她是巴不得薛茗死的，若不是那铃铛限制了她，今夜她就能取了薛茗的性命，给出的建议也不知诚不诚心，有没有隐瞒。

薛茗心烦意乱地晃了晃水囊，里面还剩一半。这神仙水喝了确实厉害，相当于给她枯败的身体吊了一口气，不然她今天可能都爬不起来，只是这水总有喝完的时候，没有多少时间给她考虑了。

她从房间的角落拿上木拐，慢吞吞地往外走。这根拐还是之前她双腿疼得厉害时，秋生帮忙找来的，腿好之后就放在房中了，没想到还能派上用场。

出了房间，就见天色暗沉，黑云堆积在一处，空中的风含着闷热的潮湿，附着在皮肤上，让人感觉非常不舒服。薛茗站在檐廊下，春夜正在收衣裳，转头看见了她，关切道："燕大侠，你休息得如何了？身体好些了吗？"昨晚上他给薛茗送过一次饭，薛茗以身体不舒服为由推拒了。

薛茗不能久站，于檐廊处坐下来，摇了摇头道："还是不大舒服。"

宁采臣听见门外有人说话，也推门而出，见薛茗脸色实在难看，担忧道："此地荒僻，也寻不来个郎中，我随身带了些药，不如先让秋生熬一些给贤弟喝了。”

薛茗知道她这不是病，而且药哪能乱喝？便有气无力道：“多谢贤兄挂怀，只是我现在体虚尚不明缘由，不能乱吃药，就谢绝贤兄的好意。”

宁采臣走到她边上左右看看，叹气道：“我博览群书，偏不通药理，帮不到你，实在惭愧。”

薛茗这时候也懒得说那些客套话，摆了摆手没有回应。她的目光落在院中的春夜和秋生身上。两个人看着都是十七八岁的样子，春夜稍微高一点，脸蛋圆圆的，有几分阳光大男孩的气质；而秋生则壮一些，皮肤也黑，是大学体育生的模样，二人相貌平平，没什么特色。

宁采臣倒是条件出挑，首先他很高，与玉鹤的个头似乎不相上下。其次就是他五官生得俊朗，衣着打扮奢华又讲究，举手投足有一种莫名的气质，十足的风流倜傥。薛茗要是真的从这三个活人中挑选一个作为阴阳结合的对象，宁采臣是最合适的。

可她与宁采臣还没熟到那种地步，而且人家也不一定愿意，原著中他不就是刚正不阿地拒绝了蛊惑他的聂小倩了吗？再者说，他是聂小倩的官配啊，薛茗如何下得了这个手？

“唉——”薛茗这一口气像是从肺部的最深处叹出来的，拖着半死不活的腔调，满是挣扎。

宁采臣安慰道：“或许是累着了，休息个两日就能好转。”

休息个两日我就死了。薛茗在心里接话，此时什么也不想做，就这么瘫在椅子上。她现在浑身上下没有一处地方是舒坦的，若是非要形容，就好比她全身的骨头都被掏干了骨髓，只剩下一副空架子支着皮肉，充斥着痛苦的乏力。

一整天她都坐在此地，只吃了一点东西，并不感觉饿。

天黑的时候起了凉风，一道雷落下，天空下起了倾盆大雨，薛茗拄着棍回了房间。她现在的状态有点像被打了麻醉，脑子晕晕的，对自己做了什么事并没有很清楚的认知，时而清醒时而糊涂，等她意识稍微清醒些后，就发现自己不知什么时候躺在了床板上。

原来这就是阳气枯竭的样子，她身上并没有剧烈的疼痛，但就是感觉到自己生命在流逝。

薛茗意识昏昏沉沉，稍微闭眼休息了一下，等再睁眼的时候，突然看见面前站着一只鹤。她脑袋里立即蹦出“驾鹤西去”这个词，慌张得脱口而出：“啊？我、我我死了吗？”

面前的鹤睁着圆溜溜的眼睛看她，那机灵劲儿跟个聪明小孩儿一样，薛茗突然反应过来："你是鹤宝宝？"

白鹤立即迈着长腿跑到她身边，围着她转了两圈，头顶上的赤羽从她手指间拂过，扑棱着双翅，一副高兴的样子。

"还真是？"薛茗大吃一惊，心想着既然这只鹤出现在这里，那玉鹤……

这时她发现自己已经不是躺在硬邦邦的床板上，而是正站在玉鹤的寝房里，阳气衰弱造成的痛苦消失了，身体也没有任何不适，薛茗很熟悉这种状态，她知道这是在梦里。

薛茗扭头寻找，果然在左侧看见了软椅上坐着的玉鹤。他的坐姿并不端正，身着雪色衣袍，长发高束，散落的墨发披在肩头，手持一卷书，正看得认真。屋内光芒明亮，将他俊美的面容照得清晰，是一张不管薛茗什么时候看，都会感叹生得漂亮的脸。

待她定睛一瞧，就看见玉鹤手上的书，其实就是先前她误拿起来的那本。

"这么好学？"薛茗阴阳怪气了一句。

玉鹤微微抬起眼皮看了她一眼，并未理会她的话，淡声问："这两夜为何不来？"

薛茗在梦里胆子要大上许多，更何况还正被身体的事烦着，郁闷了一整天，这会儿对上玉鹤态度自然不算好："你还等着我去给你送阳气呢？我告诉你，我打今儿起就不来了！我要终止与你渡阳气的交易。"

玉鹤问："为何？"

"你还有脸问为什么？要不是你吸了我那么多阳气，我至于现在成这样？走路都要拄个拐，还必须找男人才能填补阳气，你把我害得那么惨，还问我为何不去找你。"薛茗怒声道。

玉鹤平静地说："来找我，我可以救你。"

薛茗总算是出了这口恶气，冲他撒火："我为什么要去找你？难道我还要上赶着把命丢在你手里？就算要找，我该找的也是正常的男人。"她用了两个重音去强调最后一句话。

玉鹤的神色有了些许变化，眉眼似染上冷意，没有半点情绪的眼眸盯住了薛茗，语气森然："你想找谁？"

薛茗明知是梦，脊背却还是忍不住发凉，沉默片刻，最后嘴硬道："总之不是你。"

说完这一句，她陡然睁开眼睛，苏醒过来，刚张嘴吸了一口气，就感觉有一股液体往喉咙翻涌。薛茗赶忙翻身扒着床沿，继而吐了一大口黑血，全都落在鞋子上，一片狼藉。

她吓得浑身颤抖，意识到自己这下是真的要死，手脚并用地爬下床去拿水囊，慌慌张张地打开后喝了两大口，竟然毫无用处。

薛茗将水囊丢下，跌跌撞撞地开门出去。外面天色暗淡，大雨滂沱，雨声形成了极大的噪声，不断地往薛茗的耳中灌，一声声像是催命符在叠加。

她用力地捶宁采臣的房门，大声喊："宁采臣，快开门！救救我！"

薛茗知道他性子刚正，现在捶门也只是想从他身上分一点血，至少让她先把身体稳住，解决了这紧急情况再说。

几声捶门的闷响过后，薛茗面前的门就被人从里面拉开，她下意识抬眼一看，当即遍体生寒。就见来开门的并不是宁采臣，而是玉鹤。

他与方才薛茗在梦中看到的装扮一模一样，天空一道闪电划过，亮如白昼的光瞬间照亮他俊俏的脸，眼角眉梢间满是冷意，微微垂着眼看她，浑身上下都散发着不善的气息。

薛茗的余光瞥见他身后便是他自己的寝房，忽地想起先前玉鹤用过这一招，当时是将寝殿与"天上人间"外的街道连接在一起。薛茗恍然意识到，方才所经历的，可能并不单纯只是一个梦。

对视的一刹那，一道雷从头顶砸下来发出剧烈轰响，薛茗身子一抖，本能求生地往后撤了一步，转身就要逃。

却不料腰间猛地圈上来一只手，强大的力道将她往后捞，脊背贴上冰冷结实的胸膛，薛茗伸直了双手挣扎几下，手指头钩住门边，却又因为实在没有力气，被轻而易举地抱进了房中，而后房门砰的一声合上。

▶第 22 章◀

天气不知从何时开始变得极其恶劣，电闪雷鸣，大雨婆娑，似乎想将万物生机都摧毁在这个风雨交加的夜。

一道道雷声如野兽的低吼，豆大的雨滴打在屋檐和窗子上，发出密集的闷响。房中只点了一盏灯，模糊昏暗的光芒似将房间染上数不尽的暧昧，偶尔晃过的闪电带来炽白的光，将站在房中的人完全照亮。

他原本穿着雪白的衣袍，此刻身上却染了大片黑红的血迹，白俊的脸上也沾了些许，显得冷霜般的眉眼有几分妖冶。

玉鹤身上的血迹是方才将薛茗抱回房间时，薛茗不小心吐在他身上的。

本来面对这样厉害的角色，薛茗的硬骨头就不可能维持很长时间，结果刚被他圈住了腰时害怕得挣扎过了头，喉咙里翻滚出新的血液，薛茗一个没忍住就哗啦啦全吐他身上了。

这就非常尴尬了，毕竟玉鹤看起来是个很爱干净的人，上回他从外面回来第一件事就是去洗澡。

玉鹤大约是很生气的，薛茗觉得。

他将薛茗扔到床上之后就站在拔步床外不动，面容隐在光亮照不到的阴影里，只有窗外偶尔闪过的闪电才能将他的脸照亮一瞬。薛茗看见他神色冰冷，像是要杀人。

他的下颌骨，脖子乃至手上都糊上了血迹，正拿着锦布慢慢擦拭，一言不发的模样显得整个人阴恻恻的。

薛茗有些心虚，又觉得不忿，心说：他要杀人怎么了，我还要死了呢！干脆破罐子破摔跟他拼了。

然而她身体欠佳，实在是摔不动这个破罐子，只能缩在床榻里，警惕地注意着玉鹤的脸色。

锦布不知道被施了什么术法，轻易将他染上了血的地方擦得一干二净。玉鹤脱了污浊的外袍，将脸和脖子擦干净之后，就拎着锦布朝床榻走来。

他的模样看起来很像是要过来一拳把人打死。薛茗吓得不轻，以为他是来找自己算账，匆忙扭身往里面爬，还没爬上个几步，就被人攥住了脚踝，猛然往后一拉。

她从顺滑的被子上被拽回，肩膀被人扳过去，紧接着一只大手掐住她的下颌骨，迫使她的脸抬起来。

“唔——”薛茗刚开口发出声音，脸上就被什么柔软的东西捂住，在她的脸上不得章法地揉搓起来。

随后她意识到，玉鹤竟然是在用锦布给她擦脸。

薛茗虽然只吐了两口，但量并不小，自己的下巴、脖子，还有衣服上也蹭了许多，整个人看起来脏兮兮的。

玉鹤卡着她的下巴，手上力道不知轻重，十分强硬地擦去她脸上的污迹，连带着脖子、手一同都擦了个干净。

薛茗当然知道他不会那么好心，就算不会揍她，估计也会好好给她个教训，毕竟方才她在梦里对玉鹤也算不上客气，说了些难听的话。

关键是她现在已经分不清哪个是自己真的梦，哪个是假的了，她觉得自己的梦好像被穿成筛子，谁都能跑进来找她。

薛茗想开口解释一下刚才梦境里的事，但却觉得领口一凉，发现自己的衣扣不知道什么时候被玉鹤挑开了，他的手指落下来，冰冷的触感让她浑身颤抖起来。

薛茗赶忙捂住领口："等等——"

"等？"玉鹤半条腿压上床榻，欺身向她贴近，指尖顺着她的脖颈往上，停在下颌骨处，语气轻缓，"你的身体还能等多久？"

薛茗不得已往后仰着身体，一再退让，所剩无几的力气用来跟玉鹤交涉，"你救不了我……我变成现在这样，都是因为身体太缺阳气。"

玉鹤低眸看着她，慢慢俯身将她往榻上压，声音轻得好似有点温柔："无妨，我渡些阳气给你就好。"

薛茗瞪圆了杏眼，惊诧地用手抵住他的肩膀，惊愕道："等会儿，你哪儿来的阳气？"

玉鹤动作轻缓地拉起她的手，捏着她的指头看，没说话。

薛茗顺着他的视线看去，惊恐地发现自己的指甲居然变黑了，像是染了一层比较轻薄的指甲油，与森白的皮肤相衬，像两只诡异的爪子握在一起。

薛茗心头大慌，反手握住他的手，急声问："你当真能给我渡阳气吗？"

玉鹤眉尾轻扬："试试？"

他的皮肤没有温度，雪一样的白，听不见呼吸，感知不到心跳，只有眼睛染上欲望的时候才会有些许情绪起伏，不论怎么看他都是个实打实的异类，薛茗无法相信他会给她反哺阳气。

可她生命流逝得太快，指甲以肉眼可见的速度变黑，呼吸也变得微弱，视线也开始模糊不清，玉鹤的脸时而模糊，时而清晰。

他生得实在漂亮，肤色若瓷，眉眼如画，是薛茗活了那么多年，见过的最好看的人。

如果他是个人……薛茗心想，如果他是个普通的人，她倒也不是非常抗拒与他在一起。

只是她要活着，不管是从前穷到两块钱吃两天，找不到工作偷偷睡在别人的车库里的时候，还是现在来到这个充斥着危险的地方，踩在生死边缘之时。

她不想死在这种毫无意义的事情上，倘若这庙里的所有人都不值得相信，玉鹤也算是矮子里拔高个，毕竟薛茗是真的从他手里捡回过几条命。况且在死和其他选项中，其他选项永远是薛茗的首选。

接下来的时间被无限拉长，拔步床上几重纱帐落下，堪堪遮住里面的身影。

薛茗发现，有一股热意蔓延开，往她的四肢百骸流淌，恍若枯木逢春，源源不断的生机蓬勃而来。

她抬手一看，见原本已经变黑的指甲恢复了红润，没有血色的皮肤也有了健康的颜色。

玉鹤没有骗她！他真的给她渡了阳气，让她快要枯竭的身体恢复如初！

原来玉鹤也可以给人渡阳气？难道说他们两个人的体内其实有一套健康的循环系统，他从她身上吸走了阳气之后，也能再用别的方式转换给她，有没有这种可能？

薛茗胡思乱想，只觉精力无比充沛，浑身上下的每一根筋脉，每一块骨头都极其舒服，突然对玉鹤产生了怀疑。

芙蓉帐暖度春宵，这一夜尤其漫长和疲惫，直到天明才将将歇下。

薛茗累到了极点，眼睛一闭倒头就睡，醒来时已经是下午。

让她十分意外的是，这次睁眼竟然不是她那个小破房间，而是仍然在玉鹤的拔步床上。被子耷拉在床边要掉不掉，另一半盖在薛茗身上，皱得乱七八糟，屋中静谧，偶尔有风的声音从窗子飘过。

薛茗这一觉睡得极其香甜，是她到这个世界之后睡得最好的一觉，醒来时只觉得如脱胎换骨，所有不适全数消失殆尽，她好像变成了一个崭新的人。

薛茗伸了个懒腰，心情猛然变得非常好，将被子裹在身上慢吞吞坐起，忽然看见玉鹤竟然坐在软椅上，正安静地看着她，不知看了多久。

他已经穿戴整齐，黑白交织的衣袍笼住了好身材，长发玉冠，俊美的面容如往常般平和，双眸是深不见底的黑。他的身边卧着那只白鹤，紧挨着他左臂，像是很乖顺的姿态，圆溜溜的眼睛也在看薛茗。

薛茗原先以为这只白鹤是玉鹤的员工，但眼下看来，似乎是宠物之类的存在。

“你什么时候醒的，我睡了很久吗？”薛茗裹紧了身上的被子，一开口发现自己声音完全哑了，继而又感觉肚子饿得厉害，于是不等他回答，又问，“有吃的不？”

玉鹤抬手拍了拍鹤的脑袋，这只小鹤就像得到了什么命令一样，蹦蹦跳跳地出去了。

玉鹤不说话，房中又安静下来，薛茗感觉有些尴尬，于是清了清嗓子，再开口：“我的衣服呢？”

她的眼睛在屋内扫视一番，并没看见自己那破衣裳，寻思可能是玉鹤打扫的时候扔掉了，但那已经是她最后一套完整的衣裳了。

玉鹤此时脾气出奇地好，姿态慵懒地支着脑袋："在床上。"

薛茗转头去找，果然从床角摸出一套衣裳，崭新的。她抖开一看，肚兜里衣中衣外衣一应俱全，杏花一样的颜色，袖摆和裙摆还有松鹤纹样，竟然是一套非常漂亮的衣裙。

薛茗背过身，自己研究了好一会儿才穿上，尺寸相当贴合。她简直热泪盈眶，再也不是个担心没衣服穿的野人了。

下了床榻穿上鞋子，薛茗回想昨晚还是觉得后怕。

她洗了把脸，含着漱口水偷瞄了玉鹤一眼，不承想一下对上他的视线，差点吓得把水咽了下去。薛茗稍微掩饰了下有点烫的脸，慢吞吞地洗漱。

很快白鹤就叼着食盒风风火火地跑进来，搁在了桌子上发出几声鸣叫，玉鹤摸了摸它的赤羽，继而将它变回了纸片的状态收入袖中。

薛茗已经闻到了饭香，馋得流口水，马上跑过去在桌边坐下来，一边将食盒里的东西拿出一边主动找话题："这只鹤是你的仆从？"

"灵宠。"玉鹤淡声答。

"那它有名字吗？"

玉鹤："绛星。"

"绛星？"薛茗重复了一遍，道，"还怪好听。"

那只鹤生得也确实好看，正配这样的名字，就是看起来有点傻傻的。

薛茗埋头吃了一会儿，解了汹涌的饿意，随后犹豫许久，壮着胆子向玉鹤提出极为关心的问题："你究竟是人是鬼，如何还能给我渡阳气？"

玉鹤反问："不吃了？话那么多。"

薛茗继续往嘴里扒饭，心中嘟囔着：问两句都不行。

她填饱了肚子，也不再在玉鹤屋中停留。

玉鹤寡言，薛茗又被一种身体亲密达到，关系亲密仍旧欠佳的尴尬笼罩，只得佯装潇洒地摆手道了句拜拜，转头离开了荷塘小屋。

出门时才发觉已经是傍晚，西方天际染上了大片火烧云，整个天地都被照映成玫瑰一样的颜色，盛开的荷花随风摇曳，极其壮观瑰丽。

薛茗深吸一口气，满面春风，走路的姿势都充满生机，心说原来这就是阳气充沛的感觉。如今才知她到这里之后，没有一天阳气是充足的，身体的状态在这一天达到了巅峰。

走回去时天已经黑了，宁采臣和两个小厮似乎已经休息，薛茗独自推门进了屋。

她拿起铃铛一摇，第一件事就是召唤了聂小倩。

聂小倩从青烟中现身，落在屋中的瞬间就猛然后退，紧紧贴上了墙边，用衣袖掩了面，一副极其嫌弃的样子。

薛茗吓一跳，还以为自己身上有什么异味，赶紧抬起衣袖闻闻，只觉得香香的，有荷花的气味，也有别的清香，分不清楚是什么。

就听聂小倩惊恐地尖叫："天哪，你是怎么回事，身上阳气为何如此灼人？你昨夜做了什么？！"

▶第 23 章◀

当看到聂小倩对她避如蛇蝎的样子时，薛茗才意识到，她身上的阳气真的旺盛过了头。因为聂小倩的脸色实在难看，五官几乎都要皱成一团，紧紧地贴着墙面，恨不得躲进墙里。

薛茗奇怪地看她一眼，走去桌边拿镜子，说道："你为什么这么厌恶阳气？你先前不是还要从我身上吸吗？"

她对着镜子一照，顿时看到镜中的自己光彩照人，脸色比之前那衰鬼似的模样好了百倍不止，分明五官没变化，却一眼看上去时就让人觉得精致漂亮，精神十足。

这阳气果然是人最大的养分。

她照完了镜子也不见聂小倩回话，抬头一看她半瘫在地上，像是要晕厥，半死不活的。

薛茗看她这模样也不像装的，便赶忙往后退了好几步，站在另一面墙边，问道："你还好吗？"

聂小倩撑着墙慢慢站起，有气无力道："阳气太盛了，烤得人站不住。"

薛茗道："那岂不是正好？你从空气里吸点过去。"

聂小倩摇了下头，依旧用袖子掩着面，恹恹地说："阳克阴，太过强盛的阳气对我们来说是致命的威胁，我可不敢随意触碰。"

薛茗疑问："那你先前还要吸我的阳气，而且你不是杀了庙中好几个人，不也从他们身上吸了不少阳气吗？"

聂小倩的神色有些微妙，眼神有一瞬的闪躲，薛茗一下子就抓住了这下闪躲，质问道："难不成你先前在骗我？"

提到"骗"这个字，薛茗账本马上就翻出来了。她用脚钩了椅子过来坐下，指着聂小倩道："之前我身体不好，没有精力与你纠缠，现在我状态恢复，正好来跟你算一算旧账。"

"那回在荷塘前你跟我说的话，究竟有几句是真的？"薛茗用锐利的眼神向她施压，声音冷冷的，"你说我身上的伤不用处理，过个几日就好了，幸好当时没听你的，若是什么都没做，我现在只怕早就死了吧？"

聂小倩心虚地转了转脸，约莫是在想措辞，最后在薛茗的逼视下放弃，道："你这不是活下来了吗？"

"那是因为我最后并没有相信你！"薛茗大怒，"我当时还为无意伤你抱歉，现在想来，你就是活该！"

聂小倩被戳了心窝，下意识用手挡了挡脸上的伤口，目光也充满恨意："我只恨没能早点杀了你，错失几次良机。"

薛茗心说：你还牛气起来了！她拎着凳子往前走了几步，坐在房间中央，聂小倩痛苦一叫，把身体蜷缩起来，顿时没了方才那样嚣张的气焰。

"聂小倩，今时不同往日，你再跟我横，明日我就在太阳底下召唤你，晒死你。"

聂小倩果然连连求饶，变成了软骨头。薛茗指挥着她，让她摆出了双手抱头蹲下的姿势，聂小倩照做，变得像认罪服法的犯人。

薛茗看着她，想起自己先前被聂小倩撵得屁滚尿流，差点就死在她手里的画面，终于觉得出了这口恶气，一时间只觉得七窍都通了，浑身舒坦。

薛茗提声审问："除了这件事，你还有什么事骗我？之前说要从我身上吸取阳气，还说我阳气纯，这些怕也是假的吧？"

聂小倩弱弱道："真假各半。你身上的气的确浓郁醇厚，但不是阳气，而是阴气，是世间相当罕见的极阴之体。"

"极阴之体？"薛茗听到这个词，顿时起了一身鸡皮疙瘩，不知为何忽然想起那时她被柳蔓追杀时，从她嘴里听到过"罕见"之类的话，如此说来自己的身体在她们的眼中是个巨大的香饽饽。

她还跑去了罗刹海市，现在想想，估计是当时脖子上戴着的东西救了她，只是到现在她都不知那是谁给的。

"那你们究竟要不要阳气？"

"阴气续命，阳气增加修为，活人之气皆大有益处。"聂小倩道，"只不过阳气太过会对我们造成伤害，是以我们通常都从人血中攫取气。”

薛茗想了想：“那你们有没有可能反过来给人渡阳气呢？”

聂小倩惊叫：“怎么可能！凡人若不是阳气亏损严重，只需休息几日就能充盈，而我们攫取的阳气要通过炼化才能转成修为，谁会自损修为反哺阳气给凡人？”

薛茗傻眼，因为昨夜玉鹤实在慷慨，阳气不断往她体内灌，才有了她现在这样精神抖擞的样子。

这色鬼当真自损了修为救她？居然那么好心？！

聂小倩见她神色异样，再瞅她阳气充沛的身体，陡然也想明白了，惊诧道：“难不成你昨夜去找了荷塘的那位？你这一身的阳气都是他给的？”

她说话时，眼睛一直在薛茗的脖子处巡视，失神道：“里面究竟住了个什么人物，阳气竟然这般灼人？”

薛茗被看得很不自在，假装咳嗽两声，粗声粗气道：“你管我那么多呢，现在是我在审问你，谁准你反问了？倒反天罡！”

聂小倩低下头去，用衣袖遮住了脸，大概也是一副很不服气的表情，只是不敢让薛茗看见。

“我现在怀疑他的身份。”薛茗细细回想昨晚，说道，“原本我以为他没有心跳和呼吸，但昨夜……昨夜我突然发现他是有呼吸的，你们难道也会呼吸吗？”

由于阳气充沛，昨晚薛茗的意识大部分时间都是清醒的，有时能听到玉鹤乱了节奏的呼吸声，有时也能感知到他的心跳。

他的眼角染上旖旎的绯色，身体似乎也有了温度，都是薛茗在迷乱沉沦中所感受到的，他在那时，尤其像个活人。

这问题一出，聂小倩丢来一个看智障似的眼神：“你到底是真的还是装的，当真什么都不知？”

薛茗被这个眼神激怒，骂道：“你还不是利用我什么都不知欺骗我？现在我是你主人，再对我不敬，我就给你改名叫栓子，让你在太阳底下晒几个小时你就老实了。”

聂小倩赶忙福身一拜，表示认错，回道：“修为厉害的，其身体状态酷似凡人且并不畏惧日光，可饮酒作乐，享身体之欲，常混迹于世间，呼吸心跳此类伪装自然也是手到擒来，不在话下。”

“既然那么厉害，为何还扮成凡人的样子？”薛茗问。

聂小倩的脸上浮现落寞，抚着心口道：“这世间又有谁不想活着呢，若非我修为不够，我也不必整日屈居人下，东躲西藏。我已经许多年未曾见过日光了。”

他们归根结底都是人变的，许多年前他们也生活在这世间，是以修为越是高深，越似从前。

薛茗想到原著里聂小倩十八岁就死了，搁在现代还是青春正盛的年岁。

她宽慰道：“放心，你以后不仅能见日光，还嫁给凡人生了个儿子。”

聂小倩惊讶地看着她：“当真？”

薛茗“嗯嗯”两声，说：“当真，而且那个人就在隔壁，只不过他后来又纳了个小妾……不过话又说回来，你们还能跟人生孩子？”

“并非没有前例。”聂小倩思索着说，“早前听闻魁皇曾与凡人女子诞下一子，只是不知这传闻真假，想来也只有修为极高的才有这般可能。”

薛茗心里咯噔一下，按上自己的肚子，试探道：“那、那你觉得玉面王，修为高不？”

聂小倩：“……你觉着他为何被称作大王？”

薛茗顿时有些慌乱，却听聂小倩惊叫一声，倒抽一口凉气，低声道：“原来那里住着的是玉面大王？难怪姥姥再三叮嘱不准我们靠近，这庙里竟然还有这尊大佛。”她的眼神不断往薛茗的身上扫，语气忽而黏糊许多，扯了个不正经的笑，“你感觉如何？”

薛茗对此毫无经验，于是她中规中矩道：“还可以吧。”

聂小倩啧啧起来，道：“看来玉面大王的名声要从你这里败坏了。”

薛茗斥责：“少说废话，鉴于你满口鬼话，屡次害我，数罪并罚，从今天开始，你就改名叫栓子。我睡着你就在床头站着守，我醒了你就说主人早安，不仅要随叫随到，并且要从一而终保护我的安全。”

聂小倩大怒：“小倩便是从前也不曾为奴！况且也并非只有我骗你，你不也一直在装模作样？”

薛茗与她吵起来：“我什么时候装模作样了？我进这庙里被你们害得还不够惨吗？”

“你佯装失忆诱我放松警惕，乘我不备伤我至此！”聂小倩指着自己脸上那道越发溃烂的伤疤，泫然欲泣，“这伤数日不见好，我这张脸怕是毁在你的手里。”

“等等。”薛茗精准地抓住她话中的字眼，皱起眉头，“佯装失忆？难道说……”

她心念一动，猛然意识到了什么，脑子飞快地转动起来，惊声道：“我不是第一次来这庙中，你先前就见过我？”

可聂小倩之前来找她时，说过她们二人是平生头一回见，如若是她故意说了这样的话试探，那就是说聂小倩从见到她开始，一直都在说假话。所以说聂小倩不是找宁采臣找错了屋子，而是从一开始就是奔着她来。

聂小倩先前所见，则必定是这个身体的原主，已经死了的“燕赤霞”。她出了庙，死在了离开的路上，然后薛茗来到这里，接手了这具身体，在完全不知情的情况下，回到庙里。

薛茗好像终于从迷雾里拽到了一根线，隐约觉得有什么被串了起来，沉声问：“你先前见到我来这庙中，做了什么，又为何离开？”

“你头一次来这里时，身上的阴气浓郁到即便是我们也无法感知你的行踪，神出鬼没，又有法器傍身，我们不敢随意接近，后来你杀了人，便离开了。”

“我还杀了人？！”薛茗一惊，骤然想起了先前的梦境，醍醐灌顶，“是不是一个年轻男人，穿着青色的衣裳，嘴被缝了起来。”

却见聂小倩点头，应道：“正是。”

薛茗如坠冰窟，手脚在一瞬间冒出冷汗，吓得头皮都发麻。难怪她总是梦到那个男人，想来是他找过来想要寻仇，但不知为何无法对她动手，从他的样子来看，原主在杀他的时候极有可能用了某种邪术。

可燕赤霞不是正派人物吗？她竟然会用邪术杀人？

“笃笃笃笃——”正当薛茗思绪纷杂，心乱如麻时，静谧的房间突然响起敲门声，把薛茗吓得猛然一个激灵。

“贤弟，这么晚了还不休息，在跟谁说话呢？”门外传来宁采臣的声音。

“原来是贤兄。”薛茗松一口气，安抚了一下乱蹦的小心脏，走到了门边。此时她突然听见聂小倩喊了一声“等等”，同时又有一些窸窸窣窣的，类似于指甲刮门框的声音。这一刻她的手已经按上了门闩，本可以收回，但不知意识受到什么蛊惑，手上一用力就将门拉开了。

迎面就是一股阴风，薛茗看见门外站着的并不是宁采臣，而是一个年纪五六十，头发花白，衣着朴素的老太太。

她慢悠悠地抬起脑袋，冲薛茗露出一个慈祥的笑，轻声细语道：“姑娘，我家丫头两日不曾归家，不知迷失在何处，老身想问问姑娘可曾见到她。”

此人薛茗并不眼生，她记得很清楚，来到这庙的第一晚，她起夜时，无意间撞见这老太太与另一个妇人的闲聊。她正是聂小倩等人口中的“姥姥”。

“没见过。”薛茗面无表情应了一声，随后将门用力一摔，发出一声闷响，紧接着一转身脸上的表情就变了，惊恐地拔声喊道：“聂小倩，救我！”

跑了没两步，身后传来“砰”的一声巨响，整个门被从外面炸飞，四分五裂地撞在屋内，继而密密麻麻的声音充斥双耳。薛茗扭头一瞧，登时出了一身冷汗。

那数不清的夜叉正从门框的各个位置爬进来，有些在地上，有些爬上天花板，密集地拢在一起，黑压压一片。

聂小倩甩出双袖，飞舞的白绫将迅速靠近薛茗的夜叉击退，沉声道：“是姥姥，我不敌她，快跑！”

薛茗抱头鼠窜：“门窗都让她堵上了，我怎么跑啊！”

话音一落，就见聂小倩飞身上前，双袖化作蜿蜒的长蛇，猛然朝门边站着的老妪扑过去。却见那老妪不慌不忙，只一挥手，聂小倩好似凭空被抽了一鞭子，惨叫一声后整个人在空中转了半圈，狠狠摔在墙上。

“小倩，当初你化作孤魂野鬼差点被阴官抓走，是老身将你救下来，好生养着你，怎么今日你倒恩将仇报，撞上来找死？”老妪双目阴沉，盯着聂小倩，面上再不见半点慈祥。

聂小倩爬起来，凄凄惨惨道：“姥姥，小倩也是受制于人……”

薛茗立马甩了个眼刀过去，聂小倩就将话锋一转，怒道：“你这老妖婆，我被你迫害多年，为你杀人取血犯下罪孽无数，如今得以解脱，自然要向你寻仇！”

“看来是留你不得，那老身就让你尝尝被挫骨扬灰的滋味！”老妪恶狠狠地撂下一句，继而闪身进了屋内，直奔着角落里堆放着的聂小倩的尸骨而去。

薛茗反应也极快，纵身飞扑过去，抢先一步将外袍和草席裹着的尸骨抱在怀中。动作间原本藏于衣裳下的聚阳符被甩了出来，眼看着那老妖婆欺身将近，聚阳符猛然发出一道金光，正中老妪面门。

只听她凄惨地号叫一声，连退数步，再将头扭过来时已是十分狰狞的一张脸。古怪嶙峋的褶皱遍布面皮，眼内全白，没有瞳孔的存在，大张的嘴里全是尖利的三角牙齿，喉咙里发出嘶哑的怪叫。

薛茗近距离瞧见这样一张脸，吓得大叫，匆忙往后退了两步摔倒在地。聂小倩的尸骨本就被取了脊骨，被这样一摔当即成了两半，此时那老妪甩出利爪飞快地抓走下半身尸骨。

聂小倩发出尖锐暴鸣。

薛茗就这么一个马仔，不可能让这死老妖婆给折了，于是陡然生出一腔勇猛，爬起来就是一个立定跳远，直接骑上老妖婆的身。

聚阳符又是一道金光闪过，老妖婆惨声大叫：“聚阳符！”

薛茗冷笑一声，拽着聚阳符去贴她的脸："你倒是识货，老东西，把骨头放下！"

老妪显然对此物忌惮非常，忽而化作一阵风丢弃了聂小倩的下半身尸骨，从薛茗身下逃脱退回门口，但她并不死心，吹了个响亮的口哨，屋内的夜叉如潮水一般涌动起来，疯狂往薛茗的身上扑过去，利爪直逼她的面门。

夜叉对聚阳符散发的光芒也极为恐惧，只是数量极其多，前面一层作挡，后面无数夜叉奔涌而来，瞬间将薛茗淹没其中。

薛茗贴着墙根使劲摇铃铛，喊着："救我救我！"

聂小倩受令，拖着重伤的身体挥动白绫，费力驱赶夜叉小鬼。她们受困于此，那老妪便抓住间隙，往空中一抓，将散落两处的尸骨抓在手中。

此举则是完全捏住了聂小倩的软肋，她难以专心为薛茗驱赶夜叉，当即双膝跪地央求道："姥姥，小倩知错了！"

薛茗心中大怒，心说这该不会是个墙头草吧？没骨气的东西！

眼看着如蟑螂全家出动般密集的夜叉飞扑上来，薛茗的膝盖也软了，就是莫名地想往地上跪。

却在此时，一声鹤鸣幽幽传来，从嘈杂纷乱的声音中清晰地灌入薛茗的耳朵。

她骤然一喜，那膝盖马上就硬了，喊道："绛星！是绛星来了！"

堆积在她周身的夜叉鬼此时如退潮一般飞快地向四面八方退去，薛茗的视线豁然开朗，就看见一人如悠闲散步一样走到门外，身着黑白两色的衣袍，长发高高束起，如墨的眼眸平静地望过来，灯下是一张俊美无双的脸。

竟是玉鹤本尊走出了荷塘，来到了薛茗的房门口，神色淡然地看着混乱一片的屋内。

他的腿边蹿出一只白鹤，扑腾着快乐的翅膀，冲薛茗短促地叫了一声，像是对着熟人打招呼一般。

▶第 24 章◀

玉鹤手里提着一盏灯。这盏灯非常精致，灯罩不知用什么材质制作的，晶莹剔透，能够看清里面燃着的火光，照映出来的火光映着玉鹤的衣袍。

他的出现迫使这场闹剧结束，夜叉逃得飞快，消失的速度堪比闪电，屋子瞬间变得干净。等薛茗再朝那老太婆所站之处看时，就见她已经完全不见了，只余下聂小倩那断成两半的尸骨。

绛星迈着长腿蹿进来，一下就叼起聂小倩的腿骨，像找到玩具似的在房间转圈。

聂小倩本就受了很重的伤，见到这景象差点晕厥，却碍于站在门口的玉鹤而不敢动弹，只得将哀伤的眼神投给薛茗。

薛茗见她也是够惨的，况且这尸骨也是自己带头挖出来，如今像个球一样被人抢来抢去，着实凄惨又好笑。她就对绛星哄道："鹤宝宝，乖，这个不可以玩哦，快给我。"

绛星极其通人性，又非常乖巧，听到薛茗的话后便屁颠屁颠跑过来，将聂小倩的尸骨放在她脚边。薛茗上前把另一半也拿过来，重新拼在一起，再用草席卷住，假装成还是完整的样子。

她转头一看，发现聂小倩此时已经变成了易碎的玻璃，不仅仅是表情，还有她的身体。她的双脚几近透明，轻烟一般飘在半空，极力往墙角缩，显然老妖婆那一击让她伤得不轻。

也太弱了，追杀她的时候那么凶猛，这会儿变成软脚虾了。薛茗心想，这个马仔其实收得不是很值当。

她将聂小倩的尸骨放回角落里，再转头时，玉鹤已经进了屋。薛茗欢天喜地地迎过去，笑眯眯道："玉鹤大人，您是出来散步的吗？怎么就这么巧，走到我的门前。"

玉鹤身量高挑，往屋里一站，本就不大的房间显得有些拥挤。

他见薛茗靠近，不着痕迹往后退了两步，说："不是来找你。"

薛茗心说不是来找我你往我这小房间钻什么钻？没看到很挤吗？

她面上笑嘻嘻："我想也是。"

玉鹤并未回应，转头将目光落在她床头放着的包袱上。

那个包袱本来鼓囊囊的，里面塞着衣裳，后来衣服烂的烂，丢的丢，完全找不回来，现在里面装的都是薛茗从"天上人间"拿出来的东西。边上放着的小箱子则是原主放在里面的一些酷似破烂的法器。虽说她不会用那些玩意儿，但都是放在床头，睡觉的时候压在枕边才安心。

玉鹤踱步到床边，伸手将小箱子打开，往里面瞧了一眼，面上并没有什么变化，也不知道在看什么。

"不过玉鹤大人的到来，实在让寒舍蓬荜生辉啊！"薛茗对着这一张冷漠的酷脸已经习惯，应对如流，搓了搓手道，"不知大人有没有什么能够储存物品的宝贝，暂时借我用一下？"

玉鹤从盒子里拿出那个被锦帛包裹着的小剑，原本就不大，在他手里更是像儿童玩具。这个小剑曾经被薛茗寄予厚望，还以为是燕赤霞手里那柄非常厉害的宝剑，但后来她被追杀得乱窜，并不见这小剑发挥什么作用，于是扔在箱子里没再碰过。

这东西是不是真宝贝另说，反正要催动此剑估计也需要什么术法，薛茗完全不会，更不知如何使用，她道："若是你喜欢，我可拿它与你交换，你给我一个乾坤袋之类的玩意儿就好。"

他淡淡地看了一眼，道："你自己的东西，怎么不会用了？"

薛茗不知道他说的是这把剑，还是箱子里的其他小破烂，总归有些心虚，讪笑道："那也得看是谁的东西，这些当然比不上大人手里的宝贝，我用你的，更安心。"

玉鹤听后没再回答，反手将小剑扔回了箱子中，从袖中拿出一个巴掌大的锦囊扔给薛茗。

薛茗接了个正着，入手轻飘飘的，缎面极是丝滑，上面绣着松树和飞鹤，系绳坠着两条明黄色的流苏，看起来是个昂贵的物件。薛茗心中一喜，将锦囊拉开，转头想把聂小倩的尸骨塞进去，结果刚把锦囊的开口对着骨头，它就像吸尘器一样，将聂小倩的尸骨收入锦囊中。

"哇！好方便的宝贝！"薛茗发出惊叹，转手把自己包袱和箱子也一同吸进了锦囊中，将绳子一拉系上封口，然后随手挂在腰间的环扣上，对玉鹤道了声谢。

聂小倩见自己的尸骨总算得到安置，放下心头重担，化作轻烟消失。

房中又安静下来，薛茗简单整理了下自己的衣裳，对接下来的事已经有了打算，继而主动朝玉鹤开口："大人，能否借绛星一用？我想在这庙中找个人。"

确切地说也并不是人，而是那个往她梦境里钻了三回的魂魄。薛茗今日白天一直在睡觉，现在不仅阳气充足，并且十分精神，打算趁着长夜刚开始去找一找那个青衣男子。虽然不知道玉鹤大半夜出来做什么，但总归不是真的在散步，否则也没必要散到她的房间门口。

薛茗并不多问，只要绛星陪着就可以，虽然这只鹤看起来小小的，但战斗力似乎不弱，上回就把聂小倩给啄跑了，而且它能听懂人话。这会儿它听到薛茗提及它的名字了，马上就在薛茗脚边转圈，一副欢喜的模样。

却不料玉鹤好像闲得很，转而道："我与你同去。"

薛茗愣了一下，心说还有这种好事，有玉鹤在身边保驾护航，这破庙她还不是横着走？于是非常积极地摆了个"请"的姿势："大人先请。"

夜色已深，刚经历过一场暴雨的洗刷，空气中都是清凉的风，不知从何处送来了许多花香，令人闻之心旷神怡。月亮皎皎，没有云层的遮挡时相当亮，照得满地银白。

薛茗与玉鹤行走在月下，前后错了一步的距离，灯笼将两人的影子拉得很长，部分重叠在一起，稍显亲密。绛星则在两人身边来回绕，像个出门郊游的小朋友。

她与玉鹤相识满打满算也就一个周，与他相处大部分时间都是在渡阳气，难得在室外正经一回。实际上玉鹤的性格不算特别糟糕，相比一会儿愤怒一会儿幽怨的聂小倩，他情绪上就稳定很多，还挺像个正常人的。

且不说别的，就单说玉鹤给她渡阳气这回事，不管他目的是什么，的确是救活了她，那他就是个好人。

薛茗看着他的背影，心想着，玉鹤从前会是什么人呢？他身上总散发着一股说不清道不明的气度，一切行动、举止都像常人，若不是能看见他毫无血色的皮肤和漆黑的指甲，薛茗怕是总会忘记他的真实身份。

薛茗正想着，就听见玉鹤清冷的声音传来："你找人还要我在前面带路？"

薛茗回神，说："我对这庙并不熟悉，只记得那个院里有两棵槐树并根而生，玉鹤大人神通广大，可知道那是什么地方吗？"

玉鹤唤道："绛星。"

就见绛星一展翅，猛地腾飞起来，飞到半空中时身体骤然一缩，变成了小纸鹤的模样，开始在前面带路。薛茗忍不住称赞："绛星真是个厉害的宝宝。"

玉鹤瞥她一眼，对她这随口而来的奉承并不作表，只道："跟上。"

其后两人就在绛星的带路下走入庙宇的深处。那是与荷塘地界完全不同的方向，薛茗也从未踏足过此处，周围静悄悄的，漆黑一片，时而夜风过境，吹得树叶哗哗作响。

走了大概十多分钟，面前霍然出现一座非常宏伟的殿宇，但眼下只有玉鹤手中的灯笼照明，是以只能勉强看见面前这座高大的门，老旧的朱红颜色在微光的照耀下，显得极其诡异。在光芒无法照射的地方，殿宇的其他部分隐没在黑暗中，难以窥得全貌。

薛茗只看了面前这门一眼，身上的汗毛就立起来，觉得邪门。

她转头看了看站在身边的玉鹤，胆子又大了不少，怎么说也是个大王级别的，对付这小庙应当是没什么问题，那些不长眼的小东西，撞上来也是找死。

薛茗不敢打头阵，又摆出请的姿势，暗示玉鹤先走。

玉鹤自然将她的小心思看得一清二楚，但并未理会，抬步走在前面，只稍稍一推，这高大的朱门就发出摧枯拉朽的声响，在静谧的夜中尤为突兀刺耳。

门开了一条缝，玉鹤跨过门槛进去，身影一下子就被黑暗淹没，连带着他提着的灯笼散发的光也消失不见。

薛茗吓一大跳，赶紧两个大步跟上去，从门缝进去，就看见玉鹤还在那里，并未消失。她暗暗松一口气，紧紧地跟上去，与他并肩而行。

她手里没灯，更没什么防身的本事，要是在这里与玉鹤走散，那她的死亡概率高达八成，千万要贴紧了玉鹤才行。

薛茗哆哆嗦嗦，紧张间手臂与玉鹤的胳膊相贴，转头张望时更是与他靠得近，像是本能寻找光源的小动物，模样虽然胆小警惕，但也有几分趣味儿。

玉鹤并未阻止她的靠近，似乎比之方才她刻意走在后面的距离，他对现在这样更满意些。

绛星仍旧在前面带路，进门之后行过很长的一段门庭，具体多大看不见，但薛茗能听见脚步声在周围回荡，想来不是个小空间。随后不知拐了几个弯，薛茗的方向感并不是很好，加上环境漆黑视线大大受限，她只觉得这里像迷宫一样，绕得人头晕眼花。

这座殿宇大得已经超乎想象，应该是这座庙的核心地带，其危险程度必定非同小可。

薛茗忽而庆幸玉鹤在今夜突然出现，原本她以为那青衣男子所在之处，只是如梦中一样的小院子，却没想到会是这种地方，若要她一个人来，怕是有来无回。

如此想着，薛茗更加努力地往玉鹤身边贴近些许，就听他淡淡的声音传来："到了。"

薛茗抬眼看去，见光芒所触及的尽头，出现了一个窄窄的院门，隐约能看到槐树枝从墙内探出来，正值夏季，槐花绽放得茂盛。

小纸鹤完成了带路的任务，继而飞回玉鹤身边，在薛茗的身边绕了几圈，最后飞进玉鹤的袖子中。

二人并肩进了院门，灯笼的光往周围散发，照出一个并不大的轮廓。与薛茗在梦里看到的一样，院门的左手边，靠近墙的地方就是并根的槐树，没有了浓雾的遮掩，可看见槐树盘虬的老树根在地面交缠。树身粗壮，两人都够呛能环抱住，主树干形成"Y"字形，往上逐渐分为两棵，散出枝丫无数。

光芒黯淡的地方，隐约能看见洁白的槐花布满树冠，被绿叶簇拥着，风一过，就轻轻飘摆起来。

薛茗看见对面就是梦中的那个小房间，青衣男子就坐在里面，每回都是等她推门进去。这下是真的要一探究竟了，薛茗往前走两步，余光瞥见身边没人，回头一看，就见玉鹤还站在原地，对着那槐树看，不知道在看什么。

薛茗马上又走回去，小声道："大人，咱们进屋里看看吧，我要找的人就在里面了。"

玉鹤明显是看见了什么东西，他的目光凝视着，是落到实处的样子，但薛茗顺着去看了几眼，只觉得昏暗模糊，除了满树的槐花，什么都看不到，难不成玉鹤还有闲心赏花？

她见玉鹤没动，一时有些心急，只想着赶紧找到那青衣男子闹明白是怎么回事然后离开，不想在这阴邪的地方久留，于是下意识伸手去拉他。

手指在触及他手腕的瞬间，薛茗心念一动，脑子里冒出个突然的念头，指尖就顺着他的手背滑过，钻进他的掌心里，牵住他的手。

玉鹤的手仍是凉的，就连掌心都不热，却很柔软，有些茧子但不硬，修长的手指被她的指尖钩住。薛茗现在阳气旺，小手热乎乎的，很快就将温度在他手掌各处染上。

薛茗与这个漂亮的男子没什么感情基础，却什么都做过，关系仍旧是陌生中带着一种奇怪亲密的状态，不尴不尬的。

可当她牵住玉鹤的手，掌心与他相贴时，心情不自禁地一抖，心跳竟然开始慢慢地乱了节拍。

玉鹤的视线从槐树收回，转头落在薛茗的脸上，眸光平静无波。

薛茗与他对视着，倏尔觉得脸上有点热，尝试拉着他走，低声说："我们进去瞧瞧吧。"

本来都做好了被玉鹤甩开的准备，却不料他没什么反应，任薛茗牵着，往那小屋子而去。

越靠近，薛茗就越觉得紧张害怕，站在门口时她无意识地握紧玉鹤的手，转头看一眼，见玉鹤还好好地站在身边，便壮着胆子伸手将门推开。

光芒照进屋子，隐约能看见里面的构造与其他厢房大致相同，也与梦中场景无二差别。跨过门槛进去，稍显窄小的房中摆着桌椅，只是那原本该背对着门坐在桌边的青衣男子并未出现。

待玉鹤也进了屋，灯笼一下就将屋中的景象照得很清楚。房间稍显干净，不是久未住人的模样，继而又看见桌上放着包袱，和零散的笔墨纸砚，地上有木桶、鞋子一类的杂物。

床摆在墙边，上面躺着一人，端端正正地盖着被子，看着像是睡着了一样。

单是看见这样的场景薛茗已经吓得浑身起鸡皮疙瘩，尝试往床的方向喊了两声，不见上面睡着的人搭理。她想起梦中那男子的样子，估计死状挺惨，于是踌躇在门边，吓得不敢往前。

这比她一个人猫在被子里看恐怖片都吓人。

玉鹤大约见她几次收回迈出去的脚，没了耐性，松开了她的手抬步往里走。路过桌子时他顺手将灯笼搁在上面，来到床边将被子一掀，上面躺着的人就露出了全貌。

房间不算大，薛茗只往前走了几步，一眼就看见床上的景象，吓得一声惊叫脱口而出。

就见床上躺着的人身着青色衣袍，皮肤白得泛青，眼睛死死地睁着，眼角落下一行血泪。他的嘴被线完全缝住，模样极其恐怖，整个身体呈“大”字形摊开，一对手掌冲着天，掌心处被钉了一个钉子。

这是非常新鲜的尸体，没有腐烂，也没有被虫子啃食，像是刚死没多久，但诡异的是他并没有流很多血，床榻很干净。

这个就是频频出现在她梦中的男子。

薛茗只看一眼就吓得双腿发软，一时不知道是往前走去挨着玉鹤，还是往后退远离这个男子。这一看就知道此人绝对是被什么阴邪之术杀死，而且更为重要的是，她莫名地觉得钉在这男子掌心的钉子，有点眼熟。

薛茗在原地站了一会儿，稍微平复了下害怕的情绪继而往前走，想走到玉鹤的身边去。

只是路过桌子的时候，她余光忽而瞥见桌上摆着的书，灯笼搁在边上，照亮上面的字。薛茗只是不经意地转头看了一眼，就吓得后脑勺一麻，浑身冰凉。

她停下来，缓缓拿起那本书，在明亮的光照下，看见书册上写着：宁采臣闲书。

薛茗曾了解过这个词，其实就是古人对记录日常生活，或者是自我感悟思考的雅称，简单来说，就是日记本。

薛茗瞳孔震颤，只感觉浑身血液倒流，心跳疯狂加快，双手竟然很没骨气地抖起来，脑中冒出一个非常可怕的想法。

宁采臣的日记本出现在这里，就说明这床上死状凄惨的男子，极有可能就是宁采臣本人。

那么问题来了，自从她来到这个世界后睁开眼睛所看见的第一个人，一直以“贤兄”身份与她相处的那个宁采臣，又是谁呢？

此时连风都停了，周围静得可怕，黑暗吞噬了所有声息，薛茗听不见除她以外，任何生物的声音，然而身后却突然传来两声清脆的敲门声。

薛茗惊得身子一颤，猛地转头看去，却见宁采臣站在门框处，温声问道：“贤弟，这大半夜的，你来此处做什么？”

▶第 25 章◀

细细想来，关于“宁采臣”的破绽其实一早就出现了，从聂小倩钻进她房间的时候开始。

当时不管她怎么明示暗示，聂小倩都对隔壁的“宁采臣”没表现出任何兴趣，而她在被那些怪物追杀的时候，“宁采臣”却在隔壁度过一个又一个安宁的夜晚，然后在白天精神抖擞地出现在她面前，笑着打招呼。

明明一同去了罗刹海市，她阴气入体，阳气衰竭，而“宁采臣”却完好无损。薛茗还以为这是什么男主光环，没想到根本从一开始就不对劲！只是她这几天实在太过忙碌，连自己的小命都顾不过来，根本没心思去研究别的。

如今看来，这“宁采臣”根本就是个假冒的。真正的宁采臣没有一点主角光环，已经死了。

忽然间，薛茗想起一个关键。她是来到这个世界之后就遇见了此人，一开始所有的信息都是从他口中得知的，那么假设他的身份是假的，他口中的话，又有几分真？

刚睁眼时此人就叫她“赤霞兄”，倘若这话是假的呢？她的身份其实根本就不是燕赤霞呢？

一瞬间，薛茗思绪猛然串在一起，好似被一拳打通了，整个人都明白过来。

阳气衰竭的身体，毫无作用的法器，还有与原著燕赤霞对不上号的性别，身边更是没有一件东西证明原身的身份……她好像，根本就不是燕赤霞！

薛茗倒抽几口凉气，一时间感觉心肝脾肺凉了个彻底，脑子发蒙。她看着门边站着的“宁采臣”，攥着手中写有“宁采臣闲书”的书册，吓得双腿发软，赶紧小跑几步来到玉鹤的边上，与他的身体贴在一处。

感受到单薄的衣衫下传来的冰凉温度，她心里才算是稍稍安了些，便扬声冲门口道：“你究竟是谁？冒名顶替宁采臣，想做什么？”

却见这人勾着唇角，斜身倚在门框上，玩味道："你总算肯露脸了，我本以为你要失约。"

薛茗顿时非常惊讶，因为这句话并不是对她说的，而是对她身边站着的玉鹤。

玉鹤神色仍然平淡，看着那人道："你来此地作何？"

"当然是来看热闹啊。"他含着笑，目光在薛茗身上流连，温声道，"你这几日不是稀罕得紧，我来看看你忍不忍心下手剥她的魂。"

这话什么意思？！她警惕地竖起耳朵，抬头去看玉鹤，眼中满是不可置信，身体也下意识离开了他，往旁边退了两步。

玉鹤不置可否，神情分明没什么变化，但薛茗却莫名觉得气氛不对劲。这两人显然是认识，并且合谋了什么事情，更重要的是，这些显然与她有关。或者说，与她这个身体的原主有关。

薛茗慌张地后退，直到后脚跟撞上了墙，才惊觉自己已经没有退路。她看着站在左右两边的两个人，隐约察觉到自己的认知要被颠覆，一些恐怖的真相即将揭露，心乱如麻地问："你们在说什么？剥什么魂，谁的魂？"

"宁采臣"咧嘴一笑，看着她道："你是真的还是装的，我到现在分辨不清楚，当真全忘了？"

话音落下，他突然伸手打了个响指，狂烈的风平地而起，从门窗汹涌地灌进来。薛茗被吹得眯了眼，本能抬起袖子挡风，待这一阵强风过去后，她将袖子放下来一看，当即整个人被震住，脸色煞白，心脏剧烈地撞击胸腔。

只见面前原本有的一堵墙凭空消失，十数盏灯浮在半空中，将漆黑的夜照得透亮，巨大的槐树完整地呈现在面前。

此时这槐树已经不再是薛茗进来时所看见的，在朦胧夜色里盛开洁白花朵的模样，而是吊满了尸体，尸身上皆穿着白衣，于枝头间来回飘摆。这场景很像许多个晴天娃娃挂在一起，只不过这些尸体比晴天娃娃狰狞许多，皆是双掌钉了钉子，嘴被死死地缝起来，每个人都瞪着血红的眼睛。

薛茗只看了一眼，就吓得软成了无脊椎动物，踉跄地坐在地上，浑身跟被电打了一样，打起哆嗦。

"这些可都是你亲手所为，现在不记得了？""宁采臣"笑得轻快，指着槐树上密集的尸体，唤道，"姜箬鸣。"

像一记钟撞在了心里，薛茗猛地一个激灵，在此时终于知道了自己这副身体的原主叫什么名字："所以你从一开始就知道我是谁，却叫我'赤霞兄'来误导我，然后引我回这座庙中。"

“这可不算骗，是你逃下山后，自己以你师兄‘燕赤霞’之名骗取各派的宝物，一路上杀人无数最后藏匿此处，察觉我们来，便佯装不记得从前，扮作无辜之人，是也不是？”那人站直身体，语气忽而凌厉许多，“若是你认罪服法，可少吃些苦头。”

薛茗转眼看向玉鹤，见他面色如常，显然对所有事情都知情。或许从她进入庙中，发生的所有事都不是偶然，那些总是往她房间里钻的东西，那些屡次踩在死亡边缘的危险，都有背后的推手，都是为了试探她设下的局。因为她这具身体的原主，显然是个十恶不赦的阴邪之人。她杀了很多人，其中就包括宁采臣。

薛茗想通这些，出了一身的冷汗，急声解释道：“不是！你们找错人了，我不是姜箬鸣！我是被——”

只是话还没说完，她猛然感觉地面往下陷了几寸，紧接着“咔咔”的声响密集地响起，地面开始出现龟裂。狂风又起，伴随而来的是许多惨烈的哭声，尖锐刺耳，薛茗只听了几声脑袋就疼起来，她赶紧捂住耳朵爬起来，转眼就看地上已经布满裂痕，脚下传来震颤。

“妈呀，地震了，地震了！！！”薛茗害怕地大喊。

阴风围绕着槐树卷起来，上面吊着的尸体开始飞舞，相互撞在一起。门口站着的“宁采臣”脸色也骤然一变，几乎是和玉鹤同时抬头，朝同一个方向看去。薛茗也跟着看，见那屋顶上不知何时站着一个妇人，衣着雍容华贵，满头银钗金簪。她的身边则跟着先前来抢聂小倩尸骨的老妪，此二人便是当初薛茗起夜时，透过石窗所看见的人。

地面剧烈一震，险些将薛茗震个大跟头，再低头一看，那些原本裂开的缝隙此时隐隐亮着血红的光芒，极快地相互交融蔓延，形成了繁复而密集的纹路，从四面八方朝槐树奔去，像是某种看起来就充满阴邪气息的阵法。

“宁采臣”如一支离弦箭蹿上半空，直奔那雍容妇人而去，同时双手化成利爪。妇人边上的老妪应声而动，迎着他直直冲来，发出嘶声叫喊，一口尖牙向他的头颅咬下。“宁采臣”神色凶戾，爪子“噗”的一声就刺进老妪的身体，接着一撕，轻易将这老妪生生撕成两半。

此时狂风将槐树卷得东摇西晃，树叶落了满地，风中凄厉的哀号和哭声越来越响亮，吵得人头痛欲裂。薛茗紧紧贴着墙站着，恍然间看见上面挂着的尸体突然一个个扯烂了嘴上缝着的线，将嘴巴张大到了非常夸张的程度，然后有半透明的雾气从尸体口中被抽出，汇聚于风中，朝屋顶上那个妇人涌去。

地上的阵法散发出灼眼的光芒，呈波浪般抖动起来，薛茗赶忙扶着墙费了老大的劲儿才站好，一具尸体“砰”的一声落在她脚边，怨恨的眼睛死死地瞪着她。

薛茗尖叫一声，定睛一看，是宁采臣的尸体，他被缝住的嘴也在嚅动着，像是挣开线的前兆。薛茗料想那些尸体口中被抽出去的灰雾应该是什么关键东西，便动作比脑子快了一步，解下腰间的锦囊对着宁采臣尸身打开，把尸身整个吸了进去。

刚把锦囊塞进怀中，就听凶狠的嘶吼从半空传来，薛茗抬头看，见“宁采臣”已经与那妇人厮打在一起。风中汇集的雾气源源不断地涌进妇人身体，她的模样也变得越来越恐怖，身形比之前大了两倍不止，被撕裂的衣裳挂在身上，勉强遮住关键部分，露出来的地方也男女难辨，一双手臂突生许多利刺，爪子极长，在空中挥舞时发出呼啸的风声。

薛茗看得心惊胆战，那些无形的风形成强力攻击，将底下的建筑轻易摧毁，破碎的石块如下雨般噼里啪啦砸下来。她转头见玉鹤早就不在原地，于是也开始东躲西藏，绕着断壁残垣乱蹿。

地上的阵法越来越红，像是新鲜的血液涂上去一样，薛茗在慌乱间跑了一阵，忽而觉得后背泛起灼热，汗水紧跟着流下，浸湿衣裳。事情发生得很突然，她不知道现在是什么情况，只见“宁采臣”在空中与那妇人打得不可开交，玉鹤不见踪影，而她，在敏捷的逃命动作下，勉强没有生命危险。

最后跑得实在是累了，薛茗擦着热汗坐在一处尚是安全的断壁下躲着，骂道：“一群乱七八糟的东西，整这毁天灭地的动静怎么没人管，还有王法吗？！至少让我先解释清楚吧！莫名其妙让我背这黑锅，我要是死在这儿，倾家荡产也要告到这边的最高法院去！”

她在这头生着气，半空的战斗也逐渐分出胜负。妇人吸收不少阴怨之气不断增强修为，却仍旧不敌“宁采臣”的爪子，没个几下就被他抓得魂体四散。

恰逢此时，那些散落的魂体竟凝结成小怪物的模样，开始叽哇乱叫地往四处奔逃。“宁采臣”见状脸色一变，暗道大意了，匆忙去抓，只是方才他撕得太碎，幻化成的小怪物太多，一时间难以顾及。

他手忙脚乱地抓了片刻，见它们快要逃走，忙回头大喊：“燕赤霞，你究竟要看到什么时候！快帮忙！”

薛茗听到这声怒吼，脑子让吓得一时没转过来，疑惑地扒着断墙站起，露出一个小脑袋，迷茫道：“啊？谁在叫我？”

突然间咆哮的狂风从薛茗的身后刮来，卷得飞沙走石铺天盖地，几乎将她吹得站不稳。与先前不同，这股风并不锐利，十分清凉，且带着一种不知名的清香。

薛茗慌忙转头看去，就见身后不远处，玉鹤站在狂风之中，黑白相间的衣袍猎猎翻飞，墨发丝丝缕缕地飞舞，隐约遮住淡无波澜的俊脸。同时一声鹤鸣直冲云天，清亮得如一柄利剑斩破混沌，浩然之气震彻九霄，震颤灵魂深处。

一只巨大的鹤自玉鹤的身后出现，双翅伸展时翱向天际，几乎占了半边天。它的翅羽染上绚烂的火焰，头顶的赤色羽毛也变得极长，于飞翔间轻飘着，好似踩着云彩降世的仙鹤。

▶第 26 章◀

薛茗还以为自己眼睛出毛病了，她使劲揉了揉眼睛，再抬头一看，见那只巨大的鹤已经腾飞半空，翅羽的火焰照得天地一片艳红。

薛茗扒在墙头目瞪口呆，看着这威武的仙鹤从头顶飞过，一时都没反应过来。

这是绛星？那只扑腾着细腿蹦蹦跳跳，只有她膝盖高，变成纸鹤的时候甚至比枣子大不了多少的小白鹤？

它挥动翅膀，掀起强大的风流，原本环绕着槐树的风涡瞬间被破坏，半透明的雾气顺着风势而上，四散逃窜的小怪物被风流卷入其中，发出凄厉尖锐的海豚音，尽数被吸入绛星的喙中。零散的几个，也如小鸡啄米一般被绛星一个个吃掉。

薛茗回头，看见玉鹤还站在那里，就像一个置身事外的人看热闹，没有任何动作。不用他出手，绛星就能解决一切。

这时候她意识到，方才那一声“燕赤霞”喊的并不是她，因为她从一开始就被误导，在刚来到这个世界两眼一抹黑什么都不知道时，她就一脚踏进了这个被编织好的局中。

到现在她仍然不知道自己这个身体究竟是什么身份，但她却明白，玉鹤才是燕赤霞。那夜她闯进荷塘小屋时，他隐瞒了自己的姓，他的名字应当是燕玉鹤。

这是一件特别好笑的事，就像某天你捡到了一张彩票，发现中了千万级别的大奖，等你兴高采烈去兑换的时候，工作人员告诉你彩票已经过期了，这时候你安慰自己：得之我幸，失之我命，没有也无所谓。然后你发现这其实不是张彩票，而是张巨额欠条。

薛茗就是如此状态，现在她不仅不是斩妖除魔的正派人物燕赤霞，还变成了某个不知名的、犯下了许多罪孽的大恶人。

薛茗莫名其妙地想笑，她对战况如何已经不关心了，挨着墙根坐下来，开始思考人生。

绛星收翅而落，站在槐树的边上，千万声哀嚎同时响起，地上的阵法爆发出强光，而后裂开千百条蜿蜒的缝隙，漆黑的树根如蟒蛇般钻出。槐树也急速拔高，仿佛在这一瞬间活了过来，树身如橡皮泥一样卷起来，将树冠上挂着的尸体揉入其中，密集的树根卷上绛星的长腿。

大地发出剧烈震动，比先前的几次都要强烈，薛茗也没了思考人生的机会，爬起来就寻找安全地带。

周遭已经一片狼藉，比地震后的场景更为惨烈，崎岖不平的地面让薛茗逃跑的能力大大降低，她只要稍有不慎，就会被不知名的东西绊到，摔倒在地。

眼看着飞舞的树根朝她卷来，忽而面前闪出一个绿色的光影，衣袂飘飘。薛茗定睛一看，见是个女子挡在她面前，一挥衣袖便将树根斩断，转过头来露出一张稚嫩的脸蛋，冲她笑道："姐姐还记得我吗？"

薛茗当然记得，这不就是那夜缠着她的鹿蛮嘛。她面色一喜："太好了，原来你是个好人，先前错怪你了，好妹妹，你是来救我的吗？"

鹿蛮笑吟吟道："看来还是没想起来。姜箬鸣，我只救你这一回，你跟不跟我走？"

薛茗现在听到这个名字，不亚于孙悟空听到唐僧念咒，马上就开始头痛了："等下，怎么连你也知道？我说你之前一直无缘无故地缠着我干什么，原来老早就打着算盘呢？"

"燕赤霞在此处，我没时间与你多言，你现在最好相信我。"鹿蛮飘到她身边，压低声音道，"若是想知道事情的来龙去脉，你就跟我走。"

薛茗满心茫然："我怎么相信你？我跟你都不熟。"

"那你就相信他们？"鹿蛮转头，用视线指向半空。薛茗跟着望去，见"宁采臣"站在尚是完好的屋顶，与燕玉鹤隔着几步的距离，面对面说着什么。离得有些远，薛茗只看得见两人嘴巴微动，听不见对话内容。

鹿蛮凑过来，往她耳朵上吹一口气，凉风钻进耳朵后，瞬间变得通透起来，"宁采臣"的声音紧跟着传进耳朵："如何？动手吗？"

燕玉鹤回道："尚不是时候。"

"宁采臣"笑道："别是你舍不得吧？我看你们这几日黏得很紧，怎么？鼎鼎大名的燕赤霞也有动春心的一日？”

燕玉鹤冷笑了一声，似乎带着不屑：“难不成我还辨不清孰轻孰重？”

鹿蛮在薛茗边上小声提醒，道：“他们这是在商议如何剥你的魂。”

就这么几句话，听得薛茗心里一片凉冰冰。

一阵风声飘远，二人的对话听不见了，周围仍旧一片吵闹，遥遥望去站在高处的两人长身玉立，浑身都充斥着正派人物的气场。另一边，绛星在与槐树缠斗，用长爪子踏着冒黑气的树根，像是在玩耍。

薛茗焦灼不安，各种思绪搅和在一起，乱得难以理出头绪。眼看着绛星就要将槐树踩得稀巴烂，鹿蛮语气有些急了：“没时间了！你究竟走不走！”

狂风乱舞间，薛茗已经将数种选择延展出的数种可能在脑中过一遍，咬着牙道：“我走。”

鹿蛮道：“你将聚阳符摘下来。”

薛茗警惕地看她一眼，继而听她解释道：“聚阳符上都是燕赤霞的阳气，若是你戴着，不管走多远都会被他找到。”

薛茗一听，伸手将脖子上挂着的聚阳符拽断，用力一扔：“我去你的。”

随后鹿蛮上前来拉住她的手，瞬间风声倒灌入耳，眼前景色猛地一花，等她视线再次清晰的时候，已经站在热闹的市集中。面前尽是五彩斑斓的灯笼，街边两头密集的小摊紧挨着，周身人来人往，叫卖声不绝于耳。

“这是哪儿？”薛茗晃了晃身体，站稳后左右张望，觉得眼熟。

“罗刹海市。”鹿蛮回道，“你先前来过的地方。”

“确实。”薛茗面无表情，“你既然知道我之前来过，那你应该也知道我上次从这里回去之后，差点死了的事吧。”

鹿蛮笑嘻嘻地说：“你先莫着急，虽说你摘了聚阳符，但体内阳气十分旺盛，这里阴气混杂最适合掩藏气息，况且我说了，会让你知道事情的来龙去脉，你随我来。”

薛茗还以为她要带自己去什么厉害的地方，没想到竟是走到了“天上人间”的门口。薛茗上回与这老头结了梁子，拿走不少东西，现在还真有点不好意思进去，却见鹿蛮直接推门而入，扬声唤道：“崔老头。”

站在柜后记账的崔韧抬头一看，当即搁下了笔脸上堆起笑容，从柜子后绕出来：“哟，小金仙，您光临小店有何贵干哪？”

话音还没落下，他就瞥见后面跟进来的薛茗，顿时脸色大变，如临大敌，声音也拔高了：“姑奶奶，你怎么又来了？”说着还往她身后张望，看见玉面没在，这才暗暗松了一口气。

薛茗颇为不好意思地笑笑，刚一走近，崔韧就赶忙后退，缩回了柜子后头，掩着脸道："真是要了命了，这阳气为何盛成这样？"

薛茗脸色稍红，得益于脸皮厚，倒也没有多介怀，只是在心里琢磨着"小金仙"这个名字，似乎是在哪里听过。

鹿蛮倚在柜台上，手指往上面敲了两下："我来买个消息，将笔墨呈来。"

崔韧连声答应，转头捧了一支笔一张纸，继而在边上点一根蜡烛，道："请吧。"

薛茗见鹿蛮拿起笔，便也凑过去，成功把崔韧逼得退至角落，用不太友善的眼神盯着她。她低头看，见鹿蛮在纸上先是写了个名字：姜箬鸣。

其后又写了出生年月：癸卯年七月十五日，子时三刻。

这是薛茗见过的，阴气最盛的生辰八字了。天干之癸属阴之水，地支之卯属阴之木，七月十五则正是中元节，子时三刻就更不用说了，应当是一天二十四个小时里，阴气最重的时候。难怪这个身体是极阴之体。

鹿蛮写完之后，将纸拿起来搁在蜡烛上一烧，却见这纸并未被烧毁，染上一层火苗后，上面开始出现不同的字体。待整张纸被火苗烧过一遍，鹿蛮递给了薛茗："你自己看吧。"

薛茗接过来一看，本来还担心这里的文字太晦涩她看不懂，随后发现其实还好，虽然文绉绉的，但勉强能理解其意思。

纸上大概是说，姜箬鸣今年十九岁，原本是太虚宗的弟子，在一个月前用阴邪之术杀了两个同门师叔，打伤同门弟子数十人，盗取宗门至宝而后下山逃匿。她一路上假扮同门师兄燕赤霞，先后骗取了七个宗门的宝贝，而后不知所踪。

这个姜箬鸣，就是薛茗现在所占据的身体的主人，只是不知道她来了庙中后发生了什么事，等薛茗过来的时候，她已经死了。

薛茗偏头看了鹿蛮一眼："我想起来先前从别人口中听过，小金仙是玉面大王非常看重的宠姬，你与姜箬鸣有什么关系，为何会来救我？"

鹿蛮从袖中摸出两个金元宝扔在桌子上，说道："这个信息是从百晓生手里买的，其实我完全可以自己告诉你，但你对我心存怀疑，所以我想让你眼见为实，用这个证明我不是在骗你。我与姜箬鸣的关系一时半会儿说不清，不过你所疑惑的事儿我都会给你解答，现在需要先找个落脚之处。"

"那我现在就问一个问题。"薛茗神色严肃认真，盯着鹿蛮道，"姜箬鸣还活着吗？"

鹿蛮回道："自然。"

薛茗低着头沉默下来，神色晦暗，不知在想什么。

鹿蛮等了片刻，见她不说话，情绪也没有想象中的那样激动，便主动问："你没有什么要说的？"

薛茗很快又抬起头，摸了摸肚子道："哦，我现在有点饿了，能给我搞点吃的不？"

鹿蛮转头，对崔韧道："开一间上房，再备些吃食。"

崔韧将金元宝收入囊中，笑吟吟地领着二人去了后院，往那栋气派的高楼走。路上鹿蛮问她："你看起来好像并不畏惧，先前见你那模样，我还当你胆子很小呢。"

薛茗确实还是有点怕的，毕竟面对的这些都是厉害东西，还有那个姜箬鸣，光听着就感觉很邪门，但她既然占据了这副身体，就绝对没有再拱手让人的道理，那姜箬鸣如果想要回身体，薛茗可以慷慨地把以前的身体让给她。虽然说被车撞飞，身上的骨头碎得一塌糊涂，但打几个钢钉，拄个拐杖勉强再养一养，估计也能活。总之现在这具身体已经改名字了，管她从前是谁，此时此刻她只叫薛茗。

薛茗道："我先吃饱再说吧，折腾大半夜，我都饿了。"

另一头，并根槐树被踩踏得稀碎，余下的树根散落各地，很快就失去原本颜色，变成燃烧过后的灰白色。入目满地狼藉，墙面被炸得粉碎，大地留下的龟裂好似伤痕，挂在槐树上的尸体散落各地之后像是被迅速吸干了一样，只剩下皱白的皮包裹着骨头。一切都安静下来，只剩下微风盘旋在这不堪入目的旷地。

燕玉鹤站在断墙的旁边，这是他方才最后一次看到薛茗所在的位置，然后她的气息就在这片土地上完全消失不见了。

绛星在远处短促地叫了几声，随后叼着一个东西飞来。它已经变回先前大小，翅膀扑腾得飞快，来到燕玉鹤的身边，嘴里叼着的东西一甩，落在他手中。

是灰扑扑的聚阳符，绳子被扯断，上面的八卦图仍旧在缓慢地旋转着，金边散发强烈的阳气，也是这股阳气，让燕玉鹤一直以为薛茗仍身在此地。

"又跑了？""宁采臣"抱着胸站在边上，摇头啧啧道，"她那极阴之体一旦脱身滑得就像泥鳅一样，要我说方才就该直接动手。"

燕玉鹤低眸看着手中的聚阳符，五指合拢一握，聚阳符就化作齑粉，从他掌中飘散。他神色冷然，好看的眼眸敛着，隐隐遮住里头沉积着的戾气，浑身上下都散发出不善的气息，淡声开口："谷井阑，你是想再死一回？"

"宁采臣"哈哈一笑，并不畏惧，只是往后退了几步，嘴欠道："不过她定然出不了诡域，这种养尸聚气之地她设下不止一个，再去别处找找就是了，何必如此动怒？"

卷四 聚阴阵法

第27章

鹿蛮很舍得花钱，开了一间相当奢华的房间，其金碧辉煌的程度赶得上燕玉鹤的那间寝屋。

一桌子热气腾腾的饭菜很快就陆续摆上桌，薛茗折腾很长时间，这会儿早就饿得前胸贴后背了，不由分说捧起碗筷开吃。

鹿蛮坐在边上，虽然没吃东西，但嘴也没闲着，陆续给薛茗讲了一些关于姜箬鸣的事。

两人似乎有某种合作关系存在，先前姜箬鸣来到此地头一件事就是找鹿蛮，但见面之后两人却起了争执，大吵一架不欢而散。

其原因就是姜箬鸣杀的人太多了，她为了造聚阴之阵，杀死很多无辜的凡人。这种阵法就是薛茗今夜所见的场景，她先将人的嘴巴缝上，再以钉子钉穿手掌和脚掌，最后将人置于阵法之上，让人被阵法耗干阳气而死，如此人的身体就会变成类似储存罐的东西，里面储存的都是阴气，还是那种带着怨恨的阴气。

此术法的阴毒让薛茗叹为观止，阳气衰竭的身体状态她深有体会，那简直堪比酷刑，要活着一点一点感受自己阳衰而死，不敢想象会有多么折磨。

而鹿蛮大概是那种走修行路线的，对此罪孽深重之举极为反对，所以两人最终分道扬镳。

薛茗一直埋头苦吃，沉默听着，其他信息暂且不说，只是她发现，鹿蛮其实并未将她和姜箬鸣区分开来。

照鹿蛮的原话来讲，是姜箬鸣察觉到燕赤霞追到诡域，在无法脱身的情况下，只得弃肉身而逃，将一半的魂魄留在体内给肉身续一口活气，另一半则藏匿起来，所以薛茗现在才是这种什么都不记得，且本事全无的状态。

鹿蛮认为姜箬鸣分离了善、恶两魂，离开的是恶魂，留下的是善魂，并趁机对薛茗说："我很喜欢你现在这样，先前那模样实在让人喜欢不起来。"

但薛茗自己心里比谁都清楚，她是一个完整的灵魂，根本就不是什么姜箬鸣的一半魂魄。她并没有反驳，抓着鸭腿啃得满嘴油光，含糊问道："所以魂魄是不能离体太久的是不是？"

鹿蛮点头道："若是离体太久，人的身体就会逐渐坏死，最后哪怕是魂魄归位也会变得如同行尸走肉。"

"那你说有没有可能，姜箬鸣根本就不想要这个身体了？"薛茗试探地问道。

"绝无可能。"鹿蛮窥她神色，语气稍稍放缓了些，宽慰道，"你放心，你与姜箬鸣本就同为一魂，她不会为了争夺身体而做出伤害你的事，我也会尽力助你占据主魂。"

薛茗觉得好笑，姜箬鸣如果还想要这个身体，当初为什么完全舍弃了躯壳？而且这大恶人刚跑，她就过来给这身体续命，要死要活地熬了这么多天，然后再把身体还给姜箬鸣让她继续作恶，自己则去地下排队喝孟婆汤？

薛茗呵呵一笑，心说：这世上哪有这么好的事？干脆让乐山大佛下来，我上去坐得了呗。

她咬了一大口鸭腿，雪白的腮帮子鼓鼓囊囊，牙缝里都是烤鸭的香气，享受死了。她笑着道："这世上的人谁爱死谁死，反正我是要活着的。"

薛茗闷头吃了个饱，把嘴和手仔仔细细擦干净，随后摇着铃铛将聂小倩唤了出来。

聂小倩魂体正虚，刚出来就一脸幽怨，转眼看见鹿蛮后又露出惊讶的表情："阿蛮？"

薛茗一看她这反应，马上指着鹿蛮道："你认识小金仙吗？她就是小金仙。"

聂小倩震惊地瞪大眼睛，绕着鹿蛮飘来飘去，语无伦次道："小金仙？你、你就是那位把玉面大王耍得团团转的小金仙？"

鹿蛮扬了扬眉尾，嬉皮笑脸："小倩姐姐。"

薛茗的心理一下子舒坦多了，原来不止她一个人被蒙在鼓里，瞧着聂小倩这蒙圈样，估计也是什么都不知道。她低头往锦囊里掏了掏，掏出一堆纸钱和香烛摆在桌上。

这些都是她之前从"天上人间"拿的，当时她是纯粹为出一口气，这会儿倒真派上用场了。薛茗把聂小倩的尸骨掏出来摆在地上，朝鹿蛮借了火，说道：

“聂小倩，这些东西可都是宝贝，我现在烧给你，日后你得好好保护我，要懂得感恩，知道吗？”

聂小倩飘过来，对着香烛研究一番，怀疑道：“这些算什么宝贝？”

薛茗哼笑一声，存心卖弄：“您瞧好了吧。”

她随手拿了个盆往聂小倩的尸骨前一坐，点燃了香烛之后，在盆里烧起纸钱。很快就有袅袅青烟升起，烟雾飘向聂小倩，在她周身环绕，就见她那半透明的魂体开始一点一点地被填补。

聂小倩闭着眼睛感受了一下，惊喜地赞叹：“此等阴气充实之感，好舒畅！”

薛茗毫不吝啬，将纸钱一把一把地往火里扔，她现在心里很清楚，她自己是没什么能耐跟别人打擂台，但聂小倩可以。这些香烛纸钱与寻常的不同，可提升聂小倩的修为，薛茗拿了很多，全部供给聂小倩。

聂小倩的魂体得到大补，像鱼进了水中，快乐地在薛茗周围飘着，还道：“你这模样并不虔诚，应该跪在我的尸骨前才是。”

薛茗甩了个眼刀给她，骂道：“你别给我得寸进尺，连我妈我都没给她烧过纸钱，给你烧就不错了，还让我跪着给你烧？我怎么不倒立给你烧呢？”

聂小倩被骂后就老实了，又飘回鹿蛮边上，好奇地问她：“你先前为何一直在庙中，可是为了寻玉面大王？”

“玉面大王？”鹿蛮讶异道，“他早就死了啊，庙里何处有他？”

“死了？！”聂小倩也颇为惊奇。

“一个月前他运气不好，撞到了燕赤霞的面前，当场就灰飞烟灭了。”

聂小倩转眼看向薛茗，眸中满是不解：“可是……”

薛茗已经不再感到奇怪，她现在得到一个结论后，稍稍一想就能明白其中关窍。她先前还纳闷他怎么如此慷慨，会自损修为给她补阳气，如今想来，燕赤霞根本就是活人，只是不知什么缘由，他的身体状态极其奇怪，并借此冒名顶替了玉面大王。

如今想来倒还挺好笑，她是假的燕赤霞，宁采臣是假的宁采臣，玉面大王也是假的，庙里住了一窝的冒牌货。

薛茗没忍住笑出了声，喃喃道：“这燕玉鹤装得还挺像。”

鹿蛮似回想起可怕的场景，打了个激灵，转头对薛茗道：“你千万记着，若是遇见了燕赤霞，什么都别想，只管逃就是了，还没有谁能从他手下安然脱身。”

“可我是人。”薛茗道。

鹿蛮道：“的确你现在还是，但燕赤霞此次下山来，就是为了追杀你。”

“不是我。”薛茗纠正她，“是姜箬鸣。”

鹿蛮耸耸肩，对此等辩解毫不在意。薛茗也没有争个高低，将手里的纸钱烧完后，把宁采臣的尸体掏了出来。

这是在方才的混乱中，薛茗唯一保住的尸体，其他挂在树上的约莫没什么好下场。她刚将尸体掏出来，宁采臣就跟着现身了，青烟凝成的身体好似一阵风就能吹散，呆呆地站在房间的角落，像个文弱窝囊的书生。

薛茗指使聂小倩将他嘴上缝着的线解开。聂小倩原本还不情不愿的，过去用长指甲将线挑开，结果大量的阴气飘出来后她登时双眼放光，大口大口地吸起来。

宁采臣幽怨地看着聂小倩，一时敢怒不敢言，嘴上的缝合线跟着消失后，他这才开口道：“你既杀了我，又为何救我？”

薛茗道：“此事说来复杂，不过害你性命之事非我所为，我知道你死得冤枉，等出去之后我会找个地方将你好好埋了的。”

宁采臣听得此话，呜呜咽咽地哭起来，不知道是不是冤屈太深的缘故，这哭声极其凄惨，让薛茗心里发毛，起了一身鸡皮疙瘩。她乖巧地坐着，努力让自己浑身上下都散发出“大善人”的光辉，温声细语道：“别哭了，我虽然不能给你报仇，但日后若是有门路，我去打点一下，让你下辈子投个好胎。”

话虽这么说，但薛茗也没什么门道帮宁采臣走后门，不过是口头上安慰安慰。

“可否让她别再吸我的身体了？”宁采臣含着泪哽咽道。

薛茗回头一看，见聂小倩正趴在宁采臣的嘴上吸得入迷，原本还饱满的身体此时已经瘪下去，渐渐显露出骨头的形状。薛茗喊了两声聂小倩叫她停下来，她佯装听不见，于是抄起烧得所剩无几的香烛砸她脑袋，她才松开宁采臣的尸骨，还颇为满足地舔着唇。

这一番大补不仅让她的伤势完全好了，修为还大增，气色好得不得了。

薛茗起身把东西简单收拾一下，将聂小倩和宁采臣收起来，随后伸了伸筋骨，说道：“暂时就到这儿吧，我要睡觉了，先把精神养足。”

鹿蛮不需要休息，她站起身道：“我出去打探消息，你从燕赤霞眼皮底下逃走，定然会引起他的大怒，说不定会假借玉面的势力发通缉令。此地也不可久留，等你睡醒，我们就换地方。”

她离开之后整个房间就安静下来，薛茗正打算起身脱衣裳，忽而面前凭空燃起火苗。她吓了一大跳，连连往后退了两步，继而稚嫩的哭声传来：“救我……救救我……”

薛茗心中大喊一声不妙，脱口而出："什么鬼？"

"不是鬼，是我……"却见面前火苗熄灭，突然飘出个小小的影子，凝结成小孩子的模样。薛茗凝眸一瞧，竟然是先前那个给她装了神仙水，又送她一根草苗指路到罗刹海市买聚阳符的游音。

那日他进了庙后就几日不曾再见，薛茗都要将他抛之脑后了，没想到他在这时候找上门来。薛茗疑问道："你怎么了？哭什么？"

游音身上的衣服有些破烂，不如先前见到时那般金贵体面，他坐在地上揉着眼睛号啕大哭："我身陷囹圄，你快来救我。"

薛茗没见过这么漂亮的小孩，又哭得这么可怜，当即有些心软，蹲下去问他："究竟是怎么回事？你别哭，跟我说说，我帮你想想办法。"

游音抽泣着说："我被抓了，他们要分食我，现在我只能来求你啦。"

薛茗一顿，当下有种不大好的预感，想着这小神仙本事不是很大吗？竟然也会被抓？她问："被谁抓走了？"

游音道："就是那只死乌鸦，他言而无信哄我上当，趁机将我抓起来！"

薛茗一琢磨，这死乌鸦说的该不会是百鸦吧？她心道刚才话说早了，赶紧又站起来，露出为难的表情："你来找我那算是找错人了，我现在自身难保，没法救你。"

这样一说，游音又有些恼怒，气道："我先前可帮过你好几回，你去罗刹海市时还特地赠你遮阴物件，你不能对你的恩人见死不救！"

薛茗疑惑地想了想，忽而明白他所说的是什么，在脖子处比画比画："你是说当时我戴在脖子上的那个锦囊？所以那天我毫无记忆地出去了一趟又回来，是你所为？"

游音擦着泪："我是见你身上阴气太重，若贸然进入罗刹海市怕是要被盯上，所以才好心送了你遮阴之物，否则你以为你能安然站在其中吗？"

"那你也提前跟我说一声，害得我以为自己中了邪。"薛茗见他哭得可怜，思及之前确实得他帮助，他是个心地善良的小孩，心里也过意不去，柔声说，"能不能救你我也没把握，但是我会帮你想办法的，你先告诉我，你现在身在哪里？"

他抬手，递上来一根草苗，可怜巴巴地看着薛茗："你可一定要来救我。"

最后落下两声哭泣，游音便在空中消失了，薛茗握着手里的草苗心中五味杂陈，她算是发现了，这天下果然没有白吃的午餐。不过想到游音那小孩号啕的模样，也于心不忍，打算等鹿蛮回来了再与她商议一下。

她等了片刻，确认不会再有人出现之后，便脱了衣裳跑去隔间的池子里泡着。池子水是热的，冒着腾腾热气，薛茗的身体被水泡满之后，神经也终于得到放松，长长地喟叹一声。

周围安静，只有偶尔拨动水面会传来声响，薛茗将脑袋靠在岸边，身体完全放松，在水里漂浮着，忽而感觉心里空落落的。

她想起燕玉鹤，从相遇之后一次次在他的手里活下来，其实也不过短短几日，却又感觉相识了很多天似的。薛茗从忌惮到信任他是经过了认真的思考和斟酌的，然而就在她已经认为燕玉鹤是个好人，可以安心相信的时候，突然真相揭露，有人告诉她：这是一个局，他在骗人，目的就是剥了你的魂魄，但是他没有错，因为他是正派人物，而你的身份则代表反派。

这感觉其实跟失恋有点相像，薛茗倒不是愤怒，只是觉得心里酸酸的闷闷的，像团着一股郁气，莫名委屈。

她把半张脸埋进水里，开始吐着充满怨气的泡泡，心说那姜箬鸣曾是燕玉鹤的师妹，难道这几日的相处中，燕玉鹤还分辨不出来这身体已经换了主人吗？

她那么善良正直，心胸豁达，也就只有那么一点点胆小，自当与姜箬鸣那个大恶人截然不同才是。

薛茗正在心中埋怨，忽而感觉后颈贴上一只冰凉的手，将她的脑袋一下从水里提了起来。薛茗吓得大喊一声，猛地转头看去，就见燕玉鹤不知何时出现，泡在她的身边，正面无表情地看着她。

薛茗一看见这张脸，当即吓得魂飞魄散，下意识爬起来想逃，结果刚起身一半就发觉自己没穿衣裳，又泡进水里往后退了些许，与他拉开距离，气道："你这人，能不能不要用这种出场方式？想活活吓死我？"

燕玉鹤听了她这一声斥责，面上也没什么反应，只将沉沉的眸光落在她身上，问道："你去了何处？"

"你不是都找过来了，还问什么废话？"薛茗嘀咕了一句，忽而意识到什么，转头一看，就见身边已经凝聚了浓郁的雾气，完全看不清楚周遭环境，当下明白，"哦"了一声道，"又是梦境，怎么我这梦里谁都能进？改天挂个牌，进来的都要给我付费。"

燕玉鹤往前些许，拉近了两人之间的距离，盯着她问道："为何要走？"

"走？我那不是走，是逃。"薛茗哼了一声，背过身去，开始控诉，"燕玉鹤，你可真能骗人，打从见我第一面开始就在骗，当初我跟你说我叫燕赤霞的时候，你在心里偷笑我呢吧？我原本还当你是个可靠的好人，没想到你跟人盘算着怎么收拾我，我再不逃，难道被你剥魂吗？"

燕玉鹤没有应声，薛茗等了片刻，没听见动静，便悄悄回头去张望他的脸，想看看他是不是在笑话她。却见他倾身贴了过来，双手抱住她水下的腰身，将她捞回怀里。

他俯下头，气息落在薛茗的耳边，柔软的手指在锁骨上轻轻摩挲，低低道："你扔了聚阳符，身上的阳气很快就会被消耗干净。"

薛茗扑腾了两下，发现他双臂如铁，桎梏得很死，只得放弃，说："阳气而已，多的是门路获取，又不是只有你身上才有。"

话音刚落，她就觉得下巴一紧，被燕玉鹤捏住而后迫使她抬起了头颅，露出纤细脆弱的脖子。他此时语气终于有了些变化，隐隐有些不悦："你想找谁？"

薛茗被抱得那么紧，心里还真有点羞耻，而且他力道不断加重，导致她呼吸有点困难，于是抬手掐住燕玉鹤的手腕，转头对上他漆黑漂亮的眼睛。

难得在他眸中看到其他情绪，薛茗莞尔一笑："燕玉鹤，不管你是斩妖除魔也好，清理门户也罢，都与我无关。我从前不曾作恶，以后也不会，你要找，就去找你那个已经逃了的师妹，别来找我。阳气一事你也不用操心，我随便找个男人都能补，又不是非你不可。"

薛茗往他手腕处咬了一口，又道："马上离开我的梦境。"

下一刻，她睁开眼睛，发现自己半躺在池水边睡着了，身边仍旧空无一人。她哈哈两声："果然是我的梦境，我能掌控。"

在梦里对燕玉鹤使气一回，倒也挺爽的。

薛茗爬上岸将自己擦干净，随手披了件宽松的衣袍当睡衣，卷着被子睡去，这回倒是一夜无梦，睡得安宁。

燕玉鹤站在满地狼藉的大殿中，硕大的柱子上都满是裂痕，想来经历了不小的摧残，各种琉璃玉石碎落纷飞，被破坏得很严重。

百鸦走进来，左右瞧瞧，笑道："玉面兄弟，谁招惹你了，何以动这么大的气？"

燕玉鹤冷声道："滚出去。"

"哎——"百鸦走过去，揽住他的肩膀，拍着他胸膛宽慰，"不就是跑了个宠姬吗？都下了命令去找了，若没跑出诡域，应当很快就能找到。不过话说回来，你也稍微自省一下，先有小金仙在前，后有这个也跑了，可能是你自己大不如前才会如此。"

燕玉鹤没动，忽而空中响起凌厉的风声，短短一下，百鸦的手臂就被整个削断，甩飞出去。

百鸦哈哈大笑，走过去把断臂捡起来重新装上，调侃道："别为个消遣的小玩意儿动怒了，我昨日刚抓了个稀罕物，正逢琉璃和白堕也到了，咱们一同喝几杯，顺道让你们长长见识。"

▶第 28 章◀

薛茗醒的时候差不多刚入夜。

罗刹海市的开业时间与外界相反，日落而作，日出而息，到了太阳落山各种铺子就逐一开门，街道上就热闹起来。薛茗作息颠倒，尚有些不适应，坐在桌前慢吞吞地吃着早饭。

聂小倩和宁采臣都被她放出来遛遛，就好像养了两只宠物一样，薛茗总觉得把他们关起来会憋坏。

聂小倩被昨日的香烛纸钱养过后，今日再见时已是截然不同往日，刚一出现房中就充满阴气，仿佛升了不止一个等级，就连脸上的那些伤口也有好转的趋势。她眼巴巴地跪坐在薛茗的身边，询问道："昨日的香烛你还有吗？"

"哪有这么多。"薛茗见自己的马仔升级了，心里也高兴，笑着道，"不过以后要是有机会，我肯定多给你拿点。"

聂小倩与她一泯恩仇，也不记恨先前她挖自己尸骨的事了，围在薛茗身边打转。而宁采臣则一直缩在角落，时而想起伤心的事情便呜呜咽咽地哭，哭声又颇为可怜，像蚊子哼。

薛茗体谅他的遭遇，尚可忍受，但聂小倩却忍不了，总是拿白眼甩他，听得烦了还会吼他叫他闭嘴。原本应该成一对夫妻的现在倒是相看两厌，互不搭理。

没多久鹿蛮到来，手里捏着一张纸，道："燕赤霞果然动用了玉面的势力搜寻你，如今外面遍地都是告示。"

纸递到薛茗面前，只见上面画了个人头像，线条虽简洁，但也抓准了各种特征形态，是相当完整的画像。薛茗拿着细细一瞧，登时满脸茫然，疑问道："等等，这画的是我吗？"

鹿蛮没想到她会问出这样的问题，愣了一下，回道："你犯下大错逃下山，自然不会以真面目示人，这是你伪装在脸上的假面。"

薛茗摸了摸自己的脸，捏了两把，隐约觉得不对，视线在房内扫过一圈，发现房中并没有镜子，就对鹿蛮道："有镜子吗？"

鹿蛮不明所以，但还是掏出一面圆形铜镜递给薛茗。

她接过来往脸上一照，就看见镜中出现一张圆饼似的脸，有一双狭窄而长的眼睛，像是核桃开了条缝，鼻子又宽又大，嘴唇厚得像香肠，发际线也很高，是一张普通得难辨雌雄之脸，与画像上的一模一样。

薛茗惊叫一声，吓得伸手在脸上摸来摸去，镜中出现的人也做出相同的动作和神态，此时她才明白，现在她的脸就是这个模样。

她所住的地方没有镜子，之前拿到的镜子也是那个假宁采臣给的，一时间她还真分辨不出来究竟是先前的镜子有问题，还是她的脸在这几日内发生了变化。薛茗反手将镜子扣住，一时接受不了自己这张脸。倒不是非常丑陋，只是平庸得毫无特色，是那种让人完全记不住，光看脸也分不出性别的面容，与先前在镜中所见的是天壤之别。

薛茗琢磨着，先前那个假宁采臣给的镜子可能施加了什么法术，照的是她真实的脸，而现在这是普通镜子，照的是她经过伪装的脸。原来她一直都是顶着这张脸示人，难怪原身女扮男装没有被人发觉，想来这张脸也不愿意叫人多看。

瞬间她觉得燕玉鹤的眼睛有问题，难不成他有恋丑癖？

“如今这张脸也用不得了，我给你改改。”鹿蛮又掏出个药丸，得意地笑了一下，“你将这个吃下，决计让他们找不到你。”

薛茗现在戒心十足，不敢乱吃东西，接过药丸之后警惕地看了她好几眼。鹿蛮又解释这药只是改变体形和视觉年龄的，绝对没有其他问题，又表了一番与她为伍的衷心，薛茗才半信半疑地吃下。

刚吃了没多久，她的身体开始缩小，眨眼间就变成了个十一二岁的小姑娘。薛茗晃了晃四肢，扯着松松垮垮的衣袍，觉得很神奇，问：“有时效吗？”

“当然有，一颗药丸管上十二个时辰，不过我还有很多，足够你用了。”鹿蛮将她的脸抬起来，说，“我现在给你换一张脸，咱们先换个落脚地。”

薛茗闭上眼睛，乖巧地坐着任她摆弄，半晌后才听她说一声“好了”。面上也没什么感觉，她拿起镜子看，就见镜中仍旧是一张平平无奇的脸，但因为显得稚嫩，所以没有丑得很厉害。薛茗无法对这张脸评价，咂咂嘴放下镜子，从袖子里摸出草苗，给鹿蛮看。

谁知鹿蛮盯着那草苗一看，马上惊叫起来：“这你从哪里得来的？！”

薛茗便将游音哭着来求救的事说了，原本她还想跟鹿蛮商议要不要去救，却见鹿蛮拍着大腿连声道：“救！救！当然要救！没想到你这么走运，竟然能遇见他！”

她反应这么激烈，薛茗也跟着好奇："这小孩究竟是什么来头？"

鹿蛮捻着草苗，在她面前晃了晃，说道："你别看这根东西小小的，可不得了。寻常凡人若是吃了，不仅长寿，并且一生都能康健无病，活死人肉白骨不在话下；若是让修行之人吃了，必定大增其修为；便是神仙妖怪吃了，也极有益处。"

鹿蛮说："这是千年人参的根须。"

薛茗大吃一惊，心道难怪她先前就喝了一口游音给装的水身体便完全恢复了，精神十足，又凭借他给的小草苗换得聚阳符，原来那小孩儿来头那么大？

"千年人参，是不是很难得？"薛茗问。

"何止难得，简直世间罕见。"鹿蛮道，"人参成精本就是万里挑一，百年人参更是少之又少，修行千年的人参精世间恐怕都没有几个。年岁越久的人参精越是接近莹白，你手里这根毫无杂质，白得似雪，绝对已有千年。"

"他好像是被百鸦抓住了。"薛茗讷讷道，"能救吗？"

鹿蛮当即露出为难的神色，皱着眉想了想，说道："难说。难怪百鸦在宣扬抓了稀罕的东西，正逢琉璃与白堕也到了此地，虽都是为了争夺魁皇之位，但面上必定和和气气地坐下来喝一杯，百鸦约莫是想在那时拿出来显摆。燕赤霞必定在场，去了则等同自投罗网。"

薛茗犹豫道："那……"

"但一来千年人参精受天道看重，若能救下，必是大功德。二来人参精向来行踪难觅，遁行千里，倘若你能成功救出他，跟着他定能离开诡域，且人参精重恩，你于他有救命之恩，他必千万倍报答。"鹿蛮又说，"此为铤而走险之招，成了则受益无穷，不成的话……反正暂时也死不了。"

二人权衡利弊，最后决定去救游音那个倒霉孩子。

薛茗知道燕玉鹤在遍地找她，心里也犯怵，怕这次自投罗网被抓住就跑不了，但鹿蛮再三保证，说她现在这模样就是站到燕玉鹤面前，他也绝对认不出来。薛茗对镜子照了又照，瞧着越看越丑的脸，心里也慢慢赞同。

其后的三天，薛茗在鹿蛮的带领下离开了"天上人间"，转而去了一座城镇。这是那日薛茗逃出庙后走了一整天，最后走到的镇子。诡域其实就是将人间与诡界连接起来的区域，这镇子里的也不全然非人，其中混杂了一些不想在阳间生活的，或是误入诡界的人。

这里面日夜颠倒，薛茗靠着身上的药效来计算时间，她吃了三颗，代表着三个二十四小时已经过去，她的身体出现了乏力气短的情况。

她很清楚这是阳气开始衰弱的表现，虽然之前在梦中对燕玉鹤很硬气，一时夸下海口说阳气找谁都能获得，实际上薛茗现在根本没有别的途径获取阳气。在此地里找个人本就难，更何况她现在的形象还是个十一二岁的小姑娘，出去在外面走着，任何落在她身上的目光都会移开得很快，无人在意。

鹿蛮对此状况，表示："只有我说过的那种才是正统的方法，其他的都太过阴邪，我本是修行之人，没办法用那种方式给你补阳气。"

"但是说来也怪。"她道，"究竟为何你的阳气会衰竭？你虽是极阴之体，可也是正常人的身体，为何会出现阳气衰竭的情况？"

薛茗上哪知道去，她萎靡不振，躺在床榻上瘫成咸鱼。

鹿蛮推了推她的肩膀，安慰道："或许出了这里就会好了，你也无须担心，等救出那个千年人参精，你就可以离开了。"

薛茗还真有被这句话安慰到，开始想着逃出去之后的逍遥时光。鹿蛮说千年人参行踪最隐秘，若非自己想现身，天下就没人抓得住他。薛茗打算出去之后就跟着游音混，绝对不会再被人抓住。

好在薛茗也算有点运气。在她的身体衰弱到拄木棍走路前，盛筵召开了。鹿蛮带来了一套衣裳让薛茗换上，假扮成她的侍女跟着混进去。

正值深夜，月亮悬挂于空旷的天幕中，街上人头攒动，皆在热议四位大王之事。待鹿蛮带着她到了宴席之地，薛茗就看见这场宴席办得极为盛大，各色的灯笼飘在空中，照得一路都五光十色。

再往前走，那些用来照明的灯笼花样就更多了，各种庞大的摆件立于两边，穿着鲜艳的男女来回穿梭，往远处看则是巨大的宫殿与架在半空中的台子，飞在空中的游鱼，踩在云上起舞的歌姬。时而洒落一阵雨，细细一看才发现是大小不一的鲛珠，走在其中好似误入仙人之境。

这排场赶上国宴了，薛茗心说，这些家伙可真会享受。

路上薛茗简单了解了一些事情。

四位大王除却她先前所见的百鸦和燕玉鹤假扮的玉面之外，还有两个分别是琉璃与白堕。

琉璃是个女人，据说是穷死的，于是生性贪财，阴阳两界的生意没有她不做的，"天上人间"便是她旗下的店铺。由于生意做得很大，积攒了巨额财富，她在人间到处散财为自己立像，她的香火便极其旺盛，信徒团队也相当庞大，凭借此获得非常高的修为和势力。

白堕则是出了名的酒鬼，据说是生前极其好酒，最喜欢一种名为白堕的酒，喝了太多给喝死的，死后的故事也颇为传奇。他起先被阴官抓走，不曾想在冥界大闹了一场，放出了数万阴魂，最后还让他跑出来了，这在此地算是相当英雄的事迹，因此他的追随者是四位大王中最多的。

而小金仙其实并不只是宠姬那么简单的身份，据她自己介绍，从前在魁皇身边的时候，她其实是被收养做义女，只是外界传闻不大好听。有一次机缘巧合，玉面看上了小金仙，向魁皇讨娶。小金仙生前便是正经的戒荤戒色的修道之人，自然不愿，十分不给面子地拒绝了。后来玉面不知使了什么诡计害得魁皇大伤，正窝里斗得厉害，谁知不巧撞上了燕赤霞，于是魁皇被宰了，造成大乱。

其后小金仙记恨玉面，打算潜伏在他身边报仇，计划都还没实施，不巧燕赤霞再次出现，宰了玉面，然后小金仙就跑了。

薛茗听完，说："你身上是不是有燕赤霞追踪器，你跑哪儿，燕赤霞就追哪儿？"

当然这话是开玩笑的，燕玉鹤的出现并非巧合，在转述中可能会用些"撞上""不巧"之类的词，实际上燕玉鹤应当不是那种喜欢闲逛的人。他出现在魁皇面前就是为了杀魁皇，出现在玉面面前，自然也是为了杀玉面，没有凑巧一说。

以此类推，燕玉鹤现在假扮成玉面，定然也有其目的。薛茗猜测，他是为了彻底捣毁这里，将这些作恶多端之徒一网打尽，顺道宰了叛逃师门的姜箬鸣。

这绝对是件好事，前提是她不在被宰的名单里。

小金仙在这里也算是风云人物，所以鹿蛮在进入宴席会场的时候并没有受到阻拦。薛茗则是乖乖地跟在她身后，穿着粉不粉黄不黄的衣裳，顶着一张面无表情的脸，是被扔到人群里就完全找不到的存在。

进入金碧辉煌的大殿之后，薛茗就悄悄抬头，仔细观察着。

大殿极为宽敞，两边都坐满了人，密密麻麻的。沿着阶梯往上，高处摆了四个金座，瞧着就是十足的气派奢华。其中三个座位已经坐上了人，薛茗一眼扫过去，最先看见燕玉鹤。

他今日的穿着打扮稍显正式，身着墨白交织的衣衫，长发以玉冠束成高马尾，垂着双眸，俊脸上的表情仍旧很冷淡，手里不知道在把玩什么。百鸦冲他说了几句话，没得到一句回应，整个就是一副"谁都别来烦我"的踐样。上回见的时候他左右两边和身后都坐着美女，今日周围却是一个都没有，可见心情当真是非常差了。

百鸦看着倒是兴致很高，这回上身穿了衣裳，但衣襟没合，露出大半结实的胸膛，肩膀上站着一只黑乌鸦。他坐在中间，一会儿跟左边聊，一会儿跟右边聊，忙得很。

与他邻座的则是一个薛茗从未见过的生面孔。她年龄在三十岁上下，五官生得勉强算清秀，但她的衣着和配饰几乎晃瞎人的眼睛，发髻上插满了金钗不说，身上的衣服简直就像是用金丝线织就的，经灯光一照，折射出的光芒将她衬得像个黄色的大灯泡。她的颈子、手腕、手指都戴了非常多的装饰，豪华得像一个人形架子，专门用各种黄金宝石点缀。

此人应当就是琉璃大王，百鸦跟她说话的时候被闪了好几次眼睛，因此就算是燕玉鹤不搭理他，他往燕玉鹤那边扭头的次数仍旧比较多。

鹿蛮大咧咧地走进去，笑着扬高声音，说道："可算是让我赶上热闹时候了，四位大王齐聚于此，实乃百年难得一见的场景。"

"哎，小金仙！"百鸦面色一喜，高兴道，"你来得正正好！这玉面刚跑了个宠姬现在正心烦呢，你快回来哄哄他。"

在场知道这个玉面大王是假冒的人没几个，鹿蛮恰巧就是其中之一。鹿蛮瞥了燕玉鹤一眼，纵然是有十个胆子也不敢上前，哈哈两声而后道："百鸦殿下莫要打趣我，我此番前来可不是为了续那些旧情，只是听闻您抓了个宝贝，这才特地来开开眼。"

百鸦对此颇为得意，当即大笑起来："我知道你跟在魁皇身边瞧尽了奇珍异宝，但这个玩意儿，你保管没见过。"

琉璃撇了撇嘴，也对鹿蛮道："也不知道是抓到了什么绝世珍宝，关子卖到现在，叫人好奇死了。小金仙，说来你我也许久不见了，正好我跟他们这两个男人没什么好说的，你快来我身边坐着，咱们叙叙旧。"

"不成不成，怎么能坐你那儿。"百鸦马上出来阻拦，抬手招呼，"在玉面边上加个座。"

薛茗一听，登时捏了一把汗，心道这百鸦以前估计是当媒婆的，在这儿待着可惜了，应该上天上去应聘月老一职。她等会儿还要找机会溜走，如果引起了燕玉鹤的怀疑和警惕，恐怕事情会进行得不顺利。

鹿蛮的脸色也有些许变化，但怕露出端倪，面上仍旧挂着笑，硬着头皮往燕玉鹤边上新加的座位走去。薛茗只得跟在她身后，尽力压低了脑袋，大气不敢喘。

走到近处，鹿蛮还未坐下，就见燕玉鹤头也不抬，冷漠道："滚开。"

鹿蛮心里大喜，佯装为难地对百鸦道："百鸦殿下您瞧瞧，他还记恨着我呢。"她掩着唇笑，摆手往琉璃那走。

这时候薛茗悄悄往燕玉鹤身上看了一眼，见他低着头，长发垂在身上，微微遮住白净的脖子，双耳处竟然戴着黑白渐变的玉饰，颜色颇像是鹤的翅膀，十分漂亮。他的手也不是在把玩什么东西，而是拿着一本书，正看得专注。

薛茗视力好，匆匆一眼扫过，瞥见几个字眼，她细细一品，随后反应过来他看的似乎不是什么正经书。

薛茗大骇，眼珠子差点瞪出来，心说这燕玉鹤好学怎么也不分个场合。

不过方才从他身边经过，他也毫无反应，说明鹿蛮的伪装术确实厉害，将她的气息掩得很干净，燕玉鹤根本无法察觉，这倒是让薛茗稍稍放下了心。

鹿蛮刚在琉璃身边坐下，还没说两句话，就听百鸦突然道："我说小金仙，你身后跟着的这个侍女未免太不懂规矩，主子坐下也不知道斟酒，打哪儿找来的？模样也生得丑陋，那眼睛是不是没睁开啊？"

薛茗没想到这好事的百鸦又挑上她的毛病了，顿时吓一大跳，把头压得更低，赶忙上前，想去给鹿蛮斟酒。百鸦却对此很是不满，啧声道："我说了你才献殷勤是不是？把头抬起来让我看看。"

话音一落，薛茗的头就被不知名的力量猛然一抬，露出一双核桃缝大的眼睛。也不知道是下意识的反应，还是目光就正巧落在燕玉鹤那处，就见他像是终于感兴趣般一抬眸，将漫不经心的视线投过来，隔着一段距离，突然与薛茗对上了目光。

薛茗的惊慌显露无遗，就这么一瞬，燕玉鹤的眼神陡然有了变化，从散漫变得严厉，紧紧盯住了她。

▶第 29 章◀

薛茗觉得不太妙。

好在百鸦的法术只持续了两秒，她恢复自由后就赶忙低下了脑袋，使自己的动作尽量正常。

百鸦嫌弃地评价道："这种人头摆在我面前我都不会吃。"

此时薛茗已经无暇理会百鸦，心脏怦怦跳得厉害，血液上涌，极力掩饰自己慌张的神色，俯身给鹿蛮倒酒，在她耳边低声道："我好像被发现了。"

鹿蛮露出讶异的神色："怎么会？方才他不是没察觉吗？"

薛茗不知道怎么描述，但方才燕玉鹤投来的眼神明显就是有问题，他眸中的情绪在一瞬间发生的转变，让薛茗相信他一定看出了什么。此地不宜久留，她对鹿蛮道："我现在能走吗？"

"还不行。"鹿蛮低低道，"再等等。"

薛茗感觉仍有一道灼热的视线落在她身上，让她紧绷着神经无法放松，脑子有些乱了。

燕玉鹤怎么会认出她？凭借着什么方法？方才从他身边经过时都尚无异样，为何他只看了一眼就将她的伪装识破？若是用了别的方法尚能理解，可薛茗所伪装的正是外貌形象，她现在的外表就是个十几岁的小姑娘，这副模样如何让燕玉鹤看一眼就能认出？没道理啊。

薛茗低着脑袋飞快思考，思绪正一团乱麻的时候，忽而听得前方响起一阵哄闹声。她循声抬眼，却见是几个容貌美丽的女子踏着云雾从半空中飘下来，皆穿着芙蓉色的飘飘长裙，肩上还抬着顶极其奢靡的轿子。

底下的众人纷纷站起，摆出了欢迎的热烈姿态，嘴里不知在喊什么，闹哄哄一片。薛茗还在腹诽是谁那么大的排场，就见几个仙女似的人落下来后，将轿子微微倾斜，随后一人从里面走出来。

此人生得十分高大俊朗，头戴金冠，最打眼的还是他穿了一身明黄色的衣袍，碧玉系在腰间，手里捏着把羊脂玉折扇，衣着配饰并不张扬，却充满着贵气。

薛茗定睛一看，讶然无比，因为此人正是那个假的宁采臣。

他晃着折扇，步伐轻盈地走来，笑道："各位，别来无恙。"

百鸦许是受够左右两个大王的折磨，见了他马上站起身，欢笑着走下阶梯去迎接："太子殿下！真是许久未曾见你了，这一别几十年，你还是从前的模样，分毫未变啊！"

他说着就伸长手臂，往谷井阑的肩膀上搭，谷井阑抬起折扇抵在他的膀子上，略微挡了一下动作，笑得疏离："都多少年了，还能有什么变化？"

百鸦却像是感觉不到这点阻挡，再次往前，揽住他的肩膀，亲昵得如兄弟俩："不是说一日不见如隔三秋嘛，变化定然是有的，你也知道我最喜欢你，知道你要来，我早就准备好了美酒，还配了点新鲜的人头当下酒菜，你肯定喜欢。"

谷井阑说："我不是很喜欢。"

薛茗看在眼里，当即知道这假宁采臣的真实身份，其实就是白堕大王，且从百鸦的嘴里听到了那声"太子殿下"，想来是来头不小，难怪总觉得他气质不同寻常。

她正想着，鹿蛮便低声对她道："现在是好机会。"

四位大王在此齐聚，座下众人高声欢呼，百鸦忙着招呼人，场面瞬间热闹至极。薛茗余光偷偷看了一眼燕玉鹤，隐约察觉他的头仍是偏向这边，恰逢百鸦拉着人上去说话，将他的视线遮挡。薛茗抓准了时机，一扭身就钻入哄闹的人群里，借着嘈杂纷乱的环境掩住自己的身形，脚步匆匆地离开。

她现在个子矮，很方便躲藏，像是滑腻的鱼，瞬间就不见了踪影。

薛茗不敢耽搁，一口气跑到了较为偏僻之地，找了块大石头躲藏其后，从怀里掏出人参须。她塞嘴里咬了一口，瞬间觉得脚下的土地产生一股巨大的吸力，让她整个人毫无防备地被吸入土地中，只觉得眼前一黑，还不等她挣扎，面前的景象就猛然变了。

就见她已经身处在一处潮湿幽暗的地方，四面都是高大的铁柱，五根硕大的链子从各个方向蔓延，正中央的高处则挂着游音。

这小孩像是刚哭过一场，眼角还是红的，泪盈盈的眼光落在薛茗的身上，急忙道："你怎么才来？快救我！我马上就要被带出去吃了！"

薛茗瞧着这链子赶上大腿粗了，分别锁在他的四肢和脖颈处，将人拉成五角星的形状。她赶忙从地上爬起来，顺着链子往上爬，安抚道："我这不是来了吗？你别怕，马上就把你救出去。"

游音泪如雨下，又道："这铁不是普通的铁，你怎么空着手来？"

薛茗在爬链子的时候不敢分心，小心翼翼地爬到游音的边上，从衣袍之下的腰间拔出一把短刃，道："带了的。"

鹿蛮早已料到游音会被何种方式关押，所以提前给了她便于随身携带的短刀。这刀也不是凡物，薛茗双手紧握，朝着游音脖子上的那根铁链用力一砍，只听铮然一声脆响，铁链应声而断，撞在墙壁上发出巨大杂音。

游音催促道："他们听到声音定然马上就找来，你动作快些。"

薛茗这时候比他还着急，生怕燕玉鹤察觉不对追上来，不由分说对着他四肢的锁链连砍几刀，只是砍得还剩最后一条时铁链没了对应的拉力，薛茗失去平衡摔在地上跌了个大跟头，游音则撞在墙上，两人一时头晕眼花，许久没缓过神。

薛茗顾不得疼痛慌张地爬起来去砍，下一刀差点砍歪，吓得游音吱哇乱叫："你下手准点！"

铁链全部砍断，获得自由的游音落在地上，眨眼间就整个消失了。薛茗吓一大跳，喊道："喂！你倒是带我一起走啊！你走了我怎么出去！"

不知道是不是听到了她的叫喊，游音又从地里冒出了个头，继而支起上半身朝她伸手，道："你抓着我。"

薛茗飞快上前，脸上的笑容还没完全成型，眼看着就要抓住游音的小手，身后忽而有什么东西缠了上来，像灵活的蛇，同时在她的四肢裹缠。薛茗大骇，一低头发现是金色的绳子缠在了身上，正慢慢收紧力道。

她下意识用手里的短刃去割，却不料方才还能轻松砍断铁链的刀刃在此时一触及金绳就发出嗞嗞声响，瞬间出现几个豁口，绳子却仍旧完好无损。游音露出惊恐的表情，大喝道："捆仙索！"

游音拽着她的手用力一拉，他倒是钻回地里，薛茗却栽了个跟头，坐起来一看，就看见隔着十几步的距离，燕玉鹤长身玉立，站在昏暗之处。

他的面容晦暗不明，浑身笼罩着一股阴恻恻的气息，也不知什么时候来的。

薛茗心里咯噔一下，暗道他果然认出了自己，分明就差那么一点就能跑了！

她用尚未被完全捆死的手掏出铃铛，一摇，唤道："聂小倩！"

瞬间大片白雾在眼前涌现，聂小倩挥舞着雪白的长袖飘在空中，一时间阴气四溢。她福身行礼，声音柔媚："妾身这厢有礼了。"

"拦住他。"薛茗下令，飞快地解着手上的捆仙索。

聂小倩这几日在薛茗的供养下已有了巨大的提升，存心想在她的新主人面前卖弄一手，谁知一转眼看见是燕玉鹤站在那里，登时双腿一软往地上一跪，连磕三个响头："我是被迫召唤出来的，与我无关哪！"

薛茗见自己的马仔如此窝囊，非常没有面子，骂道："你个没用的东西，膝盖还不如棉花硬，我给你烧那么多香烛纸钱有什么用！还不如烧给宁采臣！"

聂小倩一听，马上露出喜色："那太好了，让他出来迎敌吧，正好他整天哭得让人心烦。"

说话间燕玉鹤身形动了，抬步往薛茗处走来，聂小倩吓得魂飞魄散，立即说："妾身退了，这一退，就是一辈子。"

薛茗出奇地愤怒："别学我说话！"

聂小倩偏头，自以为很隐蔽地冲她使了个让她看不懂的眼色，随后化作轻烟消失。

周围变得无比寂静，只剩下薛茗还在与捆仙索抗争。

这个法器相当温和，并没有用特别紧的力道缠着她，但就是黏在身上无法挣脱，像吸干了她的力气一样，稍微挣扎两下整个人就开始喘粗气。眼看着燕玉鹤一步步走来，薛茗焦急万分，想起先前听到他与那白堕所商议的"剥魂"一事，更是心慌得不行。

她往后挪动着，紧张得声音微颤："燕玉鹤，咱们有话好好商量，我先前就说过，我与你那作恶多端的师妹并非同一人，你不能伤及无辜啊……”

燕玉鹤不说话，不断地在靠近。薛茗又道：“那个大恶人这会儿也不知道藏在哪里，你杀了我也没用，倘若我死了，做鬼也不会放过你。”

话刚说完，她旋即又想到，这该死的燕玉鹤是专门杀邪祟的，于是匆忙改口，开始胡言乱语：“我要报官！你们这肯定有司法组织吧？什么十殿阎罗之类的，总有告状的地方。”

燕玉鹤走到了光下，微弱的烛光照亮侧脸，那双眼睛里少了许多冷漠，静静地看着薛茗，开口时声音冷清：“我何时说过要杀你？”

他的确并未亲口说过，但薛茗却听得真真的，倔强地看着燕玉鹤：“你不是要杀我，用这捆仙索抓我做什么？”

燕玉鹤俯身欺近，薛茗见状吓得赶忙挣扎起来，本能地蜷缩起身体来保护自己，却不料他并未做什么，而是长臂一揽，将她整个人抱了起来。与此同时，薛茗身上的所有术法开始失效，身体飞快地伸展，衣服撕裂的声响传来，被燕玉鹤抱在怀里起身时，她已经恢复成原本的模样。

捆仙索从她的四肢退去，钻入燕玉鹤的双袖中，他低着头瞧薛茗，见她雪白的脸蛋蹭了很多灰尘，乌黑的葡萄眼佯装愤怒地瞪着人，奓起一身软刺的模样分外惹人喜欢。

燕玉鹤觉得心里空了一块的地方，突然被填上了，满满当当的。于是自然而然地，他的眼角眉梢染上了非常不明显的笑意，低声道：“脏了，洗洗？”

“什么？”薛茗还满心慌乱，没察觉他情绪上的转变，只觉得抱着她的臂膀极其有力，将她牢牢地桎梏住，半分挣扎不得。她拧着眉毛说，“你还挺讲究，想洗干净了再宰我？嫌脏了就放我下来。”

薛茗想起燕玉鹤是有点洁癖属性，早知道来之前往身上抹点什么恶心的东西，说不定燕玉鹤连捆仙索都不会往她身上套。

燕玉鹤不应声，竟然就这么在墙上开了个门，抱着薛茗走进去，瞬间一股热腾腾的气扑面而来，薛茗转头一瞧，发现是荷塘小屋里的温泉池。

说洗还真就带她来洗，薛茗当即不干，谁知道他洗完之后要做什么，便用力挣扎起来，对着他的肩头又捶又打。虽然她自认为用了很大的力气，但这些拳头落在燕玉鹤的身上，与按摩无异，他抱着人走到池子边，连一点准备都没有，整个倒了下去。

薛茗瞬间被温热的泉水包裹住，溺水的感觉袭来，她挥舞着双臂本能寻找支撑物，倏尔一双手扶上她的腰，将她整个托出了水面。薛茗大口地喘着气，擦了擦脸上的水，见燕玉鹤贴得很近，正在解自己的衣扣。

薛茗赶忙用力地拍打水面，溅了他一脸水，趁机转头游走，结果还没动身，手腕就被紧紧扣住，她在水里用力挣扎了几下，力气很快耗尽，一时胸闷气短，连骂人都没那么有气势了："放开我！你与你的师妹有什么恩怨、什么过往都与我没关系，我只是个路人，我招谁惹谁了？你闲得没事做了？不去抓你师妹，盯着我做什么？"

"是你当初闯进我的屋子，说要给我渡阳气。"燕玉鹤收紧手里的力道。

薛茗拔高声音："我要是知道你是个想要取我性命的骗子，我就是被那些怪物挠死，也根本不会进去！"

她阳气本就所剩无几，这么一吼顿时感觉像跑了八百米，肺都有点疼了，赶忙停下来喘息。燕玉鹤神色平静，抬手解了她两个衣扣，声音在空荡的温泉室中显得有几分温和："你的阳气要耗尽了，再不补，会伤及身体。"

薛茗有气无力道："你放我离开，我自有补阳气的办法，用不着你。"

燕玉鹤脸色一沉，用力将她一拉，迫使她撞入自己的怀中。

似乎薛茗已经坚定地认为他会动手杀了她，浑身上下写满了抗拒，即便是身体已经被他牢牢困住，却还是用微弱的力道推拒他的肩头。

燕玉鹤道："我说了不会杀你。"

薛茗说："不杀我？那你抓我干什么？放我走啊。"

燕玉鹤沉默不应。这样的反应落在薛茗眼中，简直就是欲盖弥彰的谎，她觉着这个燕玉鹤肯定与白堕商议好了，其后计划实施的时候，再将她的魂剥出来，就好比养猪，等猪长肥了出栏了，再给宰了。

薛茗心头涌出一股说不明的怒火，抓紧了燕玉鹤的衣襟，冷笑道："我知道了，大概是你与你那恶人师妹有旧情吧？你喜欢她却对她爱而不得，眼下以为她什么都不记得是失忆了，便想乘虚而入，卑鄙，下作！"

燕玉鹤一把掐住她的脸，让她仰起头来，黑沉沉的眼眸蕴着隐怒："爱而不得？若不是你，这具肉身早就成了肉泥。"

"要是当真如此，先前你几次三番救我，又是为了什么？"薛茗怒视着他，质问，"你究竟清不清楚，我根本不是姜箬鸣！"

薛茗鲜少会有如此愤怒的表情，她的眼睛生得好看，总是藏着很多情绪，一天到晚都笑嘻嘻的。有时候遇上麻烦了，又相当会用眼睛示弱，求人的时候蒙上一层浅浅的水液，显得晶莹剔透，勾得人心软。

燕玉鹤一动不动地看着薛茗，神色让人难以捉摸。薛茗气完之后心里又道不好，虽然骂人的时候确实很爽，但现在并不是在梦里，万一惹急了燕玉鹤，他狂性大发那可怎么办？俗话说“识时务者为俊杰”，好汉不吃眼前亏，或许她方才不应该逞口舌之快。

薛茗正在心里敲着大鼓时，燕玉鹤圈在她腰间的手臂忽而一动，将她轻易地翻了个身。继而他伸手往水里沉去，再抬上来时手里拿着一面镜子，对着薛茗一照，声音落在她耳畔：“这是谁的脸？”

镜面上的水滴落，并不被升腾的雾气影响，清晰地照出了她和燕玉鹤的脸。镜中的自己脸颊满是红色，眼睛依旧乌黑明亮，一些惊慌和余怒染在眉眼间，显得相当漂亮。

薛茗知道自己生了一双好眼睛，从小到大她因为这双眼睛得到了很多夸赞。

当初照白堕给的镜子时，照出的脸与她从前只有八分相似，鼻尖还多了一颗痣，现在的镜中却完完全全与她从前的面容相同，鼻尖的痣也消失不见，是属于薛茗的脸。

她在镜中与燕玉鹤对视，慢吞吞道：“这是我的脸。”

紧接着燕玉鹤持着镜子晃了一下，折射的光从薛茗的眼睛掠过，她稍稍眯了眯眼睛，再次看去，就见镜中出现了一个人。那人的穿着像是某个门派的宗服，簪子绾着丸子头，转头看来时露出一双眼尾上挑的狐狸眼，鼻尖处落了一颗痣，显得整张脸非常明艳，好像是狐狸精修炼成人，美得极具攻击性，眉眼沉郁，似乎透着一股子狠毒。

这是与薛茗截然不同的一张脸，薛茗看着她，总觉得她脸上满是“我马上就要找个人害”的阴狠心思。

“这是姜箬鸣。”燕玉鹤道。

“你早就知道我与她并非同一人？”薛茗偏头，呆呆愣愣地朝燕玉鹤问。

燕玉鹤将她抱紧，让她贴着自己，慢声道：“你可知你是怎么来的？”

“我死了。”薛茗道，“被醉驾司机撞死，身体撞得稀巴烂。”

燕玉鹤说：“你再想想。”话音落下，他抬手，冰凉的指尖点在薛茗的眉心。

忽然间像是一束灵光钻进了脑袋里，薛茗瞬间回想起当初下班走在路上被车撞的景象。她站在寂静无人的街道上，眼看着绿灯亮起，在斑马线上走了没几步，突然间就有一辆轿跑如幽灵般出现，车灯打在她的身上，无比刺眼。薛茗想躲，身体却像是过度恐惧吓软了，半分都无法挪动，眼睁睁看着轿跑以极其快的速度撞上来。

那一刹那，她看清楚了，轿跑的驾驶座上，空无一人。

薛茗倒抽一口凉气，这下五脏六腑凉了个透，心脏剧烈地跳动起来，转身抓住燕玉鹤的衣裳，仰头急声问：“你想说什么？我不是出了意外？难道我来到这里，是谁蓄意而为？”

燕玉鹤道：“你可知道自己的出生日？”

她的生日是福利院给定的，实际真正的诞生日连她自己都不知，也从未见过父母亲人，不知道是死是活。“不知道。”薛茗可怜巴巴地撇嘴，转而充满希冀地问，“难道你知道吗？”

燕玉鹤望着她说：“你是己卯年，十月十六，子时三刻生。天干之己属阴土，地支之卯属阴木，乃为阴年阴月阴时。姜箬鸣以邪术将你唤来，为她的肉身续命顶灾，却不料你与此肉身契合完整，融为一体。”

薛茗先前还思量着姜箬鸣的生辰年月阴气浓重，却不想自己也是这样，可恨的姜箬鸣，坏事做尽，竟然还能害到她头上来。

她拿过燕玉鹤手中的镜子照来照去，咬牙切齿地在心里诅咒那个大恶人，心情却又一下子明朗起来，恍然大悟：“所以你当初第一次见到我的时候，就知道我不是你师妹，你能看穿我脸上的伪装，是不是？”

燕玉鹤俯下头，朝她耳朵贴近，低低应了一声，说：“我的眼睛可视魂体之容，假面易容的法术于我无用。”

“你当真不会杀我？”薛茗迟疑问，“那你把我抓回来干吗？”

燕玉鹤：“你若是阳气耗尽而亡，肉体会被她捡走。”

原来如此，难怪燕玉鹤这么着急地找她，想来也是不想她死了之后再让姜箬鸣把这身体捡回去，继续祸害人间。薛茗心里一阵感动，忽而又觉得相信原著总是没错的，正派人物就是正派人物，不管怎么样人家都代表着正义，是可靠的。

她问：“那聚阳符呢？”

燕玉鹤淡声说：“找不到了。”

“啊？”薛茗撇撇嘴，心疼死了，“我以为你会捡呢，那不是宝贝吗？没有聚阳符，我这身体怎么凝聚阳气？”

“扔了的东西，何必再找回。”燕玉鹤搂着她压在泉池边，低头落下一个吻，沿着她耳朵亲吻起来，轻声道，“勤快些，并无大碍。”

冰凉的身体在靠近的瞬间，让薛茗本能地起了一身鸡皮疙瘩，心口发闷，呼吸不上来，她低声抱怨：“好凉。”

燕玉鹤低眸看她一眼，继而薛茗感受到燕玉鹤的身体有了变化。他原本冰凉的肢体开始有了温度，一开始还不明显，直到她抬手按在他的双肩上，此时才感觉掌中传来的热度比她本身还要旺。

薛茗仔细一看，才发觉燕玉鹤的皮肤不再是那种异常的白，而是逐渐有了血色，捏在她身上的指尖也不再是黑色。

那张总是神色淡淡的俊脸上竟然不知何时染上了绯色，像极了傍晚的火烧云，从他的眼尾渲染开，沿着脸颊蔓延到耳根，无比瑰丽。

温泉池内白雾茫茫，泉眼不停地溢出新的水，泉水流动的声音清脆悦耳，持续不断地发出声响。

年轻的男女缠绵地亲吻着，荡开的水波撞上岸边弹回来，形成一圈圈交织的涟漪。

▶第 30 章◀

薛茗在昏昏沉沉中，感觉有热意弥漫，如落在枯木上的甘霖，带来勃勃生机，这种感觉让她无比舒适，加之累得要死，二话没说沉睡过去，做梦梦到燕玉鹤带她去看医生，郎中一把脉，说你阳气过盛，但是肾虚了。

薛茗十分恼怒，在梦里与燕玉鹤大打出手，结果不敌，又要被按住，她一下就吓醒了。

她睁开双眼，先是看见拔步床那奢华的顶部，继而感觉身体凉凉的，盖着丝滑柔软的锦被。转头就看见身边还睡了一人，他墨发散着，朝着薛茗侧睡，锦被盖住了精瘦的膀子，露出一张俊美的脸。

睡着的燕玉鹤虽然闭上了漂亮的眼睛，但也少了很多冷漠的气息，变得安宁恬静，模样相当养眼。薛茗蹑手蹑脚地爬起来，双腿软得像棉花，抖个不停。

她下了床榻寻找一番，没找到自己的衣裳，就随便披了件燕玉鹤的外袍用腰带一系，瘫在软椅上，长长地叹一口气。虽然过程确实辛劳折腾，但结果是好的，阳气重新回到身体之后，薛茗只觉得无比精神，甚至连视力都变得更好了。

她目光落在还在睡觉的燕玉鹤身上，心中忽而涌起异样的情愫，密密麻麻地侵蚀了心脏。薛茗活了那么多年，从未体会过早上睡醒之后边上睡着一个男人的场景，不知道是不是这许多年她都是独身一人的缘故，在方才短暂的时间里，她忽而有种被陪伴的感觉。

薛茗的心获得相当安逸的宁静，她半瘫在软椅上，朝着燕玉鹤的方向发呆。与先前几日相比，不得不说现在的状态好太多，不仅是身体上的，从内心迸发的放松更是让她惬意。

现在她不会因为那个不知道藏在哪里，伺机施展狠毒手段的姜箬鸣而害怕，也不会因为燕玉鹤抓她，进行所谓的“剥魂”行为而焦虑。然而她知道自己可能被视作大魔头之后十分郁闷，因为薛茗觉得自己实在是难得一见的好人。

不过经过昨天，她已经知道燕玉鹤其实清楚她与姜箬鸣并非同一人，并且告诉了她真实的出生年月，往后的岁月她都可以为自己庆祝真实的生日了。

薛茗看见桌上盖着昨日燕玉鹤拿的那面镜子，她起身去拿来照，就见镜中的自己相当狼狈，头发凌乱，宽大的衣襟遮不住精致锁骨。薛茗将衣领合了合，对着镜子挤眉弄眼，看着镜中的自己，心情极其好。

她刚过来的时候，面容只与从前有八分像，而今已经像十分，说明她的灵魂在与这具肉身融合，那些原本属于姜箬鸣的特征已经完全消失，她不是暂居者，而是这身体的主人。

薛茗对着镜子乐了一会儿，余光看见床帐有异动，撇开镜子一看，就见燕玉鹤已经醒来下了床榻。他的身体开始有了变化，皮肤褪色成瓷白，指甲染上黑，没有了血色点缀，他又变得怪模怪样，淡淡的目光都带着阴气一般。

薛茗一见到他就立即敛了脸上的笑，马上站起来要找碴儿：“你看看我这手腕。”她掀起衣袖，露出手腕，上面隐隐有红色的指痕，又掀起衣摆露出膝盖，上面略有青紫，还蹭破了皮，“都破了。”

燕玉鹤拉过她的手细细看了一眼，冰凉的指腹捏着软肉，揉了两下，指痕就瞬间消失。他目光往上，瞧见薛茗穿着自己的那件墨色的织金外袍，衬得皮肤更加白皙，露出来的脖子处皆是星星点点的红痕，配上一张充满怒气的俏脸，极是秀色可餐，偏偏她自己不知。

他从书柜上拿出先前认真钻研的书册，转手递给了薛茗，淡声道：“下次你自己选。”

他说完就转身出了房间，薛茗气得把书册摔在地上，泄愤一样地踩了好几脚，骂道：“我选你个大头鬼！”

没多久燕玉鹤又回来，提了食盒，将里面的菜肴摆在桌子上，还有点体贴地将碗筷摆在薛茗面前。也是在这时候薛茗才感觉自己快要饿死，闻着这些菜的香气，肚子发了狂地叫起来。她飞快跑去洗漱，然后捧着碗筷大快朵颐，暂时原谅了燕玉鹤对她的索取无度。

燕玉鹤虽然性子冷漠乖张，但事情办得还是很周到的。他不仅给薛茗带来了饭菜，还准备了一整套衣裙，甚至连耳环头钗都相当齐全。薛茗知道他肯定还是要回去的，昨夜宴席开到一半，百鸦想要炫耀的宝贝被她放走，燕玉鹤作为四位大王之一又中途离开，很容易受到怀疑。

薛茗快速吃饱，对着钗裙研究了一番，最后还是召唤出了聂小倩帮忙。

起初她身上阳气浓重得厉害，聂小倩一出来就将脸皱成放了一百天的菜叶子，恨不得飞到屋顶上。后来燕玉鹤给了她一个珍珠，聂小倩的脸色才好了许多，见二人动作间透着亲昵，便也没有昨日那么害怕燕玉鹤。

珍珠的作用主要就是遮阳气，也可保证她不那么引人注目。聂小倩帮薛茗穿衣裙的时候，对她身上的各种痕迹看了又看，嘴里发出啧啧叹声。

薛茗佯装听不见，严肃地让她动作快点，过了会儿又试探问："让宁采臣与你作配如何？"

聂小倩冷笑一声，毫不客气道："让那窝囊废死远点吧。"

薛茗换好了衣裳，走出屏风时发现原本坐在房间的燕玉鹤不见了，房门大开着，像是离开了。

聂小倩在房中待久了十分不适，暂且钻回了铃铛里，薛茗一时也不知做什么，不敢乱跑，就坐下来在房中等燕玉鹤。

此时门口传来窸窸窣窣的声音，与那种指甲刮挠门的声音很近似，薛茗的神经顿时紧绷，本能地以为是夜叉来到了门外，但转念一想哪个夜叉胆子那么大，敢跑到燕玉鹤的房门外？那不是纯找死？

她转头望去，就见门边站着一只小狗。

这小狗通体黢黑，只有脑袋上有一点白，约莫小腿过半的高度，瞧着也就几个月大。这种年龄段的狗，其实不管什么品种都非常可爱，尤其是它还毛茸茸，胖嘟嘟的。

可奇怪的是这小狗看着并不可爱，眼睛直勾勾地盯着薛茗一动不动，眼神里好似充满了怨气和阴毒，让薛茗下意识觉得这是某种邪物的化身。

薛茗起了一身鸡皮疙瘩，直觉不大好，刚要出声吓退它，就见这小狗猛地冲了进来，极快地迈动着四条短腿朝薛茗跑来。

若是别的动物，薛茗或许还会觉得害怕，但她与恶狗搏斗的经验非常丰富，就连以前租房邻居养的那条凶恶的大狗薛茗都能过上两招，你来我往地斗上许久，更别说这矮矮的小狗崽了。

眼看着这圆滚滚的小狗龇牙咧嘴，做出凶神恶煞的模样冲过来，薛茗提起裙摆瞄准了时机，飞起就是一脚，重重地踢到小狗的身上，同时大喝道："看我一脚飞踢！"

▶第 31 章◀

不知道是不是薛茗现在阳气足的缘故，这一脚相当有力道，直接就把小狗踢飞，撞在书柜上发出巨大的声响，零零散散的书掉落一地，小狗发出尖锐的哀嚎声。

薛茗觉得自己这一脚可能把小狗的骨头给踢折了，看它气势汹汹地冲过来还以为多厉害，没想到是纸糊的。

小狗在地上翻了几个滚哀叫，没多久又爬起来，果然后腿折了，一瘸一拐地往前走了两步，充满恨意地瞪着薛茗。

这玩意儿通人性。薛茗在心里想着，随后抬脚比画两下，威胁道："还想挨踢是不是？"

小狗害怕得本能往后退两步，随后像是觉得这样丢了面子，又冲她露出龇牙咧嘴的表情，喉咙里发出低吼，但这些落在薛茗眼中一点威胁力都没有，她面无表情地看着小狗。

然而下一刻，这狗却突然张口说话了："无耻之徒。"这声音雌雄莫辨，格外尖细，听起来非常像那种故作姿态的太监发出的声音。

薛茗暗骇，虽然她瞧着这玩意儿很邪性，感觉不是什么正常的狗，但是没想到它竟然真的能开口说话，而且说的还是成语，竟然是一只有文化的狗妖。她顿时警惕起来，仔细打量着面前的狗，心里有一个猜想，但不太敢肯定，于是开口问道："你究竟是什么东西？"

继而就听这狗再次开口，瞪着她道："将我的身体还给我！"

薛茗这才确认，心道果然这邪门的狗是姜箬鸣。这个大魔头犯下如此昭著的罪行，还引得燕玉鹤这种人物亲自下山来抓，原本以为会是一个非常厉害的狠角色，却不料竟然会这样窝囊地出场。

薛茗顿了顿，朝她确认："你是姜箬鸣？"

"你占了谁的身体你心里不清楚？还明知故问！"小狗发出怒声，圆溜溜的眼睛大大削减了气势，目光往薛茗身上看了一圈，又变得更加愤怒，似乎要气炸了一样发出尖锐鸣叫，"你用我的身体做了什么！如此不知廉耻！"

薛茗揉了揉耳朵，想起自己遇到这么倒霉催的事，都是这个女魔头所为，继而也发火了，斥责道："你给我闭嘴！你有什么资格向我讨要身体？你用邪术将我害死，想瞒天过海让我帮你顶罪，把丧良心的坏事做尽，还有脸回来在我面前大吼大叫？”

薛茗越说越气，虽然她从前的日子过得也很一般，但至少比在这里好得太多，就因为她也是阴年阴月阴时诞生，便遭受这些无妄之灾。她随手抄起桌上的砚台，以迅雷不及掩耳之势砸在姜箬鸣的身上，只听一声哀号，姜箬鸣没躲过去，被砸得半天爬不起来。

“为成就我的大业，牺牲你一条贱命又如何？”姜箬鸣趴在地上，恶狠狠地瞪着薛茗，咒骂道，“你毁我极阴之体，我一定不会轻易放过你，我还会再来的。”

她撂下这一句，随后小狗眼睛一闭，头一歪，像死了一样。薛茗站在原地看了一会儿，继而见燕玉鹤从门外走进来，朝地上的狼藉看了一眼，略带疑惑的眼神投向薛茗，似乎在问：这些是你做的？

薛茗并未理会，见燕玉鹤来了，这才有了胆子上前查看，就见那小狗果然是死的，尸体都硬了。她对燕玉鹤道：“姜箬鸣来过。”

燕玉鹤却并未露出意外的表情，似乎已经知晓，俯身将地上散落的书拾起，平静道：“是她幻化的一缕灵识附在狗的身上，非她本人。”

“我说怎么那么好对付。”薛茗嘀咕了一句，继而去洗了洗手，回头问燕玉鹤，“你们找到姜箬鸣在哪儿了吗？她刚才说我毁坏了她的极阴之体，一定不会放过我，说不定在准备什么大招。”

“无须寻她，她自会现身。”燕玉鹤将书一本一本摆上书架，随后在指尖捻了一缕火苗扔在小狗的尸体上，不一会儿就烧得连灰烬都不剩下。

薛茗站在边上，看着燕玉鹤将房中的东西一点点整理干净，琢磨着“自会现身”的言下之意，姜箬鸣似乎并不打算放弃这具身体，必然会因为抢夺身体出现，又或者还会为了别的原因必须现身，比如她口中的大计。

思来想去，薛茗心里冒出一个念头，缓缓走到燕玉鹤的身边，虽然房中只有他们二人，但薛茗还是做贼心虚一样凑近了燕玉鹤，压低声音说：“我怀疑姜箬鸣对这身体施加了什么法术，但阳气的注入会让法术受到影响，或许阳气越多越好，不如今晚我们……”

薛茗说着，抬眸朝燕玉鹤望了一眼。

燕玉鹤将最后一本书塞回书柜，偏头朝她看了一眼，眸色很深，藏着说不清道不明的东西，没应声。

薛茗有点尴尬地挠挠头，道：“我是不想让那个大魔头太舒心。”从她刚才抓狂的反应来看，极阴之体对她几为重要。

燕玉鹤转头将桌上放着的书册第二次塞到薛茗手中，都不用说话，动作表达了所有意思。这回薛茗没再摔它，红了红耳朵，转手放到书架上，讷讷道："晚点再看。"

她原先就听鹿蛮说过，常人的身体不至于如此消耗阳气，再结合姜箬鸣方才的表现，想来她是用了什么邪术来改造自己的身体，或许是实施的过程中燕玉鹤追来了此地，她只得暂时放弃身体而逃，将薛茗的魂魄拽来了此处，不仅是为了给这肉身续一口活气，更是因为她清楚地知道，燕玉鹤为正道人士，不会随意杀害无辜，所以薛茗占据这个身体的时候，可保全她的身体。

然而计划赶不上变化，连姜箬鸣自己也没料到，薛茗的魂魄与肉身发生融合，并且被渡了很多阳气。

只要她源源不断地让身体充盈阳气，相信一定能把姜箬鸣的肺给气炸。

随后燕玉鹤带薛茗出了门。他在门上施展了法术，与昨日开宴席的大殿建立连接，刚踏出去眼前的景色就猛地一亮。此地长夜无昼，偶尔会出现日落的场景，五彩斑斓的灯笼入夜就会点亮，以此来让人区分日夜。

燕玉鹤带着薛茗回到了昨日开宴之地，此时已经不再是昨日那般喧嚣热闹。宴席的酒菜砸得到处都是，座下的一众侍从黑压压地跪在地上，伏低了身体害怕地颤抖着，座上仍旧是百鸦、琉璃、白堕和鹿蛮几人。

百鸦一改往日笑呵呵的模样，斜倚在座上，面上满是阴沉，双眸赤红，薄唇里探出一对尖利的长牙，看起来凶煞十足。他肩头站着的乌鸦也变了模样，体形大得几乎能与苍鹰相比，翅膀上长出黑色的骨刺，血红的小眼珠在不停地转。

燕玉鹤与薛茗现身的第一时间，这乌鸦就将目光锁定在二人身上，嘶哑地叫了一声。

百鸦的眸子一转，朝二人看来，嘴角勾出个冷笑："玉面兄弟这是去哪儿了？"

其他几人一同看来，尤其是白堕，瞧见薛茗之后便冲她扬了扬眉，露出个揶揄的笑，继而开口道："这还用问呢？没瞧见他后面跟着个美人吗？"

百鸦将赤红的眼珠子落在薛茗的身上，上下打量一番，不屑地轻哼一声："你不是正为那个跑了的宠姬找得天翻地覆，转眼就又将心思换到新人身上了？莫不是你随手在路边拉来哄骗我们的吧？"

燕玉鹤好整以暇地坐到自己的座位上，抬手扣住薛茗的手腕，将她往下一拉搂进了怀中，让她坐在自己的腿上。这姿势十分亲昵，还是在那么多双眼睛的注视下，薛茗一时很不适应，压低了脑袋将脸稍稍往燕玉鹤的肩颈藏，佯装出害羞的模样，同时也遮挡了百鸦那凶戾的视线。

燕玉鹤抱着她，淡声问："哄骗什么？"

"昨夜你前脚刚走，我抓来的宝贝就不见了，你说这天底下有那么巧的事儿吗？"百鸦抚摸着胳膊上站着的乌鸦，阴沉地看着燕玉鹤，"玉面兄弟，自你我见面后，每一日我都热情招待你，还帮你张榜追查逃走的宠姬，你应当不会背地里算计我吧？"

百鸦的语气和神色已然暗含威胁，说到底也是一方大王，平日里嘻嘻哈哈瞧不出什么厉害，这会儿脸色阴沉，竟是煞气逼人。燕玉鹤却一副满不在乎的样子："什么宝贝，值当你动那么大的怒？"

"听他说是千年人参精。"谷井阑摇着折扇，笑呵呵道，"是真是假还未知，这世间还有上了千年的人参精？"

琉璃的门路广，消息来源也多，便插话道："虽说罕见，但确实也有，只不过这人参精行踪诡秘，来去无影，能看一眼的人都少之又少，却是不知百鸦怎么抓到的。"

紧接着"砰"的一声巨响，百鸦抬手将面前的矮桌拍得稀巴烂："你是在怀疑我无中生有？"

场面一时僵持，鹿蛮出来打个圆场，好声好气地说："几位殿下都消消火，这边没出口，那跑了的人参精想要彻底逃走，一时半会儿也没法子，再仔细找找就是了。"

"哪有那么容易。"琉璃瞧着自己金闪闪的指甲，说着风凉话，"人参精落地便无，若真打算藏起来，掘地三尺也挖不出他。"

越说百鸦的火气就越大："那大家伙儿就都别走了，直到找到他为止。"

"你！"琉璃脸色一变，霍然站起身，"我可没有闲工夫在这里陪着你耗。"

"你往前踏一步试试。"百鸦并不看她，目视着前方，语气冰冷无比。

见面时笑呵呵地称兄道弟，亲密得仿佛是久别重逢的一家人，结果遇到点事马上就撕破了脸，露出本来面目。这类人的性子本就阴晴不定，难以捉摸，而距离薛茗救出游音已经过了一夜，这几人在这儿折腾通宵，琉璃的耐心显然也到了极限。

薛茗从燕玉鹤的肩头探出一双眼睛，悄悄看着这场剑拔弩张的打戏。

琉璃信徒众多，并不畏惧百鸦，恍若没听见他的威胁，抬步就要走。未曾想刚踏出一步，阴风便从四面八方呼啸而来，伴随着成群结队的乌鸦潮水般汇聚，百鸦一拳砸在地上。只听轰然巨响爆发，大地猛然裂开一条缝隙，飞速朝琉璃冲过去。

琉璃纵身一跃，同时将十指上的戒指甩出，在空中化成了十条手臂粗的金鳞蛇，发出咝咝的声响，张着毒牙缠上百鸦的身体。百鸦并不畏惧这些玩意儿，随手拽下三条生生扯断，继而一闪身就向琉璃逼近，速度快到薛茗的眼睛根本捕捉不到动作。

成群结队的乌鸦发出难听的叫喊，在百鸦的周身环绕飞舞，座下千百众见两位大佬斗法，顿时吓得惊慌逃窜。白堕也站起身走到燕玉鹤的边上，叹道："唉，他俩还是老样子，一言不合就要打架，有辱斯文。"

薛茗抬头看他一眼，心想着他总是拿着扇子装啥呢？这天又不热，而且他能感觉到热度吗？

正要开口询问，大地却忽而传来一阵剧烈的晃动。薛茗惊讶地转头，却见两位大王在空中斗法，并未触及大地，不知这股强大的震动从何而来。紧接着就看地面蔓延出数不清的龟裂，朝四面迅速扩大，原本被百鸦打出的裂痕也比刚才大了一倍不止，土地高高隆起，像是有什么东西在下面往上顶，要破土而出。

薛茗惊慌地从燕玉鹤的腿上爬下来，往地上一瞧，隐约在那些密密麻麻的裂缝中看出了一个模糊的图形。而那图形则与先前在那有并根槐树的院子里所看到的差不多，类似一个阵法。

▶第 32 章◀

这种震动的程度，绝对不是被这两个还没完全亮出架势的大王引起的，震感强烈得薛茗几乎要站不稳。

方才还在看戏的燕玉鹤缓缓起身，放眼往下看，地面已经遍布裂痕，其中最大的那条开了有几尺的距离，底下泛着血色的土往上翻涌，空中开始蔓延出一股难以言喻的臭味，很像是在三伏天里闷了好久的尸体。

薛茗嫌弃地捂住鼻子，抬眼往上一看，见琉璃也是一脸诧异，显然没料到这种情况的发生。

血红羽毛的乌鸦在空中盘旋，随后发出一声极为嘹亮的啼叫，薛茗听了后只觉得耳朵好似针扎一般，疼得她面露痛苦，本能地捂住了耳朵。同时一只手揽住她的腰，将她往后拉了两步，按进一个怀抱中。

薛茗抬头看，就见燕玉鹤仍看着下方裂开的土地，却分出了一点注意力在薛茗的耳朵上点了一下，耳朵里就好像有一股水涌了进来一样，那刺耳的声音顿时减弱许多，刺痛感也消失不见。

她匆忙一瞥，发现燕玉鹤和白堕的神色并没有什么变化，似乎目前发生的状况还构不成威胁。继而就见白堕摇着扇子晃到了燕玉鹤的肩侧，说道："看来这地方也设了聚阴阵法，难不成姜箬鸣在附近？"

薛茗转头朝下看去，只听底下传来巨响，大地的裂缝肉眼可见地迅速扩大，随着不断被顶上来的泥土，逐渐显出土地下掩埋的东西。薛茗瞪大眼睛，还以为自己看错了，等她用力揉了揉再次看去，见那土砾扑簌簌往下掉，竟然出现了房宅的屋顶。

一座庞大的楼房拔地而起，在不断震动的大地中出现在众人的面前。足足有三层高，屋顶尤其大，四边的檐角高高翘起，屋檐则是波浪的形状，远远看去像是云朵，又像是浪花。而最引人注目的，还是檐下吊着的尸体。

每一层楼都有屋檐，檐下吊着密密麻麻的尸体，皆如薛茗先前看到的那样，手脚被钉子钉穿，嘴巴被血线缝起来，死死地瞪着眼睛。这场面极其骇人，薛茗从未想过有朝一日能看到这种画面，简直就是看一眼就会做噩梦的程度。

同时她感到心里一阵发寒，发自内心的恐惧开始弥漫。薛茗难以想象姜箬鸣究竟是一个怎样的人，她竟然能毫无心理障碍地杀了那么多人，用这样残忍而狠毒的手段，恐怕已经不能称之为人，生来就是祸害世间的。

此时琉璃与百鸦已经停下了斗法，当间被这一座突然出现的，挂满了尸体的楼阻隔，各站在两地。

百鸦落在树上，疑惑地看着这座从地面钻出来的楼，问道："现在启动阵法是何意？"

他身边空无一人，只有一只乌鸦落在边上的枝丫上，转动着血红的眼珠子。待他问话之后，这乌鸦突然就开口了："我的肉身就在燕赤霞那里，必须尽快夺回，否则极阴之体会被毁坏！"

百鸦挑了挑眉："嗯？燕赤霞来了？在何处？"

乌鸦扑了两下翅膀，支起一个膀子朝座上一指，气急败坏道："百鸦，我怀疑你真的要去治治眼睛了，连真假玉面都分辨不出来！那燕赤霞随随便便装成的模样就能把你骗了！他扮作玉面出入此地，将我那八个聚阴阵法毁得还剩下三个，还都是在你眼皮子底下做的！"

百鸦还觉得自己挺无辜，耸了耸肩道："我与玉面快百年未见了，哪里知道他是什么模样？你知道，为何不早告诉我？"

"我也是刚刚才得知！快动手将我的肉身夺回来！"乌鸦凶戾地撂下一句，继而展翅飞向天空，又发出一声啼叫，漫天飞舞的鸦群也发出叫声回应，绕着它飞了起来，在天上形成了巨大的旋涡。百鸦将手指含进口中，吹了一个响亮的口哨，那些成群结队的乌鸦便同时飞向薛茗所在的方向。

紧接着他飞身而至，瞬间的工夫指爪就刺到燕玉鹤的面前，掀起呼啸的阴风。薛茗见状吓一大跳，下意识将脑袋往燕玉鹤的怀中埋，继而就觉得整个被抱了起来，腾空的失重感袭来，待她再睁眼看去时，燕玉鹤已经抱着她退到了几丈远的地方，原先所站的位置被百鸦的一个爪子抓出巨大的地洞，连带着桌椅烂得稀碎。

谷井阑“哎哟”两声，道：“百鸦兄火气那么大，怎么见着人就动手呢？我与玉面兄可招惹你了？”

百鸦直起身，冷哼一声，轻蔑道：“我竟不知大名鼎鼎的燕赤霞大驾光临，何必畏畏缩缩？你顶着自己的身份来我也定然会热情招待，怎么偷偷摸摸地毁人东西呢？”

“此言差矣，此言差矣。”谷井阑眼看着百鸦已经将燕玉鹤的身份识破，便也不装了，摇着扇子道，“他毁那几个阵法不过是顺手的事，扮作玉面大王来这儿的目的并非如此。”

“哦？”百鸦好奇地歪头，问道，“那是为何？”

“当然……”谷井阑故意停顿了一下，卖了个关子，而后才笑着道，“是怕你们跑了呀，若是知道燕赤霞在这里，琉璃大王怕是半道上就改了路逃走了，哪里还有咱们几个坐下来喝酒的热闹？”

琉璃大王听得此话不由得大怒，站在边上对谷井阑破口大骂：“你个早亡的衰鬼，何时与燕赤霞勾结一气？如今都成这样了竟然还胳膊肘往外拐，由此可见你那几个弟弟也算是聪明，倘若让你当了皇帝，怕也是个将江山拱手让人的窝囊废！”

这话骂得难听，谷井阑脸色一沉，重重地气哼一声：“你就骂吧，反正迟早收拾了你。”

百鸦见此场景，自然也明白如今局势。

玉面已死，白堕与燕赤霞联手，目的不过就是趁着推选新皇的大宴将所有人一网打尽。他毫不在意，仰头笑了几声，只觉畅快，说道：“那今日时机正好，也不必等到七月十五了，便在今日决出新皇，若我能手撕燕赤霞，传出去，谁还不认我新皇的身份？”

那边几人你来我往地放话，燕玉鹤却始终沉默着，尽管薛茗早就在心里大喊了好几个糟糕，觉得现在的情况乱得一塌糊涂，但他仍保持着稳定的情绪。

他将薛茗放下，转头看向百鸦，问道："姜箬鸣在何处？"

百鸦态度散漫道："你找她作甚？你的对手是我。"

燕玉鹤见状自然也不与他多说废话，从袖中夹出小纸鹤往空中一甩，唤道："绛星。"

忽而一阵狂风在空中咆哮起来，将地上的碎石瓦砾尽数卷到半空中，成群结队的黑乌鸦在此时也被风搅乱了阵形，发出粗哑难听的叫声。下一刻，鹤鸣声震彻云霄，自天边传来，嘹亮得如一把利剑，叫得人耳目一明，仿佛整个人都清醒了一般。

薛茗抬头望去，见绛星展开翅膀在半空中飞来，头上那长长的赤色羽毛飘荡起来，羽翅的底端燃着火焰，气派十足。它这次的体形并没有上次庞大，少了些震撼人心的压迫，却多了几分绚烂美丽，宛如翩翩起舞的仙鹤。

燕玉鹤双指并拢结了个手印，就见金光乍现，一柄长剑破风而来，在他周身环绕两圈，被他攥在手中。

这把剑原本缠了一层又一层白色的布，被燕玉鹤一抖就掉落在地，露出莹白而干净的剑身，似被鲜血浸泡过无数遍，充满了凛冽的杀意。燕玉鹤眸色一转，整个人变得冷漠锋利，散发出森森寒意，与薛茗以往所见的任何一面都不同。

这是战斗形态的燕玉鹤，气场极其逼人，即便这股汹涌的杀意不是冲着薛茗，也让她感到了强烈的压迫，胸口发闷，呼吸困难。

又一声鹤鸣，燕玉鹤身形一闪，快如闪电般来到百鸦跟前，只听铮然声爆发，百鸦正面抬手接了燕玉鹤一剑，黑长的指爪从剑身上划过发出刺耳的声响。燕玉鹤转腕，握着剑一翻，百鸦顺势在空中翻了个滚，连着"砰砰"几声巨响，两人周围发生爆炸，一时间烟尘四起，几丈之内的东西尽数炸成齑粉。

薛茗往后退了好几步，再定睛去看，就见百鸦接剑的那只手已被整个削断，断口整齐，冒着黑气。他嘻嘻一笑，赞道："好快的剑。"

燕玉鹤唇角一勾，露出个冷笑，再次扬剑，与百鸦缠斗起来。这动静，比方才两个大王动手的阵仗大得多，薛茗的眼睛根本捕捉不到燕玉鹤的影子，只看见金光频闪，黑气滔天，狂风吹得人东倒西歪，周围的东西毁得什么都不剩下。

薛茗不知百鸦什么来头，但他的战斗力看着极其强劲，被削断的肢体很快就由凝结的黑气再生，那双手蕴含着的力量非常可怕，似乎想徒手折断燕玉鹤的剑。

这头燕玉鹤打得正激烈，那头琉璃见状想逃，谷井阑便将手中的扇子掷出，扇骨分成十来条，变作柔软的绳子，朝琉璃的身体缠去。

琉璃闪躲几下，回头见谷井阑追上来，顿时破口大骂，同时一挥袖洒出无数金币金元宝，落地便化作密密麻麻的小兵，朝谷井阑奔腾而去。

战场被分割了，中间的三层高楼作为隔挡，谷井阑与琉璃在那头打着，燕玉鹤与百鸦在这边打，半空中飞舞的群鸦则与绛星缠斗着，一时像大乱斗一样混乱不堪，破坏力惊人，薛茗一再往后闪躲，差点被扑面而来的风给掀翻。

忽而那只血红眼珠的乌鸦脱离鸦群，像支箭似的朝薛茗冲过来，到了近处便发出难听的叫喊，扑着翅膀要啄她。

薛茗赶忙摇铃召唤聂小倩。雪白的双袖在空中翻飞，聂小倩姿态优美地现身，还没张口说话就被扑面而来的乌鸦撞了个正着。她恼怒地叫了一声，一把掐住了乌鸦的脖子："什么东西！"

薛茗命令道："聂小倩，做掉它。"

聂小倩一看，是一只充满阴气的血眼乌鸦，不过看起来是没什么能耐，被她掐住了脖子扑腾。她心道这回新主子给派的对手终于是个没用的东西，可以好好表现一番，于是把乌鸦按在地上，让它给薛茗磕了三个响头，再骂道："瞎了你的狗眼，也不好好看清楚你惹的人是谁，下辈子投胎记得擦亮眼睛。"

这下可算是把乌鸦给气死了，大叫道："你胆敢如此对我！我定要将你挫骨扬灰，碎尸万段！我的肉身我一定会夺回，我还会再来的！"

聂小倩见状大喜："竟然是乌鸦精！"说着将乌鸦往嘴里一扔，嚼吧嚼吧吞了下去，说道，"小妖精，大补的东西。"

薛茗料想这应当也是姜箬鸣的灵识所化，或许她本尊就在附近，在此时启动这聚阴阵也是为了抢夺身体，只是燕玉鹤在这里，她不敢轻易现身。不管如何，要先将这阴邪的阵法毁了再说。

燕玉鹤此时正与百鸦打得激烈，若是再将聂小倩派出去，薛茗就没有了自保的手段，电光石火间，她突然想到自己手里还有一个帮手，于是赶紧摇铃铛，将躲在里面的宁采臣给唤了出来。

薛茗并未收宁采臣的魂，只是让他躲在里面休息而已，前几日聂小倩与他闹得厉害，唯有此举才能让他们消停点，此时也正好派上用场。薛茗指派道："你去放把火，将那栋楼上的尸体都烧了。"

宁采臣缩了缩肩膀，光是看着面前这些打得天昏地暗的场景就已经吓得不轻，嚅动着嘴唇好几次也没敢说出不想去的话。这窝囊劲儿聂小倩一看就要发怒，马上自告奋勇："让我去！我定能做好此事！"

"你不行，你要留下来保护我。"薛茗转头对宁采臣劝道："害死你的恶人就在这附近，你也是这么死的，定然不愿意见其他无辜的人与你一样，成为储存阴气、为恶人所用的工具，对不对？”

宁采臣双腿抖得似筛糠，犹犹豫豫半晌，最终还是点了点头。

薛茗在地上捡了个断裂的桌腿，让聂小倩放火点燃，递给宁采臣，叮嘱道：“快去快回。”

宁采臣接过火炬，深吸一口气，飘了出去。薛茗满眼希冀，盼着宁采臣安然无恙地带着火将那栋楼点燃。

却没想到，他刚靠近那栋楼，地上原本若隐若现的阵法图形就迸发出红色的光芒，在短暂的时间里由淡变深，红得像血。继而挂在檐下的尸体在同时扯烂了嘴上的线，将嘴巴张成了夸张的程度，千百惨烈的哭号同时响起，被卷在寒冷刺骨的风中，谱成撕心裂肺的哀曲。

半透明的雾气从尸体的口中飘出，被风涡卷积着，以雷电般的速度朝薛茗的方向袭来。

薛茗下意识抬起双手阻挡，往后退了好几步，骤然感觉到后背传来异样，隐隐散发着灼热。这情况并不陌生，上一次聚阴阵启动的时候，她的后背也有同样的感觉。

▶第 33 章◀

薛茗看见漫天的阴气凝聚，像一片乌云诞生，那一团灰蒙蒙的气息好像捏一捏挤一挤，就能落下无数冰凉的雨。

风中的哭号声逐渐变得响亮，从哀怨变成尖叫，刺耳无比。地上出现的红色阵法飞快转动起来，散发出诡谲而绚丽的光芒，她本能地往后退，不知脚后跟踢到什么东西，整个人跌了一跤。

继而那些凝结在半空中的阴气突然像决堤潮水，汹涌奔腾地朝薛茗扑来，她心中大惊，扬声喊：“聂小倩！”

聂小倩纵身扑上前，双臂抡圆，雪白的长袖形成一个圆将薛茗包裹在其中，本以为此举能做一个短暂的抵挡，却不料那些阴气猛地散作满天星，从四面八方不断钻入薛茗的身体里。

瞬间，薛茗感觉自己被塞进了一个巨大的冰库，寒冷的感觉从她的四肢开始往心脏的位置蔓延。她的身体无法抑制地发起抖来，仿佛每一根骨头都覆上了寒霜，本能地抱起身体蜷缩起来，牙关嘚嘚嘚地打战。

聂小倩见她的脸色在片刻之间由红润变得青白，也吓了一大跳，赶忙张大嘴巴开始大口地吸空气，将那些阴气往自己肚子里吸，企图靠这样的方法为薛茗分担一些。

就在薛茗感觉自己要被冰霜泡透了时，丹田的位置突然散发出了热意。起初这股热意并不明显，随着她呼吸越来越困难，丹田里的热意逐步扩散，像是个暖宝宝贴在了肚子上然后慢慢起了作用，所散发的热越来越强烈，在薛茗的身体里蔓延开。

这股热意让薛茗迅速从快要冻僵的状态恢复过来，将她身体里的每一根经脉都润了一遍，那股令她难以忍受的寒意消失殆尽。薛茗赶忙从地上爬起来，这时候感觉背上灼烧得厉害，跟在毒太阳底下晒了一下午一样。

薛茗吱哇叫了两声，喊着聂小倩："你快来看看我后背是不是着火了！烫死我了！"

聂小倩摇头说没有，还上手摸了摸，道："没什么特别之处。"

薛茗往后背上抓挠了几下，此时源源不断的阴气还在往她身上灌，但她体内散发的热意完全抵消了不适，只觉得有一种力量在她体内汇聚。聂小倩看得眼馋，在边上吸来吸去，想要瓜分一点阴气。

直到一声巨大的爆炸声响起，地上的碎石土砾像海浪一样猛地被掀飞，声音震得薛茗耳朵嗡鸣不止，一片嘈杂尖锐的声音中，她看见有一柄散发着金光的剑从天而落，往那栋楼的中间狠狠刺去，烟尘弥漫间，整栋楼被一分为二，在金光的照耀下，上面挂着的尸体尽数化作齑粉散去。

弥漫在空中的阴气也一哄而散，薛茗陡然感觉身体轻松了不少。与此同时，百鸦从尘雾中冲出，他的上衣已经被砍得破烂不堪，脸颊上也有长长的血痕，从肩胛骨往下到肋骨的位置，长长的伤痕极是显眼，显然是经历了一场恶斗。

反观燕玉鹤，仍旧是衣袂飘飘的模样，只是长剑离了手正插在楼中，这才得以让百鸦有逃脱的机会。

百鸦战落下风，却并不觉得恼怒，反而大笑起来，像个行事癫狂的疯子，连赞了几声"酣畅淋漓"。随后他压低身体，猛地往地上一拍，只见地面开始塌陷，沟壑从当间把薛茗和燕玉鹤分隔两地，以极快的速度朝两边裂开。

剧烈的摇晃下薛茗还要扶着聂小倩才能勉强站稳，转头看见燕玉鹤与她隔得原来越远，不由心生慌张，大喊他："燕玉鹤——！"

话音还未落下，她脚下的土地猛地一陷，好似张开了一张大嘴要将她吃进去，千钧一发间，鹿蛮不知从何处出现，猛地扑在她身上，带着她摔出几丈之远，翻了好几个滚才停下。

薛茗惊慌地爬起来去看，只见山尖从方才的裂缝中拔地而起，只消片刻就大得完全挡住了薛茗的视线，最后一眼她看见燕玉鹤正紧紧盯着她，动身想要过来，却被飞身过去亮起利爪的百鸦给拦住。

紧接着周边所有的地貌开始变幻，不再是举行宴席时盖满奢华宫殿的平地，而是陆续出现了高低错落的山势，茂密的野草成片成片地出现。薛茗脚下的土地不断顶高，视野陡然变得开阔起来。

分明一切都发生在她的眼中，但地势的每一次变化都让人猝不及防，仿佛薛茗只要眨一下眼睛，面前就变成了错落的高山，再眨一下，又出现无边梯田，再眨，则是荒草遍地的山野，不过几个错眼的工夫，方才那乱斗得一片狼藉的场面，燕玉鹤、百鸦、白堕以及琉璃等人，竟全然消失不见。

薛茗瞠目结舌，站在云雾缭绕的半山腰，整个人呆住了。

这就像一场大型的魔术，好像在薛茗完全没反应过来时，就被送往千里之外。

此时西方天际悬挂着落日，染出满天的云霞，映衬天地一片橘红。往远处看则是一层又一层的梯田，半山腰长满杂草和茂盛的树木，清风徐来，吹得她猛地打了一个激灵。

“这究竟是什么情况？”薛茗抓着鹿蛮，焦急地询问。

鹿蛮拂了拂身上不存在的灰尘，说道：“百鸦乃是山鬼，有掌控地势之能，是他变幻了地势，将我们都分隔开了。”

薛茗惊叹：“他还有这么大能耐？他与姜箬鸣好像是一伙的，这么做肯定是为了将燕玉鹤调离我身边，然后帮助姜箬鸣抢身体。”

鹿蛮点头，也赞同这样的说法，随后道：“不必担心，你身上有遮掩气息的东西，他们一时半会儿寻不来。况且，百鸦未必能从燕赤霞手中脱身。”

她说着，随手将锦囊递给了薛茗，先前赴宴时薛茗怕戴在身上太过明显，所以先给了鹿蛮让她帮忙拿着。薛茗道了句多谢，随手接过来系在腰上，心里还琢磨着是什么东西遮掩她的气息，就听见一声鹤鸣传来。

她转头看去，却见绛星正飞过来，见到她似乎极其高兴，收翅落下后在她身边转了好几圈，还用脑袋蹭了蹭她的腿。薛茗见到绛星自然也是欢喜的，想着是不是燕玉鹤也在周围，便一边抚摸着绛星的脑袋一边四处张望，但并未瞧见他的身影。

鹿蛮见状，忽而问道：“这燕赤霞……该不是对你动心了吧？”

这一下问得让人猝不及防，薛茗愣住，心脏不知为何怦怦跳起来，下意识反驳：“啊？这怎么可能？”

“可是你还活着啊。”鹿蛮道。

薛茗擦一把汗：“这话说的，难不成我去死？”

鹿蛮摇摇头，说道：“你的肉身特殊，一旦落入燕赤霞的手中，就算魂魄不完全，他也会直接选择先毁了肉身，但不管是先前还是这次你被他抓走，都安然无恙。”

“那说明他是个好人啊。”薛茗道，“他知道我是无辜的，自然不会杀我。再说了，极阴之体已经被他毁了，他渡了很多阳气给我。”

鹿蛮摇头：“以你这身体如今消耗阳气的速度来看，这些绝对不够，不出几日阳气就消失殆尽，待你魂魄完全合二为一，届时再想杀你就难了。”

薛茗纳闷道：“你特别盼望我死是不是？”

鹿蛮十分真诚道：“自然不是，我希望最后是你占据肉身成为主魂，我死后修行的年月比活着时修行的年月要长得多，不希望下一任魁皇是个嗜杀的魔头。”

薛茗顿时觉得疑惑，提出疑问：“下任魁皇？不是说四位大王都来此处竞争新皇位置，为何你认定姜箬鸣会是下一任？”

“不是认定，是我推举你。”鹿蛮说。

“为何？”薛茗这才想起，姜箬鸣确实是与鹿蛮有些交情的，而今细想也着实奇怪，这两个女子瞧着也不是很志同道合，究竟是怎么扯上联系的？她问道：“你不是说你并不赞同她的恶行，何以还要推举她？”

两人虽然面对面，却像是各论各的，鹿蛮道：“因为你是上任魁皇与凡人女子诞下的血脉，你拥有众多先皇的拥护者，足够与其他候选人竞争。再者，虽说你原本恶性难改，但如今你分离出了善魂，比其他几个大王好得多，所以我认为你最合适。”

薛茗：“……”她心里一个大震惊，完全没想到姜箬鸣还有一重这样的身份！

难怪这妮儿小小年纪凶恶得这么恐怖，杀人不眨眼，合着身上竟然有一半的魁皇血脉，这确实是个人间祸害，或许她从未将凡人当作自己的同族，做出这样的恶事再正常不过了。

如此一来，先前她所疑惑的也说得通了。姜箬鸣绝不会放弃这具难得的极阴之体，她是想用这个身体夺得魁皇之位，所以她总是喊着“我还会再来的”以此表达自己坚定的决心。

薛茗想了想，语气温和地劝道：“我说小金仙，你好好想想这燕赤霞来是干什么的，他宰了上一任，又怎么可能让新皇在他眼皮子底下诞生？”

“今时不同往日了。”鹿蛮上前两步，揉捏着薛茗的肩膀，暧昧一笑，“若是燕赤霞心悦于你，这些就另说了，这地界若是群龙无首，出的乱子只会更多，需要一个主宰者掌管秩序。”

薛茗心说我才不干，且不说她只想做一个生活在阳光下的正常人，单说那些家伙杀人无数，作恶多端，阴晴不定，说两句就要打起来，让她去管制他们，还不如给她一根绳子吊死来得痛快。她面上笑嘻嘻：“燕玉鹤的心思谁能猜到，我与他相识不过才多久啊，别瞎猜。”

“未必。”鹿蛮说着，低头看了一眼绛星。它收着翅膀乖乖地站在薛茗的脚边，长长的脖子像撒娇一样非要挨着她的腿，圆滚滚的眼睛左右转着，时而在她腿边蹭两下。

“上等灵宠虽有自己的心智，但大多习性都是贴合主人的，不单单是喜好一方面。”鹿蛮道，“鹤本是清冷高洁的性子，现在却将喜爱表达得如此明显，难说不是随着主子。”

薛茗叫她说得心都乱了，迷迷糊糊地想燕玉鹤也没有将喜好表现得很明显呀。

她捋不清楚，有些心慌意乱地摆了摆手：“别乱说别乱说。”

▶第 34 章◀

鹿蛮并不觉得自己在胡说，她低头瞧了好几眼那乖顺的白鹤，越来越觉得自己的猜测有道理。

鹿蛮认为现在面前这个占据身体的善魂已经忘记了过往的所有事，并不记得自己曾做了那么多的恶事，这样的罪行落在燕赤霞手上，绝对就是一个“死”字，但现在她仍然活得好好的，并且这只白鹤又是怎么回事？作为燕赤霞的灵宠，向来都是对谁都爱搭不理，现在脑袋快粘在人家腿上了。

鹿蛮在她脸上端详片刻，问道：“你的脸是燕赤霞给你换的？”

薛茗心生疑惑，从锦囊中取出镜子一照，见镜中是她自己的脸，便摇了摇头没有解释。鹿蛮拍了拍她的肩膀，道：“只要你知错能改，洗心革面重新做人，过往恶行皆是那恶魂之为，与你无关，不必介怀。”

薛茗心说：我本来就不介怀，关我屁事。

鹿蛮又道：“我幻化成你的模样，再多找几人混淆他们的视线，你且好好藏着，只要聚阴阵全部被毁，她就翻不出什么风浪了，她的魂魄长期离体，就算到最后与你合二为一，你也会占据主魂将恶魂吞噬。”

薛茗心想这也算个办法，等事情差不多解决了，再让燕玉鹤把姜箬鸣的魂魄斩杀，届时谁还会在乎什么合二为一？她点点头，诚恳道："那你一定要小心，千万别受伤了。"

"无须担心我。"鹿蛮道，"燕赤霞的灵宠已经在这里，他来找你也是迟早的事，届时你多与他说些好话，使个什么美人计将他蛊惑，一切都好说。"

薛茗敷衍地点点头，与鹿蛮道别后她寻了一条山路往下走。此地只有落日，显然还在诡界之中，但她看见下面有梯田，或许这山脚附近是有人居住生活的。

反正不管是不是人，种地的农民伯伯婶婶，大多都是好人。薛茗如此认为。

绛星在她身边跟着，像一只完全不用牵引绳的宠物，有时候走在前面与她隔开了一段距离，还会停下来等待她。薛茗看着活泼的绛星，想起方才鹿蛮所说的话，又开始怀疑起来。因为绛星看起来是与燕玉鹤截然不同的性格，光是它扑棱着翅膀奔跑的那种开心，她觉得燕玉鹤一辈子都不会有那样的表现。

不过仔细想来，绛星从出现开始，似乎一直在表达对她的喜欢，此前她与绛星并未有过交集，最多也就是在睡着时被它叼着搬运。薛茗开始回想自己以前是不是真的很招小动物喜欢。

她一路走一路琢磨，也不知道走了多久，转头朝下望去，只觉得景色没有什么变化，山路仍旧狭窄，两边是丛生的杂草，下方是一层又一层的梯田。走了那么久景色却没有变化，薛茗也不知道这山路究竟有多长，干脆掏出铃铛摇了摇，想把聂小倩喊出来。

谁知她连唤了好几声，聂小倩都没有半点动静，于是赶忙又喊宁采臣，周围只有铃铛发出的低低声响，不见两人出现。这时候薛茗终于察觉到不对劲了，意识到这个环境有问题，竟然连聂小倩都召唤不出来。

她低头看着绛星，不免有些心慌，因为绛星是突然出现的，而且来得非常快，在地势变换前它分明与那些乌鸦缠斗在一起，薛茗不太能保证这个突然出现的绛星是真是假。

薛茗咕咚咽了一口，蹲下来对绛星问道："你是绛星对吧？不是其他什么东西假冒的吧？"

绛星转动着圆溜溜的眼珠，似乎短暂地思考了一下她的话，随后像是听明白了薛茗的话，头顶上赤色的长羽一下子奓开一样支棱着，然后挥舞起翅膀在薛茗的腿边扇来扇去，不停地发出短促的鹤鸣，像是一只战斗中的大公鸡，对薛茗表达自己的愤怒。

薛茗见状，赶忙摸摸它的脖子，拍拍它的翅膀安抚："鹤宝宝，对不起我错怪你了，你就是全天下最聪明的仙鹤，是我多心了。"

好声好气地哄了许久，还抱着它走了一段路，才将绛星的毛给抚顺。薛茗在察觉到这环境有问题之后，就开始格外留心周围，虽然山路两边的景色都差不多，但还是有一些比较突出的地方，直到薛茗第三次看见路边出现那个半人高的石墩子之后，她恍然明白为何走了那么久周遭的景色都没什么变化。

她是被困住了，一直在走重复的山路。

薛茗停下来，坐在那半人高的石墩上擦汗休息，绛星便乖乖地卧在她腿边。薛茗扬声道："不知我是惹到了哪路活神仙，可否出来让我诚心赔礼道个歉？"

她等了一会儿，仿佛是对着空气说话，并没有人回应。薛茗想了想，又道："你别藏在暗处装神弄鬼，我现在是给你机会，再过会儿我那厉害的朋友找来，打得你灰飞烟灭无处可逃，可别怪我没提前跟你说。"

虽然薛茗只是想尝试一下，但没想到这激将法确实有用，话音落下没多久，就有一道声音响起："那我还真要看看是什么人物了？"

听声音像是个男子，且很年轻的样子。薛茗转头张望，没瞧见人，就尝试与他对话："燕赤霞的名讳你可听过？"

那男人沉默了片刻，随后道："听过，又如何？难不成你还能与那人扯上关系？"

薛茗哼笑一声，指着绛星道："你见识短，我不与你计较，你瞧清楚了，这就是燕赤霞的灵宠，你若不信我，那我们就在这里等着，待他找来一剑刺在你头上时，你就知道我与燕赤霞有没有关系了。"

绛星也在此时十分配合地叫了一声。它的鸣叫本就与普通的鹤不同，清亮而悦耳，每回薛茗听了，就感觉耳朵被洗了一遍，满心的清明。

那男人似自己斟酌了会儿，随后在薛茗面前现身。只见一股白烟从路边飘出来，逐渐凝结成一个成年男子的模样，飘在薛茗的面前。这男子看起来不过二十来岁，五官生得虽算不上俊俏，但十分端正大气，并无邪魔的样子。他道："便是燕赤霞来了也无用，我并非作乱的邪祟，他没有道理杀我。"

薛茗就问："那你是什么？又为何拦我的路？"

那男人道："我是过路仙。拦着你的路，自然是不要你往前走。"

薛茗心想这不是纯在说废话吗？她并不懂过路仙是个什么东西，但心里明白并不是所有阴邪的东西都会将邪恶写在名字上的，因此并没有相信，只道："你单凭一张嘴说你是仙你便是仙？我不信。"

男人道："你信不信由你，不过你要是继续往前走也可以，但我要收取过路费。"

薛茗大怒，站起来斥责道：“这山路难不成是你修的，你还问我收过路费？我看你是打着灯笼去茅房——找屎（死）！绛星，给我啄他！”

绛星应声而去，用长长的喙对着男子一顿啄，顷刻间就将男子啄成稀散的白烟消失。薛茗绕着石墩转了两圈也没见着那过路仙再出现，于是抱着尝试的心态继续往前走，结果走了十来分钟，又在路边看见了眼熟的石墩。

薛茗长叹一口气，心说果然不行，就喊道：“过路仙，你出来吧，我们再商量一下。”

不一会儿那男子又飘出来，睨了薛茗一眼，脸色很臭。薛茗打了个手势，说：“刚才的不算数，我们重新来一遍。你是何方神圣？”

男子道：“过路仙。”

“好，我要往前走，你肯定要向我收取过路费是吧。”薛茗道，“你想要什么？”

男子道：“我要你身上一部分阴气。”

薛茗心中一喜，寻思你早说啊，我正嫌弃身上阴气多呢。她立即道：“我给你，你怎么收取？”

男子道：“这石墩后面的草丛有一个灵龛，你往灵龛的石像上滴几滴血就好。”

薛茗按照他的话寻找了一番，拨开高高的杂草，果然看见隐秘的角落里有一座小小的灵龛，约莫只有小腿一半的高度，灵龛里有一个巴掌大小的石像，不知道建在这里多少年，整体呈现出破败不堪的模样。薛茗指着那小石像转头询问：“是往这上面滴血吗？”

男子点头道：“不错，几滴就够了。”

薛茗从锦囊中摸出先前鹿蛮给的小刀，虽然当时砍捆仙索的时候砍得满是豁口，但刀尖还是利的，割破她的手指也是绰绰有余。只是薛茗在刀尖抵上手指的时候，突然想起先前她用铃铛结契，也是需要滴血的。

血液显然是建立连接的媒介，倘若这什么过路仙没说实话，拿她的血另有用途呢？

薛茗心里冒出了一个苗头，马上就想收回刀子，觉得还要与这过路仙好好掰扯清楚。便是在此时，忽而她耳边生风，不知是什么东西嗖地飞过来，紧接着就听面前一声轰响，薛茗吓了一大跳，下意识闭上眼往后退了退。等她睁开眼一看，就见不知从哪里飞来了一柄剑，正直直地插在那灵龛中间，将小石像劈成两半，整个剑身仍在嗡嗡鸣响，震颤着。

继而后方响起那过路仙的惨叫声，她转头去看，于是正与站在后方的燕玉鹤对上视线。

他也不知是什么时候来的，经过一场恶斗之后依旧衣冠整洁，不见受伤狼狈之态，此时正站在十来步远的距离，背后则是绵延不断的山峰和渲染得灿灿如金的天空，衬得姿态飘然若仙，极是昳丽。

只是他的脸色非常阴沉，那双本就没有情绪的眼睛里仿佛淬了冰，染上一层寒霜，比冬月里的雪都要冻人。

薛茗倒没太注意他阴沉的脸色，只觉欢喜，赶忙爬起来走到他身边："你终于来了，我被这过路仙缠住了，你快救救我。"

燕玉鹤没有应声，冷漠的眼眸一转，落在那男子身上。此时他已经跪伏在地上，哭得一把鼻涕一把泪地向燕玉鹤求饶，嘴里还说着什么"杀了我损阴德"之类的话，却不料燕玉鹤并不搭理，抬步走到灵龛前，将插在上面的剑拔出，而后手起剑落，一下就把这破旧的灵龛劈成了两半，小石像更是粉身碎骨。

嘴里喊着"阴德"的男子惨叫一声，身上开始嗞嗞冒烟，不过短短十几秒的工夫，就像水蒸气，在薛茗眼前蒸发了。

燕玉鹤收了剑，一抬手，绛星就展翅飞起来，化作一个小纸鹤，飞入他的袖中。薛茗快步走过去，见那灵龛已经碎得彻底，不由得好奇："他说他是灵物化身，你这样杀了他，没有影响吗？"

燕玉鹤的脸色仍旧不大好看，但许是薛茗主动与他说话的缘故，此时已经缓和了不少，淡声回道："他已心生歹念，当除。"

薛茗问："是不是他方才骗我往那石像上滴血的缘故？不过我临时反应过来了，没有割破指头。"

燕玉鹤回道："他想拉你取代他，守在这条山路上，只要灵龛彻底损坏，魂魄就会跟着一同消散。"

薛茗心有余悸地拍拍胸膛，"幸好来这里之后被坑了很多回，多长了个心眼，不然还真让他得逞了。不过话又说回来，这过路仙究竟是个什么东西？有什么作用呢？"

燕玉鹤语气平淡："过路灵龛大多修建在凶险之地，可保护误入歧路之人回头离开，免于遇难。"

▶第 35 章◀

薛茗一听这话，感觉双脚马上就粘在了地上，挪不动了："等等。"

燕玉鹤停下来，隔着两步的距离侧身回头，平静的目光落在她身上。他的情绪向来很淡，但由于眼睛实在生得好看，就算没有情绪做点缀，也并不显得黯然，如同无波的湖水，澄澈清明。

薛茗本来有话想说，对上这目光就突然走神了。她想起鹿蛮先前所说的话，虽然当时的确心猿意马，但此刻与燕玉鹤面对面，又清醒不少。

这看起来并不像是动心的眼神。薛茗想，不是说喜欢一个人的时候眼神是藏不住的吗？从燕玉鹤的眼睛里就能看出，他完全就是以一种很平常的心理看待她。

“什么？”燕玉鹤见她直愣愣的不说话，便出言询问。

薛茗回神，这才想起自己有话说，紧张地问：“你不是说过路灵龛一般都建在凶险之地，咱们再往前走会不会有什么危险？”

燕玉鹤道：“不必担忧。”

薛茗心说别看这回答就四个字，其实里面的学问大着呢。她追上燕玉鹤的脚步，继续问道：“这个不必担忧意思是说前面没有危险，还是那些危险你能解决？是你不必担忧还是我不必担忧？”

燕玉鹤偏头看她一眼：“总之不会让你死。”

薛茗道：“不会死，那会受伤吗？”

燕玉鹤在这时候竟然表现得出奇地有耐心，并无半点不耐烦，回答：“也不会让你受伤。”

薛茗听到这话，顿时就把心放回了肚子里，不再多问，老老实实地跟在燕玉鹤身边下山。

这条山路比想象中的要长，天空一直都是火烧云的场景，映得天地一片火红，好似玫瑰开了遍野。清风徐来，薛茗感到一阵凉爽，风里还有稻草独有的气味，混合着不知道什么花朵的香气，有一种别样的香甜。

薛茗往远处眺望，只觉天高远阔，风景瑰丽，是不可多见的美景，倘若不是被那些危险的东西纠缠，当下就是最惬意的时刻。

她不免想着这些事情解决之后，她该去哪里，这天下那么大，她去做什么，日后如何生活。薛茗转头朝燕玉鹤看了一眼，似欲言又止，谁知燕玉鹤五感极为灵敏，马上就察觉到了，道：“想说什么？”

薛茗抠了抠手指头，问道：“你说……等你将姜箬鸣解决了，我还能去拜你们师门不？”她想着学习一二法术傍身也是好的，毕竟这个世界瞧着也不太平。

“不能。”燕玉鹤语气没有起伏道。

“好吧。”薛茗撇撇嘴，但也表示理解，虽说那些事并不是她做的，但到底也是这身体原主犯下的罪，不是每个人都像燕玉鹤这样善恶分明。她伸了个懒腰，将手别在后脑勺处枕着，仰头看着鱼鳞一般的火烧云，叹道："天大地大，总有我容身之处。"

燕玉鹤没应声，接着往前走了一会儿，他却突然开口："同门不可通婚。"

"啊？"薛茗疑惑地朝他看了几眼，一时没明白他这句话的意思，等了会儿也不见他解释，便自顾自打圆场道，"那你们的门派规矩还挺森严，我以前看的话本里都是师兄师妹相亲相爱呢。"

燕玉鹤道："我对她们没有兴趣。"

薛茗满脑门的问号，实在不懂他在说什么，觉得两个人可能不在一个频道，因此哈哈笑了几声敷衍过去，没将话题深入。接下来很长一段时间两人都沉默着走山路，薛茗走得力气耗尽，双腿又酸又疼，连闲聊的力气都没了，眼看着天边的太阳一点一点地落下山头，赶在夜幕降临之前，两人终于来到山脚。

正如薛茗所猜测，山脚的确有村落，虽然看起来并不繁华，但房舍整齐，道路洁净，周围栽种着不知名的树，正是树木茂盛的季节，清风过境便哗哗摇晃起来，树下坐着闲聊的老人，道路交织处是半大的孩子们跑着玩，还跟着几条小猫小狗，相当热闹。

薛茗看着，还以为来到了桃花源里，没想到竟然能看见这样的景象。树下闲话的老人看见了二人，马上热情地笑着招呼："二位从何而来啊？"

薛茗不知如何应答，转头朝燕玉鹤望了一眼，就见他神色平缓道："我们夫妻二人本回乡探亲，路过此处，我夫人身子不适，便想来这里借宿几日。"

薛茗见他说得坦然，也不好露出什么羞赧的神色，把悄悄红了的耳朵藏起来，而后立马装出痛苦的样子，半倚在燕玉鹤的手臂处，叹道："哎呀，难受——"

几个老人极是热心肠，立即起身张罗着给两人带路，其中一个姓马的老妪是个寡妇，早年有个儿子也不幸遇难，有空房可给二人暂住。薛茗听了觉得心酸，连声道了谢，背着燕玉鹤凑到老妪耳边轻声道："婆婆，我们不白住，我这相公出身富裕，届时你讨报酬时问他多要点。"

马婆婆笑了笑，道："那空房我日日打扫，闲着也是闲着，给你们住无妨，不要什么报酬。"

薛茗只当是客套话，跟着马婆婆来到房中，进门就看见是带着院子的小户，正对着门是主房，给她和燕玉鹤住的房间在主房的后头，与厨房挨着。院子里养了鸡和狸花猫，见陌生人进来了顿时飞奔散去，一时无比欢腾。

马婆婆将二人引去房间，还热心肠地对二人道："衣橱里放了我儿子以前的旧衣裳，都是干净的，小郎君先将就着穿，我去别处给你夫人借两套干净衣裳来。我们村许久不来外人了，既然你们来了这里便是缘分，我一个老婆子自己住这房子也着实孤单，你们不嫌弃，多休息几日也无妨。”

燕玉鹤淡声道谢，对这份热情不冷不热。薛茗笑着回应道：“这是哪儿的话，你不嫌我们麻烦就好。”

马婆婆又简单说了几句，告知了两人在何处打水，洗漱和吃饭之类的事情，之后才转身离开，说是去给薛茗借衣裳。薛茗关上门，房中一下子暗下来，燕玉鹤顺手点亮了桌上的烛台。

房子的确被一直打扫着，看上去相当整洁，桌子上也没有落灰。整个房间并不大，床铺贴着东墙，远没有拔步床那样气派，只是简简单单的一张木板床榻，且窄窄的，虽说能容得下两个人睡，但姿势稍微放肆点就会觉得拥挤了。

烛光幽幽，照亮了燕玉鹤的脸，他坐在桌边沉默不语。薛茗在房中走了一圈，来到燕玉鹤边上坐下，小声说着悄悄话：“咱们要在这里住几日呀？”

燕玉鹤道：“且先看看情况。”

到目前为止，薛茗并未感觉这地方有什么凶险，她开始充满恶意地想，或许是这村子里住了不少脏东西，一到入夜就开始出来觅食，又或者说这个地方被诅咒了之类的，总之应该没有表面上看上去那么平和安详。

薛茗一想，又开始闲不住，仔仔细细地检查着屋中的东西，怕藏了什么奇怪的玩意儿或者是什么不起眼的地方设下了阵法。燕玉鹤安静坐在那里，看着她瞎忙活。

马婆婆很快去而复返，敲门送上了给薛茗借的衣裳，同时还送了一些吃食来。

薛茗道谢后拿进屋，见燕玉鹤并没指出食物有问题，就坐下来闷头开吃。外头一阵响动，也不知马婆婆在忙活什么，过了会儿又来敲门，竟是送上来个大木桶。她说这是冬天用来泡热水取暖用的，夏日搁置了一段时间，被她洗干净了，现在送来给薛茗洗澡用。

薛茗现在心眼子多，面上笑着朝马婆婆道谢，关了门就转头问燕玉鹤：“这马婆婆为什么对咱们那么热情？是不是有诈？不是说无事献殷勤，非奸即盗吗？”

燕玉鹤摇了摇头，起身脱下了外袍，露出里面穿着的束袖的长衫，向她问道：“你洗吗？”

薛茗滚了一身的泥土，下山时又出了不少汗，立即道：“我洗呀。”

燕玉鹤没再说话，推门出了房间。薛茗好奇地跟上去，见他竟然在院中的井边打水，一桶一桶地打上来倒进及膝的大桶里，足足打了七次才将大桶灌满。

其后他俯身将大桶拎起来，动作看似很轻易，手臂上的肌肉却隐隐透过衣袖显露出来。

他将木桶拎进屋，往浴桶里灌，水声哗哗响，薛茗站在边上看，燕玉鹤低垂着眉眼，做事时很认真。她后知后觉，这是他在给自己备洗澡水呢。

薛茗心里大惊，这个认知让她心跳开始加速，莫名感到一丝缠绵在空气里的暧昧，尽管她与燕玉鹤之间并没有进行对话交流。

燕玉鹤会很多的法术，虽说他只是修行之人，但这种状态在普通人当中已经近似登峰造极的存在了，或许他捏两个纸人出来就能把洗澡水这事儿给解决，甚至他还有个不需要沾水就能清洁身体的法术，但不知为何他选择自己动手。

薛茗怔怔地站在门边，看着燕玉鹤又打了一桶水，抱去了厨房。薛茗就轻步跟过去，见他烧柴生火，将水倒进大灶台里烧着，自己在边上的小凳子坐下来。他知道薛茗扒在厨房的门口偷看，转头望去时，薛茗只露出半个鬼鬼祟祟的脑袋和一双乌黑明亮的眼睛。

燕玉鹤道："不必烧沸，用不了多少时间。"

薛茗愣愣道："哦。"

尽管厨房里的灯点亮了，环境也依旧显得昏暗，燕玉鹤坐在小凳子上，姿势端正却显出了几分莫名其妙的可爱。月光照在门边，大半都落在薛茗的身上，一小部分探入门中，照出了薛茗的影子，拉得长长的，堪堪触及燕玉鹤脚边。

"这地界并非一开始就存在。"安静之中，燕玉鹤忽而开口，慢声道，"那些魂魄逃过阴官的抓捕后，汇聚在一起，逐步扩大自己的领地，许多凡人城镇也被卷入其中。"

薛茗问："那他们如何察觉？"

"不见日出，自然就知道事出反常。"燕玉鹤道，"也会有继续在此生活的凡人存在，只不过再也看不见朝阳罢了。"

他站起身，看见锅中的水开始冒烟，伸进去试了一下温度，便开始往桶里装水。在水声哗哗间，他又道："生人有执念，死后不愿离去仍留存于世，是再正常不过之事。"

薛茗佯装听懂，应了之后随着燕玉鹤回了房。他将热水勾兑进去，热气腾腾的洗澡水就备好了，而后燕玉鹤拎着桶就出了门。

薛茗往紧闭的房门处看了一眼，随后三下五除二脱光衣裳，钻进了浴桶里泡澡。热水的温度有点高了，立即就将皮肤烫得满是通红，但这对消弭疲倦很有用处，薛茗也懒得再起来，咬着牙忍着，等皮肤适应之后，她泡在里面享受起来。

这洗澡水是燕玉鹤亲手备的，薛茗觉得稀奇，心里又有一股满足，虽不知道情绪从何而来，但享用时极其舒适。待手上都泡得起了皱，她才恋恋不舍地爬出来，擦干了身上的水，换上马婆婆给拿的衣衫。

这衣衫是乡村里的常见衣裳，没那么多繁复的衣扣，薛茗穿得很快，将方才不慎被打湿的长发放下来，等着晾干。她开门，打算自己将这一桶洗澡水给解决了，却见燕玉鹤靠着墙站在门外，也不知道在这里等了多久，猝不及防将她吓一跳，心脏“怦怦”地飞速跳动起来。

燕玉鹤听见动静转头，目光落下去，看见薛茗小脸微红，眼眸恰似水嫩的葡萄又黑又亮，长发散下来披在肩头，露出的白皙脖颈因为在热水里泡了很久，覆上一层动人的绯色。她被吓到了，眼中有几分慌色，磕巴道：“你、你一直在门口啊？”

燕玉鹤站直身体，没有应答，反而道：“此地阴气重，你后背可有什么不适？”

薛茗听后一愣，不说她都忘记了后背的事，方才泡澡时也没什么明显感觉，现在洗完澡被夜风一吹浑身上下都是凉爽的，只有后背开始隐隐发热。

卷五 百魂夜行

第 36 章

浮光跃金，静影沉璧。

乡村的夜并非绝对安静，时而响起一两声犬吠和小孩子玩闹的声音。正是夜里凉快的时候，家家户户吃了晚饭就坐在家门口或是树下聊闲话，更有蝉鸣不断，随着夏天的气浪一阵一阵飘来，因此就算关紧了门窗，房内仍旧是混杂着各种声音。

烛光摇曳，火苗忽大忽小，仿佛只要轻轻一阵风就能吹熄。薛茗拘谨地坐在床榻上，盯着那缕火苗，担心它突然熄灭。

忽而门被推开，发出老旧的吱呀声，薛茗赶忙抬头望去，就见燕玉鹤跨过门槛走进来。他是洗澡去了，长发散下来用发带随意地束着，身上披着黑绸袍子隐隐露出雪白的里衣，脚上踩着一双类似拖鞋的木屐，发尾还滴着水。

燕玉鹤反手将门关上，抬步走向薛茗所坐的位置。

先前薛茗洗完澡的时候，经过燕玉鹤提醒才察觉后背又开始发热。虽然还没有得到确切的解释，但她隐约知道后背的东西是姜箬鸣做的手脚，就是为了让这个身体更好地采集阴气，所以在之前两次启动聚阴阵时，她的后背都有异样的感觉。

聚阴阵在启动时，她身上凝聚了大量的阴气，若不是先前燕玉鹤给她渡的阳气抵消了一部分，现在她恐怕连站起来的力气都没有。薛茗心里清楚她需要阳气，非常多的。

思绪转了几晌，燕玉鹤就已经走到床榻边，低头看她。昏暗的烛影下，她的面容被照得一半明一半暗，密长的睫毛在脸颊上落下剪影，微微遮住眸子，唇瓣像是被她自己舔过，显得红润水亮。

须臾，她抬眸与燕玉鹤对上视线，明若星辰的杏眼仿佛望进他的心中。

燕玉鹤又想起当初相遇的那一夜，她慌慌张张地摔进来，姿势不算优雅地在地上爬了几步，发出难听的鬼叫声，转过头来却露出一双皎洁的眼睛，里面盛满了惊慌，仍漂亮得过分。

他单膝压上榻边，俯身朝下，一只手压在薛茗的后脑勺上迫使她抬起头。迎面接上燕玉鹤落下的吻，薛茗在这一刹还来不及思考，双手下意识抬起来，先是落在他的肩膀上，其后慢慢往上攀，搂住他的脖颈。

燕玉鹤带着她慢慢压入榻中，温热的唇瓣相接，这一瞬好似有些看不见的柔情缠住了两人。薛茗从前没感受过，因此也并不知道自己喜欢这种旖旎的亲吻，轻轻地、慢慢地，有一种被人珍视爱护的感觉。

后背散发的热意烘烤着全身，她的心里却变得潮湿，似落了一场春雨，嫩芽冒出了头，连带着心尖都痒痒的。呼吸交融间，薛茗闻到燕玉鹤身上散发的清香，很像是荷花的味道，是洗过之后的干净气息。

薛茗闭着眼睛，感受燕玉鹤的动作。他在这些亲密的事中一直都有变化，最开始的时候他不知轻重，还把她的唇给咬破了，疼好几天，现在却学会了轻轻地吻她，像恋人间的温存，亲昵而温柔，吻技增加了不止一星半点，搅得薛茗心跳大乱，怦怦跳个不停。

燕玉鹤抓着她的手放在自己的衣襟上，望着她不说话，暗示得很明显。薛茗与他对视，在这时候发现燕玉鹤那一直呈现出平静的眼眸，此刻却如同被投入了石子的湖水，泛起层层涟漪，欲望的波澜相撞，汇聚成浓郁的情愫。好似天生是一双多情的眼，平日里不见情绪尚可，一旦融入了情绪在其中，就表现出了爱的模样。

薛茗怔怔地看着，感觉自己一脚踏空，跌了进去。

此时门外突然传来马婆婆的声音："小郎君，你们可就寝了？"

那声音贴着门，仿佛马婆婆就站在外面，但是这里隔音又那么差，稍微有一点声音都会传出去，薛茗顿时吓得不轻。万一被人发现了，当真是再厚的脸皮也顶不住。

燕玉鹤扬声应答："有何事？"

马婆婆便道："我方才想起我家床板硬，你夫人瞧着身子娇贵恐怕睡不惯，我就拿了干净的被褥来，你铺在上面也可软和些。"

薛茗埋低了脑袋，祈祷马婆婆快些离去，燕玉鹤等了好一会儿才呼了一口气，回声应道：“多谢，放在门口便好，我给夫人上了药便去拿。”

马婆婆“哎”了一声，将东西放在门边然后离去。薛茗湿漉漉的眼眸抬起来，这才发现自己将他双肩抓满了指痕。薛茗有些心虚，转而一想他也是活该，谁让他刚刚故意捉弄她。

薛茗想埋怨两句，转头就看见燕玉鹤隔空一抓，将马婆婆送来的被褥隔着门抓了进来，撂在床上。

薛茗转头看他，商量道：“你累不累？不如休息一会儿？”

燕玉鹤的面容染上薄红之后极是昳丽，低眸看她一眼，亲她的侧脸，低问：“累了？”

薛茗应道：“嗯。”燕玉鹤捏了捏她的耳朵，平了平呼吸，说：“快了。”

月上柳梢头，外面不知道什么时候安静了下来，大人领着孩子回家，小狗小猫也进入梦乡，整个村子变得寂静安宁。

房中的烛火还在燃着，将亲昵的人影照在墙上，呼吸声交织错落，在房中久久不息。烛火不停跳动着，周围忽明忽暗，夜色掩盖了旖旎春意，让人在不为人知的窄榻上，沉沉浮浮到深夜。

一觉睡得极沉，醒来仍旧是黄昏。薛茗睁开眼睛时身边并没有人，只有她自己睡在床榻上。

她坐起身，伸了伸懒腰，揉了揉酸痛的腰板下榻，穿上衣裳和鞋子推门出去，就见西方天际依旧是千里晚霞，偶尔窥见一些蓝色的天空，金光照亮天地。

马婆婆坐在院中缝衣裳，听见开门声转头朝薛茗望，笑道：“醒了？身体可好些了？”

薛茗点头：“好了，好太多了，睡一晚上感觉精神全回来了。”

“好了就行，你夫君给你备了水，快去洗漱吧，我去厨房给你热饭。”马婆婆将手里的东西搁下，起身往厨房走，还笑着打趣，“你们夫妻倒是恩爱，瞧着还年轻，是不是刚成婚不久？”

薛茗走到水桶边，听到这话便点头，道：“是啊。”

“真好啊。”马婆婆叹息一声，也不知想起了什么往事，又道，“当初我儿子也差不多跟你夫君一样大，我也给他说好了一门亲事，谁知还没成家就被老天收了命，唉……”

薛茗侧身，窥去一眼，见马婆婆脸上满是悲切，伤怀之色溢于言表，瞧着也不像是装的，不由得心软安慰道：“婆婆别伤心，往事如风，莫要总是挂念在心头。”

“小娘子，你是有福之人。”马婆婆冲她笑笑，没再说什么，转身去了厨房。

等薛茗洗漱完，马婆婆端上来菜粥之类的粗茶淡饭，薛茗正好饿了，也不觉得简陋，道了谢就开吃。左右瞧不见燕玉鹤的身影，薛茗吃了个半饱，开口询问：“马婆婆，这村落是什么时候建成的？”

“许多年了吧。”马婆婆道。

“那这只有日落，不见日出的景象，从何时开始的？”薛茗又问。

马婆婆想了想，回道：“我也不知道，生来就在这个村子里生活，只记得从未见过朝阳。”

薛茗看着马婆婆脸上的褶皱，一时心里唏嘘不已，想到这村子里还有许多人像她一样一辈子没见过朝阳，便忍不住叹息。她喝了一口粥，接着问道：“那你们村可有发生过什么怪事吗？”

“怪事？”马婆婆面露疑惑，不知她为何突然提出这样的问题，但还是认真思考了一会儿，继而道，“好像还真有，我也记不清具体是什么时候了，只记得村子西边的坟坡，突然在一场暴雨之后塌陷出一个大洞，雨停之后村长带着人去探查，结果那大洞不知怎么回事，进去一个就没一个，进去一双就没一双，接连往里进了十个人，都没再出来。”

▶第 37 章◀

按理说人们在发现那个大洞有问题，进去的人不再出来后，就不会再往里进了，这时候该回去向大家伙儿求助。但当时那些人跟中了邪似的，看见前头进去的人没出来，便也一个接一个地进去，说是进去寻人，实则全部消失在洞里。即便是一天里最明亮的时候，那洞里也是黑漆漆的，火把堆在洞口都无法照明里面究竟是什么模样，于是众人商议了一下，怀着悲痛的心情干脆齐心合力将洞给填了。

其后便没再发生什么异常，许多年过去，那件怪事也逐渐被人遗忘。薛茗听了之后觉得事情没有那么简单，根据马婆婆的描述，那个大洞明显就充满邪性，当真那么容易被填上？她觉得有必要喊着燕玉鹤去看一看。

正想着，燕玉鹤就从门外进来。他换上了马婆婆儿子的衣裳，没有华贵锦衣的点缀，他身上便少了几分清冷的贵气，瞧着又俊又平易近人。

燕玉鹤不知道出去干什么了，回来往薛茗对面一坐，马婆婆递来一杯茶，他道了谢，并未喝。

薛茗捧着碗，匆匆将里面的粥喝完，擦了把嘴对马婆婆道谢，继而拉着燕玉鹤起身走到一旁：“我方才从马婆婆口中得知，许多年前村子西边的坟地里出现了一个怪洞，走进去的人都死了，感觉有蹊跷，咱们要不要去瞧瞧？”

燕玉鹤道：“此事不急。”

薛茗不明所以：“啊？那什么事急？”

燕玉鹤道：“这村落风景优美，可以走走看看。”

薛茗怎么也想不明白燕玉鹤怎么这时候有闲心在村子里散步看风景，如今百鸦和姜箬鸣肯定发了疯地找她，白堕和琉璃那边也不知是什么情况，鹿蛮说七月十五就会选举出新的魁皇。薛茗虽然不知道今天几号了，但看着月亮已经趋近圆形，显然就是这几日了，这么多事堆在眼前，燕玉鹤却说要去看风景。

薛茗跟在他身边，二人从马婆婆家出去后，迎面就看见远处的梯田，像是天然的楼梯，一层层往上，正是郁郁葱葱的时候。夕阳悬挂于西方天际，漫天的云彩慢悠悠地飘着，显得大地极为广阔。薛茗知道这黄昏一时半会儿落不下来，昨日都是走了许久山路，到了山脚才逐渐天黑的。

马婆婆说，她自出生起就没见过朝阳，但从祖辈们的口中听过，每当夜幕接上白昼时，东方就会一点一点亮起白色，灿烂的太阳慢慢升起来，金光洒满大地，便是冬季里最冷的时候，落在身上的阳光也是暖的。

阳光是人类不用付出任何代价，就能轻而易举得到的东西，但于马婆婆和这个村子里的所有人来说，都是奢望。

年轻的男女在梯田上劳作，年纪大的老人带着小孩在自家门前玩儿，有几个年岁小的孩子对薛茗和燕玉鹤这两个外来人十分好奇，自以为隐秘地悄悄在后面跟着，实则隐藏技巧很拙劣，薛茗老早就发现了。

她存心逗小孩儿玩，走个一段路就假装要回头看，吓得那些小孩儿慌乱地找地方躲，探出个脑袋偷偷瞧她。

薛茗哧哧地笑起来，对燕玉鹤道：“这里好像世外桃源啊，有没有什么办法让他们脱离呢？哪有凡人一直生活在这里的道理啊？”

燕玉鹤却没有应答，停步转身，向后面躲藏的小孩儿招了招手。几个小孩儿躲在各处不敢回应，他就从袖中摸出了小纸鹤，往下一扔，那小纸鹤就在空中飞了几圈，继而往小孩儿躲藏的位置飞过去。

薛茗见状颇为惊讶，她连连看了好几眼燕玉鹤，很难想象燕玉鹤竟然也有逗小孩儿的时候，他看起来生了一张薄情的脸，好似那种六亲不认的冷心冷情之人，今日不仅有闲心散步，还拿绛星去逗小孩儿？

就见小纸鹤飞了几圈，几个小孩儿立即亮着眼睛跟上，纷纷从藏身地跑出来。纸鹤又飞到燕玉鹤的面前，落在地上变成绛星，晃了几步，停在薛茗的腿边。薛茗蹲下来抚摸绛星的身体，看见几个小孩儿眼巴巴地朝这边看，就招手呼唤："过来，走到近处来瞧瞧，我们绛星可乖了，从不咬人。"

许是她本就生得漂亮亲和，面上带着笑说话时让孩子觉得她可以亲近，于是陆续来到她面前。男孩女孩都有，瞧着都是七八岁的样子，扎着各样的小辫子，有几个围着绛星看，剩下一两个则来到薛茗身边问她："大姐姐，你是从外面来的吗？"

薛茗点点头。小姑娘又问："外面是什么样？"

薛茗说："外面还没你们这里好呢，你们这儿景色宜人，其乐融融，比外面好多了。"

小姑娘奶声奶气道："我爷爷说外面好，外面什么都有，还有太阳。"薛茗闻声朝西边看去，本来想说你们也能瞧见太阳啊，结果就看见连绵的高山将落日遮了个严实，除却半边天际散发的余晖之外，根本看不见太阳的踪影。

薛茗就拉着她的小手，指着燕玉鹤道："你看见这个哥哥没，他非常厉害，一定能带你们出去的。"

小姑娘仰着脸去望燕玉鹤，燕玉鹤也没有反驳或者应和，低头看着她。

薛茗料想他也应付不了这种年纪的小姑娘，便主动和几个孩子闲聊，问起他们的名字。村子里的小孩在长大之前，都很难有个正经的名儿，大部分都是类似"栓子"的名字，这种名字好养活。薛茗牵着面前叫莺莺的小丫头，让这帮孩子给她和燕玉鹤带路，去村边玩一玩，看看别的风景。

随后两人一鹤，带着一帮小孩子在村子里逛起来。男孩皮实，跑得飞快，约莫是在村子里野惯了，看见谁家的门敞着，就跑进去玩儿，出来的时候手里还带着粽子、蒸糕递给薛茗吃。女孩子文静许多，争着牵薛茗的手，薛茗的五个手指牵了六只小手，另一只手拿着蒸糕吃，后面还跟了几条大大小小的狗，一时觉得心情无比舒畅，心旷神怡。

茂密的树下是坐着闲话的老人，远远看见了薛茗和燕玉鹤，便扬着手中的扇子笑着招呼，热情好客，一点不拿两人当外人。

走了一段路，出了村子后，再往前就是一条澄澈的河流。人依水而居，这条河养活了整个村子的人，因此被保护得很好，清澈得能看见鱼儿在水中游来游去。一帮小孩儿在水边长大，这会儿都围到水边玩了，薛茗也清闲下来，找了棵茂盛的树坐了下来。

微风拂面，头顶密密麻麻的树叶哗啦啦响起来，她摆了个惬意的姿势靠在树上，朝远方天际眺望。耳边尽是孩子们嬉闹的声音，还有几条小狗跑来跑去，绛星倒是乖，卧在她身边，将头枕在她腿上。须臾，燕玉鹤也行了过来，在她身边坐下，安静地看着水边玩闹的孩子们。

薛茗满心感慨，说："这样的生活真令人羡慕，要是我也能在这里生活就好了。"

男耕女织，日出而作，日入而息，邻舍关系也极好，一家孩子百家养，到了晚上凉快了再相互串门聊天，又不用工作，也没有性命威胁，可以说是梦想中的生活状态了。

"你喜欢此处？"燕玉鹤忽而问。

"是挺喜欢。"薛茗脱口回答，但紧接着转念一想，又觉得不行，因为这些村里的人便是如此安宁地生活着，才变成了如今永远看不见日出的模样。

她想起了以前黑心老板在开会的时候，对着话筒发表的抑扬顿挫的演讲："不上进，就是死路一条！别人不上进，就是别人死！你不上进，就是你死！"

薛茗一个激灵，又开口道："不过我觉得人还是要有点追求，或许等这些事都了结了，我会找个山头拜师，学点本事傍身，免得一直被人欺负。"

燕玉鹤淡声道："难道我还入不了你的眼，何需拜他人？"

薛茗一听就来劲了，往他身边凑了凑："这么说，你可以收我为徒？但你不是说我不能再拜入你的师门吗？"

燕玉鹤道："不过是些简单的把戏，用不着拜师我也能教你。"

薛茗大喜过望，抓着他的手腕道："那就这么说定了，君子一言，驷马难追，你可别反悔！"

燕玉鹤低声应了一下，没再说话。薛茗心情大好，干脆躺在他边上，枕着双臂往天上看。燕玉鹤说以后会带着她，确实让她卸下心头重担，不必再担忧日后去何处落脚，如何在这光怪陆离的世界生存了。

况且她从来到这个世界就是与燕玉鹤在一起的，自然也是不想与他分离，日后要是能生活在一起，那是再好不过的。

清爽的风吹过，薛茗闭着眼睛想了许多，最后在无意识间慢慢睡去。这一觉不知睡了多久，等醒来的时候天已经黑了，原本在河边嬉闹的小孩儿也早就不见，应该是带着那几只狗回村去了。

燕玉鹤还坐在她身边，位置并没有挪动，好似在打坐。她刚一动，燕玉鹤就睁开了眼，朝她望来。

薛茗揉着眼睛坐起来："那些孩子回去了？"

燕玉鹤"嗯"了一声，站起身对她道："走吧。"

"去哪儿啊？"薛茗也慢吞吞爬起来，伸展胳膊和腰身，就听燕玉鹤道："你白日不是想去村子的西边看看？"

薛茗见周围天色暗淡，月色皎皎，虽说这地方很美好，但到了晚上难免感觉有点阴森，薛茗有点不赞同晚上去，可这是燕玉鹤的决定，她便也没有反驳，见他拿出纸片变出一盏提灯要走，就跟了上去与他贴在一起。

一路上倒也安宁，并没有什么异样发生，待二人逐渐行到坟地，薛茗看见了那些错落的坟包，还是有点害怕，本能地伸手挽住了燕玉鹤的胳膊，两人的影子落在地上，显得亲密无间。

也不知走了多久，只觉得走到坟地的深处，周围到处都是坟墓，就听燕玉鹤说了一句："到了。"

薛茗恍然转头望去，就见面前出现了一棵十分粗壮的大树，树冠开得很散，占据了所有视野。燕玉鹤微微将手中的提灯举高，光芒往上照去，薛茗的视线也忍不住往上移，继而有一股风不知从哪里刮来，吹得薛茗眯了眼睛，赶忙闭上揉了揉，等她再次睁眼，就见燕玉鹤打了一束烟花似的东西往天上炸开。

一瞬间亮如白昼，夜风吹得茂密的树冠摇晃着，薛茗在视线清楚的那一刻，吓得头皮发麻，后背的冷汗瞬间冒出来。

她看见这庞大的树冠分出的千百树枝上都挂满了尸体，或老或少，密密麻麻，在上面随着树枝被风吹动轻轻摇晃着。

他们皆是被缝住了嘴，钉穿了手掌，以一根绳子捆住脖子，吊在树上，密集得完全没有缝隙般。

薛茗震惊的目光掠过，她在上面看见了马婆婆，看见了今日围在她身边喊着大姐姐的那群小孩儿，看见树下乘凉闲话的那几张面孔，还有今日曾扛着锄头、晒着干草的年轻男女。

——那是村里生活的所有人。

▶第 38 章◀

这是非常让薛茗震撼的画面。

她先前也看到过，那些挂在槐树上的、挂在屋檐下的尸体，她知道这些都是姜箬鸣所为，但第三次在面前这棵树上看见时，还是无法适应，心脏像被狠狠捶了一拳，闷闷地痛起来，连带着呼吸都变得困难。

这棵树比先前那棵并根槐树要大得多，几乎长成了参天巨树，上面挂满的尸体如垂下的枝条，若不是走到近处，恐怕还瞧不清楚。不知道是不是这些尸体的阴气被树当成了养料，这些树叶比寻常树更绿。

薛茗的目光扫过去，许多在村里看见的熟面孔，热情的老人、活泼的孩子、勤劳的年轻人，一个她以为是世外桃源的地方，实际早就被毁了，所有人的血流尽，养出了这么一棵阴邪之树。

“姜箬鸣……”薛茗感觉到自己的身体在发抖，一种难以言喻的愤怒和恐惧从心底涌出，将她的理智蚕食。

燕玉鹤望着那满树飘摆的尸体，淡声道：“今日你从那老妪口中听得的事，并不完整。多年前姜箬鸣来到这个村落，在坟地处布下聚阴阵法，一场暴雨让这里出现坍塌，村子里的人前来查看，最后发现这洞口的古怪，便想用土填上。”

到这里，燕玉鹤所言都与马婆婆告诉薛茗的相同，但后面的故事就发生了变化，他道：“但这里已设下聚阴阵，一旦踏入此处就会被阵法所害，这村中出动了许多人前来填洞，当日就命丧于此，剩下的人则被姜箬鸣亲手所杀。”

薛茗听得此话，才想明白那过路仙为何会存在，因为一个村子的人凭空消失了，在短短几日内全部死亡，于人们来说怎么不算是极其凶险之地？所以才建了过路灵龛拦在山路上。从进入这里开始，燕玉鹤就清楚，他们看见的所有人，其实早就死了。

薛茗忽而想起昨夜燕玉鹤说过一句话：“生人有执念，死后不愿离去仍留存于世，是再正常不过之事。”

她恍然大悟，怔怔道：“这么说，他们根本不知道自己死了？所以还在这里日复一日地生活着？”

燕玉鹤微微颔首，算是默认。薛茗的心情一下子说不上来是什么，总觉得有些悲切，这些人忘记了自己的死亡，一直生活在这里，憧憬着再也无法到达的未来，想想竟如此可悲可怜。

燕玉鹤从袖中摸出一张纸，随手往树上一扔，落在树干上时一簇火苗瞬间燃起，继而整棵树就像倒满了汽油一般，火势迅猛地扩散起来。

风又起，将火焰吹起来，朝着千百分开的树杈烧去，那些挂在上面不知道多少年的尸体一触即燃，很快面前就变成一棵火焰之树。

燕玉鹤带着她往后走，来到热度不那么强烈的地方，看着面前的烈火将整个坟地照亮，恍如白昼降临。薛茗的脸被这火焰烤得热腾腾的，泛着红晕，在那烧得噼里啪啦的密集声响中，她仿佛听到有人的叫喊。

薛茗回头望去，就见身后远处在火光触及的边沿，站了密密麻麻的人。站在最前面的是马婆婆，身边还有一些孩子，另有一些村里的其他人，他们身体呈半透明，看得不清晰，远远地好像在冲薛茗和燕玉鹤招手，人人脸上都带着笑意，似乎在说一些道谢的话。

尘归尘，土归土。

薛茗心中感慨万千，一时不知道说什么，索性学着燕玉鹤沉默，安静半晌后，她忽而开口问："你既然知道这些都是泡影，为什么今天带我在村子里玩？"

薛茗其实早就察觉到燕玉鹤的异样。他看起来是目的性很强的人，鲜少这样无所事事地闲逛，在发现这个聚阴阵的存在时，按理说会立即将聚阴阵摧毁，但今早薛茗提出来村子西边时，他却说不急。

燕玉鹤偏头望着她，眸光因映了火光而熠熠："你喜欢此处。"

薛茗心跳一滞，怔然片刻，低低道："对啊，我是喜欢。"

自从来到这个世界后，她唯有在这里感到放松和惬意，心情都变得舒畅许多，置身村落中好像来到了与世隔绝的世界，所有烦恼都暂时消弭，让人生出永远在这里生活的念头。

薛茗看着燕玉鹤的双眸，忽而明白他的用意，心跳乱了节拍，呆呆地问："所以你是觉得我喜欢，才特意带我玩了一天是吗？"

燕玉鹤没有说话，只是沉默地看着面前燃烧的树，火焰散发的光照亮了他的轮廓，给俊美的脸镀上一层明亮的光，显得平日里冷淡的眉眼也柔和了几分。薛茗倏尔发现，燕玉鹤竟然也是个十分温柔和浪漫的人，他虽然并不将这些表达得很明显，但薛茗还是想从那些细枝末节里去窥觅燕玉鹤的心。

这个已经被姜箬鸣所害的村子燕玉鹤绝不会留下，但却可以为了她的喜欢，推迟一日销毁。

薛茗的脑中浮现许多之前被她忽略的场景，想起了鹿蛮的话，顿时像是明白了什么，心脏疯狂地跳动起来，紧张地攥住了拳头，手心都冒出细汗。她盯着燕玉鹤的侧脸，犹豫了许久，最终还是壮着胆子开口询问："燕玉鹤，你是不是……喜欢我啊？"

燕玉鹤听到她的话，徐徐将头转过来。火焰很快燃尽，光芒渐渐消失，又只剩下一轮皎月和燕玉鹤手中的提灯照明，视线中燕玉鹤的面容没有那么清晰了，双眸也不再明亮，显得晦暗不明。

他缓声道："何为喜欢？"

薛茗叫这双平静又极具掠夺性的眼眸盯得浑身发热，心脏好像要从嗓子眼跳出来，作为一个上学期间穷得吃不起饭，每天都想着去哪里兼职，完全无心情爱与暧昧的女生，薛茗在恋爱方面的经验本就为零，不知道在这样的情况下，是该故意说两句暧昧的话缓和气氛，还是要继续剖白，追问到底。

若是燕玉鹤到最后来一句"你想多了，自作多情"，那她得多尴尬？几层脸皮都不够丢的。

薛茗咬住了牙齿，心想绝不能再继续往下追问了，要不还是随便说点什么糊弄过去吧，她也看不懂燕玉鹤是真不懂还是装不懂，说不定是假装不懂，只是给她递来一个台阶呢？

她正要打着哈哈转移话题，却见燕玉鹤突然动了，将手伸过来。薛茗吓一跳，本能想要闪躲，却见他只是将手落在她头上的位置，只感觉发丝微动，像是燕玉鹤从中拈出了什么东西，而后放在她眼前看。

是她先前躺在地上睡觉的时候不慎沾上的碎草，不仅是头发，耳朵后也有一些，燕玉鹤就用手指沿着她耳郭刮了刮，轻轻扫去。

等他收回手时，薛茗的耳朵已经红得像煮熟了一样，吭吭哧哧说不出话。这时就听燕玉鹤道："数月前，我还在山上时，我师弟曾为我起过一卦。"

薛茗抓了抓有些痒的耳朵，随口问："什么卦？"

"姻缘卦。"燕玉鹤道。薛茗听了心说他那个师弟也是怪没有眼力见的，怎么会想到给燕玉鹤起姻缘卦？这个人看着完全不与"情爱"两字沾边。她忍着没说，只问："卦象如何？"

"言我红鸾星动，好事将近。"燕玉鹤道。

薛茗抠抠手指头，小声问："准吗？"

"原先我并不相信。"燕玉鹤说。

薛茗道："现在呢，信了吗？"

燕玉鹤看着她，后面的话没往下说了。他原本并不相信师弟算的那一卦，走前还罚他抄经书，跪水崖思过，并很快将此卦抛之脑后，当成一个过耳就忘的笑话。直到那日，薛茗跌跌撞撞地摔到他面前，也不知是为何，他在那一瞬间猛然想到了师弟所算的那一卦。

后来与薛茗交谈、相处、亲昵时，燕玉鹤越来越认定那个卦有些说法，心知自己错罚了师弟。然而具体说法在哪儿，燕玉鹤分辨不出来，此刻盯着薛茗不说话。

薛茗心里一阵别扭，有点埋怨燕玉鹤这闷葫芦的性子，不知道他为什么不继续往下说了，总觉得他方才的话里充满暗示。等了半晌他也没吭声，薛茗忍不住了，道："那说来说去，你到底喜不喜欢我？"

燕玉鹤反问："有何分别？"

薛茗说："分别大了，若是你不喜欢我，等这些事情结束了，我自然要去找我的如意郎君，日后与他一起生活的。"

话一出，燕玉鹤的脸色马上就黑了，拉了个长脸道："你想始乱终弃？"

"话不能这么说。"薛茗道，"我们何曾在一起过？哪里称得上始乱终弃？"

燕玉鹤道："你我行过夫妻之实。"

"看不出来你还有这么个封建脑袋，那还不是我为了要活着，这里也没有其他活人，只能找你渡阳气。"薛茗道，"既然话都说到这儿了，那就再说得明白些。若是你不喜欢我，出去之后我们这关系就要断了，你也不能告诉别人你我渡阳气的事，免得影响了我的名声，找不到称心的郎君。"

这番话说完，着实将燕玉鹤气得不轻，薄唇轻抿，连唇线都拉出个不高兴的弧度，沉着眼眸看着薛茗。

薛茗看着他脸色越来越差，心里偷偷笑起来，觉得颇为有趣："不过呢，如果你喜欢我的话，那就另当别论了。"

燕玉鹤眸光一顿，一些冷漠阴郁的气息仿佛慢慢消散，于是那张脸重新变得漂亮起来，反问："怎么另当别论？"

薛茗将这些细微的变化看在眼里，心想：还需要问个什么答案，这一切不都清清楚楚了吗？燕玉鹤显然不是将喜欢啊，爱啊挂在嘴边的人，或许他此前脑子里除了斩妖除魔就是修炼，根本不涉及情爱。

虽然他情绪淡漠，心计也深，但到底还是年轻，也并不掩饰自己的情绪，所以很轻易地让薛茗看出了他的内心。她觉得很奇妙，燕玉鹤这样一个像冰块似的人，仿佛平日里只有黑白两色，但点缀上了情爱时，就会变得绚丽多彩，让他整个人瞧起来都特别了许多。

薛茗藏着乱蹦的心跳和红了的耳朵，主动上前一步，牵起了他的手，与自己十指交握，笑着说："若是你喜欢我，我也对你有点意思，那我们可以在一起，谈恋爱啊。

"谈恋爱的意思就是我们尝试在一起生活，如果觉得合适了，感情随着时间更深了，我们就成婚，如果不合适……"

"我们合适。"燕玉鹤将她的手攥在掌中，面无表情地打断了她的话，又道，

“这世间唯有我与你最合适。”

薛茗没忍住笑了，心底像打翻了蜜罐一样，甜蜜来得突然，却也汹涌。她自己也惊叹起爱情的奇妙，就在白日里她心里还并没有“喜欢燕玉鹤”这个概念，只是满心想着出去之后要抱紧他的大腿，日后跟着他学点东西在这个世界立身，但此刻却瞧着燕玉鹤仿佛哪儿哪儿都是喜欢的。

相贴的掌心温暖干燥，有些薄茧，薛茗牵在手里，像是往心里灌了数不尽的蜜，填得满满当当的同时又甜得厉害。

一想到燕玉鹤竟然会在她毫不察觉的时候就动了心，薛茗就想乐出声，仿佛“被人喜欢”这件事天生就像兴奋剂，使得人的大脑不断处于兴奋状态，一个劲儿地傻乐。

燕玉鹤的眉眼也少有地染上明朗之色，虽说没有什么明显的情绪，但似笑非笑，看得出心情大好。

▶第 39 章◀

村子恢复了原本的样子，变得破败不堪。河流干涸，草木枯萎，遍地荒土和残破的房屋，但奇特的是，薛茗和燕玉鹤先前睡的那个房间还整齐洁净，像是马婆婆在临走前又特地尽心打扫了一番。

薛茗站在屋中，刚与燕玉鹤松开手，掌心还是热乎乎的。她虽然心里还泛着甜，但看见面前这样的景象，也难免生出一丝苦涩，但让人宽慰的是如今这些人应该都已经去转生了，以后就能瞧见朝阳了。

薛茗坐在桌边，双手捧着下巴往院中看，燕玉鹤正在打水。先前薛茗还疑惑为何他要亲自动手做这些事，现在想想，燕玉鹤并不是神仙，当然也不可能所有事都用所谓的法力去做，或许他生活中大部分时间都与寻常人无异，会自己动手做生活中的琐事。

他像昨日一样给薛茗备了洗澡水，进来的时候瞥见她趴在桌子上，转动着清凌凌的眼眸盯着他瞧，便走过去，在薛茗想要发出疑问时，俯身于她的眼睛落下一个吻，其后又若无其事地起身，神色平淡地走出去。

燕玉鹤这莫名其妙且突然的行为让薛茗一下子呆住，眼角还有方才唇瓣覆上来时留下的温热，她用手指抚了抚，一时竟然觉得心跳得厉害。

她泡在水桶里好好地洗了个干净，想着今日两人刚确定心意，她心里跟泡了蜜罐子似的，说不定等会儿还会发生些什么。薛茗这样一想，就洗得更细致了，恨不得把脚趾缝都搓得一尘不染。

谁知道这样大费周折地洗完之后竟然十分疲惫，躺在床榻上没多久她的眼皮就沉重得厉害，在毫无意识间就睡着了。

睡得昏沉时，她听到房中有走动的声音，随后眼前似乎猛地一暗，薛茗迷迷糊糊地想，灯火熄灭了。紧接着床榻响起吱呀声，是燕玉鹤上了床，下一刻薛茗就感觉自己的身体被拥住了，一只手揽在她的后腰，将她拥进一个怀抱中，紧接着她感觉双腿也被缠上了，似乎整个人与燕玉鹤嵌合在一起，这个姿势让她莫名在睡梦中感到安然。

有很轻的吻落下来，在她的脸颊和鼻尖上停了一停，继而吻住她的唇。薛茗被这样折腾了一番，意识也有些许清醒，知道这是燕玉鹤在亲她，于是想着迎合亲吻，但由于实在太困，迎合也变得非常敷衍。

好在燕玉鹤并没有纠缠很久，亲了一会儿后就自己退去，抱着她安静地睡了。

薛茗这一觉睡得很深，原本以为会安稳地睡到天亮，谁知道她神识一晃，骤然在一个昏暗的殿中睁开了眼。她左右看了看，见这大殿空旷阴暗，仅有的几盏灯也达不到照明的效果，放眼望去十分阴森。

薛茗心想，这又是哪个人钻进了她的梦里？她睡前是与燕玉鹤在一起的，总不能有哪个人本事通天，将她从燕玉鹤的身边挪到了这里吧？

正想着，前面传来两声很刻意的轻咳，像是故意吸引薛茗的注意一样。她抬眼往前看去，就见面前竟有一段长长的往上的阶梯，而阶梯的最上方摆了一个布满荆棘的座椅，一个女子正坐在上面。

薛茗与她对视，面无表情："姜箬鸣？"

那女子轻哼了一声，算是回应。她生了一张极其美艳的脸，眼尾微微往上翘，好似一双狐狸的眼睛，鼻子挺而翘，红唇饱满，脸上带着点轻蔑和不屑的表情，因此看起来像是个跋扈而娇蛮，正在跟谁闹脾气的大小姐。

但薛茗此时已经不会被外表所迷惑了，她深知面前这个看起来十分美丽的少女实则是个泯灭人性、杀人如麻且十分阴毒的人。

"怎么，这次不是狗和鸟了？"薛茗笑话她。

姜箬鸣显然是个一点就炸的性子，大概是听到这话之后想到了自己之前那屈辱的经历，她腾地站起来，步步下了阶梯，指着薛茗鼻子骂道："你有什么资格笑话我？你一个失去了身体的亡魂，我大发慈悲将身体让给你暂住，你不仅拿我的身体胡作非为，还妄想据为己有，早知我就应该在你来的时候将你打得魂飞魄散！"

“那我的身体是因为谁才被毁的？”薛茗冷冷地看着她，质问，“不是你吗？姜箬鸣，你做这些事的时候，良心不会有亏欠？”

不等她回应，薛茗又道：“哦，我差点忘了，你根本就不是人，何来的良心一说？”

姜箬鸣气得浑身发抖：“放肆，你敢这么对我说话！”

薛茗冲她翻了个白眼，道：“你还真当自己是这里的皇帝了？况且我又不是你们的人，就算你当了皇帝，也管不到我的头上。”

姜箬鸣听得此话，微微一愣，稍稍敛了怒气，道：“你都知道了？不错，我的确是魁皇之女，身上流淌着魁皇的血脉，只有我能驱动百魂旗，这诡界的皇位非我莫属。”

说到这，姜箬鸣才像是想起来自己来到这里的目的，神色缓和了许多，对薛茗劝道：“明日就是中元节，夜半子时便是新皇登基之时，若是你能将身体归还于我，我可将你封为一人之下万人之上的王。不过一副躯壳，你想要多少，我都可以找给你，你我都是阴年阴月阴时诞生，不该自相残杀，何不与我联手站上巅峰？”

薛茗看着眼前的姜箬鸣越说脸上的表情就越丰富，她似乎已经想过千万遍，站在巅峰掌控权力的模样，满脸的憧憬和兴奋毫不遮掩。她觉得极为好笑，好像所有的反派都有一个特性，在死到临头的时候被自己的欲望蒙蔽双眼，看不清楚局势。

薛茗先前读过零星几篇《聊斋》的故事，隐约知道里面所构建的体系中，神仙处于顶端，在鬼怪出没的故事中，解决反派妖怪的人物不是像燕赤霞那样没写明出处的神秘人士，就是一些道士天师，很少会有神仙的出现。由此可见神仙在这个被构建的世界中拥有绝对的地位，或许在被神仙注意前可在人间作乱一二，但一旦被盯上，这些祸乱人间的家伙，下场必定会非常惨烈。

燕玉鹤倘若只是奉命追杀师妹清理门户，则完全没有必要假扮成玉面大王，所以薛茗猜测他还奉了别的令，类如肃清诡界大王，彻底捣毁诡界势力之类的任务。

薛茗微微摇头，对姜箬鸣道：“不会再有新的魁皇了。”

“谁说不会，我就是！”姜箬鸣厉声反驳，陡然发作，漆黑尖利的指甲掐上薛茗的脖子，双目变得赤红，露出森森利齿，眉眼聚拢着阴气，凶相毕露，恶狠狠地道，“若是你执迷不悟，不肯将肉身还我，我自有办法将你生生剥下来。”

薛茗因为在梦中，对这些并无感受，只是被她阴晴不定、突然发癫的模样吓了一下，骂道：“你有办法？你要是真有办法，早就动手了，现在没招儿了就想着来拉拢哄骗我？当初害我的时候可有想过这一日？你以为龇个大牙放两句狠话就能让我害怕？你这种不人不鬼的东西，简直死有余辜，天上降下来一道雷将你劈得魂飞魄散，那都是对你的恩赐，最好让你下十八层地狱，受尽折磨，永世不得超生才对！”

姜箬鸣没想到薛茗竟会骂得如此狠毒，她一时被震住，睁圆了眼睛瞪着薛茗。

“还不赶紧给我滚！”薛茗喝道。

下一刻，她猛地从梦境中醒来，就看见燕玉鹤坐在她面前，摆出了一个打坐的姿势。薛茗揉了揉迷蒙的眼睛，往窗外一看，就见天光已经大亮，黄昏的光透过窗子照进来，落在地上有些斑驳。

薛茗虽然不太理解这燕玉鹤怎么睡醒就坐在这里打坐，但还是不想打搅他，在梦里被姜箬鸣气得不轻，打算爬起来喝两口水缓缓。谁知道她刚一动，燕玉鹤就睁开了眼睛，黑白分明的眼眸落在她身上。

薛茗被他一看，这时候就更气了，拽着他抱怨：“那个姜箬鸣钻到我梦里来了！我刚才还跟她吵了几句，气死我了。”

燕玉鹤反握住她的手，平淡道：“我知道。”

薛茗讶然：“你知道？”

燕玉鹤在她手指上捏了捏，过了会儿，才说：“她方才是分出了一缕魂丝，以本体入了你的梦，我在她身上下了追踪术，已经找到她的藏身之处了。”

“那还等什么？咱们赶快追上去灭了她！”薛茗听闻，赶忙爬下床，两下就将自己的衣裳穿好，蹬上鞋子。

“今日中元节。”燕玉鹤慢悠悠地下榻，“距子夜还有三个时辰，不着急找她，先去将最后一个聚阴阵毁了。”

他说话间前去将门打开，此时门外传来一声调侃：“怎么才来开门，在屋里甜蜜够了？”

薛茗听着声音耳熟，抬眼看去，就见先前被称作白堕大王的那个假宁采臣正站在外面，手里还拉了根绳，绳子拴在一个孩子的脖子上。

那小孩也并不陌生，正是先前薛茗冒险去救的游音，这会儿见了薛茗，他原本溢满委屈的眼睛立即飙泪，喊道：“快救我——！”

薛茗大惊，飞快走上前，气愤道：“怎么能这样拴孩子！哪有把绳子拴在脖子上的？你当遛狗啊？！”

▶第 40 章◀

游音像是终于找到了自己的靠山，对着薛茗号啕大哭，抽抽噎噎道："这世道……这世道还是有一个好人的……"

这小孩长得粉雕玉琢，漂亮可爱，哭起来时尤为凄惨，薛茗看了还是有几分心疼的，宽慰道："这地界本来就没几个正常人，等出去之后处处都是好人了。"

谷井阑耸耸肩，满不在乎道："不拴绳子他不安分，总想着跑。"

薛茗心说：你这不是废话，你把人抓住了，还不准人想逃？

她对这假宁采臣本就有怨气，没好气地从他手中夺过了绳子，将游音拉到一边解开了他脖子上的死结。游音得到了释放也并没有立即离去，哭声慢慢消停下来，小声地抽噎几下，转而问："你没事吧，有没有受伤？"

薛茗很惊讶，因为这个小人参娃娃居然第一时间没逃，反而在关心她。她将游音拉到桌边坐下来，给他倒了一杯茶水，说自己一切都好，暂时没什么事，又问游音："不是说人参精向来是来无影去无踪，行迹难觅吗？你怎么被抓两次了？"

游音仿佛是觉得羞恼，涨红了一张小脸，喝了两口茶水这才道："都是这些家伙，太过诡计多端，先前那个变成了小姑娘的模样陷在泥潭里向我求救，我一时失了戒心才被抓的。"

薛茗在脑中想象了一下百鸦变成小女孩的样子，不由得觉得好笑，又问："吃一堑长一智，既然你被骗了一次，我把你救走后，你应该更加谨慎才对，何不尽快离去？"

游音巴巴地看她一眼，含有歉疚道："你不是为了救我而被抓了吗，我怎能弃恩人离去，不管你的死活？先前他们打起来的时候，我本想趁机带你走，没想到那个百鸦突然变幻了地形，我一时迷失，谁知……"

他说到这儿，气恨地转头甩了站在门边与燕玉鹤说话的谷井阑一眼，恨声道："此人幻化成你的模样诱骗我，我一心想要带你走，没识破他的诡计，就被他抓住了……"话说到后面，他自知愚蠢，声音小了许多，嗫嚅一般。

薛茗先前就听鹿蛮说过，人参精这一类的精怪向来重恩，就是那种你今世帮助了它，它追个几世轮回也要报恩的物种，因此游音被骗也情有可原。她问道："你不是千年人参精吗？照理说应该是混迹世间多年，怎么还会被这样的小伎俩骗？"

游音蔫巴了，耷拉着脑袋小声说：“我在修行方面愚笨，修行了千年才幻化为人形，这是初涉人间，以前一直扎根在深山之中。”说罢他又仰起头，凑近薛茗悄悄说，“我可以带你逃走，现在我身上没有桎梏，只要往地上一跳就能走。”

谁知这话音刚落，那头就传来了谷井阑阴恻恻的声音：“小萝卜干，你又打什么鬼主意？”

游音身子一僵，对于这侮辱性极强的言语极其愤怒，却又敢怒不敢言，头也不回但是低声反驳：“我是人参，不是萝卜，你的主意才是鬼主意。”

谷井阑冷笑一声。薛茗倒是觉得这话很在理，她伸手摸了摸游音的脑袋，温声宽慰道：“不着急，等我们解决了这里的事，就可以离开了。”

此时燕玉鹤眼眸一瞥，落在薛茗的手上，忽而双指一动，袖中飞出两根泛着金光的绳子，飞快地缠上了游音。

游音吓得大叫，腾地站起来，身体还没动作，就被那捆仙索拽着来到了燕玉鹤的面前，一抬头便是他冷如霜的脸，登时也不敢哭喊了，生生止住了嗓子里挤出来的、怪异的声音。

“你们想吃了我？”游音战战兢兢道，“凡人吃了我的一根须便可延年益寿，一生康健，吃多了，肉体凡胎也无法吸收，我可以给你一根……”

燕玉鹤漠声道：“人参惯有一股土腥味，我不爱吃。”

游音气红了脸，想大声反驳他没有那种味道，但转念一想这个其实也没必要去争论辩驳，眼前这人越嫌弃不是越好？至少不会吃他了。于是他赶忙点头：“对对对，我常年埋在土里，什么脏污的地方都钻，不管怎么吃身上都有怪味，不好吃。”

薛茗见给这孩子都逼成这样了，也不忍冷眼旁观，上前对燕玉鹤劝道：“你抓他干什么？人家小孩已经够惨了，还是快放了吧。”

“自然是有用处。”燕玉鹤抬手，捆着游音的其中一根捆仙索便刺溜一下滑到了薛茗的手腕上，在她腕间缠了两圈，飞快变小，变成了平平无奇的金丝绳，而另一条则缠在了游音的手腕上。

“这是干吗？”薛茗问。

燕玉鹤道：“若是危急之时我无暇顾及你，可让他带你脱身。”

薛茗猛地明白这游音被抓来是谁的授意了，她想起先前百鸦在变幻地形时，燕玉鹤的确是有向她冲过来的行动，但途中被百鸦给拦住了。许是这样的前车之鉴，让燕玉鹤意识到他在混乱的场面中，并不能万无一失地保证薛茗的安全，所以他托人抓了游音。

薛茗想来想去，发觉游音这次之所以被抓，明里暗里竟然都是因为她。她不由得觉得好笑，没忍住弯着唇笑了两声，对燕玉鹤道了声谢，继而牵着游音的小手哄道："你听到了吧？没有人要伤害你，别害怕。"

话刚说完，她的手就被燕玉鹤突然抓住，随后稍一用力就将她的手拽走。如此拽走之后也不松了，就这样攥在手心里，薛茗疑惑地抬眼观察燕玉鹤，见他脸色略有阴沉，看起来不大高兴的样子。

此时白堕发出一声很轻的呵笑，阴阳怪调道："你燕赤霞也有今日？难怪人们都说只羡鸳鸯不羡仙，这看得我心头都痒痒了。"

"谷井阑。"燕玉鹤冷声道，"没事做，可以滚了。"

薛茗也是这时候才得知白堕的本名，没忍住看了他一眼，他便顺杆子往上爬，"哎呀"了一声，说道："怎么能在人前直呼我的姓名？这要是让有心人听去了，暗地里找法子害我可如何是好？"

话虽然这么说，但是从他的语气和神态来看，好像也并没有多在意。谷井阑说了几句，在燕玉鹤冷漠的眼神下悠悠离开。

薛茗寻思着应该要开始做正事了，想要将手从燕玉鹤的掌中挣脱出来，没想到她手指刚一动，隐隐表现出要放手的架势后，燕玉鹤就将手上的力道收紧了，嘴上什么话都没说，面色不显，手却捏得很紧。

昨夜自从烧了树之后，回来的一路上两人都是牵着手的，薛茗走路时喜欢摆手，又因为心情好，所以拉着燕玉鹤的手晃着玩，晃了一路。

他似乎因此喜欢上了牵手这件事，这会儿也牵得坦然，若无其事地对薛茗道："出发吧。"

薛茗忍着没笑，故意道："别牵着了，掌心热。"

燕玉鹤将头偏过去，问："昨夜怎么不热？"

"那不是晚上凉快吗？而且黑灯瞎火牵着也没人看见，现在光天化日，后面还跟着个小孩，让人看见了影响不好。"薛茗故作正直地说。

燕玉鹤嘴角一沉："你祖宗都没他年纪大，这也算小孩？"

薛茗回头望了一眼瞪着无辜双眼的游音，说了句公道话："虽然他年岁大，但涉世不深，跟孩子没什么区别。"

燕玉鹤不再说话，他似乎本身也不是喜欢跟人争论的人，只是这并不代表他认同，因为薛茗突然感觉到握着自己的手掌越来越凉了。起先是那种类似降温贴的凉，而后居然慢慢变成冰块的温度，将薛茗指尖都冻得发僵，用力甩开他的手，同时喊道："燕玉鹤！"

“你不是嫌热？”燕玉鹤睨她一眼，对自己降体温一事并不觉得有问题。

薛茗说：“我嫌热是让你松手，别牵着我，不是让你变成冰块来故意冻我。”

燕玉鹤稍微调节了一下身体的温度，重新将她的手牵起来，淡声道：“这种不中听的话下次不要再说了。”

接下来的很长一段路，薛茗都被他牵着。游音原本是跟在薛茗身边，由于燕玉鹤醋劲儿实在太大，固执地认为游音已经超过千岁，是个成熟且年老的男性，于是催动捆仙索，让游音被迫走在燕玉鹤的身侧，不准他与薛茗靠得太近。

偶尔休息时薛茗若是用手揉游音的脑袋，手背就会被燕玉鹤盯穿，最后也只得在他阴沉的目光下放弃捏游音的脸蛋。

薛茗也不知道走了多久，其间歇歇停停，双脚并未感觉特别累，天色依旧是黄昏的模样，云彩散尽后，整片天都显出又蓝又黄的模样，昭示着夜晚即将降临。

等薛茗感觉到走累时，忽而发现视线的尽头出现了一座非常庞大的宫殿。宫殿建得很气派，但不知是用的灰色砖石还是上了层灰色的漆，打远处看去，整个建筑显得阴森无比，宫殿周围则是一些嶙峋的怪石，杂乱无章地摆放着。

天空呈现出入夜前的黯然朦胧，衬得那宫殿也笼罩着瘴气一般，单是看着就让人脊背发凉。

薛茗心想，这最后一个聚阴阵所在之处，看着远没有先前的那么简单。

▶第 41 章◀

正如薛茗所猜想的那样，这座看起来阴森又气派的宫殿并非寻常住所，而是百鸦的盘踞之地，也是姜箬鸣所设下的最后一个聚阴阵所在地。

此前燕玉鹤与谷井阑二人分头行动，统共捣毁了姜箬鸣所准备的六个聚阴阵，许是姜箬鸣在设下阵法的时候也留了一手，所以将最后一个落在百鸦的老巢。

黑色的乌鸦盘旋在天空，密密麻麻大有一股遮天蔽日的架势，薛茗只抬头看了一眼就满身的鸡皮疙瘩。

走到宫殿的近前时，天已经黑了，月亮高高悬挂于夜空，像圆盘一样的形状，亮得出奇，照得满地银白，不需提灯也能视物。走到殿门跟前，游音就磨磨叽叽不肯往里进了，他往地上钻，又被燕玉鹤拽出来，央道：“这一看就是凶险之地，我就不去了吧……”

燕玉鹤这一路也没给他好脸色看，此时冷着脸道：“那还要你何用？”

游音小声说：“我可以把须须给你们吃。”

燕玉鹤道：“一根须子怎么够，少说也得留下一条腿。”

游音给吓了个半死，一条腿砍下去，还不知道要修炼多少年岁才能恢复了，他被燕玉鹤拎在手中吱哇乱叫挣扎了一阵，发现挣脱不开后又瑟瑟发抖，将求助的目光投向薛茗。

曾几何时薛茗也是这样，顶着一双弱小无助的眼睛四处求救，见状又怎么能不心软？马上走上去劝解，提出了折中的办法：“你若是不想走进去，那钻在地里可以吗？这里面看着危险，你跟在我身边，一旦发现情况不对就带着我逃跑，行不行？”

到底是恩人提出的解决方案，游音立马点头表示可以，在薛茗的劝导下，燕玉鹤也松开了抓着游音后领子的手。

三人暂时恢复了赶路时的和谐，走到殿门外时就见这原本紧闭的大门突然朝里敞开，呼啸的风从薛茗等人的背后往里刮，天上的鸦群也同时发出喑哑刺耳的叫声，吵得薛茗耳朵嗡鸣起来。她转头朝燕玉鹤看了一眼，见他仍旧面色如常，心中不免安定了一些。

大敞着的门内一片漆黑，什么都看不见，阴风无休无止，好似告诉门外的三人里面便是龙潭虎穴，进去便凶多吉少。游音已经钻入地中，只剩下薛茗与燕玉鹤并肩而站。

中元节的夜晚阴气大盛，今日便是了结一切的时候。

忽而燕玉鹤感觉掌心微痒，低头一看原来是薛茗轻轻牵住了他的手，就见薛茗睁着一双杏眼，眼睫毛微微打颤，似乎正紧张。

“不必担忧。”燕玉鹤说出安慰的话语，“不会让你出事。”

薛茗重重地点头，咬着牙想，再忍忍，熬过这一夜就好了，一切都结束了。她攥紧燕玉鹤的手，跟随他的步伐往殿门走去。

进入大殿的瞬间，光亮无法照进的黑暗将两人包裹，薛茗本能地往身边的燕玉鹤贴近，却倏尔看到一股浓黑的烟雾朝她的面门袭来。薛茗吓一跳，赶忙挥动双手想将烟雾给驱散，却不料这雾并不受她挥手的影响，浓郁地蒙上眼睛，她的眼睛便有片刻的失明，什么也看不见了。

“燕玉鹤……”薛茗开口呼唤，挥手抓了抓，没抓到任何东西。

不知从什么时候开始，身边竟然静下来了，方才还是那些黑乌鸦吵闹的声音，现在却静得一丝杂声都没有，像是置身在一个绝对安静的空间内。薛茗意识到，她身边已经没有了燕玉鹤。

说不害怕是假的，原本还想着有他在身边应当出不了大事，没想到这刚进门就不知道被什么阴邪法术给害了，竟然将他们两人分开。薛茗不担心燕玉鹤的安危，她只是想：那我现在不是成软脚虾了吗？

薛茗不敢乱动，僵着身体站在原地，努力眨了几下眼睛，这时突然看见眼前出现了亮光。

光明的出现也就是那一瞬间的事，等薛茗眨了下眼睛再次看去，就见身边的环境已经完全变了。她看见了涂满了蓝色颜料的院墙，院中摆放了一些儿童设施，还有一个比较大的沙坑，周围都是嬉笑玩闹的小孩，差不多四到十岁的样子。

说是个福利院，其实也不算，因为管理院子的几个人并没有办过正规手续，只是捡了附近村落镇子那些没人要的孩子养着。因为地处偏僻，所以并没有相关机构关注到这里，薛茗便是其中一个孩子。在薛茗的记忆里，这个院子其实早就被推倒了，自从院长死了之后，这些孩子都被遣送到各地的正规福利院，只是那时候薛茗已经长大。

"茗茗。"身后传来呼唤，薛茗仓皇转身，看见是年轻时候的李院长，她笑着对薛茗说，"今天在学校怎么样啊？有没有人欺负你？中午的时候吃饱了吗？有没有浪费粮食？"

薛茗怔怔地看着她，张了张嘴，没说话。记忆中的李院长生得并不好看，但面上总挂着温柔和善的笑，所以院子里的小孩儿都愿意亲近她，有很多孩子都喊她李妈妈。她刚死的那时候，薛茗还经常梦到她，后来时间久了，李院长的模样就在记忆里慢慢淡化了。

还不等她有所反应，阳光突然灿烂了起来，风里也有了些许花香。薛茗低头看，见自己竟然换上了高中时期蓝白交织的校服，站在教室门口的半露天阳台边，金灿灿的日光落下来，照亮着遍地青春靓丽的少男少女。

"薛茗，我喜欢你。"面前响起少年的声音。薛茗抬头看，见对面站着一个模样周正的男孩，比她高了半个头，黑发微卷，脸上有些羞赧，但眼睛却直白又赤诚。

是高中同学。薛茗心想，但是叫什么名字不记得了。

周围站了一圈男女，都是同样的年龄，拍手起哄，那模样高兴得堪比中了几百万的彩票，仿佛天大地大，青春与恋爱最大。

画面一转，薛茗看见自己站在干净整洁的公司里，洁白的瓷砖擦得发亮，映着头顶的白炽灯。穿着正式的同事们站在各处，皆对她笑着鼓掌："恭喜你啊薛茗，又拿了这个月的优秀员工奖金。”

薛茗后知后觉，这是她的人生。难道是走马灯吗？她要死了？所以生前的一切都在眼前呈现了一遍？但旋即她又觉得不对劲，因为她的人生没有这么单薄。

“你不想回去吗？”耳边传来女人的声音，轻柔磁性，似带了钩子一样，勾得人心晃动。薛茗偏头张望，没看见来人，就道：“姜箬鸣，不敢出来见我？”

这激将法没什么用，姜箬鸣并未因此生气，而是温声道：“这是本该属于你的人生，对不对？你难道就想留在这里，舍弃那些你曾经所拥有的美好的生活？”

薛茗陡然生出一股愤怒：“是你害了我！”

“所以我现在想要助你回去，你可愿意？”姜箬鸣从她的左耳飘到右耳，“这些事与你又无关，你只需点头，我就能将你送回去，让你回到从前，这些日子发生的事都是大梦一场罢了。”

薛茗的神识有一阵恍惚，面上出现了迷茫的表情，怔怔地出神，浑身上下似乎写满了动摇。

姜箬鸣藏在暗处观察，见她这模样，心知已经成功了一半。当初她急需一个阴午阴月阴时生的魂魄来给她的肉身续命，所以设下阵法时不知哪里出了差错，竟然召来了十分怪异的魂魄，这迷离幻境中展现的景象和生活竟是她完全没见过的世界。

姜箬鸣认为此人先前因为自己被害死而勃然大怒，想来也是对从前的日子极为眷恋，只要她生出了想要回去的念头，迷离幻境便能将这想法千万倍地扩大，让她沉迷其中。

倘若她点头答应，没有了反抗意志，姜箬鸣就能将她的魂魄撕扯出来，届时再如何收拾全凭她做主。

正当她想再添一把火，继续劝薛茗时，却忽然见此人闭上了眼睛。过了片刻，周遭的景象发生了翻天覆地的变化，所有景物和色彩开始扭曲，姜箬鸣心中一惊，猛然意识到是面前这个人用意识在改变幻境。

熟悉的蓝色院墙又出现了，薛茗红着眼睛坐在阶梯上，身上穿的白色裙子也全是污迹，膝盖摔破了皮，渗出斑斑点点的血迹，整个人脏得不行，小小的身子蜷缩在一起。

“坐在这里干什么？”李院长又出现了，她站在台阶上，居高临下地看着薛茗，脸上并没有温和的笑。

小薛茗抬起脑袋，眼睛已经哭肿，勉强站起来对李院长说：“他们说我是没人要的孤儿，还抢了我的东西，一起打我……”

李院长说："学校里的老师说是你先动的手。"

小薛茗揉着眼睛说："因为他们……他们说我是没人要的孤儿。"

"你已经九岁了，没人会一直照顾你，既然去上学了就应该学会怎么与人相处。"李院长冷漠地看着她，淡声说，"他们又没说错，你确实是没人要的孤儿，有什么值得生气？学校那么多小孩，他们为什么只抢你的东西，只打你？一个巴掌拍不响，你自己就没有问题吗？"

李院长嫌弃道："自己去把衣服洗干净，以后再在学校惹事，就别回来了。"

画面一转，青春洋溢的高中校园。薛茗穿着校服站在桌子边，看着散落一地的书，默默蹲下身一本本捡起来。周围传来小声的议论，夹杂着几声明晃晃的笑。

"要不就把她的书收拾收拾卖给收破烂的得了。""就是，她又不学习，她初中的时候不还旷课跑去打工吗？结果人家不要。""是穷得太厉害了吧？所以一点分寸都没有，吊着赵鹏给她买吃的买喝的，结果转头人家表白了，她又说以学习为重，太好笑了。""喜欢吃白食罢了。"

那些状似压低了声音，却又让人听得一清二楚的言论，还伴随着几声听起来开朗的笑，传到耳中竟是无比刺耳。声音环绕在周围，将人包裹在其中，薛茗却神色如常，像是完全不在意一样。

场景最后一次发生变换，薛茗穿着并不新，且看起来也不太合身的西服，手里拿着一个杯子站在门外。门里站着几个男女，低声议论着。

"这个月的优秀员工怎么又是薛茗？""她是不是用了什么手段走了后门啊？这都连续三个月了。""她平时有加班吗？你们关注了没？我不怎么关注她哎。""没有吧，不太清楚，但是就算她加班，也能每个月都拿奖金吗？咱们公司又不是没有其他人加班。""肯定是跟经理有什么联系，上回见她进经理办公室有半个小时没出来，谁知道在里面干吗。""让让她吧，她都那么穷了，你没看见她的衣服吗？都不合身，估计是收来的二手货，一整个夏天来来回回就那么几件衣裳……"

姜箬鸣听不懂这些话，只觉得这一字一句充满了恶意，像利剑一样悬在四周。

"我找到你了。"身后传来含着笑的声音。

她猛然转头，却见薛茗站在她的身后，面上带着微笑。迷离幻境仍在持续，三个画面交杂在一起，那些话不停循环。薛茗与姜箬鸣面对面置身其中，一人面容坦然，一人却略显惊慌。

"看见了？这才是我的人生。"薛茗却似毫不在意，仿佛观看着一个与她毫不相关的人的人生，笑着对姜箬鸣说，“我最惨的时候甚至拿冻硬了的馒头当食物。交不起的学费，无休无止的加班……我生平不做恶事，却因为穷而受到了数不尽的恶意，你认为这样的人生对我来说很珍贵吗？”

薛茗的脸色陡然冷下来，黑白分明的眼仁定定地看着面前的人，冷声道：“姜箬鸣，我活得那么艰难，那么辛苦，可不是为了死在你这个恶人手中的。”

▶第 42 章◀

薛茗一直认为“贪生怕死”是非常美好的品质。

在漫长的成长中，她生命里也出现过很多次“还活着干吗？不如死了”的念头，但每一次薛茗都能坚强地挺下来。她幼年时最大的愿望就是能生在一个父母健全的家庭里，交几个热情的朋友，也不需要活得多么优秀，只要健康平淡就好，后来长大才发现，这样的生活已经是人间不可奢求的美好。

后来薛茗又想，人活着不就是“得过且过”四个字，她之所以如此拼命地活着，不是认为她的生命有多么美好多么绚烂，而是认为如果哪天她轻而易举地死了，那这么多年来的辛苦和艰辛，就毫无意义了。

她看着面前的姜箬鸣，知道这个就是她的魂体，不再是幻化出来的一抹灵识。薛茗原以为等见到这个残忍至极的恶人时会觉得害怕，却不料真正与她面对面时，薛茗却感到异常平静。

姜箬鸣生得极其美艳，五官精致，尤其是那双狐狸眼，虽然看起来阴郁森然，但也足够让人惊叹。薛茗不知道她活了多久，但从外貌上看是不过才十几二十岁的年轻模样，完全无法想象是这样一个人残害了那么多条无辜性命，犯下了十恶不赦的大罪。

薛茗问道：“没想过你若是竞争失败了，会面临什么下场吗？”

姜箬鸣冷眼看着她：“竞争？我何须竞争，这个位子本就该由我继承。”

“你身上不是有一半的凡人血脉，为什么不想着好好做人？”薛茗又问。

她猜测姜箬鸣在这身体上设下了某种法术，就是为了吸取大量的阴气然后让自己的身体状态发生异变，但又能保持一个微妙的平衡，仍保持着这身体的生命延续，以至于之前薛茗在没有阳气和阴气摄入的时间段，差点死了。

“做人有何意思？那些条条框框的规矩，实在是让人厌烦。”姜箬鸣提到凡人，便露出了厌恶的神色，双手环胸道，“我要占天下为王，如此才不负我的身份，我的血脉。”

“那你打得过燕赤霞吗？”薛茗反问。

姜箸鸣动作一顿，脸色顿时难看起来，像是想起了一些不大好的回忆，偏着头倔强道：“即便是我现在不敌，等我当上魁皇，率领诡界，他如何是我的对手？”

薛茗琢磨了一下，又问道：“我听说燕赤霞只是一个门派的弟子，连他都如此厉害了，那他的师父师叔呢？你觉得这些连太阳都见不得的东西，敌得过那些人吗？”

姜箸鸣一时回答不上来，被薛茗这几个问题问得有些气恼，喝道：“用不着你操心那么多，将我的身体还给我就是！”

薛茗摊手，摆出一副有恃无恐的样子气她：“你来抢呀。”

姜箸鸣若是能直接动手抢，也不会三番五次用这些伎俩，虽然心知毫无办法，但她仍对薛茗的模样恨得咬牙切齿，双手顿时幻化成黑长的爪，怒吼一声，朝薛茗飞身扑过去。

薛茗想要往后躲闪，却在此时听见头顶传来巨响，像是一道雷落在了正上方。薛茗吓一大跳，抬头一看，就见周围的幻境已经消失殆尽，变成了大殿的模样，而墙上则画了许多颜色绚烂的壁画，图案一直蔓延到头顶的天花板。

“砰”一声，天花板出现一条裂缝，那些图案好似活了一般如潮水迅速往四处逃散，下一刻，整个屋顶碎裂，巨大的石块猛地掉落下来，其中一块尤其大，正在薛茗的头顶。

眼看着这块石头急速降落，薛茗忽而感觉脚腕上被攥住，不知哪里来的力道将她骤然往地上一拉，继而她整个人眼前一黑，有一种被拽入河中的感觉，四肢失重。

还不等她惊慌，几个眨眼的时间，薛茗就出现在了大殿的另一处地方，轰然的掉落声仍在持续，薛茗转头看，见这片刻的工夫，她竟然被移到了几丈之外。这也让她得以看清楚方才发生了什么事。

就见头顶破了一个大洞，陆续还有石头往下掉，一袭红袍的百鸦腹部中了一剑，剑从正面刺进去，将他整个人捅了个对穿，他正动作缓慢地从碎石中爬起来。顺着那尘土飞扬的大洞往上看，就见燕玉鹤站在碎裂的边缘，脚下踩的满是细细密密的裂缝，仿佛随时要掉下来的样子。

他面容冷淡，黝黑的眸子稍微一转，精准地找到了坐在地上的薛茗，与她有一个短暂的对视，似乎快速在她身上扫了一圈，见没有受伤才收回视线。

百鸦站起来，想伸手拔剑，结果手刚碰到剑身就发出嗞嗞的声音，冒出一阵阵白烟，他吃痛撒手，仰着头冲燕玉鹤笑道："这剑你是不打算要了？"

燕玉鹤低眸看他，显然是方才跟百鸦已经恶斗一场，淡声道："送你。"

百鸦咧着嘴："就凭你这把剑，还杀不了我。"

说罢他微微躬身，两只爪子同时抓住剑身，也不顾掌中的痛苦，一用力就将腹中的剑给拔了下来，用力甩出去。只见燕玉鹤双指一并，在空中划了两下，飞在空中的剑就覆上淡淡金光，像装了自动导航一样转了个弯，又飞向百鸦。

百鸦招手，千百只乌鸦从他袖中源源不断飞出，一时间乌鸦的叫声震耳欲聋，薛茗下意识捂住耳朵减轻这吵闹带来的负担。

忽而空中蔓延开一股酒的香气，四面八方突然涌来一股股醇香浑浊的酒液，一时间殿内银光闪闪，蜿蜒成蛇的酒液缠上纷飞的乌鸦，薛茗看在眼里，竟觉得眼前变成了蛇窟，千万条蛇在空中与乌鸦纠缠起来。

她揉了揉眼睛细看，发现那还是酒液，并不是蛇。

谷井阑摇着扇子出现在殿门边，仍是一派风流倜傥的模样，笑眯眯道："到处都是乌鸦，真的吵死了。"

百鸦看着他，轻哼一声，轻蔑道："便是再加上一个你，能奈我何？"

谷井阑往里走了两步，笑道："别着急，你看看我把谁带来了。"

话音一落，他将扇子合上，往门口一指，百鸦便顺着看过去。此时分别处于东、西两边的薛茗和姜箬鸣也颇为好奇，跟着一同往门口张望，却听一声清脆的声响，锁链相撞的声音骤然从头顶上方传来。

薛茗这才意识到是谷井阑虚晃了一枪，殿门外根本没人，而当她转过头去，就看见半空中倏尔出现两个身影，同时，百鸦也猛然变了脸色。

就见那两个身影一高一低列于左右。一人身着雪白衣袍，手拿一个细长的棒子，棒身缀满白色纸张一样的长条，头戴一顶高帽，上书："一见生财"。另一人则身着墨黑长袍，手里甩着长长的锁链，长发结辫，高帽上写着："天下太平"。

薛茗只看了一眼，马上就根据这些明显的特征认出这两位，应当是各类志怪故事中的常客，鼎鼎大名的黑白无常。

这两人的模样也分外年轻，拴着镰刀的长锁链在空中被甩了几圈，猛地朝百鸦飞去，与此同时，燕玉鹤与谷井阑也飞快动身，几人的身影交织在一起，到处都是流动的酒液和鸦群，场面一时让薛茗十分震撼。

大殿极其宽敞，头顶被掏了个大洞之后，受到几人打斗的波及，天花板一直在陷落，上下两层好似打通一般。薛茗见周围开始地动山摇，战斗场面极为迅速，她肉眼几乎捕捉不到几人的动作，大地开始震颤，简直是神仙打架，凡人遭殃，薛茗都没机会观赏战斗，只能手忙脚乱地往安全的地方逃。

纷飞的碎石朝她滚来，薛茗翻身刚爬两步，就看见面前的地上冒出了游音，他抓着薛茗的手往地里一拽，再一眨眼，薛茗就已经完全换了个位置。

她这才明白原来刚才那股失重的感觉也是游音造成的，他果然一直跟在她周围，一旦遇上危险就冒出来带她走。薛茗看着只露出了一个头，身子都埋在地下的游音，觉得颇为好笑，道了句："多谢。"

游音道："不必谢，我会好好保护你的，不用担心。"

薛茗一瞬间放松许多，转头开始尝试观战，见眼前尘土飞扬，人影在其中不停穿梭。百鸦的红袍倒是晃眼，黑白无常也能轻易地捕捉，只是燕玉鹤与谷井阑几乎瞧不见身影，薛茗找了好几圈也找不到二人在何处。

百鸦以一敌四自然非常吃力，没多久就开始呈现出落败的颓势。他身上已经满是伤痕，落在一片碎石上自愈，目光一转，攫住了藏在暗处的姜箬鸣，扬声道："姜箬鸣，启阵！"

姜箬鸣露出躲藏的头："还没到时辰！"

"差不多了，再耽搁下去，我就撑不住了！"百鸦大喝，忽而一柄长剑破风而来，他下意识伸爪阻挡，只听尖利的爪子从剑身上划过发出刺耳铮鸣，百鸦的一双手被削断。

姜箬鸣见燕玉鹤剑光大盛，谷井阑紧随其后，另有黑白无常在左右相助，也知这眼下的形势已经是万分紧急。她不得已摸出了一面小旗攥在手中。

薛茗眼尖，看见了姜箬鸣的动作，忽而心念一动，便对游音小声道："你带我过去，我们把她的东西抢过来。"

游音点头，抓着薛茗往地里一钻，接着就像是鱼跃出水面一样，带着薛茗在姜箬鸣身后的地下跳出来。此时姜箬鸣正要驱动什么术法，一手攥着旗子，一手摆了个双指合并的手诀，闭着眼睛低声念着什么，根本没察觉到身后有东西。

薛茗在贫穷中摸爬滚打多年，早就练会了一身在超市里跟老人抢特价鸡蛋和肉菜的本事，说时迟那时快，她盯着姜箬鸣的手，一个鹰爪猛地出手，精准地抓住姜箬鸣手中的那面小旗，用力一扯，就给拽到了自己手中。

姜箬鸣猛地睁眼，看见百魂旗被薛茗抢去，立即出现了暴戾之色，整个人阴气大盛，刚要出手抢回来，就见薛茗被那小孩拉着，像一条落入水面的鱼儿，整个人消失在了地面。

▶第 43 章◀

姜箬鸣用锐利的眼眸扫视周围，寻找着薛茗的身影，脸上有些许懊恼的神色，难以置信自己竟然会在此时如此大意，让她夺走了百魂旗。

细细想来倒也不怪自己，毕竟薛茗先前表现得宛如废人一个，胆小怕死，谁知道这会儿竟然胆子大到从她手里抢东西，还会这种缩地成寸的把戏，一落地人就不见了。不过好在那百魂旗认主，只要她一召唤，就会重新回到她的手中。

聚阴阵已启动，大地开始震动，地面相继出现蜿蜒的裂缝，以肉眼可见的速度越来越大，直到半个宫殿开始往下陷。姜箬鸣变换位置，在掉落的碎石中寻找薛茗的身影。另一边百鸦与燕玉鹤几人斗得正厉害，大殿的石壁尽数破碎，剑光频闪，周围尘土飞扬，混沌一片。

宫殿的下方便是最后一个聚阴阵，随着地裂逐步变大，宫殿越来越下陷，大地仿佛张开了血盆大口要将地面上所有东西吞噬一般。只听野兽低吼般的巨响频频传来，裂开的地方出现了巨大的沟壑，如天堑一般开了几十丈，放眼望去整个大地像是被利刃一分为二。

随之而来的便是尸体，密密麻麻的，数不尽的尸体。地下被分成了阶梯式的结构，一层层往下，越来越宽敞，上面就摆放了这样的尸体，数不尽，只是让人看一眼就惊悚到头皮发麻，根本不知道这地下的聚阴阵究竟埋了多少人。

薛茗出现了，她被游音带着站在断壁的高处，待周围地势开始稳定，剩下的一半宫殿也不再下陷时，她才得以看清楚底下的全貌。那些尸体就好比一个巨大蚂蚁窝中的工蚁，多到令人发指的地步，如此摆放着，形成一个尸坑。

一层层往下蔓延，直到视线所能看见的尽头也没有结束，深处那些瞧不见的，只有一个隐隐约约的影子。

薛茗心里受到了前所未有的重击，下意识捂住了嘴，瞪着的眼睛不停乱看，目光所及之处竟都是尸体！

难以想象姜箬鸣究竟杀了多少人，这个聚阴阵所看见的尸体比先前那几个的加起来都要多得多。这显然是姜箬鸣留的底牌，似乎前面几个被毁了也无妨，因为只要有这个聚阴阵在，她的阴气就足够。

尽管早就清楚姜箬鸣此人并没有人性，杀人如割草，但薛茗还是再一次被她的残暴给震惊。

姜箬鸣已然将视线锁定在她身上，瞧见她手里的百魂旗，二话不说念动咒语，想将百魂旗召回，却不料咒语念完，那百魂旗仍被薛茗稳稳当当地攥在手中。

她先是疑惑一瞬，随后脸色骤变，猛然间想到一个关键之事——薛茗的身体也是魁皇的血脉，亦是百魂旗的主人!

“百鸦！”姜箬鸣没有办法，转而大声叫喊，“百魂旗被夺走了，你快抢回来！”

百鸦被几人联手围攻，此时已经伤得不轻，周身的黑乌鸦纷乱地惨叫着，听到姜箬鸣的叫喊后，他将燕玉鹤的剑挡开，抽身退了几丈远，血红的眼珠一下子就锁住了站在高处的薛茗。

下一刻，他如离弦之箭，整个人朝薛茗冲去。燕玉鹤几人见状便从四面八方阻拦，百鸦掌地势，随手一抬地面拔出几道高高的地刺，十几丈的高山从大地轰然而起，四周又陷入一片混乱之中。

薛茗晃了下身子，还未站稳就看见百鸦冲着她飞来，一双利爪已经摆好了要将她生生撕碎的架势。

她急忙喊道：“游音！”瞬间，她整个人被拉入地面，随着游音在地下流窜。百鸦追寻着二人的踪影，掌控地势的变化，只听连续不断的“砰砰”声响，地面一系列的爆破之后，游音和薛茗都被甩出来，跃到了半空中。

百鸦哈哈一笑，扬着利爪冲来，眨眼间逼近薛茗。正当薛茗吓得大叫时，一柄长剑横空飞来，剑身闪着金光，径直将百鸦的手刺穿。燕玉鹤的剑先到，人随后而至，将抛到半空中的薛茗抱住，衣袍轻摆间，一声灵鹤长鸣，绛星自空中落下。

它展着双翅，轻盈一扇，狂风便骤然大作，散落在各地的断壁残垣被全部掀飞，清朗的圆月出现在视野中。

薛茗感觉自己被纳入一个温暖的怀抱，睁开眼时就看见燕玉鹤那张俊俏的脸，他盘腿坐在绛星的背上，低头看薛茗。温暖的指腹带着些许力道，在她的胳膊和腿游走：“可有受伤？”

薛茗摇摇头，下意识去拥抱他，此时发现手里还紧紧攥着百魂旗，她赶忙道：“这是我从姜箬鸣手上抢来的，不知道能干什么用。”

燕玉鹤没说话，手指却从她的耳朵边掠过，似乎帮她整理了一下有些凌乱的头发。薛茗瞥见他胳膊上有伤，顺着袖子往上一撸，顿时看见几道长长的爪痕占了大半条手臂，血色溢出来，冒着黑气儿。

虽然知道跟百鸦打架，受伤也是在所难免，但是看到燕玉鹤润白的手臂上出现这样狰狞的伤口，薛茗还是止不住地心疼。她用指腹在上面摸了摸，沉默着没说话，垂下的眼帘隐隐遮住心疼之色。

燕玉鹤并不在意自己的伤，见薛茗兴致不高只以为她受到了惊吓。在他的记忆中，薛茗向来是胆小的，竟然能在这种时候将姜箬鸣的百魂旗抢下来，实在算得上一件值得嘉奖的事。他微微低头，在薛茗侧脸靠近耳朵的位置落下一吻，轻声道："天明前一切都会结束。"

薛茗抬头看他，撞见那双漆黑而平淡无波的眼睛，只觉得心中的安全感如泉水一般咕噜咕噜往上涌，一种站在正派方的底气一股脑冒出来。

燕玉鹤与她说了两句话后，便从绛星的背上跳下去，长发飞舞间稳稳落在地上，那柄剑又飞到了他的手中。绛星飞得很低，几乎是贴着地面飞行，所过之处激起浓雾般的尘埃将薛茗的视线掩埋。

薛茗看见姜箬鸣在后面追赶，或许因为她是魂体，所以速度非常快，眨眼就要拽上绛星的尾巴。薛茗赶忙拍了拍绛星的后背："绛星快跑，那个大恶人在后面追你！"

谁知绛星随主，压根不是会逃跑的性子，听到这话马上就掉转了头，发出清脆悠扬的鹤鸣，直奔着姜箬鸣而去。姜箬鸣被吓一跳，但极快地做出应对，眼看着绛星飞来也并不躲闪，待它靠近时一个纵身，竟直接跳到绛星的背上。

"哈哈。"姜箬鸣发出得意的笑声，毫不客气地骂道，"蠢鹤。"

薛茗吓得不轻，吱哇乱叫："绛星，绛星！她爬上来了，快把她甩下去！！"

"将我的东西还来！"姜箬鸣大喝一声，整个人往薛茗身上扑，要去抢夺她手里的百魂旗。薛茗自然不愿，往后一倒，双腿就下意识往上蹬，同时将捏着百魂旗的手往背后藏，正准备与姜箬鸣来一场肉搏大战时，忽而听见鹤鸣一响，一缕火光乍现。

紧接着热浪扑面而来，薛茗抬眼一看，竟是绛星从头羽处燃起了炽热的火焰，顺着庞大的身躯快速燃烧起来，只听姜箬鸣发出一声刺耳的惨叫，赤红的火席卷绛星的全身。薛茗原本被吓得浑身僵硬，随后很快就发现这火焰对她没有半点影响。

眼看着姜箬鸣在火中翻滚几下，而后整个人化作青烟逃散，绛星背上的火也迅速减弱，最后只剩下零星挂在它羽翅的底部。薛茗顿觉无比畅快，手脚并用地爬上绛星的脖子处，抱着柔软的羽毛站起身，感受着迎面呼啸的狂风，她脑子一热，只觉得气血上涌，扬起手中的百魂旗呜呼了一声。

月光清冷如水，照在黑白相间的百魂旗上，其中银丝所勾勒的图案隐隐散发出光芒。

忽而大地的深处传来一声巨响，紧接着开始肉眼可见地震动起来，几秒钟的时间一道宏伟壮丽的巨门拔地而起，出现在空旷而狼藉的地面上。

这扇门比寻常门大了百倍不止，不知是什么材质制成，两扇并起来的门上刻满了陆离的图案，屹立在面前，极其壮观。绛星见这门突然出现在前方，便掉转了方向，不知从何处传来一声钟响，仿佛直击灵魂深处，震耳欲聋。

继而沉重的嗡鸣响起，薛茗看见眼前的门缓缓拉开，浓郁的白雾从门缝中倾泻而出，还不等薛茗看清楚门后究竟是什么，就看见忽而有数十人从门缝中争前恐后地挤出来，那模样恍若饿了八百年的恶鬼争相夺食。

随着门缝变大，越来越多的人往外奔涌，哄闹的声音如潮水狂奔而出，疯狂地将周围一切都淹没。

中元节，夜半子时。薛茗感觉手中的百魂旗发出嗡嗡的震动，低头一看，旗上面的图案好似活了一样，群魔乱舞，萦绕着墨黑的雾气，仿佛蓄势待发。

与此同时，巨壑里摆放的成千上万的尸体也扯断了嘴上缝合的血线，发出了齐齐的号叫声，密集的乌鸦在空中飞舞，狂风将地上的碎石卷在空中打转，一切开始乱了起来。

▶第 44 章◀

薛茗头一次见这样壮观的景象。

她看见门中拥出了成千上万的人影，地下那密密麻麻的尸体也在齐声哭号，猛烈的狂风将她的头发卷得纷飞，衣袍猎猎作响，唯有紧紧抱住绛星的脖子才能勉强站稳。双耳充斥着凄惨的哭声，那些怨恨的、不屈的、哀伤的叫喊织就抑扬顿挫的音调，令人听之戚戚。

这些占据了所有视线，在周围飘荡的身影，每一个都曾是活生生的人，造就摩肩接踵、人头攒动的盛景。

此时薛茗忽然有些理解姜箬鸣为何总是胸有成竹地说占天下为王那些话，因为面前这些魂魄数量多到堪比庞大的军队，又与常人不同，倘若她真的能将这些玩意儿收为己用，对天下来说绝对是一场浩劫。

薛茗觉得手中的百魂旗似乎已经隐隐听到号召，不停地震颤，旗子上萦绕的黑气也越来越多，几乎将上面的图案给遮住。

她一时有些茫然，下意识想把这个恐怖的东西丢掉，但又知道姜箬鸣一定在旁边伺机而动，如果这时候丢了，不就等同又送回她的手上？可薛茗并不会使用它，不知道能用它来做什么。

薛茗在混乱的人群中搜寻燕玉鹤的身影，却忽而听得身后传来厉声凄叫：“贱人，将我的身体还来！”

薛茗大惊，猛地回头，就见姜箬鸣凶相毕露，狰狞的脸已经近在咫尺，尖利的爪刺向她。只是一个刹那，薛茗甚至来不及往旁边躲闪，姜箬鸣就整个扑到了她的身上，继而薛茗眼前一黑，正面受到了巨大的冲击，身体不受控制地被撞飞，像断线的风筝自绛星的背上跌落下去。

她的魂体被强悍的力道撞出了身体，飘在半空中，眼睁睁看着身体往下坠落，下意识要冲过去，却被姜箬鸣给扯住了胳膊。

姜箬鸣十分凶悍，一只手抓住她的脖子，一只手扣住她的手腕，竟在半空中与她纠缠厮打起来。

薛茗没有与人打架的经验，她这性格说好听了是脾气好、大度，说难听了就是窝囊，长那么大还没跟人动过手，但眼下事态紧急，她也被姜箬鸣这一而再，再而三的纠缠给惹得一头火，当下转身扬起手，两个大耳刮甩了上去，挣扎道：“放开我！”

姜箬鸣也是倔得很，两只手用来锁住不停挣扎的薛茗，一时间竟腾不出手抵挡攻击，硬生生挨了两下也不放手，疼得龇牙咧嘴念动着咒法。

薛茗一听她嘴里念念有词，就知道这人又开始作妖，干脆扭头与她厮打起来。薛茗打人不行，打狗有一套，在对抗自家邻居那条恶狗的时候，一脚飞踢神技练得出神入化，两三下就把姜箬鸣给蹬了出去，同时自己也得到了自由，转而飞向自己的身体。

她看见绛星已经将她的身体给接住，盘旋在薛茗的周围，短促的鹤鸣一声接一声，像是在给薛茗加油助威。

姜箬鸣被这一脚蹬得撞上断壁，还没等她缓过神，身边传来“砰”的巨响，断壁彻底粉碎，飞尘落下后，她看见是浑身负伤、模样凄惨的百鸦。他衣衫褴褛，身上尽数是剑伤，左臂被齐根削断，黑气缭绕，正缓慢地修复伤势。

百鸦大喘几口气，竟懒得再爬起来，与姜箬鸣并肩坐着，随手将锁住脖颈的铁链拽下来，叹道：“累死爷了。”

姜箬鸣大怒：“你就这点能耐吗？快将他们解决了来帮我！眼下我们的大计不过是临门一脚，你还在跟这些无谓的人缠斗浪费时间！”

百鸦看了一眼飘在半空中、一脸呆相的薛茗，又看了看另一边持剑的燕玉鹤，掌扇的谷井阑，以及分列两侧的黑白无常，他对姜箬鸣道：“咱俩换换？”

姜箬鸣冷哼一声，扭头飘去半空中，掐住一个手诀，飞快地念动咒语。下一刻，四条长长的链子飞向薛茗的身体，将她的手脚缠住，猛地从绛星的背上拽下来。

那链子是由咒文组成，血红的颜色紧紧扣在白皙的皮肤上，薛茗扑上去与之争夺，却无法撼动上面的链子。紧接着姜箬鸣飞来一掌将薛茗给掀翻，撤下链子自己往身体里钻，企图夺走身体。

谁知她刚要进去，就感到一阵猛烈的灼热，瞬间将她的魂体融了一半。姜箬鸣猛地被弹开，发出凄厉的痛号，低头一看自己的半条手臂已经被融化，冒着浓郁的白烟。

“啊啊啊啊！”姜箬鸣怒得双眼赤红，大声叫喊宣泄愤怒，怨毒地瞪着薛茗，“你毁了我的极阴之体！”

姜箬鸣只用了一刹那就想明白，是身体里充盈着太多阳气，对她发生剧烈排斥，即便现在薛茗将身体拱手相让，她也无法夺舍。

薛茗见她又要发疯，趁着机会钻回了自己的身体。靠近沉睡的身体时就有一股强烈的吸力传来，将薛茗的魂体整个吸了进去，其后她一睁眼，就回到了肉身之中，爬起来抱住绛星的脖子，喊道：“快跑，远离这个妖女。”

绛星听了立即向上飞，速度极快，瞬间就拔高了十几丈。薛茗不小心往下看了一眼，仍觉得这高度让她心惊胆战，紧紧抱着绛星不敢撒手。

姜箬鸣岂能这般轻易放弃？眼看着那身体阳气太盛，她开始催动阵法，地面出现血红的咒文，从上往下看，整个地面被覆上一层红雾。其后那些尸体储存的阴气被风卷起来，眨眼间形成高达十数丈的龙卷风，风涡的中心正是薛茗。

大量的阴气开始汇聚，往她身体里涌入，原本半透明的阴气也因为浓度过高变成朦胧的黑雾，将她整个人死死地缠绕其中。薛茗见状不妙，这时候终于想起自己还有两员大将，赶忙摇着铃铛将聂小倩与宁采臣给放了出来。

“吸这些阴气，快吸！”薛茗大声下令。

聂小倩这两日未得召唤，一直老老实实地待在铃铛中，甫一放出来就见满天的阴气，顿时两眼放光，兴奋得面容都扭曲了，大张着嘴疯狂吸入阴气。而宁采臣并不以阴气为食，装模作样地吸了两口就逃到边上吐。

饶是聂小倩拼了命地吸，这些阴气也实在太多，将薛茗浑身上下都包裹住，仿佛无孔不入，发了疯地往她身体里钻。她感到背后又灼烧起来，热意一股一股地涌现，四肢却还是泛着冷意，如同泡在雪里一样。

聂小倩吸入的阴气越多，身体变化就越大，魂体比方才大了两倍不止，见薛茗逐渐呈现出痛苦的模样，也顾不得再吸，摆着雪白的双袖在她的周围造出一层又一层的屏障，想以此隔绝阴气的涌入。可阴气本就无形，聂小倩又不是修炼之人，根本没有阻隔阴气的术法。

绛星在空中来回盘旋，发出求救的鹤鸣，正与百鸦缠斗的燕玉鹤分神一刹，甩出长剑笔直向下，剑身泛着金芒，正正刺入地上的阵法中心。随后地动山摇，阵法破碎，裂开无数条深不见底的地缝，上面摆着的尸体扑簌簌掉进去，如同被吞噬一般，眨眼不见踪迹。

百鸦见他分神又丢了武器，趁机一爪挠过来，直直地冲着他脖颈而去。将要命中之时，带着镰刀的锁链甩过来，在他腕上缠了几圈用力一拽，利爪偏了轨迹，在燕玉鹤的侧颈留下一道爪痕，鲜血顿时溢出染红了白皙的颈子。

百鸦大怒，抬手竟直接拽断了铁链，黑无常猛地一失力，看着手中的半截链子，啧了一声。

白无常一见地府公物被毁坏，立马撇清关系："这可是你用坏的，回去别赖在我头上。"

黑无常知道回去指定要挨批，烦躁地劝道："山鬼大爷，你败局已定，何必再挣扎呢？"

百鸦轻蔑地睨他一眼："你们且先抓得住我再说！"

谷井阑跟百鸦打了百年的交道，心里门儿清，百鸦这人，只能哄，不能骂，于是十指转着手中的扇子，对百鸦笑道："山鬼不愧是天生地养，半仙之灵，我们几人联手都奈何你不得，这魁皇之位非你莫属，绝无争端。"

果然百鸦对此话很受用，叉着腰得意笑道："那是自然，还不赶紧跪下参拜本王。"

话音未落，忽而后脑生风，他凭借本能躲闪，饶是速度极快却也未能全部躲过，半个膀子被持剑的燕玉鹤削去。

此时阴气形成的龙卷风开始衰弱，哭号声此起彼伏，狂风卷着沙砾在空中飞舞。聂小倩忽而感受到一股力量冲出来，下一刻她雪白的双袖尽数撕裂粉碎，不得已往后退了数丈。

但见皓月当空，漫天狂风之中，薛茗立在白鹤的背上，手中高举百魂旗，浓郁的黑气如奔流不息的墨色河流，朝四方散开。她长发随风卷起，衣衫飘动，皮肤白若毫无瑕疵的瓷，双手生了浓黑的指甲，一双尖利的长牙卡在唇边，隐隐露出一个角。

薛茗双眸如浸了血，染得通透，像是变成了一对润亮晶莹的红宝石。

百魂旗释放的黑气好似遮天蔽日的乌云，将天幕隐隐遮挡，原本还纷乱的人影此时全部受到百魂旗的控制，纷纷面朝着薛茗跪了下来。而她手上原本只有巴掌大小的小旗也在片刻间不断变大，直到旗杆变得比她都要高，迫使她双手扶着，上面挂着的一面银纹黑旗正迎风招展。

薛茗的身体摄入太多阴气，此时几乎脱离了人相，原本漂亮的脸也变得妖冶，黑色的雾气缠绕在她周身，于肢体各处游弋。她看着底下一圈又一圈对着她跪拜的身影，心中难免有些惊慌。

同一时刻，百鸦与燕玉鹤等人停下战斗，朝薛茗投去视线。

“糟了。”谷井阑脸色微变，“怎么是她催动了百魂旗？”

头顶开始聚集乌云，一声声宛如野兽低吼的闷雷从天际传来，似千万辆马车滚滚而过，声音直击灵魂深处，震得人难以抑制地战栗，正于四面八方往薛茗所在的位置聚集。

“燕赤霞！”谷井阑惊叫一声，还不等说话，燕玉鹤的身影一晃，只看见袍摆轻飘，他整个人朝薛茗赶去。

薛茗捏着百魂旗，看见众人臣服在她脚下，一股难以言喻的欲望自心底翻涌，四肢百骸仿佛充满了无穷力量，每一根血管都燃烧起来，对权力的强烈念想在此刻达到了巅峰。

她只需轻轻挥动手里的旗，便可将一切掌控在手中，届时再无人能踩在她的头上，欺负羞辱她，她也再也不会害怕生命受到威胁，只要勾勾手指便有无数人前仆后继地以性命保护她。从前那个生活得艰辛劳苦，不断受人白眼，为生活发愁的薛茗将不复存在。她会成为权力的主宰，人人敬畏的存在。

薛茗盯着手里的百魂旗，看着脚下那乌泱泱朝她恭敬跪拜的人群，脸上浮现茫然的神色，完全没察觉她的头顶已经聚集了遮天蔽月的雷云。漆黑的云层形成巨大的旋涡，环绕着薛茗所在的位置缓缓转动，银白若蛟的雷电在云层中游动，偶尔飘过几缕略强的闪电，隐隐照亮夜间的天地。

风声不停咆哮，低泣的声音在空中环绕，隐隐有燕玉鹤叫喊她的声音传来，但薛茗好像失去了听觉，愣愣地看着百魂旗。

“成为魁皇，一切将唾手可得。”

她似乎听见许多声音，男女老少，在她耳边不停碎碎念。又似乎天地都静下来，万籁无声，只剩下她一人。

卷六 得道飞升

第45章

阴年阴月阴时诞生之人，命无六亲，生路坎坷。

薛茗这一路长大，活得十分辛苦，好不容易找了份工作，租了个自己的小窝就这么平淡地生活，努力加班攒钱，却一朝被撞到这个光怪陆离的世界。她平生没有伟大的志向和雄心，更不会对情感过分渴望，只想安安分分地当个打工仔，过好自己的生活。

薛茗自己有时候也想不明白，究竟自己是犯了什么大错，这辈子要生活得这么艰辛，难不成她上辈子是什么无恶不作之人吗？有些人生来锦衣玉食万千宠爱，有些人却要面临无休无止的坎坷，凭什么同人不同命呢？

薛茗看着迎风飘扬的百魂旗，心里冒出许多陌生的念头，甚至生出了一股浓烈的怨怼。

那享受生活，享受权力的合该是我才对，生命纵然有颇多苦难，但这世上有那么多人，不该落在我身上。我生来与人不同，该自立为皇，成天下之主。

百魂旗释放的黑雾将薛茗层层环绕，几乎掩盖住她那双血红的眼，毫无血色的皮肤让她看起来充满病态，漆黑的手指紧紧攥着旗杆，一派狰狞之相。

苍穹凝结的雷云越压越低，几乎要落在人的头上，庞大得一眼望不到尽头。月光已经全然被遮住，银白的闪电在乌黑的云中闪烁得越来越频繁。云涡的中心开始快速旋转，往下便是薛茗所站的位置，闷雷滚滚，似乎在酝酿一道劈裂天地的惊雷。

百鸦与谷井阑等人已经休战，各站一边，同时盯着天上聚集而来的雷云。

便是方才被几人逼得节节败退也面不改色的百鸦在此时也终于变了脸色，

眉眼流露出惊愕：“天雷？”九重天落下的雷，可诛杀世间一切妖邪。

百鸦睨了谷井阑一眼，冷笑道：“我道怎么只有你们几个毛头小子来，原来是背后有倚仗。”

“虽说咱们是同类，但好赖也有个区分不是？”谷井阑摇着扇子，慢悠悠道，“上一任魁皇搅得人界不得安宁，你们又在人间这般作恶，滥杀无辜，上头怎会坐视不管，放任新的魁皇上位？我劝你现在就弃暗投明，免得这道天雷落在你的头上。”

百鸦抱臂一笑，伸出个指头指了指薛茗的位置：“你看看清楚天雷要落谁头上。”

谷井阑皱着眉投去视线，就见燕玉鹤已经到了薛茗的跟前，只是她已然被百魂旗蛊惑了心志，浑身黑气缠绕，不得贸然近身。

燕玉鹤喊了两下薛茗的名字，见她丝毫没有反应，抬手便召剑，想要将百魂旗给削断。正待抬手时，黑无常甩出断掉的锁链缠住他的手腕，急声喊：“燕大侠，万万不可！”

燕玉鹤双眸一冷，反手一剑，铁链尽数断裂。同时白无常飞身上前，手中的哭丧棒迎面接了燕玉鹤的一剑，也断成两截，他转而抱住燕玉鹤的腰身，喊道：“燕大侠三思！若毁了百魂旗，我们所做一切就功亏一篑了！”

燕玉鹤震剑，想要将白无常弹飞，却听他又喊道：“薛姑娘玲珑心窍，定不会被百魂旗所蛊惑，燕大侠，你万万不可在此时冲动呀！”

这厢燕玉鹤还没劝住，另一边百鸦却突然冲出来，身影极快地掠过二人，利爪朝着薛茗抓去。他脸上挂着无所畏惧的笑，似乎并不在意头顶上蓄势待发的滚滚天雷，只道：“这魁皇之位，非我莫属！”

半道上杀出来一个姜箬鸣，整个与他撞在一起。她抱着百鸦健壮的身躯，两个人撕扯起来：“这是我爹留给我的东西，你还想篡位不成？百魂旗是我的，魁皇之位也是我的！”

“你太无用。”百鸦干脆将她举起来，顶在自己头上，道，“你替我挡一挡天雷，回头我让人给你修个大墓。”

两人在面前吱哇乱叫，吵得燕玉鹤心烦，拖着腰身上死死抱着不放手的白无常，上去就是一剑，砍断了百鸦的手臂，也削了姜箬鸣满头长发，两人同时发出惊叫怒喊。

薛茗被裹在黑气中，耳朵糊满了“成为魁皇”的声音，对外面的混乱一无所知。不断有声音劝她举起手中的百魂旗，站上权力的巅峰，然而薛茗却用迷茫的眼眸盯着自己的手，许久都没有反应。

她透过浓郁的黑雾看见自己雪白而毫无血色的皮肤，墨黑的指甲完全变成了森然的利爪。薛茗从里到外都是普通人，骨子里带着活气儿，乍然看见自己身上的变化难免吓一跳，耳边还不断有密密麻麻的低语往里钻，扰得她心烦意乱。

她渐渐感觉到，这些莫名的声音会让她心生怨念，细数着她这前半生遭遇的困难和艰辛，仿佛汇聚成了怂恿的力量，催着她使用百魂旗，莫名的咒语在她脑中徘徊，好像只要念出来，她从此就能为所欲为，得到一切。

可薛茗向来有一个美好的品质，她从来不跟好的比，总是与更差的相比，从而安慰自己活得还算可以，因此她鲜少对自己的生活抱怨。她知道这世上有人生来便锦衣玉食，享受着高等教育，对想要的东西都唾手可得，更是家庭美满，被很多人爱着；但她也知道，这世上同样存在着生来就被遗弃的人，有可能他们死在了婴儿时期，有可能跌跌撞撞地长大了，却被意外或是病痛折磨，没有人爱，没有人在乎，甚至连生病时买药都是一片一片地买。

这世上总是万般苦难，薛茗十分清楚总有人比她活得更辛苦。她尚且好好地长大了，还有健康的身体，赚钱的能力，良好的心态，这些都已经足够了。权力和金钱，并不是她所求。

薛茗不适宜地想起自己的黑心上司，他只管理着一个部门，不过三十多岁发际线就秃得脑门锃亮，每回站在办公室训人脑袋都反射着闪亮的光。有时候部门聚餐，他喝得多了，总是摸着自己的大脑门说："如果不是管理你们，我的头发不会掉得那么快。"

薛茗或许算不上一个大好人，但也绝不会做个坏人，更不会成为这些作恶多端的家伙的领导。百魂旗无法蛊惑她的心。

"我不要。"薛茗不知道自己在对谁说话，只想让耳边那些窃窃私语停下来，于是拒绝道，"我只想活着，不想做皇帝，更不想与你们为伍。"

刹那间，萦绕在她周身的黑雾如潮水般退散，原本变得比她还要高的百魂旗迅速缩小，眨眼就变回了巴掌大小。视线恢复之后，薛茗最先看见上方几乎要压在头顶上的滚滚雷云，闪电在其中游蹿，仿佛下一刻天就要塌下来一样。

薛茗从前没见过这种景象，但心里多少也猜到了些许，眼下这看起来跟渡劫似的场景，八成也与这百魂旗和魁皇之位脱不了干系，说不定她刚才只要点头答应，头顶的雷立马就会劈下来，把她劈得连骨灰都不剩下。

这时她听见身旁传来吵闹的声音，转头一看竟非常热闹，百鸦与姜箬鸣扭打在一起，燕玉鹤则持着剑站在旁边，被白无常死死抱住了腰身。

他是第一个发现薛茗已经摆脱了百魂旗钳制的人，此时隔着闹腾的百鸦、姜箬鸣二人，与她对视。

燕玉鹤的眸光向来清淡如水，如深不见底的湖泊，不管何时看都是漂亮的，但他视线落在薛茗的身上时，平静的湖面就开始泛起涟漪，尽管不明显，却还是让薛茗稍微看出了分别。她不禁弯唇，轻轻笑了一下。

薛茗没说话，转眼看见边上闹腾的姜箬鸣，忽而在绛星的背上跑了几步，纵身一跃，整个人朝姜箬鸣扑过去。

百鸦与她还在争执，见薛茗扑过来，下意识要伸出利爪攻击，然而胳膊才刚抬起来就觉得肩胛骨一凉，整条手臂被齐齐削断，滚落下去。燕玉鹤持剑，气息贴得很近，与百鸦有一个冰冷的对视，下一刻剑就又扬起来，墨黑的长发飞舞，金芒剑刃散发出凛冽之气。

百鸦见状只得先甩开姜箬鸣，避其锋芒，却见薛茗将姜箬鸣接了个正着。她抱住姜箬鸣的身体，两人纠缠着往下坠落。

“你想做什么？”姜箬鸣瞪着她，晃动着四肢挣扎。

薛茗攥着手中的旗，举起来使劲一挥，百魂旗立即释放出大量黑气，旗上的图案像是隐约感应到什么，疯狂舞动起来。旗杆快速变大，顷刻间就变成完整的旗子，随着狂风猎猎飞舞。同时，在下方跪拜着的，成千上万的身影齐齐发出高呼，似乎在兴奋地迎接新皇的登基。

薛茗念出了刚才脑中一直环绕着的陌生咒语。

“姜箬鸣。”继而她将百魂旗塞到姜箬鸣的手里，笑道，“你的旗，还给你，去当你的皇帝吧。”

“什么……”姜箬鸣还没反应过来，被薛茗猛地蹬了一脚，两人在空中登时分开，薛茗整个人借力脱出了黑雾，身体猛然往下坠。

一声鹤鸣直击天际，绛星展着双翅飞来，正要接住薛茗，却不料有人比它更快。

薛茗只感觉身体失重，极速的下坠让她的心跳极快，难以抑制惊慌，耳朵灌进了风声，她隐约听到绛星在叫，本以为绛星会来接她，却不料下一刻就落入一个温暖结实的怀抱中。

薛茗惊讶地抬头，看见燕玉鹤的侧脸和光洁的下巴。

他抱得很紧，召来了绛星落上去，仍没有松手，只下令道：“往远处飞。”

绛星奋力扬翅，急速往下降落，几乎贴地飞行，速度快得两边的风景都变得模糊。这样快的速度下，薛茗根本睁不开眼睛，反手被燕玉鹤搂进了怀里，手掌按在她的后脑勺，把人往胸膛埋。

薛茗干脆也不挣扎，顺着他的动作，在燕玉鹤的怀中找了个舒服的位置，闻到他衣服上散发出来的清淡的荷香。

同一时刻，谷井阑与黑白无常往另一个方向飞速离开。百鸦仰头看了一眼，又将视线落在浮在空中，拿着百魂旗的姜箬鸣身上，最后也只得转身撤离。

此时万魂跪拜，高声呼唤："吾皇万岁——"

姜箬鸣被裹在黑气中，双目赤红无比，显然已陷入了旗子的蛊惑中，高高地扬起手中翻飞的百魂旗，发出得意的大笑："天上天下，唯我独尊！"

话音落下，天地在这一刹那亮如白昼，仿佛十个太阳齐齐挂在天上，将每一个被黑暗侵蚀的角落都照得透亮。但也只有一瞬，马上就又落了下去，紧接着，整个天地又暗下来，乌云沉沉压在头顶，仿佛伸手不见五指，世间都沉寂了。

"轰隆——！！"

一道银白的雷猛然从云涡的中心砸下来，携着万钧之势，誓要将天地劈碎般，猛烈地落在地上，正中姜箬鸣所站之处。

以姜箬鸣为中心，方圆十数里激起千层土浪翻飞，大地尽数碎裂。原本臣服跪拜的魂魄在天雷落下，天地昼明的一瞬，发出刺耳的哀号，然后在眨眼间灰飞烟灭。摆在地下的尸体化作齑粉，猛烈的风浪朝四周扩散，荡出一层又一层磅礴的风圈，仿佛要将一切毁灭。

在天雷之下，任何阴邪都将荡然无存。

▶第 46 章◀

薛茗听见那惊天地、泣鬼神的雷声，隐隐明白自己刚才的猜测是对的，那些聚集在天上，以她为中心的雷云，就是因为那面百魂旗。

谁成为新的魁皇，谁就要被这天雷诛灭。

饶是绛星速度已经达到了极限，还是被身后那巨大的冲击给波及，它努力稳住翅膀滑行了一段，还是被整个掀翻，像只断线的风筝在空中旋转。

燕玉鹤抱着薛茗及时跳鹤逃脱，随手捏了个法诀将绛星变回纸鹤收入袖中，搂着薛茗落在地上。

而薛茗被那一道雷的冲击力整个震晕过去，在燕玉鹤怀中失去了知觉。

风声仍旧呼啸不停，他以背挡风，抱着薛茗慢慢坐下来，让她安逸地窝在自己的怀中。飞舞的墨发撩在薛茗的脸边，被他随手抓住给拨开，露出一张雪白而安宁的脸。

那雷劈下来之后，原本乌黑的云层迅速往四面八方退散，露出了玉盘似的月亮。飞沙走石尽数落下，尘埃落定后，面前则是天雷留下的巨壑，跪拜在地上那成千上万的身影，以及地下的尸体，连带着百鸦盘踞的老窝一并消失得干干净净，大约都变成了齑粉，落在地上，被清风一吹，完全没了踪影。

一切尘埃落定，周围静谧无声，燕玉鹤坐着不动，低头看着薛茗。月光照得她面容清亮如玉，呼呼大睡的样子显得十分可爱，燕玉鹤便这样保持着低着头的动作，许久没动。

薛茗这一觉也不知道睡了多久，许是心里惦记着事，醒来的时候双腿一蹬，一下将自己撅醒了，睁眼就对上燕玉鹤的视线。她心头一跳，发现自己躺在他怀里睡，赶忙爬起来。

这四周简直像是被密密麻麻的炸弹炸过一样，没有一寸土地是完好的，只是看上去比之前干净不少，所有东西都消失不见，方圆十数里尽数夷为平地。

她匆匆忙忙转头，去检查燕玉鹤的身上还有没有其他伤势。燕玉鹤也跟着站起来，态度非常乖顺，配合薛茗上下检查。

这么一查，果然看见除了手臂上的伤之外，还有脖子上也留下了爪痕，包括肩胛处的衣裳也破了，伤势如何看不见。薛茗没想到那个百鸦竟如此厉害，几个人打一个没能彻底降服他不说，燕玉鹤还受伤了。

而且先前的天雷只能确定姜箬鸣被劈死了，却不知百鸦有没有中招，不过现在也管不了那么多，薛茗仰着头，担心地问他："严重吗？"

燕玉鹤轻落眼睫，黝黑的眸子微微一转，最后只握住了她的手，轻轻摇了下头，没有说什么。

薛茗想起他身上原本就是有伤的，之前脱衣裳的时候从背后延伸至肋骨的伤痕，冒着黑气，且看起来很深，或许没有那些伤，他今日也不会在应对百鸦时受伤，也不知百鸦究竟是什么来头。

薛茗还想再追问，忽而感觉到手背炙热，似乎是燕玉鹤散发的体温，但这样的温度对于常人来说过于高了，像是发高烧时候的状态。薛茗立即踮着脚用手背去贴他的脑门："你的体温怎么那么高？"

燕玉鹤没有躲闪，让薛茗摸了摸脑门，果然体温高于常人，皮肤传来滚烫的感觉。薛茗刚想说是不是需要疗伤，这时候才发现她的手惨白若雪，漆黑的利爪在瓷白的皮肤上显得极其刺眼。

她大吃一惊，猛地抬起双手，捋起袖子看，隐约意识到了什么，慌慌张张地拽着燕玉鹤问："你有镜子吗？"

燕玉鹤默默无声地掏出来一面镜子，她拿着一照，就看见里面自己的脸完全变了副模样。她的双眼赤红无比，唇线的位置隐约露出两颗尖利的牙，肤色白得没有半点其他颜色，显得眉毛眼睛愈加黑，唇色愈加红。

看着像是美艳的妖精，却实在让薛茗惶恐不安，打着磕巴道："我、我、我这样……怎么回事？"

燕玉鹤见她吓得厉害，抬手将她的镜子按下，缓声道："吸入了太多阴气。"

薛茗这才明白，原来根本就不是燕玉鹤的体温太高，而是她体温太低，所以衬得燕玉鹤的温度很高，加上她的身体处于异常的状态，对常人的温度更加敏感。

她想起来先前姜箬鸣催动最后一个聚阴阵的时候，她的确是吸了太多阴气，连聂小倩都无法护住她，所以她才变成了现在的模样："那以后我……"

薛茗正想问个清楚，不远处突然传来一声呼唤："燕大侠！"

她转头望去，看见是黑白无常二人，正满面笑容地飘过来，到了燕玉鹤的跟前，两人同时揖礼，说道："燕大侠，此番你诛杀魁皇之女，保护阴阳两界而立下大功，他日我们等着你位列仙班的好消息。"

薛茗不知为何，下意识有些怕黑白无常，不知道是不是因为她现在的状态，所以天生对阴官抱有畏惧，于是往燕玉鹤身后藏了藏，想让他掩盖住自己的身影。

谁知这时候白无常却对她笑道："薛姑娘，你变化不小。"

黑无常就接话道："薛姑娘也十分了不得呀，若不是你最后催动了百魂旗还给了那魁皇之女，恐怕我们还要与他们纠缠上一宿呢！此番你立下大功，日后封赏必是头等。"

薛茗不知他这自来熟的态度从何而来，望着黑白无常二人，露出了疑惑的神色。

白无常伤心叹道："不过才几日不见，薛姑娘就将我们二人忘得一干二净。"

"这话说得……"薛茗讪讪一笑，问道，"我见过你们吗？"

白无常道："我是春夜。"

黑无常道："我是秋生呀。"

春夜、秋生？薛茗一寻思，这不是先前那个假宁采臣身边的两个小厮吗？她惊讶地瞪大眼睛，脑中浮现出先前种种，诧异道："原来你们……我还以为你们早就死了呢……”

“我们的确已经死了呀。”白无常晃了晃手里半截哭丧棒，笑道，“先前倒也不是有意骗你，只是我和秋生当真以为你便是燕大侠，后来才得知真相。”

薛茗想起来这两人被聂小倩杀了的那日，她提着灯笼去救人，发现两个人站在原地吵架，这些许端倪她当时并未在意，如今想来，寻常人死了之后魂体飘散，哪里还有人会站在原地吵架呢？

薛茗这一路下来，算是两眼一抹黑什么都不知道，一问就是还有事瞒着，因此拽着黑白无常二人，打算仔仔细细问个清楚，正要问时，谷井阑也回来了。

他手里攥着根绳子，在手掌和手臂上缠了好些圈，绳子的另一头拴在一个孩子的脖子上。只不过这次被拴起来的孩子不再是游音，而是一个皮肤黝黑、长着一对尖利犄角的孩子，头发散乱地披在背后，身上仅有几片松垮的布料遮体，赤着双脚。

他眼眸赤红，看谁都充满攻击性，被谷井阑拽着，不情不愿地往前走着。

“这是？”薛茗问。

“这便是那百鸦。”白无常道，“他受了天雷波及，修为尽数散去又受了重伤，才变成了这般模样。”

“为何那天雷没一道劈死了他？”薛茗好奇，“我先前见他吃人头颅，肆意杀人，后又与姜箬鸣勾结害人，应当也是罪大恶极。”

百鸦轻哼一声，很是不服气的样子。

黑无常便将手拢在嘴边，凑近薛茗小声道：“薛姑娘有所不知，这百鸦乃是神山诞生的灵物，本应该是消除世间罪业的山神，多年前因为贪玩来了人间。他虽有恶妖习性，但只吃十恶不赦之人的头颅，算不得作恶。至于与魁皇之女勾结一事，我们自是没能力给他定罪，他师父先前特地来了一趟，叫我们将人带回去，他老人家要亲自收拾呢。”

薛茗倍感惊奇地望了百鸦一眼，没想到他是这样的来头，也难怪燕玉鹤几人联手对战百鸦都打得那么吃力。

正想得出神，燕玉鹤攥着她的手腕，将她往后带了两步，其后薛茗感觉头上落下来一件轻薄宽大的衣袍，伴着淡淡清香，眼前的视线一下被遮了大半。她用手微微撩开些许，发现是燕玉鹤脱了外袍套在她的头上。

还没想明白他突然这样做的原因，就忽而瞥见东方的天际出现了一抹亮光，是朝阳的痕迹。

诡界里向来没有朝阳，所以看见了这一幕，薛茗就知道诡域已经破了，此处是人间。她心情大好，深吸一口清新的空气，想要将头上的衣袍拉下来好好看看朝阳，却不料手才刚探出去，她就感觉手背骤然一痛，像是被什么烫了一下，又赶忙缩了回来。

薛茗大惊失色，转头难以置信地看着燕玉鹤，求证道："我不能晒太阳了？"

燕玉鹤道："暂时不行。"

薛茗一下着急了，没有太阳她可活不了，惊慌地抓着燕玉鹤问："这个暂时指的是多久啊？"要是十年八年的，她可忍受不了。

燕玉鹤望了她一眼，眼神在此时有了微妙的变化，十分深邃，让人捉摸不透。他道："要看你身上的阳气何时恢复。"

薛茗听后便大松一口气，喃喃道："原来是这样。"

只要不是需要漫长的时间，薛茗都可以接受，关于阳气一事，让燕玉鹤多给她渡些就好，虽然过程十分辛苦，但只要结局是好的就行。

黑白无常以及谷井阑都不喜太阳，便提议换个地方再细细商量剩下的事，于是几人启程又回到了最开始所在的庙中。

路上薛茗抓着黑白无常仔细问了一通，才算是将这些事的来龙去脉，彻底了解个清楚。

▶第 47 章◀

事情的起因，是百鸦的那位师父发现自己的小弟子偷跑下山，去了人间。

魁皇在阴阳两界作乱已久，创立诡界为祸人间，由于拥趸数量实在庞大，便是将所有阴官派出去抓也是抓不尽的，所以一直都是令冥府极为头痛的难题。半年前，那位掌管神山的天官终于发现自己疼爱的小弟子贪玩跑去了人间，还成为臭名昭著的大魔头，约莫是听到了小道消息，知道上头计划收拾诡界，于是主动往冥界走了一趟。

他向地府提出了解决办法，说可以向雷神借来一道天雷，直接诛杀魁皇和那些小喽啰，彻底整治诡界，但只有一个要求，就是留他小徒弟一条性命，他要亲自带回去收拾。

冥界本就因为诡界的事颇为头痛，一听可以不用派出大量人手和精力处理此事，当即拍案与那位天官达成合作。

然而计划还没制订完整，就传来了燕玉鹤把受伤的魁皇宰了的消息，诡界顿时大乱。没多久，姜箬鸣杀害门内师叔盗取师门宝物逃下山，此时众人才知她是魁皇与凡人诞下的血脉，又是极阴之体，是至阴至邪之人。太虚宗联合冥界追查，才发现她从许久之前就开始布置聚阴阵，由于身上有凡人血脉，装起人来也毫无破绽，等到她父亲死后，上任魁皇的部下找上了她，送上百魂旗。她便逃下山，开始启动聚阴阵养自己的极阴之体，妄图登基成新任魁皇。

后面的事薛茗基本也都知道了，燕玉鹤奉师命下山，杀掉玉面之后假扮他的模样，应召参加新的魁皇推举，同时冥界派出黑白无常协助他，两方因为约定在庙中碰头，所以此前互相没见过，黑白无常二人才误将一开始带有伪装的薛茗认作燕赤霞。

谷井阑则是早年闹过冥界，放出了大批邪祟，此次将功补过，从旁协助燕玉鹤。

几人的目的便是等中元节，无数魂魄齐聚此地，再降下天雷将他们尽数诛杀，彻底解决冥界的心腹大患。

值得一提的是，这里面有一个很微妙但也极其关键的巧合，那就是薛茗从姜箬鸣手中夺取百魂旗一事。

百魂旗须得魁皇的血脉才可催动，这也是姜箬鸣极力想要从薛茗那里抢走身体的重要原因，当时吸入了太多阴气的薛茗恢复了极阴之体，只有她才可开启百魂旗，号令万魂，连姜箬鸣都不知道身为魂体的她是无法催动百魂旗的。

所以薛茗抢夺百魂旗时，燕玉鹤并未阻止，恐怕早就已经计算好了等她催动百魂旗后将旗子丢还给姜箬鸣，但是谁也没想到，在最后关头，是薛茗自己催动了百魂旗并且塞给姜箬鸣。

姜箬鸣满心权欲，自然而然被百魂旗所蛊惑，号令他人拥护她登基，在成为新的魁皇那一刻，引来了天雷。

说起此事，几人同时发出惊叹的声音，白无常询问道："薛姑娘，你是如何知道要将百魂旗还给那大恶人的？"

薛茗也十分茫然，回想起当时的场面，尽管现在仍有后怕，但不知是不是人在面对极端情况时反而会冷静下来，她当时看见头上的滚滚雷云，云涡还正对着她的脑袋，就直觉这雷是要劈她的。可薛茗知道自己向来是个大好人，不会无故遭雷劈，马上就怀疑是手中的百魂旗作祟，因此念动咒语后将旗子还给了姜箬鸣。说白了也是希望姜箬鸣挨雷劈，当时并没想那么多。

她低头喝了一口茶水，装出高深莫测的做派，神秘道："天机不可泄露。"

"薛姑娘实乃神人也。"黑无常叹道。

几人围坐在桌边，所处的地方正是先前薛茗在庙中住的小厢房。房间狭隘，几个人往那儿一坐，顿时就显得拥挤。游音不喜黑白无常，更十分厌恶谷井阑，但坐在薛茗身边时会被燕玉鹤丢出去，因此自己坐在一个桌角，与左右人都保持着距离。百鸦则被套着绳子拴在房间的角落，自己找了个地儿盘腿坐着，许是知道自己已服法，这会儿也很老实。

燕玉鹤坐在薛茗的身边，对几人的谈话不感兴趣，低着头擦拭自己的剑。

游音见薛茗的茶水喝完了，赶忙起身又给添上，不满地嘀咕道："既然事情已了，尘埃落定，你们怎么还留在阳间？"

白无常脾气好，对这千年人参精也相当恭敬，笑着道："还有一事尚未了结。"

说罢，他对薛茗道："薛姑娘，聂小倩与宁采臣二人的魂魄是否还在你的手中？"

薛茗这才想起此事，点了点头，摇铃铛将两人给召了出来。

聂小倩一袭白衣翩翩，甩着袖子现身，瞧见了黑白无常自然是十分敬畏，福身道："妾身这厢有礼了。"

她吸了不少阴气，已然非常厉害，且她本身心术也算不得正，若是放出去也是为祸一方的存在，白无常此意便是要带聂小倩与宁采臣二人回冥界，入轮回。

宁采臣在诡域莫名被害后，他的怨念一天比一天深重，只要放出来说不了两句话就开始呜呜咽咽地哭，后来被聂小倩嫌烦骂了几句，现在都是悄悄掩着面抹金豆子，怨气冲天。他听了白无常的话后，当即痛哭流涕，不舍阳间的妻子和上了年纪的老母亲。

白无常安慰道："公子放心，你阳寿未尽，去了冥府自会有大人安排你还阳的。"

宁采臣听了此言，这才放下了一百个心，连连作揖道谢。倒是聂小倩不愿意了，说自己好不容易混出了头，一朝入轮回，自是什么都不剩下，白白吃了那么多年的苦头。黑白无常二人一商议，表示冥府还有许多公职空缺，若是聂小倩愿意，可去尝试应职。

古往今来，这当官永远都是光耀门楣的事，薛茗在边上劝她，说："阴官也是官啊，说不定你修炼个几百年，还有可能当个天官呢。"

聂小倩一听，心道：我如此努力刻苦，焉能有我当不上的官？于是立马欢欢喜喜地答应跟黑白无常离开。

薛茗见她在结局没与宁采臣走到一起去，心里也有些意外。原著中聂小倩被宁采臣救走后带回家，任劳任怨伺候宁采臣病重的妻子和老母亲几年，最后宁采臣的妻子死了才嫁他为继室，还生了个孩子，后又过了几年，宁采臣纳了妾。

薛茗不知聂小倩从前性子如何，如今她虽然有时候也是软骨头，但从她三番五次骂宁采臣并且十分嫌弃来看，怕也是不愿意回去伺候他一家老小的，去冥府任职应当是最好。

最后商议下来，由还阳的宁采臣负责好好掩埋聂小倩的尸骨。薛茗与这个临时收的马仔也没多少感情，但还是诚心祝贺了聂小倩几句，将铃铛交还给白无常。薛茗忽而想起一人，询问道："鹿蛮不是与你们一起的吗？怎么不见她踪影？"

鹿蛮是正儿八经修炼的，按理说不在诛杀队列中，但那日分别之后她就没再见过鹿蛮，不知人去了哪里。黑无常便回答道："她一心想要扶持诡界，那面百魂旗便是她送去给那姜箬鸣的，先前二人合谋召开盛宴便是想选举新的魁皇，只是不知为何后来二人似乎决裂，我们也不知她的去向。"

"如今诡界已破，游荡于阴阳两界的魂魄被尽数诛杀，她的计划自然落空，应当老老实实修行去了吧。"白无常说道。

薛茗听后也不再追问，鹿蛮最后选择与姜箬鸣分道扬镳，就说明她的心向着正道，终归好好修炼会得正果，也不需要她过多忧心。

薛茗与黑白无常又闲聊了两句，此时燕玉鹤的剑已经擦好，收剑起身，紧接着几人都站了起来，应是离别的场面。

谷井阑一手握着拴着百鸦的绳子，一手在游音的脑袋上揉了揉，说道："日后可要藏好了，再被抓住当心给你炖了吃。"

游音厌烦地晃了晃头，埋怨道："一身酒味，莫挨着我。"

谷井阑并不在意，笑了笑，转头对燕玉鹤道："青山不改，绿水长流，燕赤霞，改日再见。"

话音落下，黑白无常二人同时朝燕玉鹤和薛茗揖礼，其后带着宁采臣与聂小倩，推门而出。

外面已是日落时分，余晖即将散尽，宁采臣忍受不了这样的光芒，钻进了铃铛里。聂小倩则毫不在意，被困在这庙内许多年，她想好好欣赏一下人间的风光。

薛茗尚不习惯自己这种状态，刚踏出房门就被黄昏的光芒逼得退了回来，回身将燕玉鹤的外袍裹在头上，又打了把伞，这才慢步走出去。

余晖染得苍穹尽是橘红的颜色，映得天地极其绚烂，夏日干燥的热风拂面而过，晃动茂密的树冠，一时间蝉鸣蛙叫的声音从各处传来，天高远阔，宁静宜人。

道别之后，谷井阑几人很快消失，燕玉鹤提出离开。

自打薛茗到这里，就一直在为逃离这座庙作斗争，如今事情了结她终于有机会离开，不知为何竟有点热泪盈眶。

她用墨袍披在身上，只露出一双赤红的眼睛看路，燕玉鹤便牵着她慢慢往外走，游音跟在后面。出了庙就是林子，三人都未说话，走了没多久林子就到了尽头，曾经薛茗要用很长时间，走得累死累活的林子，如今走出去不过也才十来分钟的脚程。

出了林子后视野瞬间开阔，辽远的旷野之后，便是连绵起伏的高山，日头完全落了下去，夜幕染了半边天，淡淡的月亮挂在上面。

游音到这里与薛茗告别，摘了一根须子悄悄塞到她手中，雪白的小手牵着她的手指，仰头对她说："日后有什么需要我帮忙之事，尽管折断这根须子，便是相隔万里我也会来找你。"

薛茗一阵感动，又觉得这雪白的小团子十分可爱，想抱进怀里揉一揉，但碍于燕玉鹤冷着脸站在边上，只得忍着没动手。

游音落了几滴泪，与薛茗道"后会有期"，其后钻进了地里不见踪影。

人都走了，地上只落下了她与燕玉鹤的影子，一高一低亲昵地靠在一起，薛茗看着，心里生出些许惆怅。

燕玉鹤倒是没什么变化，牵着薛茗继续往前走，掌心干燥温暖，给她冰凉的手掌都染上了温度。他虽然从未说过，但薛茗觉得他喜欢牵手。

入夜后薛茗就不用再往头上披黑袍子，二人进入一座不算繁华的城镇。薛茗如今的身体状态也感觉不到饿，所以两人都没进食，只是向店小二要了水要洗漱。

虽说薛茗现在状态有异，但不洗澡还是觉得浑身脏兮兮的，心里不舒坦。等待热水送上来的时候，她对着镜子照了又照，分明看了许久，还是觉得稀奇。她觉得自己很像妖精，但又过分美丽，两颗尖牙也没有很夸张地大，显得很俏皮。

像吸血鬼。薛茗冲镜子龇牙咧嘴，做了个鬼脸。

燕玉鹤听到动静，抬眸望来一眼，恰巧与薛茗对上视线。他脱了外袍，里面穿的是雪白的衣衫，长发束成马尾，墨色的发散落在身上，以一个稍显懒散的姿态坐在椅子上，正捧着一本书看。

他的眸子澄澈平静，看了薛茗一眼后又落下视线，像是十分认真地看书。薛茗也心生好奇，放下镜子走过去看，本想问问他看什么书那么好学，谁知打眼一看，竟然是那本他苦心钻研的书册。

先前燕玉鹤两次塞到她手中，都被她搪塞过去，如今她这种状态，要想尽快恢复如常，这种事情是避免不了的，一时进也不是退也不是，不尴不尬地戳在原地。

恰逢此时隔壁传来了一些微小的动静。吱吱呀呀地，伴着一些细微的低喘和嘤咛，隔着墙慢慢悠悠，有一声没一声地飘进来。动静其实并不大，以这里墙的厚度，本应该是可以遮住的，但薛茗现在身体特殊，五感都比寻常要敏锐，不用仔细听就能听见那些小动静。

她自己并不知，还以为是这墙的隔音太垃圾，一点小声音就清晰地传了过来。

这黏黏糊糊的叫声连绵不断，还有些碰撞产生的杂音，薛茗瞪着墙老半天，一口气提不上来，最后视线落在燕玉鹤的身上："你……你听见了没？"

话刚问完，她就感觉耳朵发热，不知道自己这毫无血色的皮肤会不会脸红。

燕玉鹤低头看书，应道："听什么？"

"就是一些奇怪的声音啊。"薛茗往他边上走了两步，害怕自己议论这些事被隔壁听见，那就太尴尬了，于是她在燕玉鹤边上坐下来，与他肩膀挨在一起，说，"不如我们去换个房间？"

"你对这里有何不满？"燕玉鹤问。

"这不有点杂音吗？而且离得这么近……"薛茗后半句支支吾吾，眼神闪躲，"办事也不方便啊。"

燕玉鹤将书给合上，顺手推到桌中，微微侧身一伸手就捞住了薛茗的后脖子，将她压向自己，温热的唇毫无征兆地将她的唇瓣含住。

不知道是不是太需要阳气的缘故，在与燕玉鹤交缠的瞬间，一口气渡进了她的口中，她猛然感觉心口一热，心脏疯狂地跳动起来，仿佛全身的血液开始燃烧。

薛茗觉得亲吻很舒服，也不知是不是阳气在作祟，双手主动攀上了他的肩膀，将嘴微微张开，缓慢地回应起来。

燕玉鹤揽住她的腰，结实的胳膊稍一用力，就将她整个抱了起来。

薛茗的体形与燕玉鹤相比小了一圈，被他整个圈住，身体受力不停往后仰，直到后背抵在桌边，承受燕玉鹤的亲吻。

他炽热的呼吸洒在她的脸上，掠过鼻尖，与她急促的呼吸交融在一起。

▶第 48 章◀

薛茗身上没有温度，皮肤泛着丝丝凉意，燕玉鹤将手贴上去时，掌心的温度好似灼了她一下，让她身体轻轻一颤。

尽管唇齿间的交融并不能起到渡阳气的作用，但薛茗还是觉得丝丝缕缕的暖意开始从身体各处蔓延开。燕玉鹤的身体精壮结实，身材也是一顶一地好，没有一丝赘肉。许是一直住在荷塘边，或许他本身也喜欢荷，每每与他贴得近时，薛茗都能闻到他身上传来的，那股属于荷的清香，很淡但也极是好闻，夹杂着男子的气息，将她整个笼罩，包裹，莫名凝结出让她心安的情愫。

喜欢这种情绪，本身就会产生依赖，更何况燕玉鹤将她整个人圈在怀中，抱得很紧，让薛茗本能地往他身上靠，双手无意识抚上他的臂膀，搂住脖子。

此时的燕玉鹤仿佛褪去了冰冷的外皮，低垂的眼眸抬起来时，难得染上一丝眷恋，连带着目光都有了温度，落在她身上，看得人心里痒痒的。

燕玉鹤的脸生得俊，但并不是那种端正的俊。他那双墨染的眸子偶尔映上一点亮光便十分漂亮，面容白皙，眉间有股英气，由于平日里总是表现得漠然，这股子漂亮就染上了冰雪的气息，因此极其耐看，是薛茗每看一次都觉得好看的程度。

薛茗忽而对燕玉鹤的从前好奇起来。她有些走神，心想着燕玉鹤究竟是在什么样的门派里修行长大，师父又是什么样的，身边也一定有很多师弟师妹，他们又是如何与燕玉鹤相处的呢？从前看的那些小说里，美强惨的主角不在少数，一般养成这种孤僻又冷漠性格的人，大多被设定了非常凄惨的童年，要么父母双亡被人践踏，要么就身负血海深仇，心里多少会有点扭曲。

“你娘喜欢什么？我空着手跟你回师门也不太好，顺道准备点礼物回去。”薛茗随口道。

“不必。”燕玉鹤面色平静道，“她仙逝多年。”

“哦。”薛茗心想果真如此，看了看燕玉鹤的表情，提起去世的娘亲也并没有伤怀的模样，于是不再深问，便想办法转移了话题。

“笃笃笃！”敲门声打断了两人的交谈，薛茗惊了一下。

是送水的店小二，门开了之后薛茗将外袍披上背过身去，听着身后店小二将浴桶送了进来，等门再次关上，薛茗转头一看，顿时失去了洗澡的念头。

这木桶看起来有些年头了，不知道是有些污秽洗刷不掉，还是本身木头就是这个颜色，有些地方黑乎乎的。薛茗走近往里一看，水波荡漾，隐隐看见桶底也是这样，她马上嫌弃地撇撇嘴，心道这桶子不知多少男男女女用过，脏得不行。

燕玉鹤站在边上，虽说一直沉默，但眼睛也没漏掉薛茗的神色，不过他也不用问，只看着她的表情就知道她想什么。

他将手垂进木桶，修长的手指拂过冒着热气的水面，忽而抬手在空中画了个半圆，水珠被带出来，神奇地凝结停滞在半空，其后半圆内呈现出水波荡漾的模样。

薛茗凑近了看，竟然隐约在里面看见了一个房间的样子，但是白雾缭绕瞧不清楚，正当她想细细看时，燕玉鹤忽而一把拦住了她的腰身，臂上稍一用力，就带着她整个翻进了木桶中。

入水的瞬间，薛茗吓得一惊，本能地闭上眼睛和嘴巴，只感觉温热的水将她整个人包围，原本泛着冷意的身体也开始有了温度，澄澈的水好像钻进了她的每一个毛孔里，带来舒适的感觉。不过片刻的工夫，还没有窒息的感觉，她腰身处就传来一股力道，下一刻整个人都被托举出了水面。

薛茗张开嘴大口吸了一下氧气，胡乱拂了一把脸上的水，睁开眼睛一看发现这里竟然是燕玉鹤那个荷塘小屋里所带的活水温泉。

“这屋子你是走哪儿带哪儿？”薛茗倍感惊奇，一瞬间还以为自己又回到了庙中。

法术一事，薛茗是完全不懂的，但燕玉鹤并非耐心给人解释之人，只道：“我创建了域，与寝房相连。”

薛茗也不知道听没听，总之心思不在这上面，她知道自己不懂也懒得追问，往前扑了一下，整个人泡在了温泉中，脱离了燕玉鹤的双手。谁知道没有了腰间力量的托举，她身上的衣服吸饱了水，沉得要命，立马就将她拉了下去。

燕玉鹤见状，又沉入泉水中将她拥住，吻住她的唇给她渡气。

薛茗穿的衣裳并不复杂，但盘扣也很多，落于各个位置，燕玉鹤却像是很熟识一样，很轻松就解开了外衣里衣，等他将人抱出水面时，薛茗就只剩下一层里衣。

薛茗呛了一下，小咳两声，把脸上的水和凌乱的头发拂了拂，攀着他的臂膀踩水：“累了。”

“嗯。”燕玉鹤低低应了一声，脸上的表情依旧正经，说道，“我帮你。”

他开始认真帮薛茗洗澡。薛茗的身体没有常人的温度，即使泡在热气腾腾的泉水里还是能感觉到她皮肤上散发出来的，如玉一般的温凉。

燕玉鹤突然给她按摩。她被氤氲的热气熏得头昏脑涨，身体渐软，找了个舒适的位置靠在岸边，享受起了燕玉鹤力道正正好的按摩，指挥道：“肩膀……左肋……对就是这里，多按按。”

力道落在各个关节，传来酸痛的触感，却又十分舒坦。以前薛茗也因为工作太过劳累而去过按摩馆，但消费有些高，她也不能常去，这样的享受都是要用真金白银去换的。今日一比较，觉得燕玉鹤以后就是不斩妖除魔了，去开一个按摩馆收徒弟也会有不小的收入。

“我曾经有一段时间很羡慕有你这种手艺的人。”薛茗突然有感而发，觉得想说些什么。

“什么手艺？”燕玉鹤问。

薛茗：“就是这种按摩的手艺。”

燕玉鹤道：“我并未特地学过，不算作一门手艺。”

“你按得好，就算是手艺。我刚上班的时候跟同事出差，每天暴走几万步，早上天还没亮就开始忙，一直到深夜才闭眼休息，双腿疼得厉害就花了点钱找人给我按按。那时我跟给我按脚的小妹闲聊，她很年轻，还是上学的年纪，戴着很贵的项链，穿着很贵的鞋子。她说这种手艺学会了很赚钱，后来也想过去做其他工作，但都因为太累而且钱少没有坚持下去，最终还是回去给人按脚。”薛茗说完这些，忽而长长地叹了一声，说，“那时我就在想，动动手就能让钱来得很快，那我勤工俭学，又累死累活地上班是为了什么呢？”

燕玉鹤沉默着，给她揉揉捏捏，在她慢慢放松下来后，才缓声开口：“俗世万关，千锤百炼，少一日，少一事，便不成今时的你。”

薛茗听着，深觉有道理，闭着眼睛扬起一个淡淡的笑，说：“我知道，所以我说曾经羡慕。”

水波荡漾，升腾的雾气隐约将两人的身影遮住。燕玉鹤将薛茗搂起来，踩着阶梯上了岸，抱着她一出门，就进入了寝房中。

仍旧是那个奢华的拔步床，薛茗被放上去，身上的水珠滚落一床，十分心疼这些锦缎被褥，这些东西在现代可都是稀罕物，就算是有钱也很难买到，薛茗是穷惯了的，不管看见什么东西，第一个念头都是用金钱去衡量。

燕玉鹤上了床榻，继续方才在温泉室的亲吻。薛茗的手从他的臂膀处滑过，掌下是炙热又年轻的身体，充满着蓬勃朝气，十分有力。

周围静谧无声，窗外不分日月，寝房中点着几盏灯，相互照出错落的影子。

拔步床的床帐不知何时落了下来，也不知要到几时才能归还夜的宁静。

▶第 49 章◀

薛茗这次获得的阳气非常多，灼热的温度往身体各处散去，熨帖她的每一寸骨骼。

这一觉本可以睡得十分香甜，但途中被燕玉鹤喊醒了一回，迷迷糊糊间将她半抱起来，似乎给她穿上了衣裳，又往她嘴里喂了些水，好像还说了几句话，薛茗困得眼皮打架没听清楚，只隐约几个字眼钻进耳朵，类似“回、师”之类的，她没在意，扑到床榻里转头又睡去。

谁知安稳的睡眠被打断后，再入睡后她就做了不太美妙的梦。

梦中她身体虚弱，面黄肌瘦，眼窝都加深了不少，走路的时候双腿更是直打摆子，是那种面前出现一个坑她就能立马躺进去埋起来立墓碑的情况。薛茗吓了个半死，马上跑去看病，结果一看还是上回梦到的郎中，他吹胡子瞪眼，说薛茗上回已经是肾有亏空，如今却还变本加厉，耗尽精血，已然是救不了的状态，可以回家开始定做棺材板了。

薛茗当场大哭，发现燕玉鹤还一脸淡定地站在边上，手里拿着那装满红色小药丸的水晶罐，对她说：“别信那个庸医，我来给你治，你只要一天吃五颗这种药，用不了多久就能好。”

梦中的薛茗不知怎么回事，竟十分信任燕玉鹤，含着泪哭哭唧唧地把药往嘴里送，一边吃一边含糊道：“呜呜，那我多吃点，好得快。”

薛茗一下就吓醒了，双腿一蹬直接就坐了起来，喊道：“不能吃啊！”

这一嗓子打破了寝房的宁静，等声音落下，边上传来了窸窣声响，薛茗愣愣地转头看去，见绛星迈着长腿跑到了床榻边，长脖子一伸就倒在床榻上，圆溜溜的眼睛看着她。

薛茗这才慢慢清醒，低头瞧见自己身上果然被套上了里衣，白色的绸缎几乎要与她的肤色融为一体，一双利爪也没什么变化，只是身体尚有些令人舒适的余温。她摸了摸绛星的脑袋，顺了顺它头顶那一缕赤红的羽毛，转头看见燕玉鹤坐在矮桌边上。

他不知何时醒的，已经穿戴整齐，正缓慢地擦拭着自己的剑。桌上点着一盏灯，并不亮，却照得那把剑反射出森森寒光，光是看着就极其锋利。

窗外依旧是黑夜，但薛茗感受了一下身体状态，完全是睡饱了之后精力十足的样子，她心知她这是睡了整整一个白天。

薛茗起身下榻，看见边上叠着整齐的衣裳，就顺手拿来穿上，心里不免觉得好笑。

燕玉鹤在某种程度来说，真是封建得跟古人差不多，他甚至受不了薛茗不穿衣服睡觉，亲自给她穿上了里衣。薛茗犹自低笑了两下，笨拙地将衣裳穿好，抬头看见燕玉鹤还坐在那里，只是没再擦剑，而是捧着剑垂着眸看，安静时眉眼也十分漂亮。

薛茗赤着脚走过去，绛星就安静地在她腿边跟着，一人一鹤来到了燕玉鹤身边。她坐下来，瞧见桌上有倒好的茶水，便伸手拿来喝，嘴里荡开一股清香，让她整个人也精神不少。此时她忽而感觉到燕玉鹤似乎兴致有些低。

说来也奇怪，这样一个平日里很少有情绪起伏，脸上总是淡漠的人，竟然能让薛茗感觉到他也有不太高兴的时候，而且还不是那种被惹怒的不高兴。薛茗低眸看，就见他掌上捧着的剑薄如蝉翼，剑锋凌厉，映着暖色的光芒仍旧显得气息迫人。

不知道是不是薛茗现在处于异常的状态，竟本能地排斥那把剑，即使隔了一段距离，仍旧觉得剑气锐利。忽而她看见剑中有一段出现了一些细小的，不大明显的豁口，似乎是激战过后留下的痕迹。

薛茗心中了然，安慰道："武器有损伤也是在所难免的，回去敲敲打打磨一磨，自然就好了。"

燕玉鹤对她的话不置可否，只是转而将剑给收了起来，转过身就搂住了她的腰，一声不吭地吻她。薛茗料想他因为自己的武器有了损坏而心情低落，便主动拥着他，状似安慰。

绛星看不懂这两个人纠缠在一起干什么，就将自己的脑袋耷拉在桌边，转着弹珠似的眼睛，过了片刻，好似感知到了主人的心情有所转变，它站起来扑腾了两下翅膀，发出两声短短的鹤鸣。

声音惊动了薛茗，还以为是绛星出什么事了，推开燕玉鹤后伸头看一眼。

燕玉鹤眸光微沉，扬手将绛星变成小纸鹤收入袖中，转头却见薛茗站起身，说道："走吧，咱们也休息了许久，该出发了。"

确实休息了很久，出去的时候店小二看两人的眼神跟看鬼一样，尤其是燕玉鹤在结账时，薛茗不慎露出了一双眼，正巧与店小二好奇探究的目光撞在了一起，尽管她反应很快马上又遮上，还是把人给吓出了鸡叫。

等燕玉鹤带着薛茗离开后，店小二就赶忙飞奔去跟别的伙计说起这件怪事。

很快小镇上就传出这客栈的怪闻，说那夜有个神仙似的人物进了店，要了一间客房，身后却跟着个头上裹了墨色外袍的人，不知男女。店小二当夜送了水上去，进屋时看见那人披着袍子背对着人，像是故意不示人一般。店小二送了水下去，等过了许久也没见那人来喊收水，眼看着客栈要打烊店小二也要休息了，便上去敲门询问是否收水，结果屋内没人应。本以为是客人已经睡下了，结果隔日也见那房门紧闭，无人出入。

店小二便奉掌柜之令前去查看，推门而入，里头没人，入住的客人竟是凭空消失。一到了晚上，这客人却又从房中出来，身后仍旧跟着披着黑袍的人，这回没有捂得那么严实，店小二好奇张望，就见那人露出了一双眼。这一看不得了，那双眼睛竟是血红的！

这则诡异之谈在镇子里迅速传开，尽管有人信有人不信，但最近几日镇上的客栈还是在入夜之后早早就闭了门，而故事的主人公，却也早已离开了此地。

薛茗获得阳气之后，状态开始有了好转，虽说还是不能见太阳，但平日里精神好了很多。她还买了个幕篱，墨色的纱帘遮住了脸，就不必总是披着外袍，虽然有点阻碍视线，但薛茗现在的眼睛也变厉害不少，没什么大碍。

为了照顾薛茗不能见阳光，两人都是夜里赶路，白日里找客栈休息。此时，薛茗已经洗过了澡，正用热水泡着脚，对着燕玉鹤叽里呱啦说了一大堆。

燕玉鹤低头擦剑，也不知道听没听，等她说完才低低“嗯”了一声，表示自己听到了。

薛茗也不再多说，这几日一休息就见燕玉鹤把剑掏出来擦，可见是十分宝贝这武器了，对上面的豁口耿耿于怀。她去倒了泡脚水，回来洗净了手，就见燕玉鹤已经将剑收起来。

这剑对她的威胁依旧很大，所以他拿着剑的时候薛茗基本不会靠近，而一旦他收起剑，就证明燕玉鹤想来亲吻她。薛茗迎上去，扬起脑袋在他唇边啵啵亲了两下，随后道：“今日早点休息吧，赶了一夜的路，也挺累的。”

她说完后就脱了外衣，率先上了床榻，贴心地给他留出了一块地方。薛茗的身体无时无刻不在消耗阳气，皮肤一直都是温凉的，夜晚抱着燕玉鹤睡的时候会让她感觉很舒服。而在这大夏天里，燕玉鹤抱着凉凉的薛茗，同样也舒适，所以二人睡觉时贴得极紧。

薛茗躺上去没多久，身后偶尔传来动静，很快燕玉鹤也跟着上了床榻。他在薛茗的边上躺下，手掌顺着光滑的被褥往里探，轻而易举就捏住了薛茗软绵绵的身体，同时胸膛贴住她的后背，稍稍用力一捞，就把她整个人都搂进了怀抱中。

修长的指节和掌心的薄茧覆在柔嫩的皮肤上，几个来回就磨出了红痕，薛茗深吸了一口气，抬手攥住他的手腕，扭头看他：“你刚才不是都‘嗯’了吗？这时候该老老实实睡觉。”

燕玉鹤又“嗯”了一声，也不知是打定主意要搞这阳奉阴违的做派，还是这种应声本身就是一种敷衍，表示“我听了，但不一定答应”。

他对着薛茗的腰揉揉捏捏，力道刚刚好，像是在按摩，薛茗的身体很快就放松下来。

正在此时，外面忽而传来了一声响亮的唢呐，打破了寂静，一下惊醒了薛茗。

她吓了一跳，瞪圆了眼睛看去，就听窗外紧接着又传来了敲锣打鼓声和欢声笑语，各种乐器交织奏响，听起来像是谁家娶亲要去迎新娘子。

▶第 50 章◀

薛茗想看热闹，二话不说披衣起床，走到窗边十分谨慎地将窗子打开一个缝，露着半只眼睛往外瞧。那声音非常近，就像是在窗下吹响唢呐一样。

薛茗这么一看，还真别说，真有个小玩意儿举着个唢呐，对着窗子正吹得卖力。但让人惊奇的是，吹唢呐的并不是个人，确切地说不算是个完整的人。

它有着人的身体，却长了一双鹿角，有人的十指，却是生了一双鹿蹄子，也没有端正的五官，顶着个鹿的鼻子鼓着腮帮吹奏。薛茗见状就吓了一跳，赶忙回头招呼燕玉鹤，小声喊他："你快来看，这窗子下面是个什么东西！"

燕玉鹤沉着面色，显然有些不满，沉默着下床走来，披上了外衣，到窗子边伸手一推，冷漠的眼眸往下一扫。那小鹿人就像被人掐住了喉咙一样，登时停下了吹奏，继而双腿打战，惊恐地转头逃跑，发出几声受惊之后的鹿鸣。

这叫声打断了那敲锣打鼓的喜庆乐声，薛茗目光顺着看去，就见不远处果真有迎亲队伍。只不过不管是走在两边吹奏的，还是抬轿子的，都不是人，俱是像方才那小鹿人一样，呈现出半人半兽的形态。

但高坐在马背上的新郎官，却是个人的模样，穿着一身赤红的喜袍，头戴赤黑新郎官帽，胸前绑了一个大红绣花，生得容貌端正，瞧着有二十余岁的样子。此时这迎亲的队伍已经停下来，正齐齐朝薛茗和燕玉鹤二人投来视线，小声议论着什么。

薛茗没想到有一天还会看见这样的场景，她抬头往天上看，见东方隐隐吐白，是快要天亮的样子，不由得夸赞道："真勤快啊，一大早天还没亮就去接新娘子？"

她对这种半人半兽的生物已经习以为常，想来这个《聊斋》世界中什么妖魔鬼怪都是有的。

许是因为她这随口的一句寒暄，那新郎官便翻身下马，往前行了两步，冲薛茗和燕玉鹤作揖，说道："半道遇上二位乃是喜缘，不知二位可愿意来参加我的婚宴？”

燕玉鹤抬手，躬身回了一礼，说道：“在下夫人不便外出，多谢好意。”

薛茗偏头看了一眼，瞧着燕玉鹤这一副礼貌十足的样子，猜测对方的身份应该不简单。她心念一动，倒是想去长长见识，凑凑热闹，转头朝那新郎官看了一眼。

新郎官便道：“我派轿子来接二位，另在屋中待客，不会叫你夫人被日光所伤。”

既提出了解决的办法，那便不是简单的客套话，这新郎官满怀期待地看着薛茗二人，似是当真希望他们参加。

薛茗转头对燕玉鹤低声问：“可以参加吗？应该没什么危险吧？这些看着也不像是坏人。”

燕玉鹤微微颔首，转而对新郎官道谢，那新郎官露出满意的笑，重新上马，吩咐了底下的随从抬轿子来接人，随后迎亲队伍又吹吹打打，欢快离去。

薛茗看着他们消失，好奇地向燕玉鹤询问，才得知这新郎官并不是什么妖怪，而是这片地带的土地神。

薛茗真是开了眼，没想到自己还能撞上土地神娶妻，既然是神仙，那说不定酒席上也都是好东西，或许有什么吃一口就能长生不老的好宝贝呢？她摩拳擦掌满怀期待，趴在窗边眼巴巴地等候。

没多久便有两只黄皮虎拉着的轿车来，薛茗戴上幕篱出门，与燕玉鹤同上轿车，路上还想象着这神仙的酒席该有多么豪华，结果到了之后让人大吃一惊。

统共不过是个二进门的小院落，里面倒是有许多半人半兽端茶倒水，来回忙碌，也有一些客人但并不多。院中铺了地砖，两边栽种着花花草草，当间摆了几张桌子，往里走是个稍微大一点的正堂，也摆了桌椅，仅有几个男女坐在桌边说笑。

桌上只放了酒水和开胃小菜，堂中挂满了红绸，除此之外再没有别的东西，看起来十分简陋。

薛茗透过幕篱观察了一圈，在心中惊叹，这喜宴居然还比不上先前那几个大王的聚会，甚至连一半的热闹都不及。照这个样子来看，估计桌上也不会摆什么延年益寿的宝贝了。虽然心中这么想，但毕竟是来沾沾喜气的，薛茗没有再乱看，脸上挂着笑。

堂中几人显然都不认识燕玉鹤，见人进来了也并未寒暄，只是隔空冲他拱了拱手，算作打招呼。燕玉鹤淡淡回应，手落下来时往后一牵，牵住了薛茗的手，将她带着来到另一张空的桌子旁，两人就这么落座。很快长着猴尾巴的人送上来酒水和小菜，笑着说了声“请慢用”后便又退下去。

薛茗有些局促，毕竟空着手来，不太好意思吃人的酒席，她低头在腰间的锦囊里翻来翻去，挑选可以当作贺礼送出的东西。只不过这锦囊中除了一开始姜箬鸣留下的东西，就是她这几日在赶路的时候从镇子的街上买来的一些小玩意儿，当作贺礼也实在儿戏，拿不出手。

正琢磨着，忽而有一人从门外跨进来，与此同时，堂中原本还在说笑的其他人同时站起了身，恭敬地迎接来人，就连燕玉鹤也跟着起身。

薛茗愣了一下，缓慢站起来朝门边看去，见进来一个十分年轻的男子，身着莲色长袍，衬得面容俊白而多出几分女相的精致。众人冲他行礼，纷纷唤道：“晴朝帝君。”

薛茗竖着耳朵听，从这个称呼就能知道此人身份并不简单，悄悄观察了一眼，见那年轻的男子对几人说说笑笑，说了几句“好久不见”之类的客套话，却将脚步一转，坐到了薛茗和燕玉鹤所坐的桌旁。

他样子十分自在，举手投足间一副跟人很熟的样子，拍着燕玉鹤的肩膀笑道：“你小子，越来越有样子了，这次你立下大功，九重天已经开始拟你的封赏了，或许用不了多久就能在天上见你。”

燕玉鹤微微低头：“帝君过奖。”

晴朝帝君招呼二人坐下，含着笑的眼睛从薛茗的幕篱上掠过，温声道：“取下来吧，视物也不方便。”

不知为何，这人虽然看着年轻，但总给人一种是长辈的感觉，因此薛茗一下拘谨起来，马上把幕篱摘下，同时椅子往燕玉鹤的边上挪了挪，与他靠近些许。

“本来我打算去太虚宗亲自找你来着，没承想在这里遇见了。”晴朝帝君给自己倒了杯酒，举起来冲燕玉鹤道，“有一事还是要谢你，幸而你手下留情，饶了我那孽徒一命，便是我晴朝欠你一个人情，日后有什么难处需要我相助，尽管告诉我。”

燕玉鹤也抬起酒杯，回道：“帝君实在客气，玉鹤不过是奉命行事罢了。”

这一来一回两句话，薛茗恍然就知道眼前这晴朝是个什么身份了。想来就是那个能够借来一道天雷，与冥府共谋铲除阴阳两界游荡的魂魄的天官，还是百鸦的师父。先前黑白无常尊称他为“老人家”，薛茗还以为是位白胡子飘飘、德高望重的老神仙，没想到外貌竟然如此年轻。

他看了薛茗一眼，道：“这丫头身上的问题不大，等体内阴阳平衡，就能恢复正常了。不过，你的剑是不是坏了？”

燕玉鹤抿了口酒，平静道：“不过一些小豁口，无碍。”

“你那把剑不是你娘仙逝前留给你的遗物？剑身乃是东海深处的玄铁所制，这等材料世间难得，你难不成还想随便找点东西补上去不成？”晴朝慢悠悠道，“正巧我打算去东海取些玄铁做锁链，你把剑给我，我找个人给你修了。”

薛茗恍然大悟，心说难怪这几日都看见燕玉鹤总是将剑取出来擦了又擦，情绪不高的样子，原来这剑竟然是他娘死之前留给他的，听着还是宝贵的材料制作的剑，他应当是一直十分爱惜，此番打百鸦伤了剑身，所以才有些不开心。

徒弟惹出来的祸端，师父跟在后面擦屁股，薛茗觉得这很合理。薛茗点点头。

晴朝瞧见了，笑眯眯道：“你看，这小丫头都答应了，你也别再推托，这顺手的事我不算还你人情。”

燕玉鹤偏头看了薛茗一眼，也没再推托，只一抬手将剑召出来，递给晴朝，说道：“那便劳烦晴朝帝君了。”

“好说，好说。”他随意地摆了下手，收下了剑。

正说着，外面又传来敲锣打鼓、唢呐喧哗的声音，众人转头张望，知道这是新娘子接回来了，便纷纷站起来往外走。一时间屋中充满欢声笑语，贺喜的声音此起彼伏，门口放响了鞭炮，噼里啪啦地炸起来，空中飘起红色的碎纸，相当热闹。

薛茗没出去，站在堂中与燕玉鹤并肩观看，忽而发现原本满院忙活的那些带着兽形模样的人皆在此时变成了人的模样，什么鹿角、猴尾巴也通通不见踪影，俨然已经成了寻常百姓成婚的模样。

晴朝帝君突然抬手，在薛茗的额头处虚虚点了一下，瞬间她的眼睛就恢复成了黑色，尖牙也消失不见，面容恢复了正常。

随着喜婆的一声高喊，新郎官背着新娘大步跨过门槛，一路背到了正堂外，在一阵欢呼鼓掌中将人放下，两个新人各牵着绣花红绸的一头，缓慢走进了正堂中拜堂。

薛茗站在侧面，看着新娘子顶着红盖头从面前走过，眸中映了满堂的红，也情不自禁笑着鼓掌，跟着大家一起祝贺。

三拜礼成，新娘被人扶着送去后院的婚房，新郎官留下来给各位敬酒。晴朝上前笑道：“恭喜，又娶到了。”

这话听着就很奇怪，薛茗朝新郎官投去一眼，见这年轻的男子面色潮红，脸上挂着羞赧的笑，举杯冲大家道谢，众人围着他揶揄他也不生气，且与晴朝看起来关系很是亲密。

“为什么会这样？”薛茗呢喃着自问。

燕玉鹤轻而易举听到了她的问题，大约也是看见了她总是东张西望的样子，低声回答道：“这新娘是个寻常凡人。”

薛茗一开始还没反应过来，随后便很快想明白，新郎官是土地神，官再小也是个神仙，生命长而无尽头，可新娘却是个只有百年寿命的凡人。

所以，晴朝帝君的那句话表示，这土地神已经不是第一次娶这个凡人女子了。

▶第 51 章◀

这个故事听起来还挺浪漫。

话说土地神一开始也并不是土地神，好像是天上一个非常有名气的天官，与晴朝帝君的关系十分要好，两人是逍遥天地的好兄弟来着。后来某次下凡，这位土地神喜欢上一个凡人女子，便化作凡人的样子娶了她，与她共度一生，直到女子阳寿尽了，去了冥界转世。

神仙的寿命无穷无尽，像这种偶尔去凡间与凡人相爱，贪恋风尘之事也算稀松平常，算不得特殊。本来所有人都以为这位天官与那凡人女子一世情缘已了，已算作翻篇，谁料他闯进了冥界要去抢夺那女子的魂魄，不让她入轮回。

结果可想而知，他这等身份的天官做出违逆之事，自然受到了重罚，一路从九重天贬下来，成了这地方的土地神，但上头网开一面，让他在那女子的身上落了印记，得以让他在每一世的轮回中找到那女子的转世。

晴朝对他道喜，说的那句“又娶到了”，虽说听起来简单，但是过程十分艰辛。因为凡人转世后前尘尽忘，不同的人生自然养成了不同的性格，有那么几世女子并没有对这位土地神动心，因此他没有娶到那女子，只能亲眼看着她披上嫁衣嫁作他人，苦等一生，等她入了轮回再寻下一世。

就这么一世又一世，转眼几百年过去，眼前这土地神不知道是第几回将心爱的女子娶回家，如今还是满脸羞赧的笑，沉浸在甜蜜中的样子。

薛茗听了这个故事，竟是满心的遗憾，并不为这个爱情故事感到喜悦。

“你说，没有了过往的记忆，前世与今生还能算作是同一人吗？”薛茗怔怔地问道。

燕玉鹤目光淡然地看着前方贺喜的喧闹场面，整个人有着置身事外的冷静，完全不被这喜气洋洋的氛围所感染。他淡声道：“魂魄是同一个。”

“就算魂魄相同，但不同的家世，不同的性格，又没有曾经的记忆，怎么能算是同一人？这土地神或许娶了她好几世，但最初与他相爱的女子，也不过只有那一世罢了。”薛茗想了想，小声说，“爱是唯一，不可共享，就算是转世之后的自己也不行。”

她摇了摇头，突然又觉得这婚宴没什么意思，坐回了桌子边，拈着花生米吃。

薛茗不认可转世轮回后还是同一人这一说，若是她的前世与今生过着截然不同的生活，她会对此非常愤怒。

凭什么前世的我就可以荣华富贵，吃香喝辣，今生的我却要吃这些苦头，未免太不公平。

燕玉鹤对此没有发表自己的看法，只是在她身边坐了下来。很快那新郎官便端着酒杯前来敬酒，薛茗与燕玉鹤二人便起身陪了一杯，各自冲他贺喜。

这酒并不辛辣刺鼻，喝起来还有些甜甜的，十分温和醇香，但薛茗酒量不大好，不过是小小一杯下肚，脑袋就开始发晕，看东西都有些模糊了。好不容易支撑到一顿饭吃完，她眼睛都快睁不开，最后迷迷糊糊不知怎么散场离开的宴席，等稍微有点意识的时候，已经被燕玉鹤背在了背上。

她软着身体，无力地趴在燕玉鹤的肩头，迷蒙的眸光懒懒抬起来，看见燕玉鹤白净的耳朵和侧脸，下意识伸手，用软绵绵的指头捏了捏。

也不知是走在哪里，周围静悄悄的，头顶好像顶了一块厚重的云层，阳光照不下来，阴影落在两人的身上，微风拂面时带来一阵凉爽。薛茗稍微清醒了一些，在燕玉鹤耳边吹气，问道：“你以后会去天上做神仙吗？”

燕玉鹤回道：“天下修行之人，皆为此由。”

薛茗又问：“那我可以修行吗？我也想当神仙。”

燕玉鹤道：“修行讲究天缘，强求不得。”

所谓大道三千，修行里的门道又深又杂，“成仙”二字说起来简单，实则却是凡人无法逾越的天堑。薛茗知道，便也不再询问，其实她对成仙也没有那么强烈的欲望，不过是随口问问而已，更何况她也早就接受了人与人之间的差距和不同。

薛茗又睡去了，等意识再清醒的时候，已经躺上了床，身上的衣服换过，身体干爽像是被清洗过一样。她扭头看了看，就见燕玉鹤正上榻，在她身边躺了下来，顺手把她拥住。

与喜欢之人的亲昵行为可以让心情变好，薛茗抱着他微微翻了个身，懒洋洋地趴在他身上接吻，像一只餍足的小动物，同时手掌还不老实。

燕玉鹤任她的手在身上乱摸，只是搂着她的腰往上面抱了抱，调整了一下姿势，埋在她的颈窝轻嗅了两下，沉默着不说话。

他平常话也少，所以薛茗并未察觉出什么，亲了一会儿就累了，伏在他身上懒散地玩着他散在床榻上的墨发。这时候燕玉鹤低声道："待回了宗门，我们也置办这样的婚宴。"

话传到薛茗的耳朵里，过了好一会儿才让她动脑子思考，而后口无遮拦，十分直白道："结婚？太早了吧，我们也没认识多久，谁谈个几天恋爱就跑去结婚的？"

"谈恋爱，是什么？"燕玉鹤淡声问。

"就是你亲我，我亲你，我们在一起啊。"薛茗耿直地回道，"如果哪天感情淡了，或者你我觉得对方并不合适，还可以再分手，感情这种事谁说得准呢？那不是一天一个样，可能我明天更喜欢你一点，也可能明天我就不怎么喜欢你了。其实这世上的人，绝大部分这一生都不可能只爱一个人，很多人只是忠诚于婚姻，并不是忠诚于爱人，更何况我们应该还没有爱到马上就要结婚的地步吧……"

薛茗的话音还没落，感觉自己被掀下来——也不知道是被燕玉鹤掀的，还是她自己滑下来的，总之眼前一花她就躺在了床榻上。

转头看去，就见燕玉鹤已经侧过身，背对着她，声音低沉冷淡："就寝吧，别再说话了。"

薛茗本来就醉醺醺的，此时也没有那么敏锐的洞察力，咂咂嘴很快就闭上眼睛睡去，香甜无比。隔天醒来就把这些心里话忘得一干二净，像个没事儿人一样跟燕玉鹤游山玩水，一路往着太虚宗所在的地方赶路。

有时候薛茗累了，燕玉鹤就会召出绛星，让它载着两人乘风飞，一晚上的工夫就能跨越百里。薛茗对这个世界表现出了极大的兴趣和好奇，因此有时两人也会租一辆马车，边走边玩。

在燕玉鹤坚持不懈的治疗下，薛茗体内的阳气越来越多，她身体的异相也渐渐淡化，逐渐回到了普通人的模样。

最明显的特征就是眼睛不再那么红，尖牙也慢慢缩小，温度高的时候，她的身体也会出一些细细密密的汗。

路上也偶尔会遇上一些怪事，譬如赶上收成季节，有户人家种的粮食都被大面积糟蹋，以为是邻舍嫉妒庄稼长得好才做下恶事，两家人打得头破血流对簿公堂。燕玉鹤路过那地方，站在狼藉的庄稼前看了一眼，就说是这户人家早先得罪了黄鼠狼精，所以赶上收成季节，黄鼠狼前来报仇了，最后他建议人家养两条大黑狗，黄鼠狼精才不敢再来。

后来又遇上一桩杀妻案，死者的丈夫在公堂发疯，说是亲眼看见了虎妖把妻子杀死，闹得整个城镇人心惶惶，天一黑就早早关了门，街上萧条得空无一人。后来燕玉鹤不知用了什么法术，让那死了的妻子站起来说话，当场指认了丈夫，此案才明了，杀了她的不是什么妖怪，就是她的枕边人。

诸如此类的小事倒是挺多，薛茗一路走一路看，只叹这世道杂乱，披着人皮的也未必是人。

“所以说，结婚还是要对对方彻底了解才行，人心隔肚皮，若是草草决定人生大事，到时候怎么死的都不知道呢。”薛茗站在公堂边上，对着那痛哭流涕、求饶认错的丈夫发出感叹。

这话传进了燕玉鹤的耳朵里，原本已经打算走了的他又折回两步，取了衙役腰间的佩刀，手起刀落当场就将那男子的脑袋砍了，溅了一身的血，眉眼冷漠道：“既不配为人，下一世便入畜生道，当牛做马偿还罪孽。”

不过几个小插曲，便不赘述，总之这一路走走停停，花了两个月余的时间，才到了太虚宗。

太虚宗立于高山之上，山顶云雾缭绕，石阶层层叠叠，参天的松树栽种两边，颇有几分遗世独立的仙门风范。天上时不时传来鹤鸣，嘹亮悠远，燕玉鹤就放出了绛星，让它飞去找自己的同伴玩儿。

踏入宗门，也不知道那些弟子是怎么获得的消息，这时候已经在门口等着了。瞧见燕玉鹤之后立即如一群小鸡崽围上来，迭声喊着大师兄，将燕玉鹤与薛茗二人围在中间，堵得水泄不通。

薛茗见这些人穿着雪白的宗服，年龄不过十几岁的样子，每人都表现得极是兴奋，脸上挂满了明晃晃的仰慕，耳朵被一声声重叠的“大师兄”充满，一时间觉得十分拘束。她如今异相还没有完全消退，只能戴着幕篱遮面，本以为燕玉鹤会悄悄带着她上山，找个地方安置她，没想到他人就这么大摇大摆地从正门而进，还有那么多师弟师妹在此处迎接。

许多双眼睛落在薛茗身上，好奇的、疑惑的、陌生的，各种各样。她想起姜箬鸣先前也是这个宗门的弟子，怕有人从她的身形上看出什么，于是下意识往燕玉鹤身后藏了藏。

“师兄，你终于回来了。”一个身量高挑的俊俏少年来到燕玉鹤的对面，肤色是健康的麦色，眼眸黝黑明亮，显得十分有活力。他的视线在薛茗的幕篱上掠过，继而心虚地笑着对燕玉鹤道："你走之前罚我抄的经书我还没抄完，现在是不是不用抄了？"

燕玉鹤淡淡地看他一眼，没有否认，只问道："师父在何处？"

少年回道："后山等着呢。"

燕玉鹤对周围这热烈的欢迎没什么反应，摆了摆手让众人让出一条道路，说要先去拜见师父，随后带着薛茗往后山走，约莫是想带着她一同去见人。

薛茗一路有些忐忑，询问了好几遍会不会被他师父当场逮捕，燕玉鹤却道早已向师父禀明了情况，让她不必担忧，她这才稍稍放心。

燕玉鹤的师父便是太虚宗的掌门人，与薛茗想象中的形象也完全不同。她看起来很年轻，且穿得十分朴素，正坐在房中绣花，若不是燕玉鹤进去便拜礼，恭敬唤她师父，薛茗还以为她是个寻常凡人。

燕玉鹤的师父名唤水曦，面上带着微笑，先是素手轻摆让燕玉鹤起身，随后目光落在薛茗的脸上，笑了笑道："赤霞，你先出去，我与这姑娘聊两句。"

燕玉鹤顿了顿，却没有立即动身。水曦便无奈地叹道："我知道她不过是无辜受牵连之人，还能为难她不成？"

燕玉鹤揖礼，道："弟子在门外等候。"

水曦看着燕玉鹤退出去的背影，说道："男大不中留。"

很精准的一句吐槽，薛茗在心里想。她往前走了两步，将幕篱摘了下来，对水曦鞠了个躬，打招呼道："燕玉鹤的师父你好。"

水曦面露惊讶，又露出一个好笑的表情："你一直便这样喊他姓名吗？"

薛茗心生疑惑："这不是他名字？"

水曦道："是他名字不错，不过他年满二十之后便冠了字，不便直呼其姓名。"

薛茗经她一说，忽而想起来古人确实是有这个讲究，难怪这一路上听说起燕赤霞时，从未与"燕玉鹤"这个名字一同提起，但她习惯了直呼姓名，也并未见燕玉鹤纠正。

薛茗不好意思地挠挠头，毕竟是面对长辈，她认错道："是我思虑不周，忘了这种礼数。"

"无妨，他自己不在意，我们这些外人也没什么指摘的，你想喊什么便喊什么吧，坐下来说话，不必拘谨。"水曦冲她笑笑。

薛茗觉得燕玉鹤这师父看起来像是很好说话的样子，相处起来也没什么压迫感，不由得放松了许多，在边上坐下来，随后听见桌上轻响，一杯倒好的茶便滑到了她的手边，稳稳地停下来。还不等薛茗道谢，就听水曦温温柔柔地说：

“小丫头，你可知赤霞这次立了功，天上的封赏已经下来，指名点他飞升，位列仙班之事？”

▶第 52 章◀

薛茗看着面前这个笑得温婉美丽的女子，脑中瞬间浮现了各种富贵婆婆甩给小白花女主几百万，高傲地让女主离开自家儿子的画面。

她意识到水曦将她留下来，很有可能就是要商议这件事。虽然水曦看起来并没有迫人的气势和傲慢，但终归燕玉鹤是她的徒弟，她总要为自己的徒弟铺路才是。前有一个为了心爱之人被贬下九重天，变成一个低微的土地神，足以说明贪恋红尘风险极大，至少对前途来说算不得益处。

薛茗心想：不是吧，我这个恋爱才谈多久？这就来人拆散了？

见她不说话，水曦抿了一口茶水，声音柔和了许多：“你别怕，我们不过是闲聊，有什么你尽管说就是，我为难你一个凡人做什么？”

薛茗老实回答道：“我已经知道了此事。”

水曦道：“那你是如何想的呢？”

“如何想？”薛茗不知道燕玉鹤的师父想从她的嘴里听到什么样的答案，也懒得去揣摩她的心思，就装傻道，“这成仙当然是好事，天下有多少人求之不得呢。”

水曦的眸光始终温和，她看着薛茗，像是看着一个喜欢的后辈，尽管两人不过是第一次见面。片刻后她将腿上绣的花放在旁边的桌上，缓缓站起身，将目光放在窗子上，道：“你看。”

薛茗顺着看去，此时才发现燕玉鹤站在窗外，半边影子正落在窗子上。他侧脸轮廓很好，高挺的鼻子，分明的下颌骨，往下垂的眼眸，一动不动像是在思考。水曦笑了笑，一抬手做了个手势，似乎是施展了一个诀，其后对薛茗道：“这小子故意站在窗边，便是时时刻刻提醒我他还在外面，让我别刁难你。”

薛茗跟着笑了笑，心情却有点微妙。这种被人在乎的感觉薛茗很少体会到，更何况是这种藏在暗处，只有悄然发现了才会有的在乎，正中她心里最柔软的地方。

水曦似乎忆起从前，用一种讲故事的语气慢慢说道：“他进太虚宗的时候才五岁，就已经开始拿着他娘留给他的剑修行了，这小子的生平除却修行，便是去各地斩妖除邪，再没有第三件事能让他挂心。赤霞天生与人不同，身上流着一半仙人的血脉，对妖邪的感知力极强，曾险些打死伪装成寻常凡人的魁皇之女，被罚下山后，他只带走了那把剑，与谁都未曾道别。”

“他生来冷情，‘情爱’之二字仿佛与他无关，是以先前他那师弟算得一卦言他红鸾星动，我们都还不信，没想到他还真带回来个姑娘。”水曦说到这儿，转头看向薛茗，道，“凡人寿命不过百年，神仙却无穷无尽，更何况天上一日，凡间一年，他成了仙后即便是陪伴你在凡间走过一生，于他来说不过也只是漫长岁月中的弹指一挥间。你死之后或许会被他遗忘，又或许他贪恋这份情感寻找你的转世轮回，更甚者他现在不过是对你一时兴起，待兴头落下，他又抱着剑回天上修行去，届时你又何处去寻这个负心汉？”

薛茗琢磨着，这话是越听越不对劲。她本来以为水曦是扮演着为了燕玉鹤的前途着想，劝她主动离开的婆婆角色，但这番话说出来，分明是站在她的立场劝她，甚至燕玉鹤现在还没做什么，就已经被标榜成了“负心汉”。薛茗一时弄不清水曦说出这段话的目的。

水曦见她沉思不语，也没有急着逼问她，只自顾自说着：“人与仙终归有别，就算是看着赤霞一路长起来，我也无法断言他是个可托付终身之人，你要尽早为自己做好打算。刻骨铭心需千难万难，可忘记不过一瞬间，若是来日他负心于你，我自会教训他。你也可以来寻我，我会为你抹除与他相关的记忆，从此你们二人相忘陌路，永不相见。”

薛茗一直沉默着，不知道怎么回应这些话，眼下才后知后觉，原来水曦将燕玉鹤支出去，当真是为了说这些帮她的话，甚至还给她提出了解决问题的办法。

水曦又道：“有什么想法你只管说，他听不见。”

薛茗微微颔首，算作应答。她早就知道燕玉鹤可能会位列仙班之事，所以这一路走来并非完全在玩，她也思考过很多回和燕玉鹤的以后。自与他相识，加上赶路的两个多月，满打满算也不过三个月，这短暂的时间里若说是发酵出浓烈的、不同生便共死的爱意，那是不可能的。

莫说燕玉鹤对她有没有爱，便是薛茗自己，对他的感情也完全没达到爱得死去活来的程度。可若说薛茗是为了体会到被人喜欢，被人在乎才愿意与燕玉鹤在一起，那也是绝无可能，倘若她真的那么渴望爱，早在高中时期有人向她告白时，就会二话不说选择在一起了。她完全可以凭借着自己的脸，在生活中获得许多并不持久，但十分浓烈的“爱意”。

薛茗自认是喜欢燕玉鹤的，喜欢他冷着一张脸，平日里对什么都漠视，却会把她紧紧搂在怀里，在她脸上落下一个又一个的吻；喜欢他与谁都是拒之千里的模样，却会在走路的时候牵着她的手，很久都不放；喜欢他总是不经意落在她身上又久久停住的目光；也喜欢他在她睡得昏沉时，用湿锦布一寸一寸擦着她的身体，动作轻缓地给她穿衣裳的耐心。

那日参加完土地神的婚宴，薛茗喝醉了酒，燕玉鹤拒了送他们回去的轿车，背起她一步一步走回去。他没有用任何赶路的术法，走得又慢又平稳，每当薛茗在他背上迷迷糊糊有些清醒的意识时，都会喊他的名字，这时候他要么微微偏过头，要么低低应一声，即便薛茗什么话都不说，下一次喊他还是会得到回应。

当时在燕玉鹤背上说了什么薛茗已经记不清，到了今日再回想时，也就只剩下一个念头：或许，燕玉鹤他真的很喜欢我。

喜欢这种情绪，一开始大都是轻轻浅浅的，并没有那么深刻，但随着日子一天一天地过，好似许多个微小的喜欢累积在一起，在某天不经意间就会变成了爱，将心脏各处都拧得死死的，完全无法再摆脱了，所以有些人分手时才会像脱了一层皮，去了半条命，且无药可医。

薛茗心里比谁都清楚仙人有别，更自认没有那么大的魅力让人放弃飞升，但她不想在别人面前轻易为两人的关系做决定，希望能够与燕玉鹤坐下来谈一谈。

她转头望了望燕玉鹤印在窗子上那安静的侧影，随后站起身，对水曦笑道："多谢提醒，这些话我回去好好考虑清楚，倘若真到了无法商量的地步，我会自行离开，这天大地大，还能没有我的容身之处吗？"

水曦见她有了去意，便也不再多留，又笑着与她说了几句话，嘱咐她在太虚宗别拘谨，住得自在就好。薛茗再次表达谢意，与水曦道别，推门出了屋子。

出门拐了个弯，就看见燕玉鹤站在窗子下，一袭雪白的长袍随风轻摆，散在身上那泼墨般的长发也轻轻飞舞着，额前的碎发隐隐遮住英挺俊俏的眉眼。他的眼眸总是平淡如水，情绪稳定得仿佛没人能让他失控，察觉到薛茗到来，这才抬眸朝她看。

他缓步走来，旁的也没多问，只像平时那样从容且习惯性地牵起她的手，带着她往后山去。

薛茗头一次来这种修行的宗门，对哪儿哪儿都是好奇的，一双眼睛总是在周围探索着，即便是隔着幕篱也不影响她东张西望。一路上遇到了许多宗门内的弟子，见到燕玉鹤后皆是恭恭敬敬地喊一句"大师兄"，开始时薛茗看见了人总是下意识想将与他牵在一起的手抽回，但却被他察觉了意图后紧紧攥住，并不准她抽走。燕玉鹤似乎一贯这般我行我素，并不在乎别人的看法。

一路慢慢悠悠来到后山，薛茗总算是见到了燕玉鹤住处的真面目。

院落看起来很大，结构分明，坐落在一片竹林之中。进了门便是宽敞的院子，没种什么花花草草，铺着青石地砖，两边没砌高墙，清风过境，周围顿时传来竹叶哗然的声响，风中充盈着草木的清新气息。

前堂置办得很肃穆的样子，往后穿过一段游廊，便是他的寝院，连接着浴房等地方，再往后则是那汪薛茗泡过许多次的活水灵泉。

燕玉鹤当真在太虚宗十分受宠，这住处的地理位置以及构造都算得上一等一的好，清幽安静，极其适合修行。薛茗对这屋子已经十分熟悉，像回到自己家一样，进了寝房就脱掉鞋子，往软椅上一瘫。

虽说路途中算不上累，但回到家里总有一种放松的感觉，她像一坨泥巴一样，一动不想动。燕玉鹤脱下了外袍随手挂在一旁，来到书桌前坐下，开始研墨提笔，认真地写起东西。

从水曦那里出来后，燕玉鹤就没怎么说话，路上弟子跟他打招呼他也是不冷不热地回应，虽说平日里他大多数时间都是沉默的，但薛茗还是隐隐觉得他情绪有些不对。她躺了一会儿，起身走到燕玉鹤的边上，就见他已经写了小半张的东西，字体俊逸潇洒，整齐漂亮。

薛茗好奇地询问："你在写什么？"

燕玉鹤原本还很认真的样子，但被薛茗这么一问，好像突然就抓住了机会，搁下笔将她拉过来，让她坐在自己腿上，掐着下巴亲了上去。他的另一只手搂住薛茗的腰身，力道收得紧，让薛茗的身体与他的胸膛贴在一起。

燕玉鹤吻得很用力，薛茗很快就被亲得浑身发软，沉溺其中。半晌，燕玉鹤松开了她，鼻尖若有若无地在她脸颊轻轻蹭了两下，退开后才低声说："整理此次诛杀姜箬鸣的卷宗。"

薛茗一听他是在办正事，便从燕玉鹤的腿上滑了下来，体贴道："那你忙，我就不打扰你了。"

燕玉鹤的眸光跟了她好一会儿，然后才收回，再次提笔。薛茗在对面的矮桌旁坐下来，自己拿了个话本闲着无事翻看，心思却飘得很远。

他刚回来，理所当然有很多事情要处理，薛茗纵然是想与他坐下来好好聊一聊，也要找一个对的时机，觉得还是先等他忙完这些再说。薛茗思来想去，最后困倦了，洗了个澡爬上床睡觉，睡前看见燕玉鹤还坐在桌边低头书写。

睡到一半时，她才感觉床榻传来动静，身边躺了个人，上了床榻后就朝她贴过来，抱着她的后背和腰身将她翻了个身，换了个与人贴合的姿势，由于力道轻柔，薛茗只是稍稍醒了一下，又很快在一个温暖且严严实实的怀抱中睡过去。

接下来的几日果真如薛茗所猜想的那样，燕玉鹤忙得脚不沾地，估计也是处理先前那桩事的后续。另外，薛茗身上原本戴着的锦囊里装了姜箸鸣从各个门派骗取的宝贝，其中那个用绢布包着的，她一直无法使用的几寸小剑，便是太虚宗至宝。

燕玉鹤将东西一一归还，还要接待各个门派前来的人，因此一整天都见不到踪影。薛茗本来也是宅家的性子，不喜欢到处乱走，有时闲了会在竹林里坐着，赏月或者听风，也十分惬意。

不过燕玉鹤的几个师弟师妹倒是性子活络，许是正年轻活泼，对薛茗又十分好奇，总是三天两头找上门来，趁着燕玉鹤不在找薛茗玩。其中她了解到，先前给燕玉鹤起姻缘卦的那个师弟名叫柳梦源。

此人先前被燕玉鹤罚抄经书和跪水崖，被笑话了许久，谁知燕玉鹤一朝将薛茗牵回来，众人大吃一惊的同时，柳梦源也跟着声名大噪。

众弟子都道他连大师兄的姻缘都算得出，还有啥是算不出的？于是每日找他算卦的人排了老长的队，为了躲避，他时常跑到后山，带三两个师妹找薛茗玩。

几人一起坐在竹林的凉亭中分食糕点零食，几个年轻小孩叽叽喳喳地跟薛茗分享着这么多年来燕玉鹤在太虚宗的铁面无私、冷漠无情，最看重的东西莫过于他手里那把剑，旁的没有。说是就算一起长大，入不了燕玉鹤的眼，也与陌路人没什么差别。

说来说去不过是想向薛茗表达燕玉鹤给她的特殊对待，虽说这里面不乏夸张的成分，但这话薛茗却是爱听的，且听得心花怒放，跟几个年轻小孩玩到后半夜才回去。

她挎着装了糕点的小篮子，脚步轻快，哼着小曲儿回了住处，进门就看见燕玉鹤站在檐下，一袭黑袍融入夜色，没有点灯，也不知道在干什么。

薛茗反手关上院门，疑惑道："你刚回来吗？"

燕玉鹤的目光落在她身上，缓声道："在等你回来。"

"我就在竹林里跟你那几个师弟师妹玩，没走远，你喊一声我就能听见了。"薛茗往檐下走去，笑着晃了晃手里的小篮子，说，"这是你师弟带给我的糕点，很好吃，我给你留了几块，要不要尝尝？"

燕玉鹤沉吟片刻，继而问道："哪个师弟？"

"柳梦源。"薛茗笑呵呵地进门，说道，"这小孩儿说话挺好玩的，他说他早就知道自己的卦准，所以你罚他的经书，他故意抄得很慢，就等着你回来撤回惩罚呢。不过话说回来，你这几个师弟师妹长得都挺好看，你们太虚宗不会是看脸收徒的吧，个个都那么水灵漂亮。”

话音刚落下，她的手臂一下子就被抓住。薛茗愣了一下，转头看燕玉鹤，见他背对着月亮，逆着光脸上的表情就显得晦暗不明，原本平淡的眉眼在这样的阴影下竟然也显得有几分阴沉。

“你怎么了？心情不好？”薛茗关切道，“我方才开玩笑的，我知道你们太虚宗厉害，肯定是看资质收徒，只是想说你们都生得标致而已。”

“谁生得标致？”燕玉鹤声音低沉，黝黑的眸子盯着她，“与我相比呢？”

薛茗听到这话，没忍住笑了出来，没想到燕玉鹤会在这方面小心眼，于是上前去将他抱了抱，哄道：“当然是你最好看，他们哪里能与你相比。”

燕玉鹤的情绪肉眼可见地缓和了不少，反手将她抱住，脑袋低下来往她耳边凑，轻轻呵气道：“好几日没给你渡阳气了。”

薛茗的耳朵喷洒上他说话时的热气，热意染上耳根，还有些痒痒的，她下意识瑟缩脖子，应了一声好。

进门时燕玉鹤将她手臂上的糕点接了过去，说是留着明日吃，她没怎么在意，转头进门去打算洗澡，没留心身后的燕玉鹤抬手将小篮子扔到院中的举动，门一关，也隔绝了篮子落地上砸出的声响。几块糕点碎裂，在月光下静静地躺着。

薛茗洗完澡都没来得及穿衣裳，就被燕玉鹤抱上了床榻。

今日的吻显得有些热切，燕玉鹤将她抱在怀中，薛茗躺下来，放松了身体。

几日不渡阳气，她的身体又开始慢慢恢复了温凉的状态，先前在最后一个聚阴阵那里吸收的阴气实在太多，就算两个月来燕玉鹤没少给她渡阳气，仍旧无法将她体内的阴气全部排解，稍有松懈她的状态就会开始下降。

薛茗本能寻求温暖，往他的身上贴紧，意识开始沉沦。正当她眯着眼睛感受着燕玉鹤的轻吻时，他忽而撤身起来，让薛茗唇上一凉。

燕玉鹤长长地呼出一口气，手绕到身后将她散在后背的长发捞起来，对她道：“你看身后。”

薛茗从昏昏沉沉的意识中抽出一丝清明，扭头往后看，才发现身后不知何时摆上了一面大镜子，立在地上，将两人照得一清二楚。

镜中的少女和男子肤色有着不太明显的差距，以亲密的姿势抱在一起，入目还是薛茗那雪白光滑的脊背，只是她背上却有一个浓黑的圆形图案，画了许多繁复的图形，还绕了一圈她从未见过的咒文。

薛茗心中一惊，问道：“这是什么东西？”

“是吸阴气的咒术。”燕赤霞在她耳边回答，“你体内的阴气越多，这咒术呈现出的颜色就越浓。”

薛茗想着，方才看到镜中的图案几乎像是墨水涂的，没想到她都从燕玉鹤那里得了两个月的阳气了，身体里的阴气还那么浓重。先前从未发现过，说不定那时候整个后背都是黑的……

“可是我觉得，我已经好很多了。”薛茗道。

“还不够。”燕玉鹤抱紧了她，将脑袋埋入她的颈窝，眸色很沉，脸色竟有些阴沉，重复了一遍，“还不够。”

结束后薛茗累得浑身无力，躺在床上时感觉燕玉鹤给她洗了澡换好了衣裳，又给她喂了水，才稍稍有些清醒。她被燕玉鹤抱在怀里，喝了几大口水，最后舔着湿润的唇瓣抬眼望着他，说道：“你这几日忙完了吗？我有些事想跟你说。”

燕玉鹤将水杯放下，敛着眸淡声回道：“再过几日吧，还忙着。”

薛茗“哦”了一声，也不追问，乖乖缩回被子里睡觉去了。燕玉鹤熄了灯，自己也掀被上床，躺下来将她抱在怀里，却没有闭眼睡觉，目光垂下去落在她安宁的睡容上，保持了许久都没动。

云层遮了月，天地暗下来，竹叶被夜风吹得哗哗作响，万籁俱寂的夜，掩埋了无数心事。

隔日一早，薛茗睡醒起床。她已经有很久没有在白天醒来了，这段时间由于身体的不便，她总是白天睡觉，晚上才起床，这对于喜欢阳光的薛茗来说是件非常痛苦的事。不知道是不是昨日渡的阳气实在太多，薛茗的身体状态好了不止一星半点，竟然能够站在太阳下。虽说还是有些难受，但打着伞就会好很多，没有到不可忍受的地步。

薛茗照镜子，发现她的利爪竟然消失了，眼睛也变成了黑色，不再是从前那红红的样子，脸上也出现了血色，乍眼一看皮肤还有些白，但已经趋近于正常人的模样。

她非常高兴，见燕玉鹤并不在家，于是自己打着伞出去转着玩。也没走远，就在竹林这一片晃，白日里的竹林跟夜晚的截然不同，竹子茁壮成长着，金灿灿的阳光大片洒下来，风里都是暖洋洋的气息。薛茗站在风里，听着周围竹叶哗然的声响，再一次感叹活着的美好。

她晒了会儿太阳，也不敢久留，心情很好地转了几圈，又回到住处外。原先总是黑灯瞎火的看不清楚，现在薛茗才发现，院门的外面还长了许多五颜六色的花，夹杂在绿油油的草堆中，盛开得非常艳丽。

薛茗心想，摘几朵回去找个瓶子插起来也挺好，便上前蹲在那草堆里，将伞顶在后背的地方遮住阳光，悠然地挑选起花朵来。

此时身后传来了有人交谈的声音，薛茗本想起来看看来人是谁，却不料一下听到了关于燕玉鹤和她的话题。

“那女人现在还住在大师兄的院子里吗？”

“不错，据说是上了山之后就一直住在这里，也不曾去前山，见过她的人并不多。听说她血眸黑爪，生了一副异相，不知真假。”

“你说咱们大师兄向来都是一心修行，清心寡欲之人，下山诛邪次数也不少，眼里从来都是只装得下这把剑，装不下任何人，为何就这次下山去被那女人迷惑心智，坏了道心呢？若是咱们大师兄被她毁了前程可怎么办？”

“世人贪恋凡尘自古难免，大师兄便是再六根清净也是凡人，这有什么稀奇的。再说了，大师兄封仙在即，飞升已是铁板钉钉之事，怎会因那女子坏了前途？你这是杞人忧天。”

“说的也是，大师兄是咱们太虚宗弟子的榜样，定然不会做出出格之事，迷恋凡尘也不过一时之事，不需担忧。”

两个弟子便交谈到这儿，随后敲了敲门，见没人应，便很快又离开。薛茗在原地又蹲了许久，起身时将手里摘了的花一并扔掉，转头来到院门前，发现门上挂了一柄合鞘长剑。

这是燕玉鹤的剑，先前给晴朝帝君拿去修补，想来应当是修好让人给送回来了。薛茗想起燕玉鹤先前总是捧着剑擦拭的模样，知道他十分爱惜，便顺手将剑取了下来，一并进了院子。

先前靠近这把剑的时候，薛茗总是下意识排斥，觉得不舒服，现在身体好很多便也没有了那种感觉，一时又好奇剑修得如何，进了院子就将剑拔出了鞘。只听铮然一声轻响，剑身传来微微的嗡鸣，在阳光的照耀下显得无比锋利森然。薛茗心中大为赞叹，果真是一把漂亮的宝剑！

她从来没有这么近距离见过这种极品宝贝，下意识上手抚摸，刚触上剑身，手掌就猛地传来一阵痛楚，她痛叫一声，双手剧烈一抖，剑就脱了手掉落在地，连带着伞也落地。薛茗看着手掌，不过短短一瞬，她的手掌心就皮开肉绽，像是烧红了的烙铁烫的一般，殷红的血奔涌而出，顺着白皙的手臂往下淌着。实在是疼，薛茗掉起眼泪，又后悔自己干吗手欠，这下吃了个大教训。

正痛得厉害时，院门被推开，燕玉鹤站在门口。薛茗转头看他，双眸满是泪水，手上是刺目的血液，染得袖子上、衣裙上都是，看起来颇为惊心，燕玉鹤一下子皱起眉。

“大师兄，剑我们送来了，方才就挂在门上的。”两个少年跟在燕玉鹤后面，话刚说完也看见了院内的场景，瞧见掉在地上被血染红的剑后也惊呼了一声，喊道，“大师兄，你的剑！”

燕玉鹤踏步进来，神色很是沉郁，脸色是前所未有的难看。

薛茗想说些什么，但手掌实在太疼了，又被太阳照得难受，神识有些不清楚，往前两步只喊出“好痛”二字。

燕玉鹤却是并未看地上那剑一眼，一下将薛茗抱起来，将她抱进了堂中，在她手臂上点了几下，从袖中摸出药罐，里面的药粉不要钱似的往薛茗掌中的伤口上撒，看得后面跟着的两个弟子目瞪口呆。

继而他拿出白色的棉布，在她手上缠了一圈又一圈，就这么简单把血止住了，处理好了伤口。他动作很快，途中一直保持沉默，神色也没有缓和，看起来像是有些发怒。

不知道是什么药，但是见效非常快，薛茗马上就感觉不痛了，原本火辣辣的伤口传来丝丝凉意，扩散开来之后变得舒适，消弭了痛苦。

其中一个少年捡起了剑，将上面的血迹也擦了干净，双手奉给燕玉鹤，恭敬道：“大师兄。”

燕玉鹤冷淡地应了一声，抬手将剑收起，又道：“出去时将门带上。”

两个少年应了声是，随后又朝薛茗看了一眼，才转头退出去。堂中寂静下来，薛茗看着包成粽子的手，擦干了眼角的泪痕，说道：“我以为我好了呢，一时给忘记了，不小心摸了你的宝剑，这才被它伤了。”

燕玉鹤道：“你体内还残留浓郁的阴气，只是从外面看着好了很多而已。”

“哦，我知道了。”薛茗说，“那我下次不碰你的剑了，本来是挂在门上，我只是想帮你拿进来而已。”

“日后不必管这些事。”燕玉鹤忽而说。

沉默半晌，薛茗回道：“好。”

燕玉鹤只是回来一趟，大约是知道自己的剑被送回来便特地来取，没多久就又离开了，薛茗就老老实实躺在房中看话本，又吃了些零食，撑得翻肚皮后睡了一觉。

醒来时天色将暗，燕玉鹤未归。或许是真的太忙，他是太虚宗的大师兄，又离山那么长时间，所以肯定有很多事要处理。薛茗心里表示理解，但仍旧是在夜晚失眠了，坐在正堂前的门槛上，仰头看着月亮。

这地方风景很好，又处在高山上，这样看来仿佛离月亮很近，清白皎洁的月光照亮着大地，不用灯也能将周围景象看个清楚。在现代很少见这样莹白又明亮的月亮，薛茗用一只手撑着下巴，往天上看，心想：要是搁在现代，她这会儿在干什么呢？是在加班，还是参加公司里必去要去的聚餐，又或者坐在电脑前找一部影片看？

她从前的生活一直都是单调无味的，上学时代为了赚明天吃饭的钱，她必须想尽办法去做一些付出与收获并不对等的工作赚取微薄的报酬，还要面对无穷无尽的习题和知识，努力不让自己淹没在庸庸碌碌的浪潮中。

上班后她就是拼命赚钱，偶尔分给自己一些闲暇时间，多半也是在自己租的小房子里度过的，很少外出，没有社交，杜绝了一切不必要的花钱行为。

说起来，来到这里的短暂时间，比她前半生二十多年都要活得精彩和绚烂，只不过太危险，要时常担心自己的小命罢了。

不知是什么时候睡着的，她听见身边有窸窸窣窣的声音，从蒙眬的睡意中睁眼，就看见燕玉鹤不知道什么时候出现，坐在她的身边，与她的肩头挨在一起。他很安静，月光照在俊脸上，勾勒出精致的眉眼，瞧着跟梦中出现的人一样。

“燕玉鹤。”薛茗沙哑着声音轻唤他。燕玉鹤就微微偏头，回应她的叫声。

薛茗道：“其实我很坚强的。”

燕玉鹤没应声，耳朵依旧侧着，似等着她往下说。

“我也不会因为一件事而难过很久。”薛茗像是细数着自己的优点一样，慢慢说道，“我经常过苦日子，所以很少因为辛苦的生活而情绪崩溃，我不需要日子多么精彩，平淡的生活对我来说也很好。”

燕玉鹤依旧不答。

薛茗又道：“我很容易满足。我渴望生命里有爱情，但是没有也无妨，也渴望生命里有财富，但是得不到也无所谓。那些东西我得到了就会很高兴，但是失去了也不会击垮我。我是一个很平凡的人，唯一能够拿出手的优点就是足够顽强，不管在什么样的环境下，不管失去多少东西，我都会好好地活着。”

“不为别人，只为我自己。”薛茗说。

燕玉鹤望着她，眸色清冷，却好像又搅动了不知名的情绪，眼底都跟着浑浊起来。

“所以等你忙完了，我们好好谈一谈可以吗？”薛茗温声对他说。

沉默许久，燕玉鹤终于开口回答：“明日。”

薛茗应了声好，其后伸着懒腰打了个哈欠，倒在燕玉鹤身上，这几步也懒得走了，让他抱着自己去睡觉。

这一觉也睡得很好，等薛茗醒来的时候屋中还是就她一人。薛茗换好衣裳，打着伞出门，今日与柳梦源等几个师弟师妹约定好一起玩，她出门去竹林里接了人。柳梦源现在没什么事可做，往后山走动得频繁，只不过每次来都会带几个师姐或是师妹。

这些年轻小孩的性格都极好，许是知道她与燕玉鹤的关系，一开始见面的时候也是恭恭敬敬的，后来发现薛茗的性子极其温和，还喜欢开玩笑，没多久几人的关系就熟络了。

柳梦源最先看见薛茗被包扎起来的右手。燕玉鹤早上起来时已经给她换过一次药，当时薛茗还睡得迷迷糊糊，现在仔细一看，竟然比昨日包得还要严实，毫无美观可言。

薛茗笑笑，解释这是不小心被燕玉鹤的剑划伤的，应该没什么大碍。柳梦源几人听了之后却都皱起了眉，相互看了几眼，眸中沉着郁色。

“怎么了？”薛茗看出几人欲言又止，出声询问。

柳梦源却只是摇摇头说无事，紧接着几个女孩围上来关心了她的伤势，各自送了她一些东西，又在凉亭玩了半个时辰，眼看着太阳要烈起来，便贴心地让薛茗回去。

薛茗心想着反正燕玉鹤总是白日不在家，她一个人也没什么意思，就喊着几个小孩一起去房中玩。

燕玉鹤平日在宗门里与人隔着千里，还未有什么师弟师妹能被他邀请去屋中玩，就连与他同一个师父的柳梦源都没这特殊待遇，听见薛茗慷慨邀请后，几个人都颇为兴奋，围着薛茗叽叽喳喳地说话，跟着她一路来到院门前。

院子没围高墙，外面一圈围着的是竹篱笆，远远就看见燕玉鹤站在院中不知道做什么。几人都惧怕大师兄燕玉鹤，见燕玉鹤在家，顿时拘谨起来，排着队跟在薛茗身后，很像是小学生下午放学之后离校的队形。

薛茗领着人来到门边，听见里面传出“当当当”的声响，像是什么利器相撞发出的声音，清脆悦耳，极有穿透力。以燕玉鹤的耳力，应当早就听到他们的到来，所以薛茗就直接伸手推开了门，紧接着就看见燕玉鹤站在院子的正中央，面前摆着一个圆柱形的铁墩子，高度企及燕玉鹤的腰身。

他穿着一袭接近于墨色的蓝黑长衣，长发高高束起，阳光灿烂地洒下来，将他整个笼罩其中。他一手拿着一把剑，一手攥着铁锤，袖子半挽，用力时手臂上的肌肉显出形状，攥着铁锤用力砸在剑身上。

薛茗都没有来得及仔细看，就听见身边传来几声不约而同的倒抽气声，继而是柳梦源一声惊喊："师兄——！"

再听到"当！"的一声无比响亮的铮鸣，燕玉鹤手里的那把剑应声而断，彻底碎裂成几截，散落一地，剑的碎片折射着阳光，闪闪发亮。

这时候燕玉鹤才抬起头朝门边看来，视线落在薛茗的身上，眸光依旧淡然，稀松平常道："累了吗？"

薛茗没有应声，因为她发现，燕玉鹤刚刚砸碎的那把剑，竟然就是他之前总是捧在手里擦拭，上面出现豁口便让他十分在意，后又交给晴朝帝君拿去东海修补，太虚宗人人皆知燕玉鹤极其重视爱惜的那把剑。那把他自小便不离手，且还是母亲仙逝前留给他的宝剑。

▶第 53 章◀

薛茗看着地上碎了满地的剑，第一个念头就是，这把剑彻底毁了。已经碎成这个样子，根本不可能再修补重铸，这把宝剑昨天才刚送回来，今天就被燕玉鹤亲手毁了。

整个太虚宗上下都知道这把剑对燕玉鹤来说极其重要，不仅仅是他母亲留给他的遗物，还是他修行之路上不可缺少的道具，亦是他斩妖除魔的鼎力助手，不承想有朝一日没折在战斗中，反而被燕玉鹤给毁了。

他站在院中，手中还持着剑柄，上面只剩下一小截断刃，仍旧可以看出是一把上乘宝剑，在阳光下折射着微芒。

柳梦源等几个弟子早已瞠目结舌，大为震撼，薛茗稍微强点，经过了表情管理，只是微微惊讶。相反将剑砸了的人却十分冷静淡然，似乎只是做了一件与自己毫不相干的事，顺手将铁锤和断剑放上铁墩，动作轻慢地将挽起的衣袖放下来。

薛茗见状开始怀疑，这把剑当真对燕玉鹤来说很重要？会不会其实大家对他都有误解，因为他平时是个锯嘴葫芦，所以就算一起生活很多年，也没人能够真正了解他。

但薛茗不同，她比较擅长提问，她几步上前去，刚想说话，就见燕玉鹤轻淡的眸光落在柳梦源身上，道："柳梦源。"

柳梦源吓得一个激灵，心知平日里师兄虽然难以亲近，但到底他也是跟师兄拜了同一个师父，师兄对他和对待其他门内弟子还是有区别的，鲜少会直呼他的姓名，除非在他犯了大错，或是惹了师兄动怒时。

这会儿燕玉鹤刚砸了自己的随身剑，柳梦源吓都吓死，再一听他喊自己大名，马上双腿就开始打摆子，藏在袖中的手掐掐捏捏，开始给自己推算今日是不是要遭大祸。

“把地上的东西收拾了。”燕玉鹤道。

柳梦源愣了一下，登时大松一口气，还以为今日就要在这里脱层皮，没想到只是指挥他干活。作为师门里的老小，柳梦源跟在燕玉鹤屁股后面，既是师弟，也是老奴，干活已经成习惯了，马上讨好地笑起来，应道：“好嘞。”

燕玉鹤往里走了几步，又像是突然想起来什么事一样，转身对柳梦源道：“昨日我与师父商议过，如今你也到了下山历练的年纪，不可再于山上懒怠修炼，浑噩度日，师父让我转告你，这几日收拾东西下山游历，三年内不得归山。”

柳梦源双眼一黑，感觉天塌了，整个人就要往后倒，幸而身边的几个姑娘及时将他扶住。

燕玉鹤没再理会，转身时朝薛茗看了一眼，随后大步进了房中。薛茗觉着这可能是一个眼神暗示，回头看了两眼大受打击半死不活的柳梦源，她随口交代道：“你们先在正堂坐会儿，我去去就来。”

薛茗收了伞，跟着燕玉鹤后面一路走回了寝屋。进门后随手将门给关上，薛茗迫不及待地上前问：“你怎么了？是心情不好吗？怎么把剑砸了呢？”

燕玉鹤脱了外袍，在桌上倒了杯水，仰头喝了，这才若无其事地答道：“剑坏了。”

“不是让晴朝帝君拿去修了吗？没修好？”薛茗追问。昨日她将剑抽出来的时候匆匆看过几眼，当时只觉得剑气凛然逼人，剑刃薄如蝉翼，看不出半点修补过的样子，薛茗不明白，剑都修到这么完美的程度了，为什么在燕玉鹤的眼里还是坏的？

燕玉鹤喝完了水，取出药瓶，拉着薛茗在软榻上坐下来，解开她手上包得像粽子一样的白绸布。掌心上的伤口仍然刺目无比，几乎深可见骨，血液糊在上面凝结，更是将伤口变得狰狞血腥，燕玉鹤给的药的确好，但这伤口似乎更严重，所以上了两次药，仍没有好转的迹象。

“当真是一把厉害的剑。”薛茗缓和着声音，笑道，“我就是轻轻碰了一下，没想到差点给我手削断了。”

燕玉鹤低垂着眼眸，将药倒在她的掌心上，听到这话便道：“不辨敌我之剑，与废剑无异，何谈厉害？”

薛茗怔然，看着手掌上血淋淋的伤口，忽然意识到了什么，疑问道："你不会是因为剑伤了我，才把给它砸了吧？"

"嗯。"燕玉鹤将药抹匀在伤口上，力道很轻柔，语气也平淡得很。

"可昨日是我先摸剑的呀，你这宝剑天生有辨别阴邪之力，说不定是因为我体内的阴气太重，所以才让它应激了。"薛茗愣愣道，"日后我小心点，不碰它就行了，况且我这身体的状态已经开始好转，用不了多久应该就会好了。"

燕玉鹤道："难免有下一次。"

薛茗见他神色如常，似乎根本不在乎毁剑一事，连半点遗憾的情绪都看不到，不知道是真的对这把剑毫无感情，还是在故作坚强。她挠挠头，问道："可我听他们说这剑你打小就不离身，现在毁了不心疼吗？"

燕玉鹤低头给她包扎着伤口，回道："从前它与我灵识共通，受我驱使，自上次与百鸦一战后它剑体受损，便无法再感知我的灵识，已经无用了。无用的东西，留着作甚？"

从前燕玉鹤很喜欢这把剑能够辨别邪魔的能力，这让他在除妖邪的时候极其方便，可轻松辨认任何邪魔的伪装。

只是这份喜欢，从那日天雷降落，薛茗昏睡在他怀中，剑却发出嗡鸣开始，就有了动摇。

这把剑无法再与他神识共通，因此将薛茗视作妖邪，曾不止一次地散发出凌厉剑气，试图攻击薛茗。燕玉鹤也尝试过很多次，每次擦剑其实都是在试图与剑重新建立神识连接，只是无一次成功。

薛茗对这些一无所知，她似乎喜欢这把宝剑，每次他拿出来的时候，她总是躲在不远处睁着一双黑溜溜的杏眼，自以为很隐蔽地偷看。实际她却不知，这剑时时刻刻都在震响，想要薛茗的性命。

"你说，我有没有学剑的天赋？"那时薛茗躺在床上，脑袋枕着手，跷着腿来回晃悠，玩笑一般地问他。

燕玉鹤回道："日后教你。"

薛茗高兴地说："那我可以用你这把剑学吗？"

燕玉鹤看着手里不断轻颤着，想要薛茗性命的剑，没有回应，换来了薛茗一句嘟囔："小气鬼。"

他原想着是剑伤了，所以才会如此，于是送去给晴朝帝君修补，本想着日后还有别的方法，能慢慢化解这个问题，却不料昨日推开院门进来，就看见了薛茗站在院中哭，手里涌出刺红的血液，染得衣裳到处都是。燕玉鹤只感觉当时绷在脑袋里的一根弦断了。

他看着薛茗哭得通红的双眼，覆满鲜血的手掌，开始后悔。若是他果断点，早在这把剑第一次对薛茗展现出杀意的时候就将它砸断，薛茗就不会因它受伤。

尽管他在得到剑被送回的消息后第一时间赶回来，却还是没想到在这么短暂的空隙里，薛茗就会被这剑伤害。然而幸运的是薛茗只是伤了手，如若这一剑伤在脖子上，则必死无疑。燕玉鹤想，此剑留不得。

薛茗说："既然是它对我有敌意，那我在身体好之前避着它点就行了呗，这样砸了，岂不可惜？"

"你是半人之体，身体里天生有一半非人的血脉，与你体内的阴气无关。"燕玉鹤给绸布打上个结，看了看，好似觉得这次包扎得还不错，回道，"兵器千千万万，日后再找别的就是。"

薛茗这下终于听懂了，原来燕玉鹤的佩剑并不是因为她现在身体里阴气太多才对她有杀意，而是对她身体本身就有杀意，从前燕玉鹤尚能用自己的灵识压制它，但自从那一战后剑就开始不听他的指挥。

燕玉鹤是认为有这一次伤了她的手在前，就还会有下一次，所以才将剑给砸了。他是在剑和她之间，选择了她。

薛茗看着燕玉鹤平静而俊美的眉眼，忽然在这一瞬感受到了十分浓烈的情愫，那是来自燕玉鹤身上所散发的情感，让薛茗有一种前所未有的被看重、被在乎的感觉。

她确实没想到燕玉鹤砸剑的缘由竟然是这个，难怪先前有段日子他总是看着剑发呆，估计是从那个时候开始就已经在考虑怎么解决这个问题了。

她敛着轻颤的睫毛，用很小的声音问："那不是你母亲离世前留给你的剑吗？"

燕玉鹤道："剑本身的作用于我来说，比谁留给我的更为重要。更何况，我也从未见过我母亲是什么模样。"

众人提起这把剑，总是会捎带上一句，这是他母亲仙逝前留给他的宝贝。实则燕玉鹤在太虚宗长大，根本没见过自己的母亲，在这二十多年的生活中，他更是鲜少想起那位将他生下来，对他来说却十分陌生的女人。

似乎人们都喜欢给东西赋予情感，尤其是已故之人留下的东西。他们都认为燕玉鹤剑不离手是因为这把剑来自特殊的人，对他有着非凡的意义。然而他们却忘了燕玉鹤性子向来冷清，待人便是如此，更何况是一个物件。从前燕玉鹤觉得这把剑好用，其他的并不在乎，而今他只知道剑伤了薛茗，日后还有可能再伤她，所以下手的时候没有半点犹豫。

“你比剑更重要。”燕玉鹤用一种很是寻常的语气说出这句话，甚至脸上的表情都没什么变化，好像薛茗在他心中的地位，理所当然地比从小伴着他长大的剑胜过许多。

刹那间，好似有一股朝气蓬勃的春风呼啸而来，奔腾地刮进了薛茗的心中，贫瘠的土地在一瞬间开出姹紫嫣红的花，漫山遍野都是盛放的模样，于是云开雾散，金光灿灿。她沐浴在阳光下，置身在花海里，只觉得浑身上下的每一寸都是暖洋洋的，鼻子里充满着各种花香，汇聚在一起，竟全然都是香甜的味道。

这一刻薛茗还是承认，先前她有些嘴硬了。她说自己渴望被爱，但没有也无所谓，其实并不是。人类本就是非常惧怕孤独的生物，寻求同类的情感是人的本能，就像人们天生追寻火种一样，一旦被温暖的火光照耀过，就难以再忍受黑暗冰冷。

薛茗是在无依无靠中长大的孩子，在漫长的人生道路中，她需要看各种各样人的脸色。幼年时是院里的那些大孩子和院长，稍微有一个眼色不对劲了，薛茗就会缩着脑袋乖乖离开；上学时是身边的朋友，没钱花的时候很多东西她都是靠借，借学习资料，借学习用具，一旦朋友语气表现出不耐，她就赶忙说会将借的东西尽快归还；上班时是同事和上司，秉着多一事不如少一事的想法，她总是在工作中多做一点，不是为了讨好谁，而是想让自己的生活更加平静。

薛茗看眼色的功夫早就炉火纯青，曾经落在她身上那些不怀好意的目光，挂在嘴边的“喜欢”啊、“爱”啊带着什么样的目的，她都心知肚明，只是大部分时间都乐意装傻，表现出什么都不懂的样子。

那夜九死一生，闯进燕玉鹤的荷塘小屋，在慌乱狼狈间与燕玉鹤对上眸光时，薛茗从那一汪平静无波的湖水中窥见了点点涟漪，那是燕玉鹤在不经意间所泄露的情绪，也是薛茗生的希望。她懒得细究燕玉鹤留下她是见色起意还是为了其他，原本只想着活着就好，只要摆脱了困境她就可以随时抽身而去。

但不知从何时起，燕玉鹤停留在她身上的目光越来越久，身体也与她越靠越近，好几次在睡梦中，她都隐约感觉有人牵起她的手，或是拥住她的腰身，醒来时燕玉鹤仍是那副冷淡平静的模样，只是会习惯性地牵起她的手，或是耐心回应她每一句话，每一个眼神。

那种从细枝末节中溢出来的眷恋尽数呈现到了薛茗面前，此时她后知后觉，燕玉鹤从不宣之于口的喜欢已经化作千万条藤蔓，从她的心底扎根，生长，然后将她死死地缠住，只要薛茗轻轻一动，便会牵动成千上万根名为情愫的枝蔓，随后就是震耳的哗然。

很奇怪，薛茗在经历了很多不幸的事和很多糟糕的人际关系后，仍对这个世界满怀期待，相信自己在将来一定会被爱。

薛茗将手收回，指尖在包扎得厚实的手掌上轻轻摩挲着，只觉得掌心里痒痒的，那点痛意也全都消散了，她望着燕玉鹤，问道："你这几日，都没能坐下来与我好好说一说话，我还有些话想跟你聊一聊。"

燕玉鹤却道："没必要。"

"嗯？"薛茗满脸疑问，"什么没必要？"

"你那些话，没必要说。"燕玉鹤偏过头去，眼睛不知落在何处，语气有些生硬。

薛茗看着他的侧脸，仍旧白俊如昔，只是英气的双眉往下压，眉眼笼罩着沉郁之色，使得整个人看起来都阴沉不少，似乎带着隐怒。她道："我都还没说，你怎么知道我要说什么？"

"无非是要离开我的那些话。"燕玉鹤说到这里，那些藏在暗处里的怒一下子浮上来，冷声道，"绝无可能。"

薛茗一下子愣住，怔然道："我没说要离开你啊。"

燕玉鹤的脸色却并未缓和，显然是根本不相信薛茗的话，周身如覆霜雪般坐在那儿，连带着周围的空气都变得冷飕飕的，他沉声道："那日在师父面前说会自行离开，天大地大总有容身之处的人难道不是你？"

薛茗心中暗惊，想起当时燕玉鹤的师父让她畅所欲言，说燕玉鹤听不到，她才说的那些客套话，没想到竟然是让他师父给摆了一道，合着当时站在窗外的燕玉鹤其实都听见了这些话。她顿时觉得头大，解释道："那些只不过是对你师父的应付之言，算不得真。"

燕玉鹤道："你屡次在我面前夸赞柳梦源生得好，性子招人喜欢又是为何？你是想告诉我，他也可以给你渡阳气，同样得你喜欢是不是？"

薛茗大喊冤枉，只觉得燕玉鹤像在醋坛子里闷了好几日，真是酸到了骨子里，她道："哪有屡次？我不过才说了两回，况且他是你师弟，我把他当作弟弟看待才会夸他，你怎么会这样想？"

燕玉鹤道："是你自己说阳气你随便找个男人都能补，不是非我不可。"

薛茗的心像是被戳了一下，按下去一个坑，难言的滋味在心中蔓延。她想起来这话是什么时候说的了，就是那时候她误会燕玉鹤想剥她的魂，所以才会在逃走之后对燕玉鹤说了这番话，当时本就在气头上，故意气燕玉鹤才会如此，倒并非出自她的本心。却不想燕玉鹤记那么久，耿耿于怀。

“我没有这意思。”薛茗说。

“你昨日跟我说的那些话，无非是想暗示我，你不在乎与我分离，便是一拍两散，你也即刻能接受，所以你不愿与我成婚，打的便是随时就能离去的主意。”燕玉鹤转头，墨黑的眼眸紧盯着她，淡声说，“那我便告诉你，我不认可也不接受，现在你不愿与我成婚，那就一直等到你愿意为止。这天下广袤无垠，你想去任何地方都可以，但必须由我作陪。”

常年寒冰不融的雪山终于裂开了一条缝，流淌出了名为偏执的雪水，虽冰冷却也澄澈干净。

燕玉鹤绝非善茬，虽然他看起来情绪稳定，对一切都漠不关心，但实则心里也有一定程度的扭曲，偏执到了他既认定，便不会轻易放手的地步。这几日他怕是没少自己琢磨，表面上看起来还算正常，实则内心拧成麻花，一改往日平静的样子，酸涩又冷硬，连话里都沾上了怨气。

但其实两人当中也不算产生误会，薛茗昨日说的那些话，的确含有暗示的成分。毕竟位列仙班不是可以用一笔钱、一辆车或是其他有限的东西来衡量的，那代表着光明敞亮的未来，是不可比拟的前途，好像众人都觉得薛茗会成为他的阻碍，薛茗只是不想给燕玉鹤造成负担，想让他做出自己的选择。

她往前坐了些许，握住燕玉鹤的手背，将他的手指捏在掌心里，慢声说：“对不起，我承认我之前是想过要离开你，但也是基于你的选择才产生的想法。你这师门上下都在说你要位列仙班，得道飞升，而我终究是个寿命有限的凡人，就算你我真能相爱一生，厮守到老，撑死也就百年光阴，或许你还可以寻找无数个我的转世，但是今生的薛茗只能拥有一个你。我这几日都在想，如果你飞升去了天上，认识了许多漂亮的仙女，有了新的生活，那我好歹也能体面地跟你说再见，是不是？”

“我是喜欢你啊，我心里特别希望你别去天上，留下来一直陪着我。”薛茗弯了弯唇角，让自己露出一个轻松的笑，说，“你不仅长得好看，又那么厉害，还喜欢我，对我那么好。你知道吗？从来没有人对我那么好，我哪里舍得放手呢？可我又无法干预你的选择，那你要是执意飞升，我也不可能一哭二闹三上吊地强迫你留下来。”

薛茗早就习惯了放弃，不为自己争取，好像这样顺其自然就能生活得更舒心一点，说是窝囊也好，是与世无争也罢，这的确是薛茗一直以来的生存法则。实际不过是怕争了之后又落空，徒让自己伤心难受罢了。

“我何时说过要飞升？”燕玉鹤反手攥紧了她的手指，沉着嘴角道，“回山的当日，我就已经向师父禀明放弃位列仙班。”

“什么？”薛茗惊愕，“你早就做了选择？为什么？”

“大道三千，成仙之路数不胜数，我又何缺这一个封赏？”燕玉鹤说这话的时候，尽管没有刻意表现，但眼底那股子倨傲还是显露出来，转而瞥了薛茗一眼，又道，“我若飞升上界，岂非正让你寻个机会去找其他人给你渡阳气，绝不可能。”

薛茗一时哭笑不得，忽然发现这些日子她跟燕玉鹤所顾虑的根本不是同一件事。

她以为燕玉鹤这几天心情不佳，情绪看起来沉闷是在选择中两难，实际人家压根就不在意，他似乎对飞升一事早就有着稳操胜券的信心，不是这一次，也有下一次，不过是时间的问题。

先是燕玉鹤说天下修行之人皆是为了成大道，其后又是他师父表示成仙难得，再者宗门内的其他弟子也都认为燕玉鹤肯定不会放弃这次机会，导致薛茗从一开始就受了外界的影响，认为这次飞升的机会对燕玉鹤来说是千载难逢，属于可遇不可求之事。

可燕玉鹤这几日的烦闷，全来源于她那天所说的要离开的那些话。又是吃醋，又是生闷气，甚至拒绝与她交流，今日砸了剑，怕是出了一口恶气，才将心中的不满说出。

薛茗心想，这锯嘴葫芦生气的时候，倒还挺可爱的。她体内是阴气多，燕玉鹤体内是闷气多。

“好了好了，别生气了，我又没说什么，是你自己想那些有的没的，让自己生气。”薛茗用包成馒头的手抱了抱他，在他背上轻拍两下状似安慰，然后埋在他的肩头闷声笑了一会儿，接着问他，“那日后你有什么打算？”

燕玉鹤的脸色已经好看许多，尤其在薛茗说喜欢他之后，身上的郁气也散去，变得平和：“今日将所有事情忙完，带你下山。”

薛茗问：“去哪里？”

“我带你去修炼。”燕玉鹤道，“只要像那人参一样修炼成功，便可将寿命延至千年万年，总有飞升的时候。”

薛茗一喜，同时还有种不真实的感觉，恍然道：“原来我真的已经无法变成正常人了，先前我一直以为只要体内的阴气消散，我就能恢复正常呢。”不提就会忘记，她这身体本就是“混血”，半人之躯，所以她在诡域的时候可以香喷喷地吃阴气做的饭，站在万魂之中而不被发现是活人。她可以站在阳光下，也可以在阴间自由穿行，早就不是寻常凡人。

燕玉鹤有燕玉鹤的打算，薛茗也有薛茗的想法。她靠在燕玉鹤的肩头，从怀里摸出一个东西，然后拿起他的手，将一个东西套在他的中指上。

“这是何物？”燕玉鹤低头看着，就见那是个草苗编成的戒指，上面还插了一朵指甲盖大小的，红色的小花，颜色十分艳丽，点缀在修长白皙的手指上颇为漂亮，尺寸刚刚好。

薛茗又摸了一个，戴在自己手上，说：“送给你的定情信物。”

他想起前天晚上睡觉时，薛茗鬼鬼祟祟爬起来说要喝水，实际蹲在床边对他的手指又看又摸，不知道在干什么。燕玉鹤当时并未追问，只以为她喜欢自己的手，如今看来，当时应当是在估摸着他手指的尺寸。

“有什么用处？”燕玉鹤又问。

“没什么用处啊，就是一个小玩意儿而已。”薛茗伸手看了看，笑着说，“我编着玩儿。”

其实是薛茗先前想着，如果燕玉鹤选择了她，她就把这戒指送给燕玉鹤，虽然这草戒指没有任何财富上的价值，但承载着她那对别人来说或许是廉价，对她自己来说却是唯一且诚挚的真心。

先前嘴上还说着无用的东西留着作甚的燕玉鹤，此时却若无其事地将手放下，任那个看起来并不精致的草戒指戴在手上。

所以说人长了一张嘴，就是用来吃和沟通的，坐下来不过聊一聊，两人的心情都有了巨大的转变，一扫这几日的阴霾。燕玉鹤起身说出门，将最后一点事给办了，晚上就带她下山。

薛茗在房中乐了一会儿，再出去的时候已是满面春风，嘴角带着无意识的笑容，来到正堂时发现只有一个女弟子等着。她询问其他几人去了哪里，就听那姑娘说柳梦源大受打击，当场晕了过去，被其他几人抬走就医去了，她则留下来特地与薛茗交代一声，免得几人失了礼数。

薛茗想笑，但是又怕显得她幸灾乐祸，便正色说了几句，让这姑娘代她向柳梦源宽慰宽慰。女弟子应了好，临走前压低声音对薛茗劝道：“薛姐姐，今日大师兄砸剑一事你也别挂怀，其实你今日说自己的手被剑所伤时我们都意识到，那剑本是与大师兄灵识共通，它伤你定不是大师兄的本意，当是那剑自身在排斥你，所以大师兄砸了剑也挺好，免得下次再伤了你。”

薛茗心中一暖，玩笑道：“谢谢，我已经知道了，日后我努力给你大师兄再找一把好的剑。”

女弟子点点头，又与薛茗说了几句，便起身告辞。

来山上也没几日，东西自然是不用收拾的，待到月亮高挂之时，燕玉鹤乘风而归，带着薛茗就这么下山了。

山路铺了地砖，一层层蜿蜒向下，头顶便是繁星满天。燕玉鹤提着灯走在前面，薛茗与他并肩而行。刚走没多久，也不知是怎的，薛茗的脚被绊了一下，险些摔倒，幸好燕玉鹤扶得及时，其后再往下走时就默不作声地牵住了她的手。

夜间的风景宜人，万籁俱寂，清风也凉爽。薛茗看着漫天稠密的繁星，只觉得天地如此宽广，一阵阵风吹进了心里，也满是豁达之感，好像那些难挨的日子皆已远去，再也不会纠缠她。

薛茗一心二用，抬头欣赏着繁星的时候，脚步自然就慢了下来，与燕玉鹤错了一步的距离，被他拉着走。

“以前见不到这样的风景。”薛茗扬着脑袋说，“我们那里的夜晚已经没有这么亮的星星了，我有时候打工到深夜，走在路上想抬头看看星星也看不见几个，要是每天晚上的风景都这么好看，我以前工作完也不会着急那么快回家。”

燕玉鹤虽没有应话，却抬手招来一股风，吹得四周草木东歪西倒，随后便有点点萤光飘浮起来，密集地涌现在道路两边。薛茗细细看去，发现这些都是萤火虫，散发出的光芒像是星星落下来一样，放眼往下看，竟是密密麻麻汇聚成河，形成了望不到尽头的繁星之路。

薛茗对这样的场景完全没有抵抗力，惊叹地瞪大眼睛，满心都被这样的美景震撼，一手被燕玉鹤牵着，一手去抓那些飞来飞去的萤火虫。

身陷淤泥困境时，薛茗总觉得生活烂透了，属于她的人生也不过是一团泥巴，毫无光芒可言。可她又是很容易被治愈的人，一份好吃的甜品，一杯好喝的奶茶，以及任何带着幸运属性的小事又会让她觉得生活还是很美好的。

她认为芸芸众生中，与她相同的人数不胜数，大家都是这样，一边被生活伤害，一边被生活治愈，在痛苦中感受美好。

人们总是被生活所困，但又在感受到一丁点的幸福时不计前嫌地想，活着可真好呀！

薛茗大声宣布：“我要活一千年一万年，当一个老不死的妖精。”

燕玉鹤虽然觉得这话并不好听，但还是在前面应道：“好。”

话音刚落下，前方突然显出刺眼的光芒，薛茗的眼睛被刺了一下，下意识用手挡住，等再睁眼时，就看见面前不远处的半空中飘着神色阴沉的水曦和两个年轻的男子，看起来来势汹汹，十分不善的样子。

薛茗吓得双腿一软，此刻很像是跟男同学在晚自习下课后牵着手，在操场的暗处散步时被年级主任的超强手电筒锁定的小年轻，本能地害怕起来。

燕玉鹤倒镇定得很，朝师父和两个师叔行拜礼。

“燕玉鹤，你现在长大了，翅膀也硬了，忤逆师长的事都做得出来？”水曦严厉的声音砸下来，重重落在两人身上。

这声音并不响，但不知从何来的威压，让薛茗心中一震，不自觉地低头躬身，仿佛下一刻就要高举双手求饶。

燕玉鹤道：“弟子不敢。”

“你不敢？”水曦冷声道，“你都敢拒绝天之封赏，放弃位列仙班，私自下山，还有什么是你不敢的？”

燕玉鹤回道：“弟子并未私自下山，已写了请离书放至师父的桌上。”

水曦厉声斥责：“我没看见，便是没有。没得我亲口批允，谁准你下山？”

燕玉鹤看起来尚是情绪平稳，薛茗却早已吓得不行，缩着脑袋站在边上，生怕这批评落在她的头上来。

“弟子往日下山都是如此，不知师父何时改了规矩？”燕玉鹤回道。

水曦大怒，冷笑一声道：“看来是如今的太虚宗容不下你了，若我说你今日敢拒了天恩下山，日后我便没有你这个徒弟，你当如何？”

边上的两个男子听闻，便齐齐朝水曦劝道：“师姐，不可冲动。”

“是啊，赤霞向来是懂事听话的孩子，一定分得清轻重缓急，该让他好好想想才是。”

话说到这份上，薛茗也顾不得装乌龟了，虽说这是他们师门之内的事，但终究也有她的参与，于是她顶着教导主任般严厉的目光，壮着胆子道：“仙长，您先不要生气，有什么话大家坐下来好好商议就行……”

水曦瞥她一眼，虽眼风不厉，但薛茗仍是像被敲了一闷棍，硬着头皮将剩下半句话说完：“燕玉鹤有自己的打算的。”

此时燕玉鹤忽而撩起外袍，跪了下来，微微低头道：“师父，赤霞在太虚宗长大，从未生出过离开师门的念头，但大道之路我只信自己，就算师父日后不认我这个徒弟，我仍将自己当作太虚宗的弟子，得召便回，不召便在人间以除恶诛邪为己任，宣扬太虚宗之宗旨，保人间安宁。”他一番话说得不卑不亢，语气平缓镇静，虽是跪着，却没有半点要低头的意思，坚定自己的决心。

水曦并不表态，反倒是两位师叔摇头叹息，痛心疾首。

“这么说，你是下定决心要为这凡人女子放弃光明坦途？”水曦问道。

“并非放弃，只是将时间往后推而已。”燕玉鹤道，“成仙之路千千万万，我心悦之人，只此一个。”

薛茗非常感动，想要飙泪，但水曦三个人还压在头上，她不敢乱动。

“他为你如此牺牲，你作何感想？”水曦将目光落在薛茗身上，语气冷硬道，“你当真如此自私，让他前程尽弃，只与你享乐这几十年的短暂光阴？可曾想过日后他生了后悔的念头，因此怪罪于你？”

燕玉鹤听闻，马上就想反驳，却被水曦抬手施了个诀法：“噤声。”

萤火虫尽数落回草丛，似乎连风都停止了，周围静谧无声。水曦三人身上散发着微光，浮在半空中，居高临下地看着薛茗，这副模样给她的心理造成了巨大的压力。

燕玉鹤用黑眸看着她，往常平淡如水的眼眸此刻却搅乱了，隐隐有着烦躁之色。

虽然不合时宜，但薛茗觉得她和燕玉鹤此刻好像变成了不被家庭认可的苦命鸳鸯。

如此想着，她也跟着跪了下来，对着水曦道：“我尊重燕玉鹤的决定和想法，不曾有过干涉，而且他在做决定之前并未与我商量，所以你说我自私，我不太赞同。但是话又说回来，我的确是有私心。我前半生过得并不好，总是患得患失，孤独而行，从不敢主动去争取什么，害怕被那些我所期待的东西伤害。可燕玉鹤与别人不同，我舍不得他这样离开，我想努力争取他与我在一起，我并不是想让他放弃什么光明前途来选择我，只是希望能留住我喜欢的人，我不觉得我有错，如果仙长有什么更好的方法，还请指教一二。”

水曦问：“如此说来，这便是你们的决定，日后做一对寿命只有几十年的凡间鸳鸯，你们也不悔？”

燕玉鹤道：“不悔。”

“我也不悔。”薛茗摇摇头，又补充道，“我其实很高兴，只是希望仙长不要责罚燕玉鹤。”

沉静片刻后，忽然有笑声传来，薛茗大为惊讶，抬头一看就见原本还神色严厉的三人，此时都笑开了花。水曦更是一改刚才凶巴巴的模样，笑着对二人道：“都起来吧。”

燕玉鹤神色平淡，单是听着这笑声顿时什么都明白了，起身的同时将薛茗也拉了起来，说道：“师父，劳烦你这么费心思。”

“哼。”水曦轻哼一声，说道，“你当我全是为了你不成？”

薛茗尚满脸迷茫，不知道发生了什么事，只觉得那压迫的气息全然消失，像是导演喊了一声“卡”，演员们完全换了副模样似的。

“帝君，请现身吧。”水曦在此时说了一句。

继而天光大盛，瞬间好似朝阳升起般明亮如昼，只见晴朝帝君踏云而出，身后竟还跟着个薛茗熟悉的人。

晴朝帝君身着金橘交织的仙衣，手臂挂着莲花色的飘带，头戴紫金宝冠，长发飘飘，较之上次见面截然不同，十足的天官模样。他身后跟着的，便是那日一别便许久不见的鹿蛮，此时也穿得非常显眼，像个小仙童似的，正冲薛茗笑。

薛茗没说话，满脸都是“发生什么事了”的茫然样子。

晴朝笑眯眯道：“燕生薛女，潜心修炼，侠义行世，诛杀万千恶灵，护佑阴阳两界安宁，立头等大功，受封天恩，得道飞升。”

话音落下，薛茗都还没反应过来，就见晴朝不知用什么东西在她两眉之间点了一下，继而一股强大的灵气贯穿全身，金光自四肢涌出，刹那间身体变得轻盈如羽，浑身上下都充盈着灵气一般。转头一看，就见金光在燕玉鹤周身流转，衣袍翻飞间，他整个人气质大变，仙气飘飘，气度凛然不凡。

“恭喜恭喜。”晴朝拱手，对燕玉鹤笑道，“此后天界又多了一位武神，那些妖邪再敢作恶，可要多掂量掂量了。”

燕玉鹤颔首道谢，转头看向薛茗，正给了薛茗询问的机会，她拉着燕玉鹤小声问：“究竟是怎么回事？我这是也受封成仙了？”

还不等燕玉鹤回答，鹿蛮就凑上来，对她道：“其实你是在这次诛杀名单的首位，但途中出了些意外，天道留了你一线生机，但你身怀一半魁皇血脉，为阳间所不容，对天界来说终究是隐患，索性便点化你飞升成仙，搁在眼皮子底下才安心呢。”

“喀喀，不可胡言。”晴朝啧了一声，说道，“天界怎么会如此小心眼，是她本身立了大功才得以点化。”

“那为什么一开始不告诉我们呢？”薛茗茫然地看向水曦，投去寻求答案的目光。

“水元君是认为你们二人之间还欠缺一个考验，便让我隐瞒了此事。”晴朝道，“如此折腾也挺好，倒瞧见了你们的真心，实在难得。”

薛茗被说得耳朵有些红，做不到燕玉鹤那种坦然的厚脸皮样子，只能挠着耳朵，用假动作掩饰自己的羞赧。

水曦便笑着对薛茗道：“你这丫头，我看你第一眼就知道你生性怯弱，喜欢逃避，遇到阻碍的第一想法就是放弃。倘若不是这般折腾一番，你又如何窥见这小子的真心，又如何能朝他迈出一步？总是放弃，只会将想要的东西越推越远，你争一分，便有一分的希望。赤霞性子有缺，有时偏执在心，又相当死心眼，决定了的事、认定了的人便不会轻易放手，倘若你们二人不互通心意，将来可有得苦头吃。你且记住，不管你爱之物还是爱之人，日后可别再轻言放弃。”

薛茗醍醐灌顶，明白水曦安排这一出的用意。薛茗的确是这样的人，她在这几日想了很多，早就做好了燕玉鹤飞升，她自己下山谋生的打算，本性还是退缩。即便她总是能从燕玉鹤的一举一动中窥见他的心意，却还是无法自信地去张口挽留，数次说要与他聊聊，其实也没有做好准备开口。

而对于燕玉鹤来说，他也需要明确薛茗的心意，此前说的话、做的事，总是让他患得患失，连着几日说自己忙避开与她交谈，也是不想从她口中听到离开的话。

这个考验针对的是他们二人，两人既没有刻骨铭心的纠缠，也没有与生俱来的羁绊，于是情意的坦诚就显得尤为重要。燕玉鹤必须窥见薛茗的心意才能消解患得患失的心情，软化心中执拗的想法；而薛茗也要学会对爱人有占有之心，不是被动地等人做出选择再黯然放手。

薛茗不知道为什么，看着水曦亲切的笑和长辈般叮嘱的话，竟有些想哭，眼里涌出了热泪。她咧嘴笑了笑，本想化解一下哭意，却还是没防住泪水从眼角滑落，因为从来没有人对她说过争取之类的话，也没有长辈叮嘱她该如何如何。人生之路向来是她自己摸索着前行，由一个个疼痛的教训组成，如今却有人愿意费周折教会薛茗如何通过爱别人来爱自己，如何去争取自己想要的东西。

她匆忙抹去了泪，对水曦鞠躬，认真道谢：“谢谢仙长。”

“小事儿罢了，这小子毕竟是我从小带大的徒弟，我也不能看着他整天满身怨气，像恶鬼附身似的，大义灭亲把师弟都派出去流放三年。”水曦笑呵呵道，“你们的日子还长，往后慢慢走就是了。”

两个师叔也各自说了些勉励的话，其中有一个不知怎么想的，还提出想收薛茗为徒，表示这样太虚宗就出了两个得道飞升的弟子，十分有面子。但被燕玉鹤当场拒绝，说宗门内不可通婚，拉着个脸对师叔想收薛茗有很大的意见。

最后燕玉鹤与薛茗行礼，拜别水曦等人，仍是往山下去了。

鹿蛮送了他们一段路，薛茗与她聊了之后才知道，当时天雷劈下之后她才知道燕玉鹤等人的计划，匆匆离开诡域，谁知正巧遇上了押着百鸦回去的晴朝帝君。鹿蛮路见不平，对百鸦好一顿骂，气得百鸦抓头挠地，晴朝大喜，又见她是个修行之人，干脆将她收在座下，并希望她每天骂百鸦一顿。

鹿蛮说日后还会在天界相见，于半山腰向二人道别，剩下的路则是燕玉鹤牵着薛茗走。

天地仍然广阔，燕玉鹤牵着薛茗行走在繁星之下，静谧的夜色笼罩二人，方才的飞升封赏似乎只是一个小插曲。薛茗没觉得自己变成了仙有什么不同，心境竟莫名其妙地平静下来，燕玉鹤更是如往常一样，看不出分别。

但横亘在二人之间的问题在悄然中消弭，两只戴着草戒指的手交握在一起，像贴在一起的两颗心，再也不会分离。

薛茗笑着问他："燕玉鹤，我们要去哪儿呢？"

燕玉鹤安静地回道："天下这般大，你想去哪儿，我便陪着你去哪儿。"

总之前路漫漫，薛茗不会再是孤单一人。

番外一 燕玉鹤

1

燕玉鹤头一次下山历练时，方十五岁。他斩的第一只邪祟，是一个喜欢俊美皮相的男子。

此男子在生前曾对一个青楼女子一见倾心，倾家荡产前去为她赎身，二人也曾过了一段美满幸福的日子。只是好景不长，邻舍几个恶人见男子娶得美妻便极其嫉妒，心生歹念，先是设计害死男子让他葬身火海，又意图强占他的妻。那女子不肯屈服，却又无人相助，求人无用，最后不得已又回了青楼去。

男子死不瞑目，修炼数年杀了那几个将他害死的人，再去寻妻子时发现这女子已接手了老鸨的位置，因生得美艳也经常受恩客追捧，只是她挑挑拣拣，只接待皮囊好的恩客。男子被火烧毁了容貌，去了几次皆被赶出来，最后便杀了个面容白俊的书生，剥了皮自己套上，前去与曾经的爱人再续前缘。

只是人皮终究有腐烂的时候，男子只得不断杀人更换自己的皮囊，待燕玉鹤找上门的时候，身上披着他杀的第三人的皮。

与燕玉鹤同去的还有个胡子花白的老道，见那男子浑身烧得惨不忍睹，跪地哭喊，模样十分凄惨，又念及他被恶人所害，死得冤枉，便对燕玉鹤劝道："小兄弟，他恶念由情而起，不过是一时被痴情蒙蔽了双眼，才做下这些错事，不如剑下留他一命，将他送去冥界交由阴官定夺。"

燕玉鹤听完并未回应，手起剑落，将他斩得魂飞魄散，这才说道："其罪当诛，凡事若都以痴情为由作恶，天下岂非大乱？"

老道也并未生气，只是捻着胡子笑道："小兄弟，你年岁尚小，不懂'情'之一字的威力，来日你碰上了它，便是万般道理也要因它而妥协。"

彼时燕玉鹤的身量已经很高，只是脸上稚气未脱，敛着冷漠的眉眼，淡声道："绝无可能。"

在其后的游历中，燕玉鹤曾不止一次遇上这样的情形，或男或女，为爱行恶，飞蛾扑火。燕玉鹤没有一次手软，只要手中的剑震响，便会毫不留情地斩杀。

二十岁回山时，水曦给他办了及冠礼，冠字赤霞。

太虚宗并非道家门派，是以宗门内并不禁男女之情的相关话题，只是燕玉鹤六根清净，一心一意以修行为主，倒衬得他师弟柳梦源好吃懒做，怠于修炼，整日拿着民间的那些写着情爱的话本傻乐。

柳梦源有些小性子，跟燕赤霞差不多，在很小的时候就被带来了宗门，生性依赖别人。年幼时尝试与唯一的师兄亲近，却发现师兄比雪山还冷，不爱搭理人，柳梦源的小心脏屡次受伤之后便习惯了他的性子。师兄下山不在的五年，他逍遥自在，师兄回来之后他便继续当牛做马。

同年，宗门师叔从山下带回来个年轻姑娘，收作徒弟，名唤姜箬鸣。柳梦源平日里也寂寞，又见这小师妹瞧起来性子乖巧，脸上带着初入陌生环境的怯懦，便十分热情地带她在太虚宗熟悉地形。

谁知正赶上燕玉鹤从外面回来，往常对师弟视而不见的他此次却在打了个照面后停住脚步。柳梦源揖礼打招呼，抬头一看，就见师兄正盯着身边这个新来的小师妹。

这是燕赤霞与姜箬鸣的第一次见面。

此女生得极其貌美，长了一双蛊惑人心的狐狸眼，面容雪白又红润，鼻子上有一颗黑痣，使得整个脸媚气横生，昳丽明艳。她半藏在柳梦源的身后，探出一双怯生生的眼，水润的黑眸像是害怕燕玉鹤，却又努力与他对视。

"师兄？"柳梦源见燕玉鹤不动，疑问道，"怎么了？"

燕玉鹤看着姜箬鸣，目光淡漠。从外表看去，这少女不过是一个容貌出众的寻常姑娘，或许是因为有天资在身才被带来宗门修行，此刻还是未入道的状态，于是一身的凡尘气息，看不出任何问题。但他的剑却在嗡鸣震响。

片刻后，燕玉鹤抽剑的同时，身形猛然一晃，刹那便来到了姜箬鸣的面前。在柳梦源惊愕的目光下，燕玉鹤的剑柄狠狠撞在姜箬鸣的侧颈处，只听一声凄厉的惨叫，姜箬鸣犹如断线的风筝整个飞了出去，重重摔在树上再落地，不过简单的一下，已是只剩一口出的气。

"师兄！你这是干什么？！"柳梦源吓了个半死，又不敢对燕玉鹤吼，只得赶紧跑到姜箬鸣身边查看她的伤势，又道，"这是二师叔新收的徒弟，你突然出手将她打伤，定然要被师父狠狠责罚！”

燕玉鹤不应声，锐利的目光落在半死不活的姜箬鸣身上，冷声道：“待我再出手，便不会再用剑柄，还不现出原形？”

“师兄！”柳梦源惊叫，害怕他再动手，赶忙护住姜箬鸣。

燕玉鹤却是一副十足冷血的模样，等了片刻见姜箬鸣没动静，于是双指并起，心念一动，剑刃翻飞至半空，散发出微弱的金芒，疾风般朝姜箬鸣冲去，直指她的头颅。

便是十个柳梦源抱在一起也是挡不住这一剑的，然而关键时候水曦突然现身，折了一根树枝将这一剑挡了下来，厉声呵斥燕玉鹤停止伤害同门师妹的行为，带去了大堂审问。

燕玉鹤只信剑，不信人，认为姜箬鸣身上有问题剑才会震响，并不向水曦认错。其后水曦拿出了宗门宝贝——照阴镜，在姜箬鸣身上试探，照出的仍然是寻常模样，不曾有半分邪气。

如此一来，燕玉鹤便是犯了大错，他那二师叔约莫早就看他不惯，此时更是抓准了机会，要水曦以鞭刑罚他，誓要去他半条命。可水曦到底也是看着燕玉鹤长大的，自然不会为了一个刚进门的人去要自己大弟子的半条命，便罚他下山除妖邪以偿罪，不召不得回山。

燕玉鹤下山，一去就是六年。六年间他走遍大江南北，除恶无数，声名鹊起，成为令诡界闻风丧胆的人物。

直到他斩了魁皇，太虚宗才传来了召他回山的消息。回到太虚宗后，燕玉鹤才知姜箬鸣杀了她师父和另一位师叔，抢夺宗门至宝，打伤数十弟子叛逃下山，如今不知去向。水曦与晴朝帝君坐在堂中，向他说明事情原委，将此次引天雷诛杀姜箬鸣的计划交在他手上。

虽然已经过去六年，但燕玉鹤临走时还是对水曦道：“先前那一剑，我并未出错。”

水曦知道是自己这徒弟还小心眼记着仇，便先认了错，又道他这些年诛邪无数，功德圆满，再将此次的事办成，多半是可以飞升得道，叮嘱他认真行事，切莫大意。

下山前，柳梦源特地来为师兄送行。他兴致勃勃地告诉燕玉鹤，他昨日起了一卦，算的是燕玉鹤的姻缘。

“姻缘？”燕玉鹤的脸上总算有了些情绪，目光落在柳梦源脸上时，像在看一个无可救药的傻子，觉得应该在临走前向师父讨教一下当初收柳梦源为徒的缘由。在燕玉鹤看来，柳梦源是完全没有必要进山来修行的，他可以去庙前装瞎当一个神棍，做一些不用动脑子也不耗费体力的活儿。

燕玉鹤只惩奸除恶，所以就算碰上柳梦源装瞎行骗，也不会将他捉拿去官府，至少能保持住二人师兄弟的情谊。

当然，这些话是没说出口的，因为燕玉鹤觉得这话一旦说出口，会在下山前与废柴师弟的关系发生恶化。

"是啊！"柳梦源还兴奋地向他分享自己的卦象，说道，"我算得师兄你红鸾星动，怕是好事将近咯。"

燕玉鹤面无表情地擦着剑，思及这个师弟自小体弱多病，决定再忍受一次他的愚蠢，淡声说："不可胡言。"

柳梦源却察觉不到这微妙的气息，只兴奋地向他展示自己的成果，信誓旦旦道："师父说我在窥天机的方面极有天赋，况且我特意记录过，我所出的卦九成为真，这次也绝对没给师兄算错！师兄你这次下山多留心些身边的姑娘，定然能给我带个嫂子回来的。"

燕玉鹤听后，心里只余下"荒唐"二字。他木着一张脸对师弟道："修行时不见得你有这般用心，整日偷懒贪玩，我下山几年回来你依旧没什么长进，师父平日里便是太惯着你，才会让你这般没规矩。今日去水崖跪两个时辰思过，手抄二十遍经书，待我回来检查。"

柳梦源吓到飙泪，举手弯腰给燕玉鹤连连作揖："好师兄，你就饶了我吧，我再也不敢了。"

燕玉鹤料想这个师弟也会投机取巧，或是找师父撒撒娇让她免去惩罚，于是也不再理会，将他赶走。

其后燕玉鹤奉命下山，追杀千里，曾有两次差点逮住姜箬鸣。

只是姜箬鸣是"混血"，身上流淌着凡人血脉，行走在阳间时便是个寻常凡人，再以易面之术遮掩，加之她心思诡谲，实在难以抓捕。燕玉鹤操星盘起卦，算得姜箬鸣会逃去诡域的庙中，也是在此时燕玉鹤才得知，姜箬鸣手中持有百魂旗。

百魂旗原是冥府的宝贝，千年前一场大乱，上任魁皇趁机抢走了百魂旗，炼化为自己的邪器，成立了诡界，自此成为冥府无法解决的祸患。

姜箬鸣为魁皇之女，得魁皇旧部支持，一心想要当新的魁皇，正逢四位大王也在争夺此位，燕玉鹤就找上了玉面大王。斩杀玉面时他身上受了伤，却并未医治，任由阴气侵体，借此扮作了玉面大王。

玉面风流千面，生性谨慎胆小，从不以真面目示人，加上性子阴晴不定，燕玉鹤几乎不需要怎么假装，只往那一坐便能顶替了他的名号。他以玉面大王的名义向其他三个大王送去邀帖，借推选新魁皇之由，召集了阴阳两界的力量在诡域汇聚。

随后他先一步来到庙中，于荷塘的中央暂住，接下来的计划便是等着中元节夜半子时降雷诛邪，杀姜箸鸣不过是顺手的事。

计划虽是如此，但往往赶不上变化，有时意外来得突然，让人措手不及。

姜箸鸣不知怎的察觉了危险逼近，她入庙之后甚至还来不及启动庙中藏着的聚阴阵，只在杀了宁采臣后便匆忙逃离。半道上遇见了带着黑白无常的谷井阑，一觉醒来好像什么都忘记了，茫然地问来问去，与从前判若两人。

谷井阑无法辨别这是姜箸鸣为了活命使的诡计，还是她当真弃肉身而逃，只得先将人带回庙中，同时将消息传给燕玉鹤。

燕玉鹤并未放在心上。姜箸鸣必须拥有极阴之体才能催动百魂旗，她布下那么多聚阴阵皆是为此，绝不可能放弃自己的肉身，不管是她假装失忆，还是当真给肉身换了个芯子，只要将她的极阴之体毁坏，她就翻不出什么风浪。

原计划是如此，只是在那个月明星稀的夜晚，慌张的少女一脚踏入荷塘地界，跑过长长的栈道摔在堂前，完全打乱了计划。

燕玉鹤对自己的领地有着绝对的偏执，便是他离开太虚宗四处游历的几年，空下来的住所也不准有人随意闯入，有几次柳梦源偷偷溜了进去被他察觉，还特地派了绛星回去给他好一顿啄。所以在有人闯进来的瞬间，他就已经察觉。

燕玉鹤站在暗处，加之身上穿着黑袍，没有光线照来时他整个人都隐在阴影中，导致躺在地上的少女完全没有感知到他的存在。

她像是刚死里逃生，倒在地上大喘着气，整个寂静的正堂都是她呼哧呼哧的声音。燕玉鹤不消靠近，光看一个身影的模糊轮廓就知道这便是他追杀许久的姜箸鸣。

燕玉鹤有点想不明白，她为何会闯入这里。姜箸鸣找上他，就等同找死，就算是现在杀了她也无妨，届时到了中元节，照样可以引雷诛邪。

宝剑轻震，他抬步上前，朝躺在地上喘着粗气的少女靠近。她也十分警觉，燕玉鹤只是发出了一个极其微小的声音，她就猛然察觉身后有人，一个翻身坐起来，转头朝他望来。

燕玉鹤在满堂的月光下看清楚了她的脸。那是一张完全陌生的脸，眼睛似乌石覆水，亮得惊人，唇若点樱，红而不艳，苍白的皮肤因剧烈的运动染上红霞，惊慌失措的神色中夹带着劫后余生的怯弱。

此人有着一双与姜箬鸣截然不同的眼睛，浓黑的墨中仿佛映照了澄澈干净的灵魂，让人一眼看穿心底，于是那些惧怕的、警觉的、震撼的情绪皆显露无遗。然而只有这些也就罢了，可搅浑的墨池中，却有一抹向生的蓬勃，直直撞进燕玉鹤的眼中。

清风穿堂过，扑面而来。远处高树的蝉鸣，屋外摇曳的荷花，万物因风而响，因风而息，皆在此刻安静下来，万籁无声。

他只听见剑刃发出剧烈嗡鸣，一声比一声响亮，也震得他手臂发麻；又听见面前少女尚未平息的粗重呼吸，尽管极力压制，却也十分突兀，令人不可忽视；还有一种乱了节拍，不知从何而来，极为轻微的怦怦闷响。

▶2◀

“师兄……我的好师兄，你就相信我吧，给你算得这一卦可谓用上了我毕生所学的本事，就算有几分差错，也错不到哪里去。”

燕玉鹤想起下山前，柳梦源坐在他身边喋喋不休，不时左右变换位置，将那些话灌到他的左右耳中。他认为柳梦源实在不够聪明，不该在他擦剑的时候来烦他，虽说他这把剑专斩妖邪，伤人不深，但一剑扎过去，柳梦源还是要在床榻上躺好几日的。至少他应该有点眼色，别在自己擦剑的时候来烦自己。

念及师父这么多年来只收了他和柳梦源两个徒弟，燕玉鹤收了剑，冷声对师弟道：“我命格中没有红鸾星。”

“怎么可能！”柳梦源瞪圆了眼睛，大声反驳道，“哪有人当真一生不动情的？况且我都已经推算出师兄的红鸾星了，若是没有又怎会算出？”

燕玉鹤直言：“你算得不准。”

柳梦源兴致勃勃而来，领了一顿斥责和跪两个时辰的水崖以及二十遍手抄经书后，气哭着离开，走时撂话：“师兄，你现在不信我也无妨，我算得究竟准不准，待你真正遇到她的时候就知道了！”

待你真正遇到她的时候，就知道了。燕玉鹤看着面前这个满面惊慌的少女，耳中又浮现出这句话。

她的衣袍十分朴素，甚至经过摸爬滚打之后变得很脏，披在身上的墨发光滑如上好的绸缎，隐隐遮住雪白的颈子。她满身戒备，却又一副很害怕的样子，仔细看来身体却是隐隐在发抖，不过仍强装镇定地与他对视。

燕玉鹤想，姜箬鸣的身体，的确换了个芯子。

剑仍在震响，嗡鸣声越发尖锐，那是只有燕玉鹤一个人能听到的警钟，像往常的每一次那样，给燕玉鹤指出妖邪的所在，再辅佐他除妖诛邪。

眼下他追杀近半年的姜箬鸣就在面前，剑的反应极是激烈，急声催促着燕玉鹤，仿佛只要他神识一动，便会立即冲出杀了面前的人。

燕玉鹤低垂着眼，眸子淡无波澜，面色平静。无声的须臾间，他心念轻动，宝剑就立即安静下来，马上停止了震鸣，变成悄无声息的死物。

与此同时，面前的少女也说话，不知为何将两手举在头的两侧，做出一个奇怪的姿势，张口就喊他大哥。

燕玉鹤眸光映出她怯弱的模样，乌亮的眼睛直勾勾盯着他，这样的打量让燕玉鹤觉得不适，心口处尤其异常，不知名的躁意从心底横生。燕玉鹤开口赶人，只想让她快速消失在自己的视线外。

少女俨然将此地当作避难所，不肯离开，说了许多话想要留下来。从这些话中，燕玉鹤迅速判断，她对自己以及周围的环境一无所知，并且毫无能力自保，连一群微不足道的小夜叉都能将她吓成这样。她甚至不知道自身的情况，在体内阳气所剩无几的情况下，竟然反过来要给他渡阳气。

无知。燕玉鹤心道。但燕玉鹤还是将她留了下来，他是想知道此人会用什么方法，以阴盛阳衰的极阴之体给他渡阳气。

在游历人间时，燕玉鹤曾遇到数不胜数的妖邪觊觎他的身体，概因他母亲是天上星君，流淌在他身上的一半血脉使得他的精血、骨骼都是妖邪眼中的宝贝。那些妖邪会幻作各种美丽精致的模样，用各种蛊惑人心的伎俩企图将他吞吃，可燕玉鹤总能一眼识破，完全不受影响。那些手段对燕玉鹤来说，太过寻常，不足一提。

只是人终究不同。她走进来的时候，赤着脚落在地毯上，发出的声音很轻，但燕玉鹤还是第一时间察觉到。她去灵泉泡了许久，浑身上下都洗得干干净净，身上披着不合身的宽大黑袍，衬得皮肤洁白如瓷，面容仍保留着在热水中久泡的红晕，房中的光照落在她身上，将她半露的颈子照得发光，整个人都带着湿淋淋的水汽。

好笑的是，她说自己叫燕赤霞。这事倒是平生头一回遇见。走南闯北那么多年，这还是第一个在燕玉鹤面前冒充他的人，就算是姜箬鸣也不敢在他面前假借他的名讳。

燕玉鹤看着她，心道这人真是蠢得可以，如果将柳梦源拉来与她比试，倒不知是谁更胜一筹。只是燕玉鹤面上没有任何表示，他也懒得开口揭穿，干脆隐去了自己的姓，只告诉她自己叫玉鹤。

她认真地与燕玉鹤商量，有模有样地表示不想他吸太多阳气，说话时水润的眼睛带着恳切，紧紧盯着他，红唇轻启间，露出些许白白的牙齿。

一举一动，任何神情细节都落在燕玉鹤的眼中，他想，或许她是真的不知道自己身体里没有多少阳气了，她正用自己局限的认知谋生路，并且把他当成一个脾气温和，好商议，并且对阳气十分渴望的邪祟。

燕玉鹤没必要解释这些，加之他本身就话少，更懒得费口舌，对于她说的话皆应好。

她以生涩的动作，带着拘谨靠近，温暖柔软的唇贴上他，与他的气息交融在一起。燕玉鹤察觉自己竟然没有产生分毫排斥，不管是生理上还是心理上。

先前那些探究的，好奇的情绪也不知在哪个瞬间悄然落根，发芽，慢悠悠地抽出一抹绿，开出名唤“情愫”的花，并且在燕玉鹤没反应过来的时候将他缠住。

此时他才终于对柳梦源这个蠢师弟的星盘推演有了几分认可。那一卦算得是准的，至少证明了他的命格里确有红鸾星不错，而至于是动情，还是别的，就未可知了。

人是天性里就带着七情六欲，燕玉鹤从不觉得自己能够成为例外。虽然他在各种地方听到了数不尽的关于他性子冷漠、六根清净的言论，但只有他自己知道，他被那个蠢师弟惹生气的时候也不在少数，从不承认自己是薄情寡心之人。相反，燕玉鹤倒是觉得自己挺重情重义的，柳梦源能平安健康地长大，并且经常缠在他左右聒噪这一点就足以说明。

燕玉鹤只用了一瞬间，就接受了自己被欲望浸染的事实，心口沸腾翻滚，总是驱使着他想要更进一步，索取更多。

她在隔壁房睡着，卸下了浑身的戒备，宽敞的黑袍落在床榻间，遮不住一双细长的腿，隐隐露出圆润的肩头。许是太过疲倦，她睡得很沉，完全没察觉到燕玉鹤站在床边。

从未有人在燕玉鹤的房中过夜，他放出绛星，指派着小家伙将人送回去。绛星是第一次见她，小心翼翼地靠近床榻，一双圆溜溜的眼睛认真打量着她，过了片刻，它忽而将头贴过去，靠着她的手臂，长长的脖子也软在榻上，一副不值钱的倒贴模样。

“绛星。”燕玉鹤低沉着声音，暗含警告。

绛星回头瞄了主人一眼，继而老老实实叼着她离开。她的灵魄尚未与肉身完全融合，每回睡着时，状态与晕死相差无几，因此绛星将她叼着飞走时，她毫无知觉。

她奔命似的想要离开这座庙，即便身体疲倦到了极点也要坚持走出十几里地，最后还是在睡着的时候被绛星叼回来。燕玉鹤可留她性命，但不可能放任她这般离开。

隔日夜晚，她像之前一样，被那柳蔓追到荷塘。燕玉鹤圈为已有的地界都设下了除邪咒，在最开始的时候杀了不少庙中作乱的玩意儿，后来便再无人敢靠近。今夜这女的不知如何被猪油蒙了心，胆敢闯到他的屋前来。

燕玉鹤顺手灭了柳蔓，目光落在狼狈的少女身上，第一眼就看见她侧颈有一个淡淡的牙印。其实咬得并不深，但由于她体内阳气衰弱，任何轻微的动作都会在她身上留下痕迹，就像昨晚亲吻时他分明并没有用力，却还是将她的唇咬出个小伤口，引得她悄悄抱怨。

燕玉鹤看着她雪白的脖子上形成的牙印，竟是越看越觉得刺目，直到后来变得不可忽视，一抹无名火在心口蔓延，细细密密在心腔中散开。

他将人按在灵泉中搓洗，想让她脖子上的那块皮肤恢复成之前的模样，却不想不论怎么揉搓，都只是将她的皮肤揉得通红一片，无法让牙印消失。

柳蔓已魂飞魄散，死有余辜，没得追究。燕玉鹤察觉不到自己有些无理取闹了，只是烦躁地想，她这皮肤也有错，不该如此轻易就留下别人的痕迹。

▶3◀

“燕大侠，我听旁人说，玉面大王新收了个宠姬，不知此事你可有耳闻？”谷井阑坐在檐下，手里攥着个彩釉酒壶，浑身冒着酒气，双眼轻眯，一副微醺的模样。

燕玉鹤坐在房中正低头看书，并未搭理他这话。

谷井阑转头看他一眼，嘴边噙着笑，白俊的脸上尽是揶揄：“也不知那女子生得如何国色天香，竟然还入得了燕大侠的眼，我道她昨日怎么好好地从罗刹海市回来，原来是燕大侠生了恻隐之心呢。”

“聒噪。”燕玉鹤头也不抬，沉声道，“无事要说就滚。”

“哎——”谷井阑拖着长腔，往嘴里灌酒，慢悠悠地说，“我来找你，自然是为了正事，否则你当我愿意来这地方吗？地上铺满了咒，光是坐在这我就浑身不舒坦。”

燕玉鹤道：“那就快滚。”

谷井阑撇撇嘴：“不近人情。”

燕玉鹤翻了一页书，目光落在上面，有些烦躁地想，为什么这世间总有一些人喜欢说无用的废话，好像两片唇瓣一张一合，不说出几句惹人厌烦的话就等于白长了一张嘴一样。

他与谷井阑相识已久，早年下山的时候就曾遇见过他。那时的谷井阑已经是十分闻名的人物，几次与燕玉鹤相遇都从他的剑下安然离开，后来燕玉鹤发现谷井阑并不害人，只是闲得发慌，喜欢到处看热闹，更是一个酒鬼。他怀疑谷井阑原本体内流的并不是血，而是各种各样的酒。

谷井阑曾是太子，想取人性命不过动动嘴皮子的事，是以现在更不屑动手害人，只是在地府欠了一笔大烂账，四处躲藏。

说起来，魁皇和玉面大王的位置就是他告诉燕玉鹤的，搅得诡界大乱他也算是出了一半的力，后来与冥府达成协议，只要他助燕玉鹤实施计划，便可将昔日烂账一笔勾销。

谷井阑问道：“先前她闯入你这里，为何不杀她？”

燕玉鹤冷声：“与你无关。”

谷井阑面露为难：“怎么会与我无关？燕大侠难道不知道我指望着这次任务将旧账清算吗？若是出了差错可怎么是好？”

燕玉鹤知道他说这话带着几分刻意，便懒得理会。

谷井阑并不就此罢休，倚着柱子道：“我倒是有一个绝妙的想法。正巧姜箸鸣体内的那个人极其信任燕大侠，不如将她引来，剥离了生魂，待那姜箸鸣察觉到自己肉身没有续命之魂，一定会自己找上门来。”

燕玉鹤微微皱眉，此刻连他的声音都觉得难听了，希望他能看懂人的眼色，就此闭嘴。

然而谷井阑此时却像瞎了一样，见他不应，便又用阴阳怪气的声调道：“莫不是燕大侠动了春心，舍不得吧？”

燕玉鹤道：“不用你多话，我自分得清轻重，更何况是她自己要来我这里避难求生，我不过是顺手行善罢了。”

“还有这种好事？怎么落不到我头上来？”谷井阑笑吟吟道，“不过依我看她也是被迫无奈吧？此番去了罗刹海市回来，阴气侵体，用不了几日阳气就会彻底衰竭，你说她是会找你求助，还是来找我这个人求助呢？”

不等燕玉鹤说话，谷井阑又自答："要阳气的话，定然是要来找我的。"

燕玉鹤瞥他一眼，淡漠的眼神里带着杀意："你找死？"

"我这不是已经死了吗？"谷井阑耸肩，一脸无辜。

燕玉鹤觉得，有些人光死一回是不够的。民间应该建起专门针对那些嘴贱之人的牢狱和相关刑罚，凡嘴贱者都要关进牢中锁上个三五年，如此方可让人间太平。

"那咱们走着瞧呗。"谷井阑道。

话音落下，一柄长剑呼啸而出，咚的一声定在谷井阑的身侧，剑身颤动不止，一声声轻鸣像是严厉的警告。

谷井阑知道再多说恐怕要出事，便嘿嘿一笑，身影散在风中，离开了荷塘小屋。

屋中静下来，燕玉鹤却一个字都看不进去了，只觉得心境难平，方才被谷井阑惹起的烦躁未息，就随手合了书撂在桌上，召剑回来，提着剑出了屋子，打算找几只邪祟砍一砍。

郁气还未消，雷云慢悠悠飘来，遮天蔽日，仿佛酝酿着一场大雨，当夜燕玉鹤在屋中没等到人。她没有来。

她身体的阳气本就一直在流逝，其后又去了罗刹海市，还将聂小倩收为己用，照理说阳气已经耗尽，合该来屋中求救才是。雷云狂风之下，满荷塘的花和叶翻滚，燕玉鹤站在窗边往外看，方圆内除却风声，什么都没有。

燕玉鹤捏了法诀，探入她的梦中，见她身上果真阴气浓郁，面色苍白如雪，连那双本来明亮水润的眼也变得无神，似被抽走了所有的活气儿一般。不知为何，她十分愤怒，漂亮的脸蛋染上怒意后比寻常更为生动，无精打采的眼眸也因此有了些精气。

她瞪着燕玉鹤，分明身量差了一截，也要仰着头与他争执。她责怪燕玉鹤吸了她太多阳气，似张牙舞爪的小兽，由于身体虚弱，气势也消减几分，显得很是无力。

燕玉鹤并不想与她争口舌，本以为说了他能够救她之后，她就会像往常一样来到荷塘，却不想她竟转头去敲了谷井阑的房门。

她在阳气衰竭时，并不会寻求一个"异类"的帮助。更让燕玉鹤愤怒的是，谷井阑说的竟然是对的，她为了求生，可以寻求任何人的帮助，去做那些渡阳气的行为，并非只有他。

戾气在他心中横冲直撞，毫无章法地烧着怒火，不知名的情绪蚕食他的理智。他长那么大鲜少如此动怒，更何况这股怒意来得莫名其妙，寻不到源头，更无法消解。他从不是热心肠的大善人，平日里也只是诛邪不救世，一个明确表示不需要他帮忙的人，他合该就此收手，不再理会才是。

旁人的生死，又与他何干？她去找谁，想做什么，与他都没有半分关系。燕玉鹤如此想着，却不知怎么催动了法术，让那扇门与自己的房门连接在一处，听见外面急促的敲门和她的叫喊，燕玉鹤霍然起身，方才所想尽数化为泡影，被烧得一干二净。他大步去开门，将门口的人拽进了门。

燕玉鹤想：她需要的是阳气，整个庙中只有他能给她阳气，去找谷井阑那个家伙有什么用？他这便是在救她。

燕玉鹤本想怒斥她的无知，让她看明白形势，却见她缩在床榻上，血糊了满身，羸弱的身体让她稍稍流露出可怜的神色时就显得极为脆弱，仿佛只要轻轻一戳就立马死在地上。她看起来有着被欺负的委屈，乌黑的眼眸轻动，虚虚地看他。

奇怪的是，燕玉鹤就被这么个眼神一瞧，方才心中那汹涌的火焰莫名平息，情绪竟然慢慢趋于稳定。似乎是觉得人就在眼前，没有再发怒的必要了。

况且她是一个什么都不知道的人，更没有缘由面临任何斥责。燕玉鹤心道，但是得让她明白，此处能够救她的，只有他一人。

燕玉鹤虽然很多地方生疏不已，却尽心尽力地将阳气渡给她。孤高清冷的心悄然有了归属。

之后她睡得很沉，不知是不是热，本能寻求凉爽的东西，将他抱得很紧，无意识地往他怀里钻。燕玉鹤深夜不眠，身体尚未从亢奋的情绪中平息，因此有了些时间去观察她。

自幼进太虚宗，燕玉鹤主修剑，其他法术稍有涉猎，并不精通，但却能推算出枕边人的身份信息。她来自一个模糊的世界，让燕玉鹤难以窥探清楚，却知道她名为薛茗，阴年阴月阴时生，命格孤苦，生活得并不顺利。

命格坎坷之人，大多会养成沉默寡言、自怨自艾的性子，然而这些在薛茗身上却不明显，诚然她十分胆小，但在危急关头为了求生所爆发的意志却是罕见的。也正是初见时她身上迸发出的坚韧，悄无声息地缠住了燕玉鹤。

他将人往怀里抱了抱，感受到少女身体的柔软和温度，满足的情绪一开始并不强烈，像是心腔被凿开一个小口，慢慢往里流淌进清澈甘甜的泉水，然后一点一点地填满，直到他浑身都觉得舒坦，心情也跟着畅快，才后知后觉自己已然沉溺其中。

窗外是滚滚雷声和倾盆大雨，屋内却静谧非常，没有杂声。

听着薛茗发出的平缓的呼吸声，他觉得心口热热的。我有了妻。燕玉鹤心道。

▶4◀

燕玉鹤在十二岁时，曾向师父提出过请求，希望师父能给柳梦源下禁言咒，禁个一年半载，如此他就能学会食不言寝不语，不以语言烦扰别人的规矩了。然而遭到了师父的拒绝，并严厉警告他不可对同门师兄弟施展法术。从那之后，燕玉鹤就明白，这世上很多说话惹人厌烦的人是不受惩罚的。

燕玉鹤不喜聒噪之人，类如柳梦源那种，总是挺着一张呆傻的脸凑到他面前一遍又一遍地问“师兄，剑为什么叫剑，不叫刀？人为什么叫人，不叫狗？”之类的蠢问题，让他觉得这世上许多人的话是没必要听的，听了便是浪费时间。

薛茗说话倒是不惹人烦，声音也算悦耳，只是有时也会说一些让人不喜的话。

但薛茗竟然逃走了，还是在他眼皮子底下走的。燕玉鹤想不明白她为何做出这样愚蠢的选择，而将她带走的人也着实可恶，不明白究竟是什么狡诈之人，纯心要离间他和薛茗，用意奸险。

她的气息融入罗刹海市，千百阴魂遮住了她的行踪，不论燕玉鹤如何推算寻找都无法确认她的位置，只剩下那个金光闪闪的聚阳符被他攥在手中。

谷井阑站在边上说风凉话，对于薛茗的逃走他完全是抱着看乐子的姿态，目光在燕玉鹤的脸上搜寻，笑道：“怎么走的？竟然让你我都没察觉到，莫不是你做了什么让她生气的事，这才一走了之？”

随后他如愿以偿地看见燕玉鹤的表情变得阴冷沉郁，敛起的双眸也暗含着凶戾，整个人变得极具攻击性。

紧接着庙内就迎来了一番大清洗。燕玉鹤的戾气皆附在剑刃上，将庙中里里外外所盘踞多年作恶的阴魂给杀了个一干二净。

谷井阑自打住进庙里，每晚上都听见各处的热热闹闹，结果处理了聚阴阵回头一瞧，燕玉鹤手持长剑，着一袭黑袍，满脸阴森地立在檐下。庙中寂静无声，除却被独留下来的黑白无常之外，其他的再也不见踪影。

“火气这么大？”谷井阑嘟囔一句，见燕玉鹤郁气难消，这时候也不去触他的霉头，带着黑白无常二人离去。

燕玉鹤在庙中出了一番气后，仍是心燥难平，收了剑回屋，桌上还摊开着他先前认真钻研的书籍，现在看这些书也不太顺眼了，随手一扫全部挥落在地上。绛星见状，默默上前叼起乱作一团的书，一一摆回桌上，其后贴在燕玉鹤的身旁，安静地卧下来。

养绛星已有十多年，这只灵鹤本是太虚宗山上豢养的灵物，燕玉鹤遇见绛星时，它不知如何受了伤，被其他灵鹤排挤在山头处。燕玉鹤站在山头练剑，绛星就瞪着圆眼睛看，自始至终都十分安静。

燕玉鹤将它带回去，给它治好了伤，取名绛星，自那以后这只灵鹤就伴在他身旁，从不曾分离过。时间长久了，绛星受燕玉鹤灵气滋养，逐渐感知他的心意，大多习性都与他相同，只保留了些许自己的性子。它感受到主人的心烦意乱，便乖巧地卧在边上不声不响，仿佛在用这种方式安慰自己的主人。

屋中没有点灯，燕玉鹤的身影被黑暗笼罩，脸色阴暗得像是在诅咒人。良久，他抬手，轻轻抚摸着绛星的羽毛，缓声道："走便走了，难道我还要求着她留下来不成？"

绛星抬起脑袋，蹭了蹭燕玉鹤的胳膊，低低叫了一声，声音里带着一些凄凄的可怜。

"你不过才见她几日，就这么喜欢她？"燕玉鹤微眯着双眸，看向身边的绛星。

绛星又应了一声，俱是鹤鸣，并不会开口说人语。过了会儿，燕玉鹤才慢慢地开口，像是有些无奈地妥协："既然如此，那我便为你去寻她一回。"

当夜，燕玉鹤入了薛茗的梦境，本以为能够将人找回来，没想到差点气吐血。他从未见过如此翻脸比翻书还快的人，竟然指着他的鼻子大骂，并且说一些"我随便找个男人都能补，又不是非你不可"这种可恨的话，燕玉鹤牙齿都要咬碎，想不明白先前还窝在他怀中睡觉，甚至主动牵他手的人，怎么会突然间变成这样。

燕玉鹤平生不近女色，除却师父之外，鲜少与同门内的师姐师妹相处，下山所遇的女性多是阴晴不定、心怀不轨之类，压根不懂是全天下的女子都是这般，还是独独他燕玉鹤的妻子薄情，得手了便完全换了副面孔。

他出奇地愤怒，只觉得怒火烧毁了理智，一时间觉得这地界也没有存在的必要，总归都是祸害人间的妖邪，应全部杀个干净才是，再将薛茗捉回去，叫她好好反省思过，改正这不端的品行。

燕玉鹤从未有过这种感觉，甚至在怒极之时回想起薛茗说要找别的男人的那些话，他的脑中不可抑制地冒出想把全天下男人都杀光的念头。

不好，要走火入魔。燕玉鹤就地打坐静心，默念法咒。

他从不是这般杀念深重之人，怀疑自己是阴气侵体太久，产生部分阴暗暴戾的想法。清心咒自心中流淌而过，带来甘泉般的冷冽，让他翻滚不停的怒意渐渐平息，情绪也逐渐稳定下来。

纵然怒意上头时，燕玉鹤满心怨怼，但在薛茗离开的几日，他心绪趋于平和后，又思考起来是否薛茗离开的原因当真如百鸦所言，是他遭人嫌弃，所以才将人给气跑。

连着几日他都在烦躁中度过，时不时都要念动清心咒，去压一压心里想要大开杀戒的戾气，为了最后天雷诛邪的大计，这些忍耐也是燕玉鹤的修行，直到他在盛筵上再见薛茗。

他的妻，有时就是这般无知有趣，以为自己覆上了遮面的法术便能瞒过他的眼睛。她幻作十来岁的小姑娘，面容比先前瞧着稚嫩许多，圆圆的脸蛋上像是镶嵌了两颗黑润的宝石，与他对上视线的一刹那显露出几分惊慌。

强作镇定的掩饰欲盖弥彰，燕玉鹤看着她笨拙地隐藏身躯，跟上去用捆仙索抓住了她，看着她挣扎和满脸怒气，急着想要逃走的样子，燕玉鹤心中的怒火也被点燃，将她带到灵泉中按在水中清洗。

她离开了几日，身上沾染了各种难闻的味道，那些游荡的邪祟所散发出的臭味，只要稍不留神就会缠上她的身体。极阴之体在这些家伙的眼中本就是宝贝一样的东西，她处在危险中而不自知，分明他的身边最安全，她却一心想要离开。更可笑的是，她竟然怀疑他与姜箬鸣在从前有私情。

燕玉鹤冷笑，他追杀姜箬鸣半年之久，若不是她的魂魄正在与这极阴之体融合，他早就动手砍八百回，何来的私情？他燕玉鹤可不是寻花问柳的风流之人，此生认定了妻，便只会有这一人。

薛茗挣扎得厉害，扑腾起的水溅在两人身上，脸色苍白如纸，毫无血色，却仍然倔强地不肯妥协，冲他瞪着一双漂亮的眼睛。

分明那日渡阳气之后她已经恢复满是活力的模样，这几日的离开，她又变得阳气衰弱，被阴气侵体，折磨得她非常虚弱。此时努力睁着一双疲乏又可怜的眼睛，佯装凶狠的模样，强撑着说自己想要活，不想死。

燕玉鹤看着她沾上晶莹水液的脸，心头忽而不知被什么掐了一下，猛然袭来酸酸软软的感觉，笼罩他几日的躁意也跟着烟消云散。

细细想来，她只是什么都不知，一心只为求生，被奸人所欺瞒挑唆，所以并不能将错算在她的头上，是此地的人太过狡诈阴险。她冒险来此处，甚至是为了救那个被抓的人参精，如此重情重义，又怎么会是朝三暮四的薄情人。

更重要的是，她并非嫌弃他，而是误以为他要杀她所以才逃走。她这几日不在他身边，应当也过得不好。既然是误会，那就更没有计较的必要。燕玉鹤抱起她，决心一定要好好待她。

燕玉鹤心平气和地将她搂在怀里，双臂收紧，心中慢慢地想，她是我的妻，此生唯一，我合该更包容地对待她才是。

▶5◀

姜箬鸣布下的聚阴阵，将那些人被杀死之后的魂魄困于原地，炼化为阴气供她滋养极阴之体。

大多数人都不知道自己已经死亡，仍保留着生前的执念留在从前居住之地，日复一日地重复着生前的生活。此地没有太阳的升起，所以这些魂灵能够自如地生活，从表面上看去没什么异样。但燕玉鹤是专门在阴阳两界穿梭，跟这些魂灵打交道的，所以进入村子的瞬间，他就已经看出这些人死亡已久。

若是搁在往常，他会在进村之后找到聚阴阵所在之处，摧毁聚阴阵释放这被困在此地的千百亡魂。只是他忽而瞥见身边站着的薛茗正笑着冲树下那些老人招手说笑。

她身上有一种从内散发出来的温和，并不是性子多文静，而是她在面对未知的人事时，永远以善意和笑面相迎。若是别人也回她一个笑脸，那就更不得了，她马上就能屁颠屁颠地上当受骗。

燕玉鹤望着她满是笑容的脸，心想，幸而有我在身边，不至于让她再被旁人哄骗。

薛茗看起来很喜欢这里，她在进入这个世界之后情绪一直不高，不知道是被姜箬鸣和百鸦吓到还是行路太累，一路上话很少。见到村中这些人后，就稍微恢复了些精神，脸色看起来也好了许多。

不过还不够。燕玉鹤想着，到底是她身体聚阳的能力太弱了，阳气流失得非常快，稍一转眼，她的气色马上就变差许多，静悄悄地坐在桌边发呆，看起来无所事事，实则精力疲乏。

也是她走运，遇到了我。燕玉鹤没说出口，但心里是这样认为的，因为但凡遇上别的男人，没渡几次阳气就不成了。

他从不是将情爱宣之于口的人，大多时候他都寡言，平复那些不稳定的情绪，解决看不清的迷惘，对他来说就是一种修行。

况且情爱本就是虚无缥缈的东西，有些人嘴上说着爱，心里却盘算着怎么害人。正如那些总是上下嘴皮子一碰就将情爱说出来的人，再多的海誓山盟、浓情蜜意，在爱意消失时也会化作虚妄，那些经历千辛万苦在一起的爱人，转头变成仇敌手刃枕边人的也不在少数。

他看见薛茗站在熊熊火焰旁，脸上映着灿烂的光影，点漆的双眸跳跃着火光，正专注地看着他。她面上带着笑，轮廓被光芒晕染得朦胧，却又极其漂亮，声音轻轻的，似羽毛从心尖扫过，温声问他是不是喜欢她。

燕玉鹤看着薛茗，空中灼热的气息好像被他一下子吸进了身体里，紧跟着心口各处也跟着热了起来。

他不屑那种名为喜欢的情绪，认为这世间的情感都是短暂的，责任才是长久的。就像他平生不近女色，如今却认定了薛茗为他的妻子，早已决定一生与她相伴，生死不离。与责任相比，情爱不仅显得廉价，更根本不值一提，毫无倚仗。

燕玉鹤分明是这样想的，是如此认为的，却在薛茗望着他的时候心跳一停，紧接着天地万物的声息都消失，耳中一片寂静，只剩下心脏撞击胸腔的声音在耳中回响。

宛如初次与薛茗对上视线一样，胸膛下跳动的节拍完全不受控制，燕玉鹤难得在这个瞬间感到慌乱，竟生出了一种被人揭穿了心思的紧张，于是掩饰一般回避了问题，反问她何为喜欢。

燕玉鹤知道这个问题的答案。喜欢不过是一刹那产生的情绪，冲动，短暂，容易发生，也容易被舍弃，是可以随时抛之脑后的廉价东西。燕玉鹤曾认为自己永远不会对人有这种肤浅的情绪，缠绵于世俗还不如多练两回剑。

就像现在，他可以随口否认薛茗的追问，告诉她自己从没动过情爱的念头。只是这些林林总总的嫌弃和否认中，硬是生生挤出一抹渴望，放肆地在燕玉鹤心中横冲直撞，使得他对薛茗产生的那些纷杂的欲望变得不可忽视。

万般不屑也难抵一个“想”字，燕玉鹤开口，说的却不是拒绝之言，而是道出了当初柳梦源给他起的那一卦。

燕玉鹤不会说那些缠绵的甜言蜜语，只会告诉薛茗他曾经得了一个红鸾星动的姻缘卦，并且说自己相信卦象的准确，哪怕这个卦出自他那个游手好闲且愚蠢的师弟。

薛茗牵上了他的手，掌心相贴时，软肉上的温暖浸染过来，顺着燕玉鹤的手往上蔓延，好似融入骨血中，源源不断地从各处往心口输送甜的味道。燕玉鹤每次朝薛茗看去时，都发现她扬着嘴角笑，似乎心情极好，他也因此有些惬意。

夜风习习，吹拂在脸上满是干燥热烈的夏意，待此地之事处理完，他就带着薛茗回师门成亲，此后冗长的岁月里有人相伴左右，也不算孤寂。

顺道一提，他真的很厌恶那只千年人参精，分明年岁比他师父都大了，还要装成孩子的模样缠在薛茗左右。偏偏薛茗又是心软善良之人，只要那人参精哭一哭，便会惹得她心疼，分明是他自己愚蠢总是上当才被抓，有什么脸面哭？

燕玉鹤并不认为自己刻薄，只是觉得这人参精蠢成这样，迟早也会被人抓住熬了吃，倒不如回深山里去躲着安全。他缠着薛茗的模样实在让人太过心烦，若不是看在人参精得天道庇佑，又有一身出色的逃命本事可护着薛茗，燕玉鹤早就将它扔到八百里开外。

燕玉鹤本不想带着薛茗涉险，但此地变幻多端，危机奇多，要将她放在身边才能放心。更何况七月半时姜箬鸣会想方设法地找上薛茗抢夺身体，催动百魂旗，燕玉鹤将薛茗放在眼前，可随时掌控局势，只等薛茗开旗引雷，彻底了结。

千算万算，也没算到薛茗最后会自己将旗子还给姜箬鸣，完全不受百魂旗的蛊惑。如此便说明，她是打心底里就没有野心之人，心中澄澈干净，对权欲没有贪念，自然不会被贪欲掌控。

雷声滚滚，千军万马奔腾在大地上，一切都毁灭后薛茗力竭而晕，软软地窝在他怀中。燕玉鹤伸手将她脸上的污浊擦去，凌乱的发丝拨开，露出一张恬静的脸，便是睡着了也不太安稳，眉头微微皱着，像是陷入惶恐中的模样。

燕玉鹤抚平她的眉头，时不时让她在怀中变换姿势免得醒来后肢体不适，其后她状态逐渐平稳，神色恢复宁静，蜷身躺在他怀中睡着。燕玉鹤静静地坐着，时而低头看一眼她的睡颜，想到她这些日子遭遇各种凶险和生死关头，日子不好过，瞧着还消瘦了些。

燕玉鹤心中滋味不知如何形容，只将她拥得紧，想着日后不会再让她这般心惊胆战地受苦。与此同时，他的剑开始震鸣，充满攻击性。

自初次见薛茗之后，宝剑被他镇压了杀意，再没对薛茗展现出敌意，却不知为何现在又开始嗡声作响，剑气四溢。燕玉鹤拧起眉头，见薛茗似感受到了凛冽的剑气，在他怀中不安分地动了动，脑袋往他怀里钻，像是不舒服。

燕玉鹤动意念镇压剑，却不料竟没有用处。剑坏了，与百鸦那一战打得太凶，不仅剑刃受损，连带着灵识也出了问题，约莫是浸染了阴气，开始变得不认主。

其后的日子里，燕玉鹤多次尝试连接剑的灵识，想将剑变回从前的样子，但屡屡以失败收场，最终都是他以灵力强行镇压而告终。这剑要尽快送去修补，燕玉鹤心道，若是修不好，只能砸断了，否则迟早会伤到他的妻。

回宗门的路上，燕玉鹤带着她去参加了土地神的婚礼。这土地神从前就有着不小的名气，与晴朝和燕玉鹤的师父俱是老友，贬下凡间之后的这几世，他一直在世间辗转寻找曾经的爱人，有时会得偿所愿，有时却只能眼睁睁看着爱人与旁人共度一生。

燕玉鹤从前就听说过这桩事，他对痴心的人不作评价，只是认为与其这样一生又一生地寻觅，何不找个法子让他的爱人也入道修行，若修得长生就可以一直在一起。薛茗也有些天赋，燕玉鹤已经早早打算好让她修道，即便眼下不得天缘无法成仙，以后修炼到大乘境界，也可得延长寿命，自有能够成仙的时候。总之不论如何，他都会履行身为丈夫的责任，一直伴在薛茗身边。

话虽如此，燕玉鹤也从来没跟人说过这些打算，想着先回宗门推拒了天界的封赏再说其他。他躺在床榻上，身边是微醺的薛茗，昏暗的光影遮掩了耳尖的微红，燕玉鹤说："待回了宗门，我们也置办这样的婚宴。"

得来的却不是薛茗带着笑的回答，反而是充满诧异的声音："结婚？太早了吧，我们也没认识多久，谁谈个几天恋爱就跑去结婚的？"

燕玉鹤听得这话，先是整个人愣了一下，旋即很快明白薛茗的意思，面上的神色瞬间变了，一丝慌张的情绪按不住，悄然蹿到了心口，他追问谈恋爱是什么，从未听过这种话。

薛茗的回答是一句很长的话，燕玉鹤听了，又没完全听进耳朵，零零散散的最后只剩下一句留在耳边："可能我明天更喜欢你一点，也可能我明天就不怎么喜欢你了……"

燕玉鹤这才明白，他自始至终都忽略了一个重要的事，成婚，不过是他自己一厢情愿，薛茗并未想过。

从未有过这种滋味，他的心像被撕裂了一个小口，钝钝的痛意慢吞吞地传来，像巨石压在心口上，竟然让他呼吸都有些困难。同时他觉得薛茗的声音也变得刺耳了，喝醉了的她声音沙沙哑哑，语速缓慢，但说出的话却堪比尖利的刀子，冷不丁就戳在他心底柔软的地方。

往日他走在阴阳两界，混迹于万千妖邪之中，受过数不尽的攻击，没有哪一次像现在这样，让他毫无防备，无法招架。

燕玉鹤突然有些忌惮，怕薛茗还说出什么话来搅乱他的心绪，让他心口传来越来越清晰的痛，还有一些其他纷乱的情绪，让他分辨不清楚是什么。

"就寝吧，别再说话了。"燕玉鹤不得不开口阻止薛茗，让她别再说话。说完这句后，房中果然安静下来，薛茗很快入睡，沉稳绵长的呼吸传入他耳中，燕玉鹤却睁着迷茫的眼，一夜未眠。

▶6◀

燕玉鹤十五岁下山游历人间，从未栽过这样的跟头。他怎么也想不明白为何会如此，回想起这些日子，他并未觉得自己有什么做错的地方，每次渡阳气也是尽心尽力，不知哪里惹了薛茗的不满，能让她说出这种冷漠的话来。

思来想去，燕玉鹤给宗门的师父去了一封信，询问她如何处置薄情负心之人，然而师父的回信却让燕玉鹤大失所望，她只叮嘱燕玉鹤不要多管闲事，尽快回宗门接受封赏。

首先，这并不是多管闲事，因为这是他正面临的难题；其次，燕玉鹤认为这是师父习惯偏爱更为蠢笨的师弟而忽略他的不公行为。其实他对此并无异议，并且赞同柳梦源的脑子不好使，是应该得到更多关照，但由于对这封回信的不满，他还是在回程的路上慢下了速度，平日里不会关心民间事的他，也难得出手管了几桩闲事。

一路上薛茗的表现并没有可指摘的地方，虽然那日她说出了一些不好听的话，但后来在赶路的途中，她也十分依赖燕玉鹤。比如二人夜间赶路时，她会与燕玉鹤靠得很近，就算不牵手也会挽着他的胳膊，将半边身子倚在他身上；睡着时也已经养成了抱着他的好习惯，再大的床铺都愿意与他挤在一起睡；会与他亲密到不分你我，有时看见他在进食，也会凑过来分食一口。沐浴净身时，会心血来潮提出给他搓澡，虽然燕玉鹤不明白这是什么行为，但见她认真地在他背上搓来搓去，想来应该是增进两人感情的好事。

总之薛茗的依赖会从各个细枝末节中表现出来，越来越明显，让燕玉鹤心中的烦闷也得到缓解。他开始思考，或许薛茗只是不愿将心里话随意说出口的人，那晚她的话极有可能并未说尽。

她说的那句“今日喜欢，可能明日就不喜欢了”后面应该还有半句，是“也可能明日就更喜欢”，燕玉鹤越想越觉得有道理，毕竟薛茗所表现出来的，根本不是不喜欢他的样子。

燕玉鹤想通这一点，心情骤好，抱着她亲了许久，直到她熟睡过去，燕玉鹤都没有撒手。

其后，燕玉鹤带着她回了宗门，周围弟子打量窥视的目光黏在薛茗身上，这让他很不喜欢，但身为大师兄的燕玉鹤也不好因为同门师弟师妹多看了几眼而责罚。他此次回来只想将先前的事处理干净，预计不过两三日就可以结束，再带着她下山离去。同时也想给师父看看他日后的妻子，虽说现在薛茗不愿成婚，但在燕玉鹤看来这是迟早的事，晚几年也无妨。他父母双亲皆过世，届时还需要师父来为他操持婚事。

只是每每燕玉鹤觉得事情顺利的时候，薛茗总能有法子给他当头一棒。隔着窗子传来薛茗的声音，她说天大地大，总有她的容身之处，还说会自行离开。燕玉鹤听着这些话，心口泛起闷痛，软刀子在他心尖来回磨着，很快就流出了血，浸染得他心中湿淋淋的。

燕玉鹤此时终于明白，她从未想过与他在一起，早已做好了随时离开的准备，这应当也是她不愿成婚的原因。对燕玉鹤来说，成婚是羁绊，是将他与薛茗的命格连接在一起的媒介，而对薛茗来说，成婚是枷锁，会阻碍她想要离开的脚步。

燕玉鹤不可抑制地生出了怒意，他甚至觉得自己被薛茗戏耍，分明她表现得那么喜欢、依赖自己，到头来一句离开还是轻飘飘地出了口。他不知自己究竟哪里做得不够好，才会让薛茗这般毫无留恋，毫不犹豫地向他的师父表达了放弃。

他看着薛茗站在绿叶纷扬的树下，满脸明媚地冲他打招呼，心中却满是冷意，想立即抓着她质问，究竟为何要这般薄情。可她明亮的眼睛轻弯，像是夜空中皎洁的月牙般漂亮，冲着他笑。燕玉鹤又想，她胆子太小了，又不是喜欢与人争吵的性子，就算是质问也得不到什么答案，倘若语气稍微凶一点，她晚上怕是又睡不着觉，睁着眼睛发呆。

有几次夜晚燕玉鹤在醒来时就看到她静静地躺在边上，睁着眼睛不知道想什么，也不知道她醒了多久。燕玉鹤看见她的神色，就将她搂进怀中，睡意朦胧地问她想什么。薛茗都会说没什么，只是梦到了从前的一些事。

薛茗说失眠是一件很正常的事，人总有几个夜晚莫名其妙地没有睡意。可燕玉鹤不想她在漫漫长夜中一个人睁着眼，那模样落在他眼中，就好像她正被无边的孤寂所包围，使得燕玉鹤本能地抱住她，为她驱散那些孤寂。

燕玉鹤生平第一次这样逃避。他将薛茗带去自己所居住的地方，其后便离开后山，前往师父的住所开始处理天雷诛杀后续的事。姜箬鸣从宗门偷走的宝贝送回了藏宝阁，其他门派上门来讨要先前被她骗走的宝物，也被燕玉鹤一一招待归还。

头前两日，他忙得日夜颠倒，总是在薛茗熟睡时才回去。在屋中难得清闲的时候，燕玉鹤会坐在床榻边看着薛茗睡着的模样，什么都不做，也丝毫没有困意。薛茗并不是一本书，一幅画，再怎么看也看不出新的东西，来来回回都是同一个模样，但燕玉鹤不知道自己为何那么爱看她，有时目光落上去，等回过神来时，已经看了许久。

薛茗似乎打算与他坐下来好好谈一谈，其谈话内容八九不离十是要离开的事，燕玉鹤打从心底里抗拒，认为这是完全没必要的谈话，他不会同意，更不会理解她的想法。与其发生分歧，争吵，倒不如不谈。燕玉鹤专挑她睡着的时候回去，享受守在她身边的片刻安宁，但她的作息也不是那么规律，有时回去她也没睡着，趴在软椅上看书。

她看起来情绪尚好，即便只能在后山这里活动也并未感到无趣，还说柳梦源带着其他弟子来找她玩的事。燕玉鹤面上毫无变化，情绪淡漠，实则心里已经拉响了警钟。薛茗毫无察觉他戒备的目光，自顾自地说柳梦源性子好，活泼开朗。

薛茗还说柳梦源模样生得好看，燕玉鹤觉得好笑，认为薛茗的眼睛暂时出了问题，只要看见两只眼睛一个鼻子的人都会说好看。

柳梦源缠人的功夫燕玉鹤是清楚的，又惯会装可怜，就连师父都因此对他多几分偏爱，从前燕玉鹤并不在意这些，直到他看着薛茗笑吟吟地挎着柳梦源送她的糕点回来，再次对柳梦源表达了称赞和欣赏，燕玉鹤心里烧起无尽妒火。

燕玉鹤认为这是一种预示，是薛茗想要抛弃他，选择柳梦源的前兆，是她为离开所做的铺垫。难以抑制的怒意在心中蔓延，燕玉鹤从未想过有朝一日他竟然也会变成患得患失的懦夫，因为畏惧某样东西而选择逃避，面对现状又无可奈何，简直太可笑了。燕玉鹤敛着阴沉的眼眸，看着薛茗，偏执所产生的戾气在心中疯涨。

燕玉鹤从未有哪一刻觉得薛茗如此可恨。她不过是一个将喜欢挂在嘴边，随随便便就能说出口的骗子，擅长以甜言蜜语玩弄人心的薄情之人，她假借心意抛出诱饵，钓得燕玉鹤不曾涉世的真心，再毫不留恋地抛弃，让燕玉鹤独自一人面对这样的困境，不知所措。

夜间，燕玉鹤耳朵贴上了薛茗的心口，他听见薛茗胸腔下那缓慢地，有规律地跳动着的心脏，咚咚的轻微闷响象征着薛茗鲜活的生命，也承载了她所有情感。

他又抬头，看着薛茗安宁的睡眼，长长的睫毛仿佛还沾着湿意，眼角隐约有泪痕，却仍旧睡得很沉，显得无比乖顺。

燕玉鹤将她抱得很紧，让她贴合自己的身体找到一个舒适的位置，脸色阴郁得像躺了多年的病鬼，在她耳边轻声说："即便你是个顽劣的骗子，那也是我的，只能留在我身边，知道吗？"

若是薛茗愿意留在他身边，那就万事大吉，再好不过了；若是不愿意，燕玉鹤也不觉得自己会是任人摆弄的性子，一想到薛茗将来会与别的男人在一起，他的心里就生出一种将那人砍成两截的冲动。

隔日他去找了师父，与师父坐下来长谈，先是表达了这些年他对师父偏爱师弟的不满，旋即表示师弟年岁也不小，不能总在山上养着，养出了一身懒怠的毛病。

水曦对此很震惊，再三追问燕玉鹤当真是觉得她心有偏颇吗。

得到燕玉鹤淡声的回应，水曦面色沉重道："你师弟生来便不及你，我对他从未寄予厚望，而你与旁人不同，我与你母亲关系亲密，又得她临终嘱托，总是想尽心尽力栽培你，如今想来的确是我对你太过严格了些，是为师的疏忽，日后定会注意。"

燕玉鹤道："师父不必挂怀，我今日来并不是为此，是希望师父能同意师弟下山历练之事。"

"也是，他的确该下山锻炼一番，多久？"水曦道，"三个月？半年？"

燕玉鹤道："三年。"

水曦沉默半晌，尝试为小徒弟说了两句话，燕玉鹤便又觉得师父开始偏颇，不满道："当初我十五岁就下山，游历五年才回山。"

"……那不是你自己跑下山的吗？"水曦道，"况且我给你传了几百封信让你回山，你一直推托，还让你师叔下山寻你，你也躲起来不见。"

燕玉鹤面无表情道："便是那位师叔当初错怪我，让师父将我贬下山，六年不得回。"

"行吧。"水曦道，"你去告知你师弟，让他收拾东西下山历练三年。"

燕玉鹤离开师父的住处，吐出一口浑浊之气，心情总算有些舒畅了，也没有多少私人恩怨，他纯粹是觉得师弟的确该去历练了才会如此。

只是这样的心情维持了没多久，踏进后山时他的心头又被阴霾笼罩，面对想要离开的薛茗，他依旧没有好的方法。

燕玉鹤完全可以将薛茗套上什么灵器锁在身边，让她跟自己寸步不离，不管在何处都在一起。可这样只能困住她的肉身，无法贴近她的心，且薛茗虽然性子温和，若有不情愿也仍然会闹，届时他将面临与薛茗无止境的争吵，怒目相对，使得两人的关系彻底恶化。

燕玉鹤想：也没有别的办法不是吗？倘若薛茗执意要走，他只能如此。

燕玉鹤踏进自己的小院，抬眼就看见薛茗浑身是血地站在院中，阳光照得她脸色白如瓷，赤红的血液染在身上，几乎刺伤燕玉鹤的眼睛。她浑身颤抖，双目含泪，惊惧地看着燕玉鹤，手掌涌出的血液不停往地上滴，模样脆弱得像是随时都要死去。

那一瞬间，燕玉鹤恨上了这把剑。谁都不能将薛茗从他身边带走，生死也不行。这把剑对薛茗有着不辨敌我的杀意，那他就砸剑；天界的封赏会让他与薛茗人仙两隔，那他就不接受封赏；宗门弟子都说她寿命有限，不会跟他长久，那他就带薛茗离开，寻找修炼之法；薛茗若是自己想要离开，他就是强求，也要与她在一起。哭也好，闹也罢，万般都依着她，只有一点不行。分离不行。

燕玉鹤从前不屑那些对于情爱的表达，认为是虚无缥缈的东西，说来也无用，真心是用来感受的，岂能随随便便挂在嘴边。可他到底还是低下了高傲的头，慢声向薛茗诉说着这些日子的烦闷，难以消解的妒火以及怕她离开的担忧。

总归是要向情爱认降，曾经那些被他瞧不起的东西折磨得他寝食难安，心惊不已，最终还是要老老实实地捧出一颗真心，字字句句表达着想要薛茗与他在一起。爱终归是要坦诚，从前那些不肯说的话，燕玉鹤总要一点一点说给薛茗听。

幸而薛茗果真不是薄情之人，她轻轻靠在燕玉鹤的肩头，像往常一样用她温和的性子包容燕玉鹤心中的偏执，用柔和的声音回应着燕玉鹤的心意。她将那个草环编成的戒指套在燕玉鹤手上的那一刻，燕玉鹤豁然开朗，盘踞心中多日的戾气也消失得一干二净，仿佛云开雾散，万里晴空。

他终于也感受到了来自薛茗的占有，从她的心中窥见了她对自己的情意，明白这些日子以来并非他一厢情愿。是她太过内敛怯弱，不肯轻易表达真心，所以才让他产生了不安，患得患失，总是怀疑。

燕玉鹤此时才知，薛茗每一句看似随意说出口的喜欢，都做不得假，那些想要退缩的言语，不过是她对自己的保护罢了，她需要被明确的爱意滋养，才能慢慢展开自己的枝丫。

无妨，来日方长。燕玉鹤抱着她，心想，他还有很多机会去表达爱意，用各种方式，总有一日薛茗就会愿意成为他的妻。

番外二 中元节

夜黑风高，皎洁的圆月被厚重的云层遮住，大地一片昏暗。

路边亮着一盏灯，在风的吹拂下飘摇着，照出虚虚的影子。提灯之人打背后看是个身条纤细的姑娘，身着粉色的软纱长裙，宽袖轻摆，裙角翻飞，墨黑的长发散在肩头，光是瞧着婀娜的背影就让人觉着这位姑娘定然生得貌若天仙。

树影轻晃，一个男了悄然从树后绕出来。他蓬头垢面，衣衫褴褛，裸露出来的手臂和脚瞧着都溃烂，像是得了什么病似的。从正面一瞧，那张脸更是丑得不得了，一双倒三角的眼睛，满是痤疮的面容，走在大街上都是能把人吓死的程度。

他佝偻着身子，左右看了许久，见周围寂静无人，这才向那路边站着的提灯女子走去。他脚步落下时没有半点声音，身影犹如鬼魅一般随着风轻飘，瞬间就来到了女子的身后。

同时月亮从云层探出来，洒下满地清明，照在男子丑陋的脸上。

“嘿嘿……”他咧开嘴，竟露出了一排尖利的牙齿，猩红的舌头探出个尖，往嘴唇上舔了一圈，声音嘶哑道，“姑娘，你独自在此地，难不成是在等我吗？”

那女子听到声音，身影晃了一下，肩膀似隐隐有些颤抖。

就是这样。丑陋的男子心想，接下来该是她回头，然后吓破胆，发出尖锐的叫声，全身抖如筛糠。这种时候她身上的血会沸腾起来，极其香甜可口，尤其是年少的女子，其血液的味道更是纯净鲜美。

正想着，面前这女子果然慢慢地侧身回头。只是不同于男子脑中的想象，这婀娜多姿的女子转过头来时，竟然露出了一张属于男子的脸。这张脸瞧着不过十七八岁，眉眼很是英挺俊俏，肤色偏暗，像是那种常年在太阳底下暴晒而形成的颜色。奇异的是，他双目赤红，虎牙生得比寻常人尖利，便是一身粉嫩的衣裙也掩不住他将要迸发的、暴虐的戾气。

“你怎么知道我在等你？”他开口，是清朗的少年音色。

“啊——！”凄惨的尖叫从男人的口中发出，他吓得双腿一软跌倒在地，双脚蹬了两步也没能站起来，身体抽搐得仿佛下一刻要晕厥过去。

少年此时大概已经是耐心到了极限，随手撇了提灯，露出一双尖利的黑爪子，几步上前扣住了男子的脑袋，往地上一掼，按在了土里，手臂一用力就要将他的脑袋生生捏爆。

“哎！”不远处传来一声清脆的叫喊，同时一条连着锋利镰刀的锁链就甩了过来，直逼少年的手臂，他只得先松了男人用爪子挡住镰刀，继而往后一个翻越躲闪，露出不耐的神色。

紧接着一个身着白裙的女子便现身，往地上丑陋的男人脑门上贴了张黄纸，男子当即如死了般不再叫喊。她念道：“第一百三十九个。”

锁链镰刀收回，落在一个身着黑衣的男子手中，被他紧张地反复查看，发现没出什么问题后才快步行来，说道：“小倩姑娘，还差多少？”

“还差一百六十一。”聂小倩收了地上贴了黄纸的丑陋男子，转头对站在边上的粉裙少年斥责道，“你要是不想干就别跟着捣乱，方才你若动手杀了他，我们岂不是白等一个时辰？”

“我何时要动手杀他？”少年暴躁地撕了自己的上衣，露出精瘦健壮的身体，哼了一声道，“我不过是想摸摸他的脑袋，怎么了？这也不行？”

聂小倩冷笑：“你当我们看不出来？”

“哎呀哎呀，别吵架，和气生财。”挡在中间的黑无常好声劝阻，小声劝聂小倩道：“小倩姑娘莫生气，百鸦殿下方才也没有真的要动手呢，下次还是莫要动镰刀去攻击殿下，这夺魂镰是地府公物，万一再给损坏了……”

黑无常想起上回哭丧棒和夺魂镰损坏后，他和白无常被罚了一年的俸禄，平日里当牛做马攒的那点钱全给上交了，要是再坏他可承担不起。想到这儿，他将夺魂镰收起来，捂得紧紧的，免得聂小倩再趁他不注意的时候抢去。

聂小倩道：“若不是我阻拦得及时，这家伙早就被他杀了，我们皆在这里做无用功，真不知你跟来做什么？”

百鸦烦躁道：“你当我想来？”

“那你倒是回去啊。”聂小倩冷笑一声，“让晴朝帝君将你接回去，倒也免得你在这里添乱。”

说不了两句，二人又争执起来，在寂静的夜中吵闹，黑无常劝和未果，默默躲到一边看着。

薛茗老远就听见吵架的声音，聂小倩的声音尖细，在空旷之地尤其明显，一直重复着“你让晴朝帝君接你回去啊”这句话。

她于风中幻出身形，落在地上，询问道：“这才多会儿不见，怎么又吵起来了？”

绛星在她身边旋了两圈，收翅而落，乖巧地站在她腿边。

黑无常见了她，面色一喜，犹如瞧见了救命稻草，忙上前来作揖道：“薛元君。”

“薛老大！”聂小倩也双眼发亮，立即飘过来跟她告状，“我们在这里等了许久才引得一只魑现身，还险些被百鸦给杀了，本来地府给的任务就多，这一只只抓何其不易，他还在这里捣乱。”

百鸦重重地哼了一声，盘腿坐在边上，大概是聂小倩的话太扎心窝，此时已经气得脸色黢黑，不愿再开口。当初他偷跑下山，虽说是抱着玩的心态，却也在人间吃了不少十恶不赦之人，消除世间罪业，没想到后来牵扯进乱七八糟的事里，被晴朝帝君带回去后好好收拾了一顿。如今他灵力大损，早已不是当年那个呼风唤雨的百鸦大王。为偿还他先前作恶的罪孽，晴朝总是将他指派到地府打工，做一些琐碎且麻烦的小活。

赶上今日七月半中元节，阴气重，魑魅魍魉在人间作恶，虽说先前降过天雷，但阳间会有源源不断的怨魂诞生，所以每年的中元节依旧是阴间最忙碌的时候。

地府会派出不少差役来到人间抓捕游荡的散魂和作恶的邪祟。且说聂小倩当初被地府收编，成为千百差役中的一员，由于先前天雷劈诡界的事情太过响亮，聂小倩又是其中的参与者，回到地府之后便受到了热烈的欢迎，众差役偷了闲便会去找她询问当时的景象。

起初聂小倩耐心说了几回，后来烦不胜烦开始敷衍，大家纷纷送上阴禄求她细说，她便在地府练就了说书人的本事，将那次的事分成十数个章节，一天讲一回，十几日之后故事讲完了便再从头说起，绘声绘色引得众差役听得消极怠工，才去地府一年就捞了不少钱，最后上头注意到这番状况，便没收了聂小倩讲故事所得的阴禄，罚她与黑白无常一起出外勤。

此次中元节，黑白无常被指派了捉三百个的任务量，聂小倩本就怨念滔天，加之百鸦又差点坏事，忙活几日才抓了一百三十九个，这会儿自然满身怨愤。

薛茗见气氛僵持，便温声开口劝道：“你别急，我这儿收了有六十只，给你拿回去交差。”

聂小倩一听，当即面露大喜，高兴得朝薛茗福身一拜：“薛老大，你真是菩萨再世！”

薛茗笑道：“不必这样，本来今日也是来帮你的。”

黑无常左右张望，见薛茗身边没旁人，便问道：“燕真君呢？”

薛茗回道：“遇着他师弟了，他们闲聊，我听见你们在此争吵，便先行一步来瞧瞧。”

距离那次天雷诛邪已经过去整整一年，又逢七月半。当初燕玉鹤和她受了天封后便一直在人间游历，燕玉鹤有时会得天界召唤去处理邪祟，薛茗便跟着一同前去，同时还在燕玉鹤的刻意教导下开始修炼，学会掌控身上的力量。

薛茗对天界并无建树，前身又是祸害人间的大魔头，只是当时天雷劈下来时并未将她算在内，是天道留她生机，天界诸神忌惮她魁皇的血脉，便也将她点化。其实说白了也算是招安，怕她日后作恶就给了她一个约束，说出去也是天界之人，与诸神一样受天道管束，只是她并无官职在身，是一介散仙。

一年来，薛茗在修行方面也没有太大的进步，先前总是听燕玉鹤轻描淡写地说修行艰难，实则试过之后才知道，这艰难不仅仅指的是身体的锻炼，更是修心修性，甚至连脏话都不能说，那些阴暗的念头想得多了，还会走火入魔。

从前薛茗满腹怨念，已经习惯了在心里骂人，就一直卡在修心的层面，污浊到燕玉鹤都摇头叹息，劝她少在心里说那些污言秽语。

这不可能啊，薛茗认为正常人都做不到，这世上有谁能忍得住不在心里骂人吗？

同时薛茗还发现一个很奇妙的事，那就是燕玉鹤的心理活动并不少，他经常在心里将他的师弟比喻成愚蠢的朽木转世，但修行方面却不受任何影响，用他的话说，这并非骂人，只是对事实的陈述。

薛茗：“……”搞不懂修行。

虽说在修心方面卡了许久，但多亏燕玉鹤坚持不断地给她渡阳气……其实也不能称作渡阳气了，因为她被点化之后便算作双修，如此一来没个几日她身体就完全恢复了正常。双修所带来的益处十分显著，现在的薛茗已经会使用些小的仙术，比如飞、遁地、变大变小、幻形之类。

七月阴气重，薛茗与燕玉鹤边走边除邪，正巧在白日撞上了聂小倩几人。早前她跟燕玉鹤去过地府几次，知道聂小倩当起说书人赚钱，还曾劝说她别再继续，这种行为被发现是要被重罚的，然而聂小倩不信邪，如今果然被收走了以前所得，还被罚到阳间收三百邪祟回去。

薛茗寻思着聂小倩到底也是她曾经的马仔，这一年来每次见面都屁颠屁颠凑过来拉着她闲聊，况且除邪一事她与燕玉鹤也一直在做，所以就留下来协助他们。

几人分头行动，绛星跟在薛茗左右，追寻邪祟的能力极强，一旦闻见了邪气便发出鹤鸣，带着薛茗去追。燕玉鹤则应对那些邪气较重，更为危险的妖邪，所以一整天下来，薛茗与他见面的次数并不多。方才倒是遇上了，不过说来也巧，柳梦源竟然也在此处。

他肩头扛着旗，一手握着铃铛，慢悠悠地走在街上，嘴里念念有词，一副坑蒙拐骗的神棍模样，燕玉鹤站在暗处看了半晌他都没发现。随后燕玉鹤说了句“不能任他抹黑太虚宗的名声”，便起身大步走去，柳梦源瞧见师兄当场吓得双腿发软，此时看热闹的薛茗听见这边有争吵，便循声而来。

正想着，燕玉鹤已揪着柳梦源来了此处，他信手一甩，柳梦源被掼得往前行了几步堪堪站稳，回身道：“师兄啊，我都说了，我真的不是在当神棍骗人！你为何不信我呢？”

燕玉鹤神色冷漠，瞥他一眼，并未理会。

柳梦源无法，只得转身拜了拜薛茗，说道：“嫂子，你快帮我说两句话。”

薛茗瞧着柳梦源，一年不见他身量抽高了些许，皮肤颜色稍微深了些，想来是下山之后没少在太阳底下晒，从前穿着太虚宗的宗服，白白净净的，这会儿倒是不管什么破布都往身上套，唯有一张脸收拾得还算干净，瞧着比路边的乞丐强点。

他当初下山历练闹得阵仗很大，哭着喊着不愿离去，最后还是水曦出面，定下了他下山历练之事，柳梦源才挑着自己的行李抹着眼泪一步三回头。

水曦放不下柳梦源，曾几次传信给燕玉鹤让他照看在民间的师弟一二，燕玉鹤阳奉阴违，回信说会去找他，实际并不搭理，薛茗问他为何如此苛待师弟，燕玉鹤便因此生气，说什么他那蠢师弟惯会装可怜，不仅蒙骗了师父，还骗了她也跟着心疼。

薛茗百口莫辩，说自己根本没有心疼只是好奇一问罢了，燕玉鹤不相信，气了半宿才被哄好。

如今看来，柳梦源分明在民间生活得很好，虽然衣着看起来并不华贵，但他周身的气质有了翻天覆地的变化，有了几分摸爬滚打之后的成熟气概。

薛茗正想着，转眼对上了燕玉鹤的目光，也不知道是哪里又惹到他了，此刻他脸色沉沉的，眸光透露着某种不善的信息，直直地看着薛茗，仿佛只要她为柳梦源说一句话，他马上就要冷着一张脸，说出一些类似“师弟惯会装可怜蒙骗别人”满怀怨气的话。

千错万错，还是她当初大意，在燕玉鹤面前夸了柳梦源几句“生得好看，性子好”。

薛茗想了想，继而对柳梦源道：“柳师弟，你在此地忙活什么呢？”

柳梦源撇撇嘴，说道：“我接到消息，说有一个厉害的邪祟来了这城中打算趁着中元节害人，恰逢刚进城便瞧见有个人印堂发黑，阴气缠身，追问之下才得知他近日家宅不宁，总是闹出怪事，我在他的房宅推过一卦，算到那邪祟便是要害这家人，于是才在今夜守在此处。”

薛茗讶异道：“怎会如此？”

倘若真的有什么凶戾的邪祟，燕玉鹤必定在进城的时候就发现了。她转而问燕玉鹤：“你也知道有这种邪祟？”

燕玉鹤先是淡淡摇头，旋即问柳梦源：“你这消息从何处得来？”

谁知柳梦源却突然打起磕巴，顿了顿才说：“是、是个厉害的人告诉我的……”

燕玉鹤眸光一厉，沉声道：“柳梦源。”

薛茗见柳梦源这满脸心虚，就知道他这消息的来源未必干净，所以才不敢告诉燕玉鹤。不过她注意到一点，连燕玉鹤都没察觉出的邪祟，竟然会让柳梦源给推算出来，若此事当真，那柳梦源一手星盘推算之术已然十分了得，尽管燕玉鹤经常表示他的师弟怠于修行蠢笨不堪，现在看来，水曦收柳梦源为徒也并非收着玩，此人的确是有真本事的。

那厢柳梦源已然吓得不行，本身他就在师兄的淫威下长大，平日里怕师兄比怕师父还厉害，每回燕玉鹤念他大名，便是要罚他了，他赶忙求饶：“师兄，好师兄，你就饶了我吧！”

“哼。”百鸦在此时重重地哼了一声，成功拉出了自己的存在感，众人朝他看去，不明白他突然哼什么。

只听他道：“还能是谁，你这师弟身上一股酒味，闻不见吗？”

“酒味？”薛茗用力嗅了嗅鼻子，还没闻出什么，就被燕玉鹤一手遮了脸，按住鼻子不给闻。随后就听燕玉鹤漠声道：“谷井阑，你还要藏到什么时候？”

凭空冒出几声轻笑，继而空气中蔓延出浓郁的酒香，醇厚无比。薛茗眼前一花，就看见一顶黄金轿忽而出现，轿帘轻晃，一柄白玉扇探出来，将帘子掀开，继而一袭织金衣袍的谷井阑慢步下来。

此人原本是太子，不管到哪里也不肯落了体面，站在一行人当中尽显贵气。他身后的轿子消失后，则站着个白无常。

黑无常见状忙露出喜色上前拜礼，唤道："太子殿下。"

谷井阑随意抬了抬手，转而望着燕玉鹤笑，说道："燕赤霞，许久不见啊。"

燕玉鹤没有半点与他叙旧的样子，单刀直入道："是你将这消息告知我师弟的？"

谷井阑虽然对他这死性子习以为常，却还是露出了无趣的神色，继而对薛茗几人一一寒暄，就连坐在一旁生气的百鸦也没落下，得来百鸦骂的一句酒鬼也不生气，笑眯眯道："是我不错。这邪祟压在井下多年，近日不知得了什么法宝逃了出来，正巧我遇上你师弟，想着你们宗门向来都是以斩妖除魔为己任，便好心告诉了他。"

燕玉鹤道："有何凭证？"

谷井阑道："凭证自然是没有的，你未能探查出来，一来是你手中没有了那把剑，二则是那邪祟身上有个隐蔽气息的法宝，所以你才不知。"

薛茗好奇问："那你是怎么知道的？"

谷井阑笑道："说来也巧，我正寻找的人与这邪祟有那么点联系，所以我才得知。"

话音落下，一时间几人都没开口说话，似乎正等着一个人做决定。薛茗瞧着燕玉鹤的神色，知道他心中已经有了计量，只是他并不喜欢当领导者，所以即便是有计划也不会轻易说出来，于是便问他："你抓了多少只？"

燕玉鹤随手扔出一个锦囊，被聂小倩接在了怀中，他道："整一百只。"

薛茗一算，几人加起来便有二百九十九，就差这一只。于是她道："那只要抓住这作乱的邪祟，便正好三百只，距离中元节还有一个时辰，如果赶在这之前抓到，你们也可拿回去交差。"

聂小倩喜不自胜，自然是举双手同意，黑白无常也并无异议，百鸦更是巴不得事情赶紧结束，别再让他穿着女子的衣裙勾引这些妖邪上钩那就一切好说。

几人一拍即合，便商议着如何捉这最后一只邪祟。柳梦源推算过它会在子时出现在那家住宅附近，所以才会在半夜于街口游荡，没想到被师兄抓了个正着。面对师弟的满脸怨怼，燕玉鹤倒也不是那种厚脸皮不认错的人，只道若他这卦算得准，那邪祟按照他所言准时出现，便请书给师父准许柳梦源结束历练回山。这对柳梦源来说也是天大的好消息，当即又缠在燕玉鹤左右，一声迭一声地喊着好师兄。

薛茗在边上窥见燕玉鹤眉眼中流露出的烦躁，在心中偷笑，虽然她并不觉得燕玉鹤平静的性子是缺点，但偶尔见他被烦得厉害，也会觉得有趣。

几人分头埋伏，藏在那处住宅的各个方位，静静等待着子时到来。

燕玉鹤坐在树枝上擦剑，月光清亮皎皎，落在他身上，照出俊美的轮廓。他对自己的武器向来爱护，之前在山上砸碎了用了多年的宝剑，下山之后也一直在找称手的武器，每一把都很爱护，可惜坏得很快。薛茗认为，天界应该给燕玉鹤这种最佳员工颁发奖品，类如万年玄铁打造的剑之类的宝贝。

薛茗坐在另一根树枝上，双腿垂下去轻晃，澄澈的眸光落在他身上。偶尔夜风拂过，吹动满树的叶子发出轻响，远处还有鸡鸣，除此之外周围一片寂静。

燕玉鹤擦完了剑，动作平缓地收起来，其后忽然朝她倾斜身体，欺身压过来，手臂揽上她的腰，不知怎么一使力，一下就把她从另一个树枝抱到了他身边坐着。这树生得高而粗壮，分出的树枝赶得上寻常树干的大小，两人坐在上面，尽管树枝晃了几下，却仍旧坚挺地支撑着两人的重量。

燕玉鹤总喜欢这样抱着薛茗，就像绛星也会闲着没事就将脑袋倚靠或是耷拉在她腿上一样，主子和灵宠都在某些方面表现出了同样的黏糊，不过由于体形的不同，绛星是倚在她身上，而燕玉鹤则是习惯将她抱在怀中，以整个身体圈住。

他还喜欢压着薛茗，用胸膛贴着她的脊背，不会用很重的力道，但会让两人靠得更近，贴得更紧。他又惯常寡言少语，性子平静，抱住薛茗的时候不喜欢说话，只慢慢地将心跳贴着她的后背传过去，压在她的心上。

燕玉鹤将下巴搁在她肩头处，敛着双眸，呼吸声绵长而轻缓，时而有炙热的气息落在薛茗的耳边。

过了会儿，薛茗突然轻声问："去给你找一把剑好不好？"

燕玉鹤轻动，似漫不经心地从嗓子里发出一声疑问："嗯？"

薛茗说："你从前的剑不是被你砸坏了吗？下山以后用了几把剑都不顺手，不如等到天亮咱们就出发，去东海找玄铁，再给你打一把新的剑。"

"东海的玄铁岂能是你想要就有？"燕玉鹤的气息搔着她的耳尖，抱着她往怀中拢，去看她的侧脸。

"总要去试一试才知道能不能得到。"薛茗说，"反正我们也没别的事，不过就是在人间转着玩，去东海也一样。"

燕玉鹤没再说话，但薛茗知道这就是答应的表现，只要他不开口反对，俱是同意。东海虽然路途遥远，但她和燕玉鹤的岁月漫长，走走停停总有到的一日。

忽而一阵阴风起，呼啸而过，满树的叶子哗啦啦摇起来。燕玉鹤在同时立身，冷漠锐利的目光往下探，精准地落在某处。他抬手，袖中的纸鹤飞出，绕着树转了几圈化成绛星，紧接着便是一声响亮的鹤鸣，传至方圆，藏身在其他地方的人俱听到了这一声。

这是起先商量好的信号，因为邪祟在近距离现身，燕玉鹤必是第一个发现的人，所以他以鹤鸣为信，召其他人动手。

燕玉鹤抽剑跳下去，与绛星分列左右两边，急速朝那邪气之地靠近，身形堪比雷电。薛茗也滑落枝头，往常这种除邪的事是不用她插手的，但她瞧着狂风乍起，遮云蔽月，大地陷入一片黑暗，那住宅也隐隐泛着黑气，担心住宅里的凡人受牵连，便抬步往宅中去。

黑白无常赶来的速度很快，夺魂镰甩动发出清脆的响声，白无常晃着哭丧棒，从东西两个方向朝中间冒着黑气的雾逼近。此时燕玉鹤已经来到黑雾面前，半跃至空中，长剑高举，往下劈时不知砍在了什么上，发出一声极其刺耳的尖锐声响。

这声音很像是大钟被撞碎，震得薛茗耳朵剧痛，本能地捂起双耳，露出痛苦的神色。同时黑白无常也受到巨大的冲击，往不同方向弹飞。燕玉鹤的长剑应声断成两截，当间的那团充斥着邪气的黑雾仍旧没有损伤。

“这就是它手里的宝贝？”谷井阑已经赶到，见状便问道，“是个什么东西？”

燕玉鹤看着手中的断剑，一时也没有别的武器，便朝黑无常投去视线。黑无常当下明白他的用意，苦着脸将手中的夺魂镰送上。燕玉鹤接过夺魂镰，还没动身，身后就急急传来一串脚步声，侧目望去，是百鸦飞快地跑动发出的声音。他面上带着恶劣的笑，充满邪气，到了近处高高跳起，尖利的黑爪猛然往黑雾抓去，顷刻间十数招出手。

只见星火频闪，百鸦的爪子不断打在那宝贝上，发出刺耳的铮鸣，由于攻击迅猛，黑雾不断往后退。

聂小倩绕过邪气来到薛茗身旁，拉着她道：“居然连燕大侠的剑都断了，此处危险，咱们快撤离。”

薛茗回头看了一眼，看见此刻燕玉鹤与那一团黑雾相对而站，左右则是黑白无常，百鸦则正与黑雾缠斗，谷井阑虽然抱着看热闹的姿态，但也并未站在攻击范围之外，是随时可以出手的距离。这样的阵仗，比去年还要凶猛，薛茗觉得这邪祟除非是鼎盛时期的魁皇再生，否则就算不得危险。

她对聂小倩道：“我看这房宅笼着邪气，咱们进屋去看看。”

她穿墙进门的同时，身后几人应声而动，齐齐朝那邪祟出手。正如薛茗所言，便是鼎盛时期的魁皇再生，也未必应付得了这几人的联手。只见金光频闪，黑雾节节败退，最后被燕玉鹤甩着长链缠住了脖颈，狠狠掼在地面上，渐渐露出了人形。

分辨不清楚是男是女，似乎含着冲天的恨意，只余下一双赤红如血的双目怨毒地瞪着几人，身体融了许多枯骨，畸形丑陋。

燕玉鹤踩着它的肩头，唤道："无常，收了它。"

黑白无常即刻动身，正要上前将这最后一只邪祟收了回去交差，却在此时听宅内猛然传来一声凄厉的叫喊。几人同时转头朝宅子望去，仅仅是眨眼的工夫，燕玉鹤脚下踩的这个黑雾缭绕的邪祟便猛然变了模样，黑雾顷刻散去，只余下一面老旧的镜子留在地上。

燕玉鹤骤然明白这是一招调虎离山，真正的邪祟并非眼前这个，而是在宅中。他神色一变，身形瞬间消失在原地。

宅内只点了零星几盏灯，檐下，墙壁，石柱，视线所见之处皆贴满了黄色的符箓，密密麻麻，被风吹起时便会晃动起来，灯笼散发的光芒莫名凄惨，照在这一张张符箓上，令人毛骨悚然。

薛茗进来时看见的便是这样的景象，她料想这家人应当是被邪祟缠上许久，所以才在院中贴满了符箓，今日撞上七月半，他们只敢点几盏灯，院中也不见有下人候着，应当是都躲在房中。

这样的场面或许对从前的薛茗来说十分恐怖，但这一年来她跟着燕玉鹤见惯了各种妖邪，所以多少已经适应，更何况还有聂小倩在身旁。

聂小倩也不怕这样的场景，还转头对薛茗道："这些符箓都是假的，无用。"

话音落下，她忽然一顿，继而神色变得奇怪，皱着鼻子往空中嗅了嗅，森然道："不对啊，怎么有血的味道？方才进来时还没有，突然就冒出来了。"

薛茗心中暗惊，听见外面打得乒乒乓乓，又看了一眼跟在她身边的绛星，便道："走，我们去看一眼。"若有什么不对，跑就是了。

聂小倩循着空中血腥的味道带着薛茗往里走，来到宅子后院，就见后院的寝房大门紧闭，里面似乎点了灯火，映得窗子一片暗红。薛茗与聂小倩二人靠近，绛星则快步走到前面去探路，用脑袋顶开了门，一抹暗光从门缝透出来。

薛茗上前推开门，打眼一看，赫然看见屋内的房梁挂着两个人，一男一女，瞧着是中年的样子，胸膛处皆被掏了个血淋淋的大洞，赤红的血正往下淌着。两人竟然还没死，痛苦地瞪着薛茗，张大了嘴咿咿呀呀发出细小的呻吟。

这画面来得突然，纵然薛茗有防备还是被吓了一跳，往后退了一大步，紧接着聂小倩也瞧见了，登时发出拔声尖叫。

她的叫声都还没结束，燕玉鹤的身影就出现在薛茗身边，拽着她的手腕往后拉的同时一脚踹了门，只听轰然巨响，门整个都被踹飞。他先是往房梁上挂着的男女看了一眼，其后锐利的目光在房中巡视，就看见烛光照不到的角落有一个昏暗的影子。

燕玉鹤侧头，低声对薛茗道："退远些。"

其后身影一晃，整个人进了房中。薛茗赶忙往外走，听见锁链相撞的声音，不过是片刻，就有什么东西撞碎窗子摔了出来，紧接着身着黑袍的燕玉鹤也跟出来。薛茗定睛一看，发现地上的邪祟约莫是个人的样子，但身体部位融化了太多，看起来很奇怪，加之黑雾浓郁，很难分辨究竟是男是女。

夺魂镰在空中飞舞，燕玉鹤杀招凌厉，等屋外几人赶进来时，那黑雾已经招架不住，转身要逃。

燕玉鹤一镰刀甩空，重重撞在房檐上，登时砸得房檐稀碎，扑簌簌往下掉着碎石。黑无常发出一声惊喊，很像是被掐了脖子的鸡，想叫又不敢叫，满脸心疼，弱弱道："燕真君，这是地府公物……"

邪祟趁这一击打空，转头逃窜，不知要去宅中的何方，但既然已经让燕玉鹤逮住，就断没有让它轻易逃走的道理，他吹响一声哨，绛星展翅而飞，若流星闪过，贴近地面极快追上了邪祟，长爪一伸就将它抓住往地上按。

邪祟发出一声惨叫，在地上滚了几圈，想要挣扎，燕玉鹤飞身上前，甩着夺魂镰钩住它的脖颈，眼看着就要将它擒住，却见它猛然爆发出浓郁的黑气。

狂风涌动，从四面八方聚来，黑雾将所有人笼罩其中，薛茗用衣袖挡了一下，再看去发现视线已经极其模糊，只有处于黑雾中心的燕玉鹤还散发着微弱的金光，照亮他的身影。

他的衣袍被卷得猎猎翻飞，手中攥着夺魂镰，一脚踩着邪祟，似乎正抗拒着邪祟发出的巨大力量向他靠近。

凄厉的哭喊声在此时响起，那些黑雾无孔不入，像是感应到了薛茗的极阴之体般环绕着她，顷刻间，薛茗听到了那哭喊声中，一个属于女子的声音，继而是莫大的哀伤涌上了心头。

她似乎感受到了黑雾中所凝结的情感，那些悲伤的、急切的，皆汇聚在路的尽头，一间关着门的小屋。

"燕玉鹤。"薛茗看着在他脚下疯狂挣扎的邪祟，鬼使神差地开口唤他，"先等等。”

声音并不大，但不知怎的燕玉鹤就是听见了，陡然停住了手，回身朝薛茗看了一眼。她小步跑过去，见燕玉鹤并未松开脚，仍旧死死地压着邪祟，于是对他说道：“我感觉它好像想去这房中，我去瞧瞧是什么东西。”燕玉鹤微微颔首，唤上绛星跟随。

不过就几步的距离了，薛茗上前走到小屋前。门没上锁，很轻松就推开了。外面狂风卷积，黑雾缭绕，屋内却十分安静，不受任何影响。薛茗使了个小术法，将墙上挂着的灯点着，微弱的火光照明，薛茗看见这是一个杂物房，并不大，里面堆放了很多乱七八糟的东西，还有堆起来的木柴。墙边摆着一个盛水用的缸，半人高，木盖上压了几根木头。

薛茗在房中转了一圈，并未发现什么异常，最后将目光落在墙边的大缸上，刚走近两步，忽而就听见里面传来细小的微响。她上前，将上面压着的木头扔在地上，发现缸的木盖破了一半，隐约能看见里面似乎有什么东西。

薛茗将盖子掀起来，猛然对上一双惊慌失措的眼睛。瞬间她就明白了一切，心中涌起巨大的哀伤。她看见一个小孩，几岁大小，正抱着膝盖坐在缸中，仰起的脸在微弱的烛光下不大清楚，但却能看见脸颊上的红肿青紫，圆溜溜的眼眸满是害怕，看见薛茗的一刹就颤抖着将自己的身体缩成了一团。

穿越漫长的岁月，薛茗好像看见了很多年前的自己，在学校被欺负后，她带着伤，穿着脏了的衣裳，也是这样坐在某个角落里。

她弯身，将小孩从缸里抱起来时，泪水不知怎的滑落出来。许是这两滴泪，让惊慌害怕的小孩并没有挣扎反抗，而是乖乖被她抱起，走出了屋子。

薛茗站在屋外的刹那，满院的黑雾尽散，凄厉的哭号也慢慢变成低低啜泣。燕玉鹤在这时松开了脚，往后退了两步，就见地上那原本畸形丑陋的怪物缓慢地变了模样，逐渐成了一个中年女子的样子。

“娘。”在薛茗怀中的小孩发出微弱的、恰如小奶猫似的叫喊，随后挣扎起来，声音拔高，哭出了声，“娘——！”

趴在地上的邪祟已然变成人的模样，从地上站起来，几个大步上前，从薛茗的手中接过了小女孩，紧紧抱在怀中，哀哀道：“我的女儿……你受苦了……”

月光清亮，照在哭着抱在一起的母女二人，薛茗看见小女孩的身上有多处鞭痕，脸不知被什么打的，肿得很高，连一边眼睛也肿起来，显然是没少被打。

院中站着的几人默默看着，无人在此时说话。

远处传来钟响，阴冷的风从大地拂过，中元节的子时悄然而至。

最后小姑娘哭累了，紧紧攥着母亲的手睡去，黑白无常上前来，默默给那女子戴上了镣铐，最后一个邪祟收入囊中，地府交给聂小倩三人的任务已完成。这宅中的人也已死尽，女子原是这家户主的原配妻子，后来男人纳了妾，听的枕边风太多，联合小妾害死女子，扔进了荒井之中。

男人扶正妾室后，忙着在外做生意，对家庭并不重视，小姑娘便常年被这小妾折磨打骂，动辄关在柴房里关上一夜。原配夫人恨意难消，这才赶来报仇，将她的丈夫和折磨女儿的小妾，以及二人生的儿子也一并杀了。

这女子回地府要面临的惩罚薛茗并不知道，也不会插手，只是宅中的人都被她杀尽，留下小姑娘一人也无法生存，正想着如何处理时，燕玉鹤便开口让柳梦源回山的时候顺道将小姑娘也带回去，说她有入道之缘。

事情仿佛到这儿就结束了，谷井阑挥手告辞，百鸦也被赶来的鹿蛮接走，走时还骂骂咧咧说自己下次再也不会帮他们做活。

黑白无常与聂小倩向薛茗二人拜别，带着三百个邪祟回了地府交差，柳梦源则打了几个哈欠，抱着熟睡的小女孩说要回自己的客栈房去。

周围空旷下来，风声也静谧，薛茗与燕玉鹤行走在明亮的圆月之下，绛星左右摇摆着跟在身侧。

行过宽阔的街道，二人来到郊外，没有重重叠叠的楼阁，视线便豁然开朗。

薛茗抬眼，就看见郊外的旷野上是密密麻麻的人，他们或站或蹲或跪，点燃一个个小小的火堆。万千星火凝聚在一起，像是天上的繁星落了下来，随着旷野的风吹舞，火星在空中飘荡，纷纷扬扬。密集的火堆宛若长龙，一眼望不到尽头，遍布视野的各个角落。

浓重的夜下，是经久不息的火种。此起彼伏的哭声，温眷轻柔的低语，所有人的声音从四面而来，与画面交织，绘成令人震撼的画卷。

薛茗感受到风中浓郁的阴气，却又相当温和，黑眸映了万家灯火，明亮闪烁。

七月半中元节，阴阳两界连通，是生者与逝者的一次盛大的重逢。

横亘生死之间永不消逝的执念，是凡人再寻常不过的情感。

薛茗牵起燕玉鹤的手，缓声说："其实中元节也挺好的。"

燕玉鹤没说话，只是默默将她的手牵紧，带着她在皎月下慢步往前，穿越飞舞的火星，和千百思念逝者的人，并肩走向静谧的深处。

翌日，朝阳初升，街道上偶尔行过几个勤快早起的人。

小姑娘站在阳光照不到的箱子里，踮着脚仰着脑袋，对着墙的另一边说："你真厉害呀，你说我只要坐在缸里，我娘就会来看我，昨晚的真的见到我娘了。”

片刻后，另一头传来小少年的声音：“那当然，我可是答应过你，让你与你娘见面的。”

“那我以后还能再见到我娘吗？”她又问。

“这个嘛……说不准。”小少年说，“不过你既然能与我结缘，就说明有仙缘，日后若是有机会入道好好修炼，或许还能再见到你娘的转世呢……”

小姑娘说：“我听不懂，不过谢谢你。”

“小丫头！”巷子外传来一声呼唤，小姑娘听到后，便向墙的另一头道别，说以后再见，然后迈着小短腿跑了出去。

柳梦源站在巷外，瞧见她跑出来，便上前牵她的手，问道：“干什么去了？”

小姑娘回答：“跟朋友说话。”

柳梦源并未上心，随口问道：“你在这儿还有朋友呢？”

小姑娘点头，又说：“他叫游音，是个特别厉害的人呢！”

柳梦源不知游音是何人，应和两句，随后带着小姑娘上了牛车，道：“走咯，带你回山。”

朝阳洒下灿灿金芒，驱散清晨的雾，照在街道行人的身上，恍然又是新的一日。

番外三 修行

晌午刚过，太阳正毒的时候，蝉鸣连成片地响，吵得人耳鸣。

薛茗支着脑袋，坐在桌边打瞌睡。她面前放着一本书，上面写满了密密麻麻的端正字体，排版相当稠密，是不爱学习的学生最害怕看到的那种课本。

不过薛茗上学那会儿是实打实的好学生，每天除了思考怎么搞两口饭吃之外就是一门心思学习，对学习这方面向来有足够的耐心，但不知道怎么回事，来到这里之后她就懒惰了许多。

早前从山上下来之后，薛茗琢磨着好歹她现在也算是位列仙班，说出去也是个小神仙，若是半点仙法都不会也太不像话，于是她向燕玉鹤提出了修习仙术的想法。

燕玉鹤对此并没有表示出积极的鼓励，但也没有拒绝，只是应了一声，隔天就搬来了许多书放在她面前。

薛茗一愣，“这是什么？”

燕玉鹤道：“修行先修心，这些心法你参透了，才能开始修习术法。”

薛茗摸了一本，打开的瞬间就被上面密密麻麻的字体扎了眼睛，她揉了两下眼睛埋怨：“这排版也太夸张了，乍一看像是一万只小苍蝇挤在一张纸上，看不了两张眼睛指定要瞅瞎。”

燕玉鹤沉默地站在边上，看了看书面，又往薛茗的脸上扫了一眼。此时薛茗希望燕玉鹤能多体谅她一下，想个办法解决一下她的困境，于是充满期冀地看着燕玉鹤。

谁知他缓声开口道：“这些俱是先人呕心沥血、刻苦修行之后留下的经验之书，不可不敬。”薛茗想吐血。她一把抓住燕玉鹤的袖子，仍抱有希望，试探地问：“你现在不是飞升了吗，会不会那种过目不忘的术法？”

燕玉鹤道："不如我念个咒让这些字都自你双耳钻进脑子里，如此你连看的工夫都免了，只需躺着就能将这些心法学完。"

薛茗听后简直双眼放光，迫不及待道："还有这种好用的术法，快快给我展示一下。"

燕玉鹤面无表情："若是天底下的修行之人皆如此投机取巧，这天下早就是妖魔当道的天下了。"听这话的意思，是不打算在她修行道路上帮衬一把了，薛茗顿时蔫了，也是没想到都毕业了，还要埋头苦读。燕玉鹤见她蔫巴巴的，一副提不起精神的模样，便难得地说了两句鼓励的话："大道至高至简，修行不急一时，倘若你当下参不透，可先放一放，自有漫长的寿命让你去参悟。"

不过这种安慰起不到一点作用，薛茗看着面前堆积如山的书本，想到以后自己很长一段时间都要跟这些东西打交道，顿时双腿发软，滑跪到桌子底下。

燕玉鹤给她理了理看书的顺序，又交代了几句，旋即出门去。

薛茗便翻开书页，开始了十分艰难的修行之旅，密密麻麻的字堆积在一起，她只能用手指点着读，稍不留心就会读岔行，内容也晦涩深奥，读一句要停下来思索许久，一个时辰才翻了两页。这样的学习效率可想而知，薛茗的精力很快就被耗尽。

正值暑夏，外面的蝉鸣一阵一阵，屋内不知道被燕玉鹤施了什么术法，感觉不到热意，反而丝丝清凉环绕周身，十分舒适。尽管下山之后燕玉鹤尽心尽力地给她渡了不少阳气，但薛茗的身体并没有完全好，现在的身体仍旧本能抗拒炽烈的阳光。不过，薛茗实在很喜欢光照，所以燕玉鹤就开了一扇小窗，让她得以看着金灿灿的光芒透过窗子落在地上。

很快书上的字体变成了万花筒，不停变换出新花样，让她双眼昏花，困意袭上心头。她稍微挣扎了一下，最终还是在困意下妥协，支着脑袋打瞌睡。

偶尔一个歪倒，薛茗的头砸在书本上发出咚的闷响，并不痛，索性她就趴在桌子上睡起来，左右也不用参加考试，时间还长，可以慢慢学习。

燕玉鹤回来的时候，就看见薛茗趴在桌上呼呼大睡，脸颊压着书本，看起来对写下这些名书的先人并没有几分尊敬。他缓缓走过去，见薛茗警惕很低，并没有察觉到有人靠近，于是弯身，将她双臂架在自己的双肩处，一把将人抱了起来。

薛茗醒了，比从前灵敏的鼻子闻到了燕玉鹤身上的味道，还是那股熟悉的荷花清香，她的脑中闪过一个念头，很快又模糊。她感觉自己被放在了柔软的床榻上，陷进软和的被子里，浑身都被棉花给包围，很舒服。

干燥温暖的手将她的手牵起来，指腹捏了捏她的指头，薛茗又努力地睁开眼，就看见燕玉鹤坐在床边，正垂眸看着她的手指。光照仍旧很明亮，燕玉鹤一身雪白衣袍，漆黑的长发散下来，精致的眉眼因染上了一层淡漠显得颇有几分仙气，正看得认真。

薛茗用另一只手揉了揉眼睛，问："我的手怎么了？"

燕玉鹤转眸看她，瞧见她脸上有些许黑黑的痕迹，不知道是在哪里蹭脏的，躺下去的时候领口也松散着。薛茗总是不肯好好穿衣裳，觉得盘扣扣到脖子的最上方太紧，让她喘不过气，在不出门的时候她都吊儿郎当地敞着领口。为了行动方便，还喜欢穿无袖的上衣，甚至自己做了一套名为睡衣的东西，在睡觉时露着一双细长的腿。

薛茗与燕玉鹤其实达成了协议，关于渡阳气这件事三日一次就好。燕玉鹤对此没有异议。

燕玉鹤俯身凑近，指头在她脸上揉了揉，半晌后才缓声问道："你体内的阴气仍没有完全退去，是我不够尽力？"

灼热的气息压下来，吹拂在她的耳畔，薛茗不自觉地深呼吸了一下，脖子微微往后缩，回道："我觉得……你还是挺尽力的，可能此事不可急于求成，得慢慢来。"

燕玉鹤将她脸上的污迹擦干净，认真道："早日将你的阴气驱干净，你就能晒太阳了。"

能晒太阳当然是好事，薛茗想，如果她身体恢复，第一件要做的事情就是搬着凳子去太阳底下晒几个小时，直到浑身上下每一寸肌肤都沾染上太阳的味道，那才是最好。

正想着，细吻就落了下来，燕玉鹤仿佛看穿了她的想法，贴在她耳边轻声说："放心，我定然会让你快些恢复。"

纱帐层层落下，窗外仍旧是炎热的夏，蝉鸣叫一阵停一阵，反倒是原先寂静的屋子传出了持续不断的笑声。

莫失莫忘

——出版新增番外——

柳梦源五岁时被水曦带上山，还没正式拜师时，就被一众师长围着称赞："此子天赋极高，将来怕不是个简单人物，师姐真是慧眼识珠。"

年岁方小的柳梦源分辨不清楚这话究竟是夸他还是在夸他的师父水曦，当真以为自己是百年不遇的奇才，加之又拜在掌门的座下，由不得有几分骄傲得意。其他师兄姐见他年幼，又是刚进山门，生得还粉雕玉琢，相当水灵，于是多加照顾，溺爱几分，不过几个月，就养出了骄纵的性子，比先前胖了十来斤，整日圆滚滚地在山上颐指气使，连鞋子都不想自己穿，撒娇卖乖地让人背着走。

不过这情况也没维持多久，直到他那正儿八经的同门师兄回了山，他的好日子才算到了头。

与他同拜水曦为师的师兄名唤燕玉鹤，比他年长二三岁，小小年纪已是养成了极其规矩板正的模样，身后背着一把剑站在他面前，先是以平淡的目光将胖嘟嘟的柳梦源上下打量，随后转头对水曦道："师父，是什么原因让你将这个猪托生的人带回了山？"

水曦斥道："怎么恶言伤人？没规矩，回去抄十遍门规。"

燕玉鹤应了一声，分明领了罚却没有丝毫认错悔改的样子，路过柳梦源时将目光落在他肥胖的手臂和圆鼓鼓的肚子上，低声道："你这猪妖，最好速速离山，否则等我剑法修成，一剑就让你现出原形。"

水曦在身后责备："玉鹤，加罚十遍。"

燕玉鹤点头，平静道一句："弟子领命。"而后坦然地回去抄门规了。

柳梦源被吓得魂飞魄散，哭了好大一场，连做了好几日的噩梦，梦中自己被燕玉鹤拿着剑追杀，还当真被捅出了原形，变作一头肥猪躺在地上哼哧哼哧。他惊慌吓醒，之后便开始不吃不喝，每日都捧着镜子看自己瘦了没。谁承想不过燕玉鹤的两句话，就让柳梦源在短短半年里瘦了回去，渐渐显露出清瘦的模样，且日后再没有胖过。

许多年过去，柳梦源仍对那个噩梦记得清楚，难以忘怀。而今他道袍加身，坐在路沿的石头上，腿边坐着个水灵的小姑娘，正捧着脑袋认真地听柳梦源细数他那凶恶师兄的罪状。趁着他喝水歇口气的间隙，她便问道："梦源叔，既然你师兄那么凶狠，为何我们还要在这里等他？若是他见了你再拿剑打你怎么办？"

柳梦源咂咂嘴，道："我那师兄固然厉害，但我也非吃素长大，自然不会任他欺负。"

小姑娘煞有介事地点点头，表示赞同，因为柳梦源的确不吃素，他无肉不欢，若是餐桌无肉，他连筷子都拿不起来。这小姑娘名唤青羽，是三年前中元节那日，柳梦源同燕玉鹤等人除邪之后带走的女孩。

原本他完成那次的除邪之事后，就提前结束了历练回山，谁知他习惯了下山之后摸爬滚打的历练，对山上锦衣玉食的安稳日子又觉得乏味起来，无所事事两个月后，他又带着青羽下了山，扛着一杆"算天算地"的幡在民间游历。

距今已经三年过去，他胡子拉碴不修边幅，头发梳得随意散乱，肤色也晒黑几个度，往路边一坐再支个破碗，都会有好心人往里头扔铜板，与从前在山上那细皮嫩肉、风流倜傥的模样判若两人。但他的卜算之术却突飞猛进，吉凶福祸随手拈来，有了实打实的真本事。

就比如当下，他算得师兄和薛茗二人会从此处路过，于是一早便坐在路边等候。

至于为何在此等候，倒也说来话长。自从师兄燕玉鹤带着薛茗离山后，便再没有回去过，二人在民间游历，先是去东海寻玄铁打了鸳鸯剑，其后又合力捣毁了盘踞南山多年的妖窝，因此在南方成了声名大噪的一对佳侣。而柳梦源也没闲着，作为与燕玉鹤师出同门的弟子，他在北方一带也大展身手，屡立大功，得了个"天算子"的称誉。

通常情况，师兄弟两人一南一北互不相干，即便柳梦源偶尔给燕玉鹤寄信，也得不到回应，不过由薛茗代为回信以表明近况。近来收到的信中，薛茗提到了一件怪事。此事发生在寿观城，说是不知从何处来了一只专门在婚宴上抢喜的妖怪，搅得城中鸡犬不宁。

"抢喜"乃是民间流传的俗法，意指年纪较大的老人在新人的婚宴上抢了新娘的喜运，替换在自己身上，达到绵延福寿的目的。但被抢喜之后的新婚夫妻，便会在婚后日子不顺，相互生怨，貌合神离。

但此妖的抢喜更为歹毒，只要在婚宴上被抢喜，新娘子便会在新婚当夜暴毙，新郎则变成疯疯癫癫的痴人，且再不能人道，断子绝孙。

寿观城向来是个祥和之地，甫一出现这种妖怪，自是人心惶惶，不敢再办喜事。此事传至太虚宗，水曦见寿观城位处南北中间地带，便分别给燕玉鹤和柳梦源传了信，要他们师兄弟二人前去处理。

接到信的柳梦源不日启程，算得燕玉鹤今日酉时会从此地路过，便在此地歇脚等候，存心要给师兄露一手自己的卜算之法。

他仰着头看了看时辰，心道那二人也该来了，便扭头张望，远远看见天际飘来一顶轿子。那轿子相当华丽，金黄的轿顶四角都挂着象牙雕花灯笼，织金的轿帘轻轻飘动，四个身着粉纱的貌美女子抬着轿，足下轻盈地在空中行走，那做派好似神仙过境。

眼下太阳落山，什么妖魔鬼怪都能蹿出来，柳梦源一眼就看出这华丽的轿子非神仙所有。他暗道奇怪，随后抽了一张纸折做弓，轻轻一吹，那折纸便瞬间化作一张弓。他拉弦搭箭，嗖的一下便射中那轿子前的灯笼，吓得四个抬轿的女子惊慌躲闪，金灿灿的轿子摇摇晃晃，从空中坠落。

“是谁乱放箭！那么没道德！”一柄白玉扇从里探出来，掀开了轿帘，伴随着浓郁的酒香四溢，一张金玉其外的俊脸便露出来。那人一看是柳梦源，当下笑道：“原来是你小子。”

柳梦源收了弓上前，连声道：“原来是太子殿下，失礼失礼。”

来人正是谷井阑，他生前是太子，死后也是这番金尊玉贵的做派，不管走到何处都要坐着这耀眼夺目的金轿子。此人在民间也有着极高的威望，甚至盖了庙塑了灵像被供奉，算半个阴仙。因此柳梦源在民间办事，少不得要与他打交道，一来二往便熟了。

二人见面先寒暄两句，柳梦源便迫不及待问道：“殿下可曾见到我师兄？”

谷井阑自是明白他问此话是何意，摇着扇子轻笑：“你师兄料到你在此等候，叫我从这里路过时知会你一声，他已进城，不必苦等了。”

柳梦源一听就知道怎么回事。他本是暗中与师兄较劲，虽然冒险推算了师兄从此地路过，但燕玉鹤到底已是仙身，想要破解他的术法自是轻而易举，所以才选了另一条路进城，还让谷井阑来通知他一声：我已看破你的术法，别再白费力气啦，你永远斗不过我的。

柳梦源气得脸色难看，谷井阑便劝慰道：“你莫多想，他择另一条路入城，想来是更方便些。”

“我算得好好的，他明明走这条路最短、最方便！”柳梦源想对自己这凶恶的师兄破口大骂，但碍于有外人在场还是收了声，愤愤地收拾好行李，牵着青羽随同谷井阑一起进了寿观城，进城之后便直奔事主的府邸。

水曦派燕玉鹤和柳梦源联手处理此事，倒也并非此妖太过厉害，概因水曦有个三世修善的故友，今生的俗家赵氏便落根于寿观城，其堂弟婚期早在一年前就定下，却因这抢亲妖吓得耽搁，如此蹉跎了一年，到底还是求上了已入观修行的兄长，但此人已出世，不便下山插手俗家之事，便请了水曦相助。为了给故友面子，水曦将自己仅有的两个弟子派去寿观城，这才有了师兄弟的见面。

柳梦源赶去赵宅时，就在正堂看见了端坐着的燕玉鹤。他着一身黑袍，衣摆绣着大片松叶银纹，雪白的内襟搭着赤红的衬衣，长发高束，散落的发丝随意地搭在肩头，俊美的面上无甚情绪，正慢悠悠地喝着茶，一派优哉游哉的姿态，仿佛已经等候多时。

距上次一别二人已有一年不见，这次相见也没表现出兄友弟恭的和气。柳梦源故意左右张望，口吻亲切道：“薛茗在何处？许久没见了，我真是想念得很，上次她给我回信时还说见面了让我尝尝她亲手做的糕点呢。”

燕玉鹤冷淡地瞥柳梦源一眼，他从不做无谓的口舌之争，尤其对自己这邋里邋遢、泥团里打滚的乞丐师弟包容，因此只将杯盏轻轻一放，应道：“在院中，你进来时不曾看见？”

柳梦源从进宅的时候就听闻师兄在正堂坐着，一路脚步飞快地要赶过来硌硬他，哪里留神站满下人的院中有没有薛茗，于是转头朝外走去：“我找她去。”

话音刚落下，脚步才刚踏出门槛，一只白鹤便迎头飞来，扑棱着翅膀在柳梦源的头上拍打。柳梦源赶忙用手护着脑袋，惊叫：“绛星！你是不是疯了，连我都不认识了？！打我做什么？在山上的时候我还经常给你喂食呢！”

绛星充耳不闻，用长长的鸟喙啄他的手背，追着柳梦源在院中乱转。院中下人惊惶失措，想要上去帮忙，却因这白色灵鹤乃是仙师带来的，他们也不敢轻易乱动，只得看着一人一鹤在院中乱扑腾。

薛茗端着一盘桂花糕行入正堂前的院子，老远就听见柳梦源吱哇乱叫，走近了一看，是绛星追着他啄。薛茗与燕玉鹤同处四年，已经不再像当初那样无知，知道绛星是与燕玉鹤灵识相通的灵兽，平日里性情温和，这会儿追着柳梦源咬，显然是燕玉鹤存心捉弄他师弟。

“绛星。”薛茗唤了一声，绛星就放过了被啄得满头包的柳梦源，迈着细长的一双腿欢快地朝她奔来。

柳梦源气得不行，理了理乱糟糟的头发，老远就对薛茗热情道："薛茗！好姐姐，许久没见了，你风采依旧啊！"

如今柳梦源膀子硬了，在俗世摸爬滚打几番后，已经不再是当初山上那个见到师兄就吓得双腿打摆子的小师弟，有时胆子大起来，十分会惹燕玉鹤不高兴。平日里他都喊薛茗嫂子，只有在这种时候，他才会改口，一口一个"好姐姐"地叫。

虽说他是存心硌硬燕玉鹤，但这话倒不算假话。若说四年前的薛茗至多算得上美人，那么四年后的今日，她的样貌以"沉鱼落雁，闭月羞花"来形容都不为过。仙气养人，她自从被点将成仙后，虽然日日喊着修行苦，却也未曾过多偷懒，在燕玉鹤的严厉盯视下，一边渡阳气以清除体内的余阴，一边修炼滋长仙气，而今已是个合格的神仙了。

她笑眯眯地将手里的糕点抬起，道："梦源儿，尝尝我刚做好的糕点。"

薛茗跟旁人不同，喊柳梦源的时候，尾音总是往上翘，为此燕玉鹤还生过一个不小的闷气，但薛茗实在是没办法改掉这个儿化音。况且说实话，她觉得柳梦源此人实在是被燕玉鹤欺负得可怜，就这么一个师弟，总不能让人给折腾坏了，因此薛茗待他也像待弟弟一般，每次寄来的信，她都读给燕玉鹤听，然后认真写回信。

薛茗表示，太虚宗掌门座下的两大弟子还没决裂，她在其中有很大的功劳。

有燕玉鹤这个恶师兄在先，柳梦源见到薛茗恍若见到仙女在世，差点热泪盈眶，赶忙拿了一块热气腾腾的糕点往嘴里塞。

谁知这糕点甫一入口，立即在舌头上炸开苦涩的味道，继而酸甜苦辣轮了个遍，世上再找不到比这更难吃的食物。

柳梦源看着面前薛茗的笑脸，硬是将这一口给咽了下去，旋即架不住这口"神仙药"，双眼一翻仰面栽倒。

薛茗吓了一跳，心说她虽然很久没做这玩意儿，但也不至于手生到给人毒倒的地步啊？她赶紧抓了一块尝了尝，味道清新甜香，卖相也好，可以说是做得相当成功了。

她当下明白柳梦源这反应是什么原因，转头去了正堂内，冲那端坐着喝茶的燕玉鹤质问："你做什么捉弄你师弟？还在我的糕点上动手脚，若是传出去，我这手艺的名声岂不是要被你败坏了？"

燕玉鹤拿了一块糕点吃，淡声道："是他舌头出了问题，与你的糕点何干？"

薛茗摇摇头，心道燕玉鹤心眼快赶上针眼的大小了，醋劲儿还很大，关于柳梦源的话，她最多说两句，再多说一句他便要沉着脸翻起旧账，问她柳梦源与他谁的模样生得好这种无聊问题。

究其根本还是因为当初她在山上的时候，无意间夸赞了一句柳梦源生得好看，实在是搬起石头砸自己的脚。

薛茗好歹曾经也是驰骋职场的人物，看人脸色的功夫相当高超，于是识时务地撂开柳梦源的话题，在燕玉鹤的边上坐下来，道："糕点已经给赵家公子送去了。"先前二人来到赵宅后，得知那赵氏公子因抢喜之妖惊惶得夜夜不安，身体日渐虚弱，吃了许久的药也不见好。薛茗去看过后，发现他是惊吓过度以致阳虚，让一些不干净的东西纠缠上了。她便去后厨亲自做了糕点，混些灵气进去，待那赵公子吃了后再好好休息一阵，便可安神定魂。

那抢喜之妖虽算不上修为高深，但生性狡诈多疑，又过于胆小谨慎，只有在新人吉时拜堂时，才会出现，抢完喜后立即遁逃，不会停留过久，因此想要抓住它，也并非易事。

而最麻烦的地方就在于，民间极其讲究大婚之喜，倘若这一日不顺利，那就意味着一生的婚途不顺，不论那妖怪抢喜是否成功，也总不好在大婚当日动手抓妖。待嫁的姑娘姓李，年方十七，虽说在当下的时代正是婚嫁的正常年龄，但落在薛茗眼里，不过是个小姑娘，在这样独特又庄重的日子里，薛茗也不希望因为这小小的妖怪坏了她的人生大事。

薛茗提议今夜就摆上宴席，让那抢喜的妖怪误以为是赵家为了躲避它而挑选了夜间的吉时成婚，如此将它引来后，便可直接动手。赵老爷应了此法，立即动身去张罗今夜的菜肴，对外只宣称今夜要宴请贵宾。

为作出高朋满座的喜宴之象，薛茗联络了聂小倩。几年的光阴，聂小倩仗着自己能屈能伸、长袖善舞的性子，在下头混得风生水起，先前还是给黑白无常打下手的小职员，现在已经入判官司，主掌探查枉死、横死之人的生前事。虽说如此，薛茗当年与她定下的契约也并未解除，并非薛茗想要拴着她，而是聂小倩自己不愿解除，说她在下头可以将薛茗当作靠山，就算旁人不给她面子，也不至于欺负她。

薛茗一唤聂小倩，她便从一团飘来的烟雾中现身，衣袖徐徐一摆，嚷嚷道："薛老大，您这大忙人终于有空想起我来了，上回我升职想请你吃饭你都说没时间，你老实说是不是燕赤霞不准你与我们这些地下的来往啊？"

薛茗轻咳一声，暗作提醒。聂小倩瞬间觉得背后一寒，回头一看，就见燕玉鹤坐在旁边，那双冰冷的眼睛正淡淡地看着她，如同宣判死刑。聂小倩吓得险些魂飞魄散，当下噤声不语，隐隐往薛茗身后躲藏。

老公不招人待见，薛茗在心里默默叹一口气，随后对聂小倩道："我前段时间忙于修行，没时间玩乐，眼下的事情忙完之后就可以与你一同吃顿饭，叙叙旧。今日叫你来，是有事相求。"

聂小倩忙表忠心："好说好说，正经的事好办，不正经的事我更是拿手，只要薛老大你说一声，上刀山下火海我都可以去。"

薛茗道："倒不是什么难事，就是想从你手里借点人。"

正堂的门一关，薛茗三人便在里面商议正事。柳梦源自吃了那一口堪称毒药的糕点后，昏昏沉沉，倒地不起，青羽十分担忧，伏在他身边一边推着他一边叫喊，企图将他唤醒。院中的下人见状也不敢上前乱摸，毕竟来客是老爷请来的仙人，若是真有个三长两短，也用不着他们这些凡夫俗子去救。

幸而谷井阑来得及时，见他挺在地上起不来，便往他人中一掐将他救醒，还好心地劝道："你就别去招惹你师兄了，你便是算破了天，又怎么斗得过他呢？"

此话表面是劝，实则拱火，柳梦源气得咬牙切齿，立即提笔写信，向远在千里之外的师父告状，力求严惩师兄。

不过经此一闹，柳梦源已然回忆起曾经在山上受师兄压迫的日子，登时收敛了膀子，规矩不少。继而两人也进了正堂，商议捉妖之事。此事本不需要谷井阑参与，只是他日日闲得无聊，哪里有热闹就要往哪里凑，并且他从几年前就一直在追寻游音那个千年人参精的下落，所以经常在凡间闲逛。

听闻薛茗的计划后，几人各分配了事情做，柳梦源扛着自己那杆"算天算地"的幡，转而去赵宅周围布下阵法。薛茗与燕玉鹤二人则在城中走访，在先前受抢喜之妖所害的人家中询问了当日喜宴的状况，从那些人的描述中，薛茗发现了一个共同点——

在拜堂之时，会有一阵风穿堂而过，风势并不大，却无端迷人眼，想来便是那抢喜妖召来的妖风。

赵老爷办事利索，天将将暗下来时，那流水席便摆满了前院，桌桌都是美味佳肴，阵仗相当气派。薛茗向聂小倩借的人此时也都换上了锦绣华服，手里提着红绸包着的礼品，陆陆续续进了赵宅，登时人声鼎沸，喧闹无比。

薛茗安静地坐在房中，面前的铜镜照出她姣好的面庞，身边的婢女前前后后地忙活，在她的面上妆点。赵氏公子喝过安神的汤药后已经沉沉入睡，她今夜便是要顶替待嫁的李姑娘扮作新娘子，待抢喜妖对她下手时将其抓住。

因是做戏，所以省略了打马游街的迎亲环节，薛茗是在赵宅之中装扮好，待一切准备就绪后，众人按照柳梦源所掐算的“吉时”，让新郎官准时来到门前“迎亲”。

门口传来唢呐锣鼓的声音，婢女们也嬉笑着去开门，尽管心知是假，但薛茗看见站在门外的燕玉鹤之后，还是免不了心脏乱跳。他假作新郎官，身着赤红色的喜袍，头戴官帽，脚踩锦靴，本就俊美的脸一经艳色装点，变得无比昳丽。

起哄的哗然声如潮水般凶猛地灌入薛茗的耳中，好似一切假象都在此刻变得极为真实，在这鼎沸的人声之中，她心仪之人身着喜袍，迎着哄闹来娶她。

薛茗的心跳得飞快，匆匆撇开视线，不与燕玉鹤对视之后，才得以用深呼吸平缓情绪，继而手持遮面的团扇，在婢女的搀扶下一步步来到门口。

燕玉鹤倒是十分镇定的样子，神色没有丝毫变化，朝她伸出手，将她从门内接了出来。随着两边的人夹道欢呼，薛茗伏上了他的背，被他背着往前院的喜堂走去。夜风习习，到处挂着的大红灯笼将一路都照得通亮，红光落在燕玉鹤的脸上，勾勒出俊俏的侧脸轮廓，让薛茗盯着瞧了好一会儿。

她凑近燕玉鹤的耳朵，轻声问：“我漂亮吗？”

燕玉鹤不应声，竟然显得有几分冷漠。

“你怎么不说话？”薛茗的心脏都快要从胸膛跳出来了，手心里也捏了汗，就算知道是假成亲，也紧张得不行，相反燕玉鹤却没有半点变化，这让她非常不满，于是便想悄悄伸手去捏他的耳朵尖。不料她的手还没放上去，就发现燕玉鹤的那平日里白净的耳朵，此时不知道是因为灯光还是出于其他原因，竟然染上了薄红。她用手指摸了摸，摸到了滚烫的温度，倍感惊讶。

燕玉鹤揽着她的手瞬间收紧，涩声低语：“别乱动。”薛茗听出这话中压着忍耐之意，却也并未老实，反而坏心眼地凑过去，在他耳朵处轻轻落下一触即离的吻，惹得燕玉鹤脚步猛地一顿，突兀地停了一下。

薛茗见他这样，心里才舒坦，哧哧地笑起来，继而双手圈住他的脖子，不再乱闹。

一段从后院行至前堂的路走得不算久，但薛茗枕着他的肩头，却好像经过一段漫长又安宁的岁月，心里被灌满了蜜。到了喜堂前，燕玉鹤将她放下，虽然脸上还绷着正经的神色，但薛茗却时不时往他耳朵上看一眼，眼眸狡黠似猫，惹得人心痒。

宾客满堂，柳梦源正正经经地换上干净衣裳，牵着青羽坐在菜肴前大快朵颐，谷井阑则优哉游哉地给自己倒酒。坐于正位的两人则是燕玉鹤所剪的纸人所化，面含微笑，形似真人。

燕玉鹤牵着喜绸的另一端，与薛茗并肩步入堂中，在傧相高声喊着“一拜天地”之时，二人同时弯腰，行之一礼。继而二拜高堂，二人冲座上的两个纸人徐徐一拜，待到最后一礼，一声“夫妻对拜”从耳边晃过，薛茗转身，与燕玉鹤面对面而站。

她的黑眸水盈盈的，映照大红灯笼，喜烛光火，明亮得晃眼。燕玉鹤盯着她，仿佛被困于她的眼中，毫无知觉地沉溺进去，所有声音在此时消弭，唯有他沉重又急促的心跳，声声震耳。

弯腰的刹那，一阵妖风穿堂而来，薛茗当下知道是那抢喜之妖出手，立即停下拜礼掐出个法诀，将正堂的门重重一关，喊道：“它来了，快动手！”

话音刚落下，一股阴冷的气息扑面而来，要抢夺她发上的金钗，薛茗反应迅速，猛地朝前一扑，扑进燕玉鹤的怀中。

柳梦源那一口鸡肉刚塞嘴里，当下撂了筷子，鼓着腮帮子起身，摸出一张符箓来，正要出手，却见门窗没有任何动静，惊诧地转头望向燕玉鹤，含糊不清地嚷嚷：“师兄，你在这里做什么？！”

此时应是燕玉鹤行动，将门窗印上禁令，把抢喜之妖锁在正堂内然后瓮中捉鳖才是，但没想到往常斩妖除魔从不出错的燕玉鹤会在此时犯了失误。

燕玉鹤抱着怀里的薛茗，在揽住她腰身的一瞬间分了神，误了行动。正是这一刻的疏忽，那抢喜之妖撞破窗子逃走。好在宅子周围有柳梦源提前布下的阵法，更有绛星在院中守着，那妖怪一逃出来，便被绛星紧紧追上。

燕玉鹤敛了眸，召剑飞身而出，将四处逃窜的抢喜妖钉在剑下，众人跑去院中一瞧，就见那抢喜之妖是个容貌年轻的男子，整个心口都被剑穿透，正躺在地上张牙舞爪地挣扎着。燕玉鹤并起双指，从他的眉心中抽出一缕红色的光华，随着光芒的流逝，那妖怪便呈现出了衰老之相，渐渐变成年迈的老人。

“还给我！还给我！那都是我的喜运！”他歇斯底里地惊叫着。

薛茗厉声斥责：“你这作恶多端的妖孽，怎么有脸将别人的喜运据为己有？！”

抢喜妖怒声辩驳：“这世间夫妻，多半都会落得兰因絮果的下场，男人朝三暮四，喜新厌旧，女人自艾自怨，沦为深闺怨妇，既然结局如一，与其痛苦蹉跎，倒不如让我来帮他们一把，我何错之有？！”

薛茗冷声道：“你有何权力以自己的浅薄无知来决定别人的人生？是兰因絮果也好，与子偕老也罢，那都是他们自己的选择，不需要你来评判对错。你自以为正义行事，实则不过是一个坐享其成，害人性命的恶妖罢了，少往自己脸上贴金！”

聂小倩在她背后顺了顺，道了句莫生气，旋即道："让我将他押回下头，交由判官司来处理吧。"

"不必。"燕玉鹤冷声开口，长剑登时散发出耀眼的金光，只听那恶妖发出凄厉的惨叫声，连连求饶，道自己知错了。然燕玉鹤却无动于衷，径直将他劈得魂飞魄散，彻底消弭于世间。

在座的大多宾客都是阴差，魂飞魄散对他们来说即是最严厉的酷刑，因此见此场景不由得身子一抖，吓得噤声，往后退了数步。聂小倩亦不能幸免，尽管她如今是下面正经办事的小官，对燕玉鹤这把斩杀无数妖鬼的剑也很是畏惧，不敢多留，与薛茗匆匆道别，领着其他人回了下面。

柳梦源难得抓住了师兄的错处，哼哧哼哧地嘲笑他方才在喜堂时的愣神，燕玉鹤冷眼扫他，没有理会，只是牵着薛茗离开。赵老爷领着家眷前来拜谢，还送上了厚礼，燕玉鹤敷衍应对，将厚礼谢绝，换下了喜服后带着薛茗离开赵宅，在城中寻一客栈住下。

夜间他拥着薛茗，在她的眼睛处落下一吻，像是自言自语，又像是回答先前薛茗的问题，呢喃道："漂亮，我甚为喜欢。"

半宿难眠，次日一早，薛茗揉着困倦的眼睛爬起来，送别柳梦源。他昨夜离开赵宅之后，行在半道上不知踩了什么坑，跌进去摔瘸了腿，将这笔账也记到了师兄燕玉鹤的头上，愤愤不平地让薛茗转告燕玉鹤，说他已经给师父去信，状告他欺辱师弟，让他好生等候师父的惩处。

柳梦源愤然离去，薛茗对这恶劣的师兄弟关系长叹一声，待燕玉鹤回来后，问他那蠢笨的师弟同她说了什么，薛茗便说："他让我转告你，天热避暑，天冷加衣，常聚多念，莫失莫忘。"

燕玉鹤盯着她那双黝黑的杏眼看，心知肚明这话不可能是他那师弟说的，便上前一步，在她的额头轻吻，低低应道："好。"

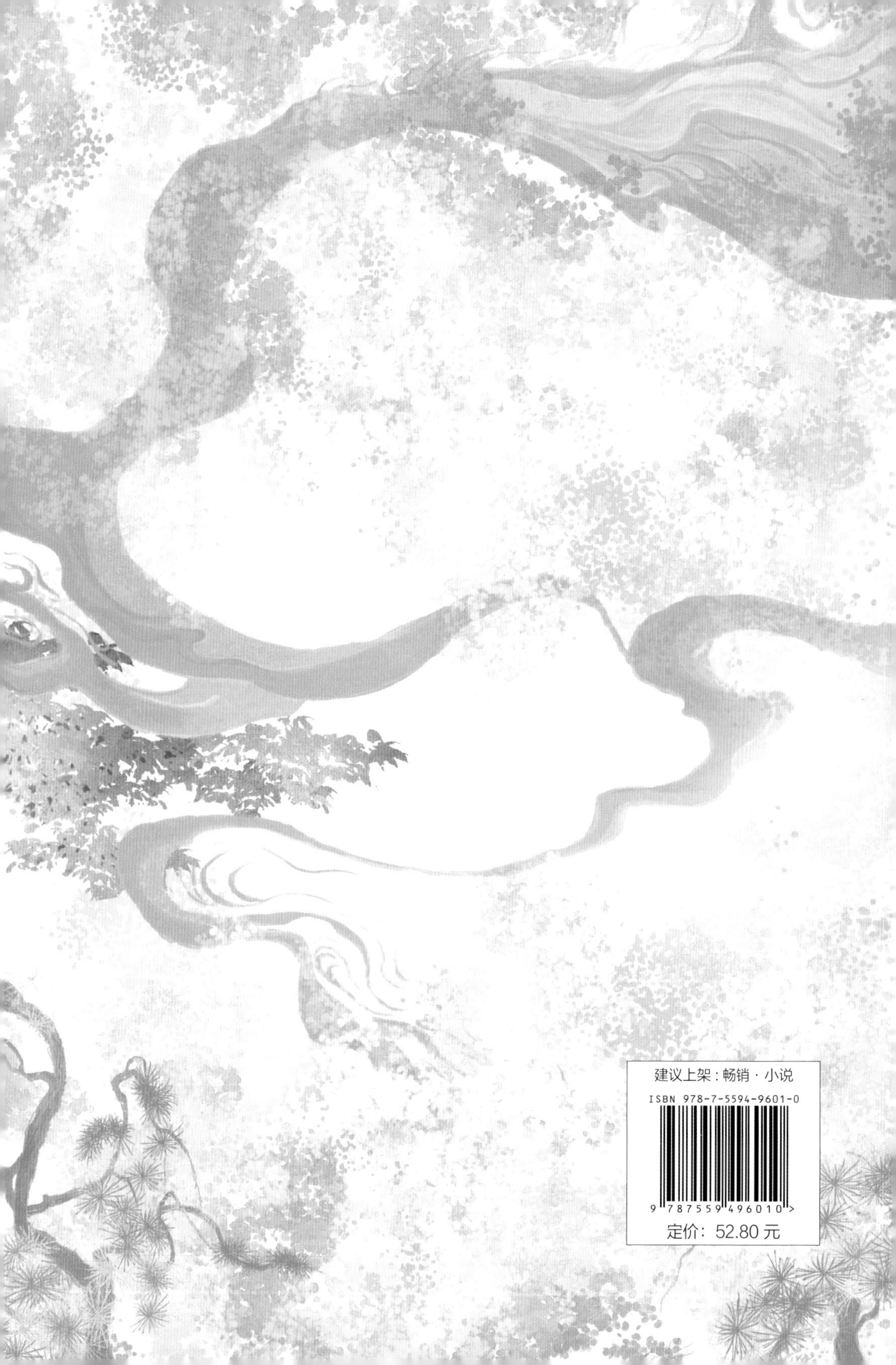

建议上架：畅销 · 小说

ISBN 978-7-5594-9601-0

定价：52.80 元